GABRIELA GROSS

Das Goldblütenhaus – Der Ruf einer neuen Zeit

Über die Autorin:

Gabriela Groß ist das Pseudonym einer Autorin, die 13 Jahre lang Drehbücher fürs Hauptabendprogramm (ARD und ORF) sowie Kinder- und Jugendbücher geschrieben hat. Zuletzt hat sie mehrere Romane in der Frauenunterhaltung veröffentlicht. Sie liebt Blumen, besonders die Ringelblume, was sie zu der Idee einer Trilogie rund um diese besondere Pflanze inspiriert hat.

GABRIELA GROSS

DAS GOLDBLÜTENHAUS

DER RUF EINER NEUEN ZEIT

ROMAN

lübbe

Dieser Titel ist auch als Hörbuch und E-Book erschienen

MIX
Papier aus verantwortungsvollen Quellen
FSC® C014496

Originalausgabe

Textredaktion: Dr. Ulrike Brandt-Schwarze, Bonn
Titelillustration: © Arcangel/Rekha Arcangel | © www.buersosued.de
Umschlaggestaltung: www.buerosued.de
Satz: Dörlemann Satz, Lemförde
Gesetzt aus der Minon Pro
Druck und Verarbeitung: GGP Media GmbH, Pößneck
Printed in Germany
ISBN 978-3-404-18493-4

2 4 5 3 1

Sie finden uns im Internet unter luebbe.de
Bitte beachten Sie auch: lesejury.de

PROLOG

Grasse, Frankreich, 1947

Ein Gefühl tiefer Erleichterung durchströmte Alfons. Beinahe zärtlich blickte er auf den geöffneten Tiegel auf dem Labortisch. Drei Monate harter Arbeit lagen hinter ihm, doch nun war er endlich am Ziel.

Es war ein Sisyphos-Unterfangen gewesen, eine Creme zu entwickeln, deren Herstellung keine Unsummen verschlang und die sich von der Konkurrenz abhob. Jeden Morgen hatte er sich – noch müde von zu wenig Schlaf – den Laborkittel übergezogen und mit der Arbeit begonnen. Und nicht selten hatte er erst spätnachts aufgehört zu mischen und zu testen, zu hoffen und wieder zu verwerfen. Wie oft hatte er mit dem Ergebnis gehadert und sich gefragt, ob er sich zu viel zumutete. Hatte gerechnet, wie lange sein Geld noch ausreichen würde. Große finanzielle Wagnisse konnte er so kurz nach Kriegsende nicht eingehen. Und endlich, als er schon begonnen hatte, an seinem Vorhaben zu zweifeln, war ihm eine Konsistenz gelungen, die reichhaltig war, ohne sich klebrig anzufühlen. Eine Creme, die auf einer Formel basierte, die die Haut mit wertvollen Nährstoffen langfristig pflegte und sie glatt und zart machte. Zudem stach die Farbe auf angenehme Weise hervor – ein helles, sonniges Gelb.

»Pastellgelb, wie Gold«, flüsterte er gerührt. Mit einem zufriedenen Lächeln fuhr er sich mit dem Handrücken über den Schnurrbart. Die Zeit des Experimentierens war vorbei. Er eilte in den Flur und schaute in den Spiegel: Sein Gesicht zeigte den Ausdruck eines Mannes, der seine Zukunft deutlich vor sich sah.

»Gérard!«, rief er und spähte ungeduldig in den Gang.

Auch der Zusage des befreundeten Apothekers, sein Labor nutzen zu dürfen, hatte er es zu verdanken, dass endlich die perfekte Creme vor ihm auf dem Tisch stand. Was würde Gérard sagen, wenn er die Mischung auftragen und feststellen würde, wie zart sie war? Wo trieb er sich nur herum? In Erwartung, seinen Kollegen jeden Augenblick beglückt in die Arme zu schließen, lief Alfons zur Treppe. Lauter als zuvor rief er nach oben: »Gérard!«

Als auch diesmal keine Antwort kam, fiel es ihm wieder ein: Gérard war ins Krankenhaus gefahren, zu Simone, die an einer Lungenentzündung erkrankt war. Erschüttert über seine Vergesslichkeit schüttelte er den Kopf. Seit das Ergebnis seiner Forschungen vorlag, überschlugen sich seine Gedanken. Doch so weit, dass er den Zustand von Gérards Frau vergaß, durfte es nicht kommen. Gleich morgen würde er sie mit einem Blumenstrauß besuchen. Und wenn Gérard zurückkäme, würde er mit ihm zu Philippe gehen. Mit dem Dermatologen stand er in engem Austausch, ebenso mit Arnaud, der als Chemiker bei einem Parfümhersteller in Grasse arbeitete. Die beiden mussten schleunigst erfahren, was ihm gelungen war. Alfons sah sich bereits mit seinen Freunden am Bistrotisch sitzen, jeder ein Gläschen Pastis vor sich, um auf seine Creme anzustoßen. Wie gut würde es tun, mit seinen Mitstreitern die letzten drei Monate Revue passieren zu lassen.

Voller Vorfreude trat er an das geöffnete Flurfenster und schaute hinaus. Die Dachziegel des Hauses gegenüber schimmerten golden in der Mittagssonne. Alfons ging zurück ins Labor und setzte sich wieder auf den Stuhl, auf dem er seit dem frühen Morgen über seinen Aufzeichnungen gebrütet hatte. Aufgeregt beugte er sich vor. Mit einer Handbewegung schob er die anderen Tiegel zur Seite. Seine früheren Versuche waren nicht mehr wichtig. Jasmin, Tuberose, Sandelholz. Er war davon ausgegangen, dass er einen dieser Düfte seiner Creme zufügen müsse, um sie zu etwas Besonderem zu machen, aber er hatte sich geirrt.

Ringelblumenextrakt – genau das war es, was gefehlt hatte – herkömmliche Ringelblume. Die Lösung des Problems war naheliegender gewesen, als er vermutet hatte. Der Extrakt der Pflanze war vielseitig einsetzbar und half dabei, die Haut zu beruhigen und zu regenerieren – eine Allzweckcreme für den ganzen Körper, vor allem jedoch für Gesicht und Hände. Ein Produkt, das die ganze Familie nutzen konnte und das angenehm dezent roch. Wenn er es richtig anstellte, da war sich Alfons sicher, würde er bald viel Geld damit verdienen.

Er versuchte, das Chaos um sich herum auszublenden. Die aufgeschlagenen Lehrbücher und die Standflaschen mit Glasstopfen, Pipetten und Miniaturmessbecher, die Fläschchen voller Öle, dazu die vielen Streifen Papier, mit deren Hilfe er die unterschiedlichen Gerüche getestet hatte, und natürlich die Unzahl an Tiegeln. Seufzend wandte er sich ab. Er hatte standgehalten und sich nicht verführen lassen. Schlussendlich hatten sein Instinkt und sein deutsches Gemüt gesiegt.

In einem Traum hatte er die rissigen, trockenen Hände der Frauen, Männer und Kinder gesehen. Erst da hatte er begriffen, dass er auf einem Irrweg war. Seiner Creme fehlte kein exklusiver Duft. Worauf die Menschen nach dem Krieg hofften, waren Sicherheit und Wohlbefinden. Sicherheit konnte er ihnen nicht geben, Wohlbefinden jedoch schon. Alfons fuhr ein weiteres Mal mit dem Spatel in den Tiegel. Er nahm etwas Creme auf und verrieb sie zwischen Daumen und Zeigefinger. Wie oft hatte er das heute schon getan? Und auch dieses Mal war es, als striche er über Samt.

Nervös vor Freude fuhr er sich mit der Zunge über die Lippen. Sorgfältig wischte er sich den Rest Creme von den Händen, verschloss den Tiegel und stellte ihn kühl. Dann schlüpfte er aus dem Arbeitskittel und hängte ihn in den Schrank.

Der Duft nach frischem Baguette strömte durch das offene Fenster aus der nahen Boulangerie. Alfons schnupperte. Er liebte das Leben in Südfrankreich, es ließ ihn die Entbehrungen der vergangenen Jahre vergessen. Dennoch würde er bald nach Deutschland zurückkehren. Wenn er die Augen schloss, träumte er sich bereits in ein Leben, von dem er hoffte, dass es demnächst Wirklichkeit werden würde. Es drängte ihn, der Enge und Düsternis der Apotheke in Bad Wiessee zu entkommen. Er wollte sein eigenes Unternehmen gründen … und eine eigene Familie. Gewiss, er war spät dran – doch besser spät als nie.

Während er nach seinem Jackett griff und es überstreifte, überlegte er, wie er die Creme nennen sollte. Ohne einen eingängigen Namen wäre seine Arbeit noch nicht getan. Der Name war so wichtig wie das Produkt selbst. Er schlich durch das Labor, die Finger ständig an seinem Schnurrbart, um ihn zu zwirbeln. Auf und ab gehend verging eine Stunde des Grübelns, schließlich eine zweite, dann traf ihn der ersehnte Geistesblitz. »Goldblüten …«

Wegen ihrer Farbe wurde die Ringelblume auch Goldblume genannt. Wieso besann er sich erst jetzt darauf? Er schlug sich mit der Hand gegen die Stirn und lachte erleichtert auf. Mit Gold assoziierte man Helligkeit und Kostbarkeit, mit Blüten Natürlichkeit und Wohlgefühl. *Goldblüte*, das rief Emotionen hervor.

»Goldblütencreme«, wiederholte er hingerissen. »So werde ich sie nennen.« Mit tänzelnden Schritten begab er sich in den Kühlraum und begann mit dem Tiegel zu reden, als spräche er mit einer Frau. »Du bist ein Wunder der Natur. Wir müssen nur darauf achtgeben, dass jeder sich dich leisten kann. Der Erfolg rechnet sich über die Stückzahl, weißt du? Und den Deckel des Tiegels ziere ich mit einer Ringelblume. Ja, so machen wir es.«

Er dachte an die Parzellen am Tegernsee, die er vor dem Krieg mit seinem Ersparten erworben hatte. Jetzt erwiesen sich das weitläufige Areal am See und die beiden Grundstücke im Hinterland als Glückskauf. Die entsprechende Grundfläche für ein Firmengebäude und ein Labor waren vorhanden. Den Familienstammsitz würde er bauen, sobald er finanziell flüssig wäre … ein in zartem Cremeton gestrichenes Domizil mit vorgebauten Säulen und Sprossenfenstern, durch die das Licht bis in den letzten Winkel des Hauses gelangte. Die Vorderfront würde ein imposantes Mosaik einer erblühten Goldblume schmücken. Damit jeder sofort wusste, wer in diesem Haus wohnte: Alfons Glanz mit seiner Familie. Im Goldblütenhaus würden seine Kinder sich abends um den Tisch versammeln, um den Tag gemeinsam mit ihrer Mutter und ihm – ihrem Vater – zu beschließen.

Alfons sonnte sich in den Bildern seiner Zukunft. Er sah ein glückliches, erfolgreiches Leben vor sich. Nach einem letzten Blick auf den Tiegel – es fiel ihm schwer, sich davon zu lösen – ging er ins Vorhaus, nahm seinen Hut und trat hinaus auf die Straße. Während er der Rue Gazan folgte, dachte er an den Tag zurück, als er seinen Fuß zum ersten Mal auf südfranzösischen Boden gesetzt hatte. Entgegen seiner Erwartung hatte es wie aus Eimern geschüttet, als er aus dem Zug gestiegen war. Frierend, aber voller Hoffnung hatte er den Koffergriff umklammert, in seinem Kopf nur einen Gedanken: den an eine Creme, die sich geschmeidig anfühlte, die die natürliche Gesundheit der Haut unterstützte und deren Herstellung er sich leisten konnte. Nun hatte er einen Sonnenstrahl in einen Tiegel gelockt.

Alfons blickte hinauf zum Himmel. Er war tiefblau, weit und breit sah er keine Wolke. In den Bäumen zwitscherten die Vögel. Ein herrlicher Tag. Er betrachtete die Häuser, an denen er vorbeikam. Viele stammten aus dem Mittelalter. Der gelb-braune Putz bröckelte an etlichen Fassaden. Doch obwohl die Altstadt gelitten hatte und die Gassen nur wenige Meter breit waren, sodass die Sonnenstrahlen es kaum bis auf den Gehweg schafften, verströmte Grasse einen unvergleichlichen Charme. Alfons liebte besonders die Nischen, die Platz für Tische und Stühle boten. Das Leben hier fand zum großen Teil auf den Straßen statt. Dies war nur einer der Gründe, weshalb er diese Stadt so sehr mochte. Er bog in die Rue de Droite ein.

»*Bonjour*, Monsieur Glanz!« Ein Mann auf der gegenüberliegenden Straßenseite hob die Hand zum Gruß. Es war Monsieur Martin, der Schuster. Er hinkte – ein zweifelhaftes Andenken an den Krieg –, ansonsten war er jedoch wohlauf. Erst letzte Woche hatte Alfons sich bei ihm die Schuhe neu besohlen lassen.

»*Bonjour*, Monsieur Martin«, grüßte er und lupfte den Hut.

Bei ihrem ersten Besuch im Bistro Les Papilles hatte Gérard seine Landsleute beruhigen müssen. Sein Kollege sei nur ein Apotheker, der einer Creme wegen hergekommen sei, hatte er ihnen versprochen. Zwar sei er ein *boche*, ein Deutscher, doch er sei fleißig und rechtschaffen und habe unter dem Krieg gelitten wie die Menschen hier auch. Danach hatte ihn – dem Himmel sei Dank – niemand mehr schief angesehen oder gar angepöbelt. Von den meisten wurde er inzwischen gegrüßt, und die, die es nicht taten, übersahen ihn geflissentlich.

Er überquerte die Straße und folgte einem Paar, das sich vertraut an den Händen hielt. Das Herumturteln der jungen Leute verstärkte seine Sehnsucht nach einer Frau. Er hoffte nicht nur auf geschäftlichen Erfolg, sondern auch auf privates Glück. Wenn er die passende Gefährtin gefunden hätte, würde er mit ihr durch die Gassen schlendern und ihr zeigen, wo der Ursprung seines Erfolgs lag – in dem kleinen Labor seines französischen Kollegen. Seine Armbeuge, in der ihr Arm läge, würde ihr Sicherheit geben; er würde ihr fröhliches Lachen hören, das hell war wie ein Sommertag, und spüren, wie das Glück ihn durchströmte.

Alfons' Gedanken waren wie ein feiner Faden, der ihn schon jetzt mit der vorgestellten Realität verband. Seine Frau würde ihm den Stammhalter schenken, den er sehnlichst erwartete, und danach weitere Söhne und Töchter, die sie am Tegernsee wohlbehütet aufwachsen sähen. Wenn seine Kinder eines Tages bereit wären, sein Werk fortzuführen, würde er ihnen alles weitergeben, was er wusste.

Beschwingt bog er um die Ecke. An der nächsten Kreuzung lag das Bistro, in dem er mittags manchmal einkehrte. Schnurstracks lief er darauf zu, setzte sich und schlug die Karte auf.

Den Blick auf die wenigen Gerichte geheftet, spürte er die wärmenden Strahlen der Sonne im Nacken. Er schloss die Augen, und in diesem Moment sah er sie – seine Zukunft. Vor seinem inneren Auge war seine Familie bereits lebendig …

NEUE ZEITEN

Im Licht der Liebe bleiben die Schatten,
die jedes Leben wirft, verborgen.

1.

Leonies Arme schnitten durchs Wasser. Das Gluckern der Wellen rauschte in ihren Ohren. Ihr Kopf drehte sich schräg nach links, dann nach rechts und wieder nach links …

Ihr Körper und der See waren eins – verschmolzen. Es gab nur ihre rotierenden Arme, ihre paddelnden Füße und das Wasser. Meter um Meter glitt sie durch den See. Wenn sie schwamm, war alles andere nebensächlich. Es zählten nur der nächste Kraulzug und das nächste Luftholen, nichts sonst war von Belang. Ihr Mund öffnete sich zu einem schnellen Atemzug, ihr Kopf hob sich sanft aus dem Wasser.

»Leonie!«

Vom Ufer her flog ihr Name über die sich spiegelnde Oberfläche. Ihre Bewegungen gerieten ins Stocken, sie wischte sich die Nässe vom Gesicht und blinzelte zum Ufer. Gedeon stand am Steg und schwenkte ein weißes Handtuch.

»Noch dreißig Kraulzüge.« Seine Hände formten sich zum Trichter. »Dann hast du die Qualifikation für die Olympiade in der Tasche.« Zur Bekräftigung seiner Worte hob er den Daumen.

Ein Lächeln grub sich in Leonies Gesicht. Gedeon und seine Scherze … Noch nie war sie so froh gewesen, dass er das Leben so leichtnahm, wie in diesem Augenblick. Sie winkte, fand zurück in ihren Rhythmus und kraulte weiter.

Zwanzig, neunzehn, achtzehn … bei eins erreichte sie die Leiter.

»Bestzeit, trotz der kleinen Unterbrechung. Gratuliere.« Gedeon steckte die Stoppuhr in die Hosentasche und streckte ihr die Hand entgegen. Leonie ergriff sie und hievte sich ans Ufer.

Das Holz unter ihren Füßen war trotz des schlechten Wetters angenehm temperiert, aber ihre Zähne klapperten. Außer Atem ließ sie sich in das riesige Frotteehandtuch wickeln und von Gedeon trockenrubbeln. Sie zog sich die Badehaube vom Kopf. In sanften Wellen fiel ihr das haselnussbraune Haar über die Schulter.

»Brrr, du bist kälter als ein Eiswürfel«, sagte Gedeon. Inzwischen war er bei ihren Armen angelangt.

Leonie sah zum Himmel. Septembergrau und tief hängende Wolken. Das passende Wetter für diesen traurigen Tag – in wenigen Stunden würde sie für immer Abschied von ihrem Bruder nehmen. Als auch der Rest ihres Körpers trocken war, ließ Gedeon das Handtuch fallen und hielt ihr den Bademantel hin.

»Arme auseinander und rein mit dir!«

Sie schenkte ihm ein dankbares Lächeln, schlüpfte in die kuscheligen Ärmel und war schon im Begriff, den Gürtel zuzuknoten, als Gedeon nach ihren Händen griff und sie festhielt.

»Ein bisschen Wärme gefällig?«, fragte er. Er zog sie an sich, presste seinen Körper an ihren feuchten Badeanzug und schlang seine Arme um sie.

Seine Haare kitzelten ihre Wange. Es tat so gut, von ihm gehalten zu werden. An diesem Tag erst recht. Sie standen eng umschlungen da, dann griff Gedeon nach ihrem Kinn. Langsam hob er ihren Kopf an.

»Heute liebe ich dich besonders. Ich finde, das solltest du wissen.« Er küsste ihre Nasenspitze.

Es war die erste Liebeserklärung, die er ihr gemacht hatte. *Heute liebe ich dich besonders.* Drei Wochen nach ihrer Begegnung auf dem Firmengang. Sie waren aneinander vorbeigehetzt, beide in Eile, mit den Gedanken bei der Arbeit. Gedeon hatte sie nur aus den Augenwinkeln wahrgenommen, doch das hatte für ihn gereicht, um mitten im Lauf zu stoppen und umzukehren.

Mit wenigen Schritten hatte er sie eingeholt, ihr auf die Schulter getippt und gesagt: »Hallo!«

Nur dieses eine Wort. Seine Augen fanden ihre und ließen sie nicht mehr los. Er hatte sie angesehen wie ein Weltwunder und mit diesem unverschämt breiten Grinsen im Gesicht gesagt: »Wissen Sie zufällig, wo ich diese Kostbarkeit, die man Liebe nennt, finde? Sie sehen ganz danach aus, als hätten Sie auf diese entscheidende Frage eine Antwort.«

Ihr hatte vor Verwunderung der Mund offen gestanden.

»Lassen Sie mich mal überlegen … Hilft möglicherweise eine Wegbeschreibung zur besten Bäckerei mit den leckersten Semmeln? Die sind auch mit Liebe gebacken. Versprochen.«

Als beide lächelten, war eine Verbindung hergestellt. In der Mittagspause erfuhr sie, dass er der neue Leiter der Forschungs- und Entwicklungsabteilung bei Glanz und von seinem Job ausgesprochen angetan war. Drei Wochen später verbrachten sie ihre erste Nacht miteinander.

Als sie am nächsten Morgen verschlafen die Augen öffnete, hatte sie als Erstes sein Lächeln gesehen. Er hatte ihr das Haar aus der Stirn gestrichen und geflüstert: »Heute liebe ich dich besonders. Heute und den Rest meines Lebens.«

Seine Stimme war so leise gewesen, dass sie glaubte, sich verhört zu haben.

Als er ihren fragenden Blick und dieses unsichere Flackern in ihren Augen sah, nickte er. »Das war eine Liebeserklärung, Leonie. Und sie ist ernst gemeint.«

Seit dieser Nacht war er die Schulter, an die sie sich anlehnen konnte, und sie sein Engel. Mit diesen Worten hatte er ihre Mutter bei ihrer Hochzeit zum Weinen gebracht. Sogar ihr Vater hatte sich laut geräuspert, ein eindeutiges Zeichen, wie gerührt er war.

»Wir bringen einander zum Lächeln, fangen uns auf, wenn

wir straucheln. Wir teilen Arbeit und Freizeit, unser ganzes Leben.«

Leonie riss sich aus der Erinnerung an diesen besonderen Tag vor fünf Jahren. Dem Tag ihrer Hochzeit.

Sie spürte Gedeons Herzschlag. Könnte sie doch für immer hier stehen und ihren Mann küssen … aber die Zeit lief unbarmherzig weiter.

Das Kreischen der Vögel holte sie wenige Augenblicke später in die Realität zurück. Gedeons Lippen lösten sich unwillig von ihren. Er hob das Handtuch und die Badekappe auf, die einsam am Boden lagen, nahm Leonies Hand und verschränkte seine Finger mit ihren. »Komm. Gehen wir.«

Hand in Hand gingen sie den Hügel hinauf. Auf halber Strecke gabelte sich der leicht abschüssige Weg. Er führte vom Steg zum Gartenhaus mit der überdachten Terrasse und an den Volieren mit den fröhlich hüpfenden Sittichen vorbei, die Alexander so geliebt hatte, zum Haus, in dem ihre Familie, seit sie denken konnte, lebte. Leonie blickte auf die in zartem Cremeweiß gestrichene Rückfront. Es war die Symmetrie, die dem Gebäude die Aura von Pracht und Größe verlieh. An das Haupthaus, in dem ihre Großeltern ehemals gelebt hatten, schmiegte sich beidseits je ein gesonderter Flügel. Die Anbauten wiesen lediglich zwei Stockwerke auf, waren jedoch – mit ihren vorgesetzten Säulen, Balkonen und gelb eingefassten Sprossenfenstern – nicht weniger eindrucksvoll. Die Flügel waren errichtet worden, um Platz für sämtliche Familienmitglieder inklusive ihrer Partner zu schaffen. Besucher, die zum ersten Mal auf das Goldblütenhaus zufuhren, registrierten gewöhnlich als Erstes das Mosaik in Form einer Goldblüte – das Erkennungsmerkmal des Familienstammsitzes. Erst danach fingen ihre Augen das einladende Portal mit den Säulen in hellem Gelb ein und den gepflasterten Wendekreis samt der halbhohen Mauer, die das gesamte vordere

Areal eingrenzte, schließlich den imposanten Baumbestand und zwischen Juni und Oktober die blühenden Ringelblumen, die die Landschaft über die Grenzen des Anwesens hinaus beherrschten. Selbst auf der dem See zugewandten Seite blühten sie. Ein Meer an Gelb, das einen beinahe ehrfürchtig dastehen ließ, weil es so beeindruckend war.

Leonie und Gedeon betraten das Haupthaus und gingen am Aufzug vorbei, der in den 1970er-Jahren nachträglich eingebaut worden war. Linker Hand gelangte man zur Wohnung von Leonies Mutter Annalena, rechter Hand wohnten ihr Bruder Alexander und seine Frau Valerie. Im ersten Stock ihre Zwillingsschwester Ella, darüber Leonie selbst. Ganz oben, auf einer Etage, die sich über das gesamte Haupthaus erstreckte, befand sich das Reich von Hedi, Leonies Großmutter.

Sie nahmen die Treppe in den zweiten Stock. Dort stieß Gedeon die angelehnte Tür zu ihrer großzügigen Wohnung auf. Leonie trat in den Flur. »Ich geh heiß duschen«, sagte sie.

»Und ich schmeiße die Kaffeemaschine an und mache Frühstück. Also lass dir ruhig Zeit.«

»Danke, du bist ein Schatz. Und danke, dass du du bist.« Leonie küsste Gedeon noch einmal und ging ins Bad. Unter der Dusche drückte sie einen Klecks Shampoo aus der Flasche und schäumte sich die Haare ein. Warmes Wasser rann an ihr hinunter. Wie aus dem Nichts fiel ihr der letzte Satz ihres Großvaters ein, den er zu seiner Frau gesagt hatte: *Im Licht der Liebe bleiben die Schatten, die jedes Leben wirft, verborgen …*

Obwohl sie ihn nie kennengelernt hatte, fühlte sie sich mit ihm verbunden. Als Kind hatte sie ihre Großmutter mit Fragen über ihn gelöchert, allerdings selten mit dem gewünschten Erfolg.

»Was vorbei ist, kommt auch durchs Erzählen nicht zurück«, hörte sie ihre Großmutter sagen.

Fragen aus der Zeit, als ihre Großmutter ihren Mann kennengelernt hatte, beantwortete sie nur äußerst unwillig. Den Grund für ihre Verschwiegenheit kannte Leonie bis heute nicht. Ihr Großvater war derjenige, der die Goldblütencreme auf den Markt gebracht hatte. Und damit hatte eine beispiellose Erfolgsgeschichte ihren Anfang genommen.

Leonie spürte auch jetzt tiefe Dankbarkeit, denn er hatte mit der Gründung der Glanz AG den Grundstein für sie alle gelegt. Ihre Familie folgte bis heute dem Weg, den er in Grasse beschritten und später am Tegernsee fortgeführt hatte. Vielleicht bedeuteten ihr seine Worte und sein Werk deshalb so viel, weil sie ihm angeblich so ähnlich war.

Leonie spülte sich das Shampoo aus dem Haar, drehte den Hahn zu und trat aus der Dusche. Seit Jahren nahm sie die Energie, wenn sie morgens im See schwamm, mit in den Tag. Die Stille der Natur gab ihr Kraft. Doch heute, am Tag der Trauerfeier für ihren Bruder, bei der Menschen, die nicht an der intimen Beerdigung vor einer Woche teilgenommen hatten, seiner gedenken konnten, fühlte sie sich leer und ausgebrannt.

Vom Schlafzimmer erklang das leise Brummen einer eingehenden Textnachricht. Vermutlich Silvy. Sie hatten die Internatszeit miteinander verbracht, bis sie das Abitur in der Tasche hatten. Inzwischen arbeitete Silvy als Innenarchitektin. Sie liebte es, unterschiedliche Farben und Formen miteinander zu kombinieren, dieses Talent war ihr in die Wiege gelegt worden. Seit sechs Jahren war sie mit Sascha, den sie während des Studiums kennengelernt hatte, glücklich verheiratet. Die beiden hatten anfangs ganz schön auf den Putz gehauen. Partys waren an der Tagesordnung gewesen, den ein oder anderen Kater inklusive, aber seit einigen Jahren lebten sie, wesentlich ruhiger als früher, in einer Altbauwohnung in München und konzentrierten sich auf ihre Berufe.

Wir Internatsmädels nannte Silvy sie, wenn sie diese prägende Zeit in Gesprächen aufleben ließ. Leonie ging ins Schlafzimmer und griff nach dem Mobiltelefon.

Leo, Süße, es ist der absolut falsche Zeitpunkt, aber ich liege mit vierzig Fieber im Bett. Dabei würde ich so gern an diesem traurigen Tag Deine Hand halten und Dir Kraft spenden – einfach für Dich da sein. Aber mir bleibt heute nichts anderes übrig, als nur in Gedanken bei Dir zu sein. Bitte melde Dich, wenn Du mich brauchst. Ich bin immer für Dich da, auch aus der Ferne! Silvy.

Silvy war die Einzige, die sie Leo nannte.

»Wenn schon Zwillinge, dann garantiert Junge und Mädchen. Meine Eltern reden nur nicht darüber, dass ich kein Leo geworden bin«, hatte Leonie getönt, als sie mit Silvy ihr Zimmer im Internat bezog. Seit dieser Ansage nannte ihre Freundin sie Leo.

Leonie tippte eine Antwort – hoffentlich ginge es Silvy bald besser –, dann verschwand sie in der Ankleide und sah ihre Kleider durch. Alexander war tot. Mit nicht einmal fünfunddreißig Jahren bei einem Sturz aus dem Fenster seines Büros ums Leben gekommen …

Sie spürte, wie der Schmerz ihr den Rücken hochkroch. Sie atmete tief durch und versuchte, die Trauer in den Griff zu bekommen. Mit dem Handrücken wischte sie sich eine Träne von der Wange. Nichts würde Alexander zurückbringen, keine Erinnerung und keine Träne. Doch manchmal ließen Tränen sich nicht aufhalten.

»Frühstück ist fertig!« Gedeons Ruf aus der Küche unterbrach ihre schmerzhaften Gedanken. Heute war der Tag, an dem sie für ihre Mutter stark sein musste.

»Komme gleich.« Sie schluckte die Tränen hinunter, schob die Kleiderbügel zur Seite und griff nach dem schwarzen Kleid.

Rasch schlüpfte sie hinein, gab im Bad einen Hauch Rouge auf die Wangen, föhnte kurz durch ihr Haar und trat in den Gang. Geschirrklappern und das Gedudel des Radios drangen aus der Küche.

Gedeon stand am Herd, nahm die Frühstückseier aus dem Topf und schreckte sie unter kaltem Wasser ab. »Möchtest du auch eins?« Er sah sie über die Schulter hinweg an und deutete mit dem Löffel auf die Eier.

Leonie schüttelte den Kopf. »Ich hab keinen Hunger.«

Gedeon schüttete Orangensaft in Gläser und reichte ihr eins. Leonie nippte daran.

Er langte nach einem Teller mit Obst und stellte ihn an ihren Platz, legte eine Serviette mit einem darauf gemalten Smiley daneben und rückte den Stuhl für sie zurecht. »Bitte Platz zu nehmen«, sagte er, verbeugte sich wie ein Gentleman alter Schule und wartete, bis sie sich setzte. Dann nahm auch er Platz.

Leonie sah, wie er sein Ei aufschlug, salzte und den Löffel im flüssigen Gelb verschwinden ließ.

»Ich weiß, wie schwer dieser Tag für dich ist.« Der entspannte Ausdruck, der am See in Gedeons Gesicht gelegen hatte, war verschwunden. »Aber du bist nicht allein. Wir meistern die Gedenkfeier gemeinsam.« Seine Stimme war die eines Vaters, der sein Kind vor der Welt beschützen will. »In guten wie in schlechten Tagen. Das haben wir uns versprochen.« Er beugte sich vor und legte die Hand an ihre Wange.

»Und das halten wir auch ein«, bekräftigte Leonie. Sie stach mit der Gabel in eine Erdbeere und schob sie sich in den Mund. Doch bevor sie in die Frucht biss, legte sie die Gabel beiseite. Sie würde nichts hinunterbringen, und obwohl der Kaffee heiß und süß war, schmeckte er ihr heute nicht.

Gedeon schmierte Butter aufs Brot und gab geschnittene Tomaten darauf. Leonie betrachtete sein vorspringendes Kinn, die kurzen, korrekt frisierten schwarzen Haare und seine grauen Augen. Alles wirkte wie immer, nur war dieser Tag anders als alle, die sie bisher miteinander verbracht hatten. Aber mit Gedeon und Ella an ihrer Seite würde sie den Tag schon schaffen. Was für ein Glück, dass sie die beiden hatte!

Leonies Finger strichen über den Rand der Kaffeetasse. In Gedanken sprang sie in die nahe Zukunft. Gemeinsam mit Ella die Firmenleitung zu übernehmen wäre kein Spaziergang. Sie wagte kaum daran zu denken, was in nächster Zeit auf sie zukäme. Endlose Verhandlungen, Entwicklung neuer Produkte, Budgetbesprechungen, Mitarbeiterschulungen … Sie war die Entscheidungsfreudigere, die Verantwortungsbewusstere. Vor allem sie würde in Alexanders Fußstapfen treten müssen. Ella würde sich auf sie verlassen.

Leonie sah aus dem Fenster. Draußen lugte die Sonne durch die Wolken, das Wasser des Sees schimmerte in hellem Quecksilber. Obwohl Alexander und sie sehr unterschiedlich gewesen waren, hatten sie sich nahegestanden. Könnte sie doch noch einmal mit ihm sprechen! Ihn noch einmal lächeln sehen. Das hatte er das letzte Jahr viel zu selten getan …

Obwohl Leonie keinen Appetit hatte, griff sie nach einer Scheibe Brot. Wenn sie etwas äße, wäre ihr Magen beruhigt, außerdem würde ihr das ein bisschen Luft verschaffen vor dem, was käme. Gedeon blätterte durch die *Financial Times*. Um neun erklang die Kirchenglocke. Er faltete die Zeitung zusammen.

»Lass das Geschirr stehen. Darum kümmern wir uns später.« Er schob den Stuhl zurück, wusch sich an der Spüle die Hände und ging in den Flur.

An der Garderobe schloss er sie noch einmal in die Arme. »Schatz, vergiss nicht …« Er löste sich und sah Leonie an, als wäre das, was er als Nächstes sagen würde, eine Erneuerung ihres Eheversprechens. »Wir beide, was immer auch kommt«, schwor er sie mit diesem gewinnenden Lächeln ein, in das sie sich damals verliebt hatte.

Gedeon hatte verstanden, dass sie, wie ehemals ihre Mutter – der Firma wegen –, auch nach der Hochzeit den Namen Glanz behalten würde. Sie konnte in jeder Situation auf sein Verständnis und seine Unterstützung zählen. Auch jetzt.

»Wir beide, was immer auch kommt«, wiederholte sie und küsste ihn zärtlich.

Er half ihr in den Mantel und öffnete die Tür.

2.

Draußen erwarteten sie Goldblumen, wohin sie auch sahen. Der Hügel hinter dem Familienstammsitz leuchtete in tiefem Gelb. Blüten, so heiter und fröhlich, dass man sich nicht vorstellen konnte, je etwas Schlimmes zu erfahren. Selbst bei wolkenverhangenem Himmel war der Anblick der Blumen wie ein Sonnenstrahl auf der Haut. Inmitten dieser Pracht stand ihre Mutter Annalena neben Ella. Ella entsorgte gerade ihren Kaugummi in ein Taschentuch, als sie sie kommen sah.

Gedeon ging auf Leonies Mutter zu, küsste zuerst sie, dann Ella auf beide Wangen. »Guten Morgen«, grüßte er.

Es hieß, eine Mutter, die ihr Kind verlor, fühle sich, als setze ihr Herzschlag aus. Leonie dachte daran, als sie den Anblick ihrer Mutter zu verkraften versuchte. Sie wirkte ausgezehrt, ohne jede Energie – wie eine Frau, die sie nicht kannte.

»Wo ist Valerie?« Gedeon verhielt sich wie immer und versuchte damit, den Eindruck des Alltäglichen heraufzubeschwören.

»Schon bei der Kapelle«, antwortete Ella. »Papa müsste auch bald da sein. Er hat vorhin angerufen.« Sie holte ein Haargummi aus ihrer Tasche und band sich das kastanienfarbene, seidig-glatte Haar zusammen.

Leonies Augen suchten den Weg zur Kapelle ab. Auch dort blühten Goldblumen, die sie schon ihr ganzes Leben begleiteten. Als Kind hatte sie sie gepflückt und zu einem Strauß gebunden, um ihrer Mutter eine Freude zu machen, und als Teenager hatten Ella und sie die Blütenblätter abgezupft und dabei verschwörerisch »*Er liebt mich, er liebt mich nicht …*« gemurmelt. Die

Pflanze war aus ihrem Leben nicht wegzudenken, ebenso wenig wie die Kosmetik. Während ihres Wirtschaftsstudiums hatte Leonie neben Finanzierung, Controlling und Marketing auch Interesse an der Dermatologie entwickelt. Ganze Nächte hatte sie damit verbracht, möglichst viel darüber zu erfahren, und oft hatte sie sich ins Labor geschlichen, um selbst eine Creme anzurühren. Dabei hatte sie besonderes Augenmerk auf ein samtiges Gefühl gelegt, weil der Moment, in dem man eine Creme auftrug und sich damit wohlfühlte, nun mal entscheidend war. Natürlich ging es auch um den Duft, der einerseits sinnlich, andererseits aber nicht zu intensiv sein durfte, doch die Konsistenz war das Wichtigste. Anfangs waren Leonies Versuche alles andere als perfekt ausgefallen, aber wenn einer halbwegs gelang, war ihre Freude grenzenlos gewesen.

Leonie ging zu ihrer Mutter und schloss sie in die Arme. Es war, als stiege ein Zittern von deren Füßen auf und würde von unten durch ihren ganzen Körper fließen. Sie hielt ihre Mutter lange, dann ließ sie sie los und schenkte ihr einen aufmunternden Blick.

»Ich bin bei dir, Mama«, versprach sie. »Wenn du etwas brauchst oder es dir zu viel wird, sag es bitte.«

Gedeon hakte sich bei ihrer Mutter ein. »Ich begleite dich«, sagte er und ging mit ihr voran.

Leonie sah die Mantelschöße ihrer Mutter flattern. Der Wind rüttelte an allem, was sich bewegen konnte.

Ella war an Leonies Seite erschienen. Gemeinsam folgten sie Gedeon und ihrer Mutter.

»Was hältst du davon, wenn wir uns demnächst zusammensetzen, um in Ruhe zu besprechen, wie wir mit der Firma künftig vorgehen sollen? Morgen schaff ich es nicht, aber die Tage danach sieht es gut aus«, meinte Ella.

»Das wollte ich dir auch schon vorschlagen.« Leonie hakte

sich bei Ella ein. »Mein Mailpostfach quillt über«, fuhr sie bedrückt fort. »Lauter Anfragen für ein Interview über Alex.«

»Sieht bei mir nicht anders aus.« Ella seufzte. »Ich hoffe, dass sich am Horizont kein Kommunikationsgewitter zusammenbraut, schließlich ist dieser Unfall ein gefundenes Fressen für die Medien. Abgesehen von den Mails zu Interviews ist es bis jetzt ungewohnt ruhig. Aber ich traue dem Frieden nicht.«

»Ich fürchte, uns bleibt nichts anderes übrig, als mit den Medien zusammenzuarbeiten. Wir sollten nicht nur als Firma, sondern auch als Familie ein Statement abgeben, schon um den privaten Charakter dieses Unglücks klarer herauszustreichen. Auch Medienleute wissen, wie schwer es ist, einen geliebten Menschen zu verlieren. Vielleicht haben wir Glück, und sie lassen uns in Ruhe«, sagte Leonie. Manchmal begann etwas als Sturm im Wasserglas und wuchs sich doch nicht zu einer veritablen Krise aus. Sie mussten sich vortasten. Tag für Tag.

»Dass *du* noch mal Vertrauen in die Menschlichkeit der Medien hast, hätte ich nicht gedacht. Lass uns den Tatsachen ins Auge sehen, Leonie. Die warten jetzt erst mal aus Anstand ab, und dann stricken sie eine wilde Story mit Alexander als Hauptfigur. So richtig schön mit Blitz und Donner. Dieses Gewitter lassen die sich bestimmt nicht entgehen.« Als Ella weitersprach, klang sie abschätzig. »Sicher kramen diese Aasgeier längst in Alex' Vergangenheit und hoffen, dass ihnen etwas Pikantes ins Netz geht.« Sie hatte die Hände in den Taschen ihrer Jacke vergraben. »Die sind jedenfalls nicht daran interessiert, wie unser Bruder mit sieben mit seiner Steinschleuder Goldblütenköpfe abgeschossen hat, weil er fest davon überzeugt war, damit einen wichtigen Beitrag zur Erntearbeit zu leisten … Nichts als Flausen im Kopf, weißt du noch?« Ella lächelte wehmütig.

»Und uns blieb nichts anderes übrig, als als Blumenretterinnen einzuschreiten, hinter ihm herzuhechten und ihn durchzukitzeln, bis er mit dem Unsinn aufhörte.« Die Erinnerung an diese unbeschwerte Zeit verschlug Leonie für einen Moment die Sprache. »Wir drei im Feld, den Wolken beim Vorbeiziehen zuschauen. Du, Alex und ich«, sagte sie mit belegter Stimme. »Was gäbe ich dafür, noch einen Tag wie diesen mit Alex und dir zu verbringen.«

Plötzlich flossen bei beiden Tränen. »Alex ist bei uns, weil wir ihn im Herzen haben.« Leonie legte den Arm um ihre Schwester und drückte sie fest an sich.

»Ja, er bleibt bei uns. Irgendwie …« Ella tupfte sich die Tränen von den Wangen, klang aber ganz und gar nicht so, als glaube sie an das, was sie sagte. Eine Weile gingen sie schweigend nebeneinanderher.

»Sag mal, glaubst du, es gibt ein Testament? Ehrlich gesagt mache ich mir Sorgen, Valerie könnte ein Mitspracherecht bekommen«, sagte Ella schließlich.

Leonie zuckte nachdenklich die Schultern. »Alex war vorausschauend, also würde ich sagen … ja.«

Ella schien sich zu entspannen. »Dein Wort in Gottes Ohr. Ich bin mit allem einverstanden, solange wir uns in der Firma nicht mit Valerie herumstreiten müssen.«

»Auch wenn es mit ihr nicht immer einfach ist, sollten wir sie in ihrer Trauer nicht allein lassen. Ich weiß, du stehst ihr nicht besonders nahe. Ihr habt in all den Jahren keinen Draht zueinander gefunden, aber Valerie war nun mal Alexanders Frau und ist Teil unserer Familie.«

»Ich gebe mein Bestes. Versprochen«, erwiderte Ella.

»Wann kommt Timo eigentlich zurück?«, schnitt Leonie ein anderes Thema an.

»Heute. Mit der letzten Maschine.« Ellas Miene hellte sich auf. Sie sprach gern über ihren Freund, war stolz darauf, dass er als Sternekoch über andere Köche schrieb und dafür viel Lob einheimste. Er war wie sie, hatte ständig Ideen, sah sich immer nach neuen Herausforderungen um.

»Du beschreibst ihn als einen Menschen mit einer Menge Power. Ein richtiges Energiebündel«, meinte Leonie.

»Das ist er auch. Und er küsst gnadenlos gut.« Ella drückte Leonies Arm und lächelte flüchtig. »Muss ich mich schlecht fühlen, weil ich gerade *jetzt* verliebt bin?« Sie sah Leonie zweifelnd an.

»Bist du verrückt? Natürlich nicht!« Leonie gab ihrer Schwester einen Kuss auf die Wange. Hoffentlich hielt Ellas Liebe zu dem Sternekoch länger als die zu seinen Vorgängern. Ella war klug und geistreich, doch bei Männern hatte sie sich bisher nicht festgelegt. Sie brauchte jemanden, der zwar an ihrer Seite stand, ihr aber genügend Freiraum ließ. »Deine Verliebtheit und Alexanders Unfall sind zwei Dinge, die unglücklicherweise zusammengefallen sind. Alex hat dir immer alles gegönnt. Er würde sich auch jetzt für dich freuen.« Sein Tod konnte Ellas Hochgefühl, jemanden wie Timo getroffen zu haben, nicht komplett auslöschen, das wusste Leonie. Insgeheim war sie sogar froh, dass sie den Schutz des Verliebtseins genoss. »Koste diese Liebe aus, und mach dir keine Vorwürfe«, versuchte sie, ihre Schwester zu beruhigen.

Das Dach der Kapelle lugte zwischen den Lücken der Bäume hervor. Nur noch wenige hundert Meter, dann wären sie da. Leonie sah, wie ihre Mutter sich an Gedeon lehnte. Religiöse Hingabe war ihr fremd, sie würde sich nicht auf ihren Glauben stützen können, sondern lediglich auf die Menschen um sich herum. Alles, was sie hatte, waren ihre Töchter und ihren Ex-Mann Claus. Obwohl ihre Ehe bereits vor vielen Jahren in die Brüche gegangen war, hatten die beiden ihre Freundschaft retten können. Sie verstanden sich nach wie vor gut und gingen sogar regelmäßig miteinander essen. Ihr Vater würde sich um ihre Mutter kümmern. Immerhin das war Leonie ein Trost.

Sie folgten der letzten Biegung und sahen Valerie. Sie stand mit verschränkten Händen vor der Kapelle. Der schwarze, fast bodenlange Mantel, in den sie gehüllt war, unterstrich den Eindruck der trauernden Witwe, ebenso das streng hochgesteckte Haar. Als sie bei ihr ankamen, bemerkte Leonie Valeries rot geweinte Augen.

»Da seid ihr ja.« Sie schenkte ihnen einen traurigen Blick, dann wandte sie sich ab und verschwand im Halbdunkel der Kapelle.

Gedeon und ihre Mutter folgten Valerie langsam. Ella und Leonie warteten, bis ihr Vater kam. Gemeinsam mit ihm betraten sie die Kapelle und durchschritten den Gang. Vor dem Altar stand auf einer Staffelei ein Bild von Alexander. Davor lag eine einzelne weiße Rose, und um das Bild herum standen ein Dutzend Kränze. Beim Anblick seines Fotos – einem Schnappschuss von vor einem Jahr – und der Blumen und Kerzen wurde Leonie das Herz schwer. Der größte Kranz stammte von Valerie. *Für immer in Liebe mit Dir verbunden – Valerie* stand auf der goldenen Schleife.

Leonie wollte gerade in der Bank Platz nehmen, als sie einen Kranz aus gelben Teerosen entdeckte. Auf der weißen Schleife stand in schwarzer Schrift: *Wir hatten schöne Zeiten. Danke – Michael*

Der Schmerz, der sie traf, als sie Michaels Namen las, kam unerwartet. Seit Jahren hatte sie nicht mehr an ihre erste große Liebe gedacht. Nicht, weil Michael ihr nicht in den Sinn gekommen wäre, sondern weil sie es sich verboten hatte, jemals wieder einen Gedanken an ihn zu verschwenden. Ein Vertrauensbruch wie der, den sie durch ihn erfahren hatte, wog schwer, und es hatte Leonie damals mehr Kraft gekostet, als sie sich eingestehen wollte, die Vergangenheit, und damit Michael, hinter sich zu lassen. Dass er nun einen Kranz schickte, machte sie nicht nur sprachlos, es brachte sie aus der Fassung.

Entsetzt wandte sie sich ab und setzte sich zwischen ihren Vater und ihre Schwester. Michael würde nicht kommen. *Das ist ausgeschlossen*, beruhigte sie sich im Stillen.

Nach und nach nahmen sämtliche Trauergäste ihre Plätze ein. Es wurde geflüstert und gegrüßt. Jemand schnäuzte sich. Ein anderer hustete. Es dauerte, doch schließlich wurde die Tür der Kapelle geschlossen. Leonie atmete erleichtert auf.

Es war mehr ein Reflex als eine bewusste Entscheidung, als sie sich ein letztes Mal umsah und den Blick über die Köpfe der Menschen huschen ließ. Die Kapelle war brechend voll, und sie entspannte sich. Alles gut, er war nicht da.

Der Pfarrer trat nach vorn, breitete die Arme aus und richtete das Wort an die Trauergäste. »Liebe Familie Glanz, liebe Trauernde …«, begann er mit fester Stimme.

Leonie reichte ihrer Mutter ein Taschentuch, als sie den Kopf kurz drehte und aus ihrem Augenwinkel den Blick eines Mannes auffing. Er stand in der letzten Reihe, neben der Tür. Wie hätte sie diese Augen je vergessen können? Noch immer stand Michaels sandfarbenes Haar in sämtliche Richtungen ab, und noch immer verlieh ihm diese »Frisur«, die den vielen Wirbeln geschuldet war, einen bohemienhaften Touch. Es waren dieses verstrubbelte Haar und seine tiefgrünen Augen, die schon immer einen Teil seines Charmes ausgemacht hatten.

Plötzlich hatte Leonie das Gefühl, ihr Kleid wäre zu eng zum Luftholen. Sie versuchte gegen das Gefühl der Atemnot anzukämpfen. Als ihr das gelungen war, suchte sie nach Ellas Hand und umschloss sie mit ihrer. Ella würde nicht ruhig dasitzen, wenn sie Michael entdeckt hätte. Er hatte auch ihr vor vielen Jahren sehr wehgetan. Damals hatte Leonie sich schützend vor ihre Schwester gestellt. Ella war ein Teil von ihr. Leonie stand für sie ein, was auch immer geschah.

Ella schob diese Fürsorge auf die zwei Minuten, die Leonie

früher zur Welt gekommen war. Zwei Minuten, die Leonie zu Ellas »großer Schwester« gemacht hatten und ihr die Aufgabe zuwiesen, auf sie zu achten.

Ella war ihre zweite Hälfte, das Nesthäkchen, das den Blick oft träumend zum Blau des Himmels hob. So war es früher gewesen, und so war es manchmal noch heute. Wenn Leonie Ella ertappte, wie sie vielsagend in sich hineinlächelte, wusste sie, dass ihre Schwester in ihre eigene Welt abgetaucht war.

Leonie hörte das sonore Gemurmel, aber die Worte des Pfarrers ergaben einfach keinen Sinn. Sie versuchte krampfhaft, ihre Konzentration auf das zu lenken, was im vorderen Teil der Kirche geschah. Doch egal wie sehr sie sich auch bemühte, ihre Aufmerksamkeit galt Michael. Es war dreizehn Jahre her, seit sie ihn das letzte Mal gesehen hatte.

Vorn sprach der Pfarrer von der Kraft der Familie, dem Ort, an dem Alexander für immer weiterleben würde – in den Herzen der Menschen, die ihn liebten. Im Licht der Liebe blieben die Schatten verborgen, hatte ihr Großvater behauptet. Nur waren die Schatten heute übermächtig – durch Alexanders Tod und Michaels Auftauchen gab es einfach nicht genügend Licht, das auf Leonie hätte scheinen können.

3.

Während der Trauerfeier hatte Leonie immer wieder zu ihrer Mutter hinübergesehen und ihr durch Blicke Halt zu geben versucht. Zweimal war ihre Mutter in Tränen ausgebrochen, doch zum Ende hin hatte sie sich wieder unter Kontrolle, und nun schritt sie zu den Tönen von John Lennons *Imagine*, Alexanders Lieblingssong, an ihrem und Ellas Arm aus der Kapelle.

Unzählige neugierige Augen ruhten auf ihnen, als sie den Gang entlanggingen. Mit einem traurigen Lächeln erwiderte Leonie die stummen Beileidsbekundungen, dabei hielt sie unablässig und so unauffällig wie möglich nach Michael Ausschau. Egal wie weit entfernt er war – seine Statur und seinen aufrechten Gang würde sie unter Hunderten erkennen. Nur noch wenige Schritte, dann wären sie bei der zweiflügeligen Tür angelangt, in wenigen Momenten stünden sie vor der Kapelle. *Er ist bestimmt längst weg*, redete sie sich ein. Es konnte gar nicht anders sein. Er würde sicher keinen Eklat heraufbeschwören wollen. Nicht bei Alexanders Gedenkfeier. Trotz ihrer Hoffnung, ihn nicht mehr sehen zu müssen, überlegte sie weiterhin fieberhaft, was sie tun könnte, falls Michael doch noch in Sichtweite war. Sie musste Ella und ihrer Mutter seinen Anblick um jeden Preis ersparen, schließlich hatte sie ihn in die Familie gebracht, er war ihr Freund gewesen, also trug sie die Verantwortung, dass es nicht zu weiterem Ärger seinetwegen kam.

Während sie den Wagen ihres Vaters ansteuerten, drängte die Erinnerung mit aller Macht in Leonies Bewusstsein, ohne dass sie sich davor schützen konnte.

Sie war neunzehn gewesen, als sie sich bis über beide Ohren

in Michael verliebt hatte. Sie hatten gerade ihre Abiturzeugnisse überreicht bekommen, die Papiere wie Fahnen geschwenkt und wie Kinder geschrien, die vorhatten, für immer in Urlaub zu fahren. Das Gefühl, es geschafft zu haben, war überwältigend gewesen. An später hatte niemand gedacht. Sie wollten bloß den Moment auskosten, etwas anderes war ihnen an diesem Tag nicht wichtig. Michael hatte sich in einer Traube von Menschen befunden, die ihm auf die Schulter klopften, ihm gratulierten und durcheinanderredeten. Er war Jahrgangsbester gewesen und hatte diesen besonderen Augenblick genossen. Doch irgendwann hatte er sich losgeeist, war aus der Menschenansammlung ausgebrochen und mit einem unwiderstehlichen Lächeln auf Leonie zugekommen.

Als er vor ihr stand, hatte er sie hochgehoben und herumgewirbelt. Noch heute konnte Leonie das Gefühl abrufen, das sie dabei empfunden hatte ... als wäre sie leicht wie eine Feder. Und noch immer erinnerte sie sich an das Strahlen in seinem Gesicht, als er sie absetzte, mit ihr durch den Korridor rannte und sie hinter einer offen stehenden Tür küsste, bis ihr schwindelig wurde. Sie schmolz dahin, wenn er in ihrer Nähe war, und spürte ihn immer schon, bevor sie ihn sah.

In den folgenden Wochen war ihr immer klarer geworden, dass er ihre große Liebe war, und als sie an einem lauen Sommerabend küssend und händchenhaltend am Ufer des Tegernsees saßen, wusste sie, dass sie nie glücklicher sein würde als in diesem Augenblick. Die Sonne war längst untergegangen, aber es war noch immer angenehm warm, das Wasser plätscherte leise, Michaels Arm lag um ihre Schulter, mit der anderen Hand hielt er ihre, drückte sie an sein Herz und sagte: »Du bist *der* Mensch für mich, Leonie.«

Danach hatten seine weichen Lippen sich zum x-ten Mal auf ihre gelegt. Wenn er sie küsste, war es, als hätte jemand in ihrem Inneren einen Heizkörper installiert – Wärme, überall in ihr war Wärme. Dieses Gefühl musste der Grund sein, weshalb man lebte. Nur deshalb war man auf Erden. Als er sie losließ, hatte dieses hinreißende Lächeln auf seinen Lippen gelegen. Der Blick seiner Augen war zärtlich, voller Zuversicht.

In den nächsten Monaten waren sie fast ununterbrochen zusammen gewesen. Oft hatte sich auch Ella dazugeschummelt. Sie hatte sich regelrecht an Michaels Fersen geheftet. Obwohl sie gleich alt waren, war Ella für Michael die »Kleine«. Er mochte sie, doch er sah in ihr keine junge Frau, sondern nur Leonies Schwester.

Als Leonie dann eines Tages erfuhr, dass Michael Ella in eine Ecke gedrängt und sie gegen ihren Willen geküsst hatte, war sie fassungslos. Es hatte sich angefühlt, als würde ihr Herz zerbrechen, gleichzeitig hatte sie das starke Bedürfnis gehabt, Ella den Schmerz abzunehmen. Alles, was ihre Schwester empfand, spürte Leonie als Widerhall in sich selbst. Sie musste Ella nur ansehen, um zu wissen, was in ihr vorging – womit sie sich quälte und worüber sie sich freute. Manchmal glaubte sie sogar zu wissen, was Ella ihr verschwieg. Ihre Schwester war ein Teil von ihr – sie waren jede die Hälfte eines Ganzen. Die Worte »sexuelle Belästigung« waren nicht gefallen, doch das war nicht nötig gewesen, alle hatten sie in ihren Köpfen Ellas Schilderung hinzugefügt.

Leonie sah zum Himmel. Die Wolken lichteten sich, es wurde wärmer. Der Gedenkgottesdienst war regelrecht an ihr vorbeigezogen. Und auch jetzt war sie nicht richtig bei der Sache. Michaels Erscheinen überschattete alles. Wie konnte er ihr das nur antun …?

»Steigt ein«, forderte ihr Vater sie auf, als sie vor seinem Wagen angekommen waren.

Während der Fahrt blickte Leonie aus dem Fenster. In der

Ferne zeichneten sich die Bäume scharf vor dem Hügelkamm ab, davor schmiegten sich die Häuser in die Landschaft. Nach wenigen Minuten hatten sie das Restaurant erreicht. Dort suchte Leonie erneut alles ab, aber auf dem Parkplatz des Wirtshauses war von Michael nichts zu sehen. Erleichtert atmete sie auf.

Als sie den Gastraum betraten, kam eine Kellnerin mit einer weißen Schürze auf sie zu. »Nochmals mein Beileid, Frau Glanz. Wenn Sie irgendwelche Wünsche haben, sprechen Sie mich bitte jederzeit an«, sagte sie.

Leonie betrachtete die sorgfältig eingedeckten Tische, den schönen Blumenschmuck und die Kerzen in silbernen Leuchtern.

»Danke, es ist alles perfekt«, antwortete sie. Sie würde sich an den Tisch am Fenster setzen. So war es mit Ella und ihrem Vater abgesprochen. Valerie säße bei ihnen, außerdem Stefan Kopf, ihr Finanzvorstand, mit dem Alexander, trotz eines großen Altersunterschieds, auch privat locker befreundet gewesen war.

Leonie hängte ihren Mantel an die Garderobe und steuerte den Familientisch an. Auf halbem Weg blieb sie wie vom Donner gerührt stehen. Michael stand neben Valerie. Sie sprach auf ihn ein, er hörte ihr offenbar zu, denn er nickte, gleichzeitig jedoch war sein Blick auf Leonie gerichtet.

In ihrer Brust wurde es eng. Wortlos starrte sie ihn an, dann schlug sie die Augen nieder. Für den Bruchteil einer Sekunde schien die Luft mit viel zu viel Energie aufgeladen zu sein. Damals hatte sie etwas verbunden, das den Rest der Welt ausgeschlossen hatte. Sie hatte oft das Gefühl gehabt, als schwebe sie, als brauchten ihre Füße nicht mehr den Kontakt zum Boden. Michael und sie hatten sich in einer Blase des Einklangs befunden, hatten gewusst, was der andere dachte, fühlte und als wichtig empfand, und auch jetzt, als sie wieder aufschaute, glaubte sie ihm anzusehen, was er dachte. Er wusste, was in ihr vorging.

Wusste, dass die dunklen Bilder in diesem Moment für sie wieder lebendig wurden.

All die Jahre hatte sie die Erinnerung an ihn weit von sich geschoben, doch jetzt drängte sie machtvoll in ihr Bewusstsein und entlockte ihrem Gedächtnis verstörende Bilder. Ellas Weinen und ihr Zusammenbruch standen ihr wieder deutlich vor Augen. Damals hatte sie, nach dem ersten Schock, die vielen Momentaufnahmen des Glücks mit Michael dagegengehalten – die Gespräche bis tief in die Nacht, die sie mit ihm geführt hatte, ihr losgelöstes Lachen, wenn sie miteinander herumgeblödelt hatten, und das Gefühl der Zufriedenheit, wenn er ihr zuhörte, als hätte er alle Zeit der Welt, nicht zu vergessen die vielen Umarmungen und Küsse und seine Hände auf ihrem Körper. Seine warmen Finger, die von ihrem Nacken über ihre Schulter glitten und auf ihrer Hüfte ankamen.

Die Bilder wurden auch jetzt wieder so drängend, dass Leonie sich an einem Stuhl festhalten musste. Es war kaum zu fassen, dass er sich nach allem, was vorgefallen war, hierhergetraut hatte. Sicher, er und Alexander waren früher enge Freunde gewesen, aber das gab ihm noch lange nicht das Recht, heute hier zu sein. Seine Gegenwart war ein Affront.

Bei dem Gedanken, dass Ella und ihre Mutter ihn jeden Moment entdecken konnten, trat kalter Schweiß auf Leonies Stirn. Würde er ihnen etwa sein Beileid aussprechen? Sie sah, dass er neben Valerie Platz nahm. Rasch wandte sie den Blick ab. Sollte sie zu ihm gehen und ihn auffordern, das Lokal zu verlassen? Sie könnte Gedeon darum bitten, das für sie zu übernehmen. Sie hörte einen Stuhl über den Boden schrammen und sah wieder hinüber zu Valerie. Michael war aufgestanden. Stehend sah er auf Alexanders Witwe hinab und wechselte noch einige Worte mit ihr.

Leonies Gefühle gerieten erneut durcheinander. Jetzt drehte

er sich um und schaute sie an. Hitze stieg ihr in die Wangen. Ihre Hände wurden feucht, und sie zitterte.

Ihre Neugier war stärker als ihre Angst. Sie zwang sich, nicht wegzusehen, und so tauschten sie einen Blick. Dann nickte er, drehte ihr den Rücken zu und durchquerte den Raum. Er hatte noch immer diesen festen Schritt und diesen geraden Gang. Sie sah seinen gut sitzenden schwarzen Anzug, und bevor sie ein weiteres Mal Luft holen konnte, ging er durch die Tür und war fort.

Ein Mann, auf den Verlass ist, hatte sie damals stolz behauptet. Ein Mann, der Menschen das Herz bricht, würde sie heute sagen.

Sie gab sich einige Sekunden, um das Aufeinandertreffen mit Michael zu verarbeiten, wartete ab, bis ihr Atem ruhiger ging. Dann wandte sie sich einem Trauergast zu, der über Alexander sprach. Sie zwang sich, dem Gespräch zu folgen, und als sich die Möglichkeit ergab, ging sie zu Valerie. Obwohl sie zu gern gewusst hätte, was ihre Schwägerin mit Michael gesprochen hatte, fragte sie nicht danach. Sie setzte sich neben sie und legte ihr den Arm um die Schultern.

»Ich halte das nicht länger aus.« Valerie griff nach ihrem Glas und trank einen Schluck Wasser. »Jeder tut so, als hätte er Alex wirklich verstanden. Dabei hat ihn niemand ernst genommen, wenn er von seinem Traum sprach, Fotograf zu werden.« Valerie klang gereizt. »Ihr wart nicht da, wenn er sich mal wieder vergraben hatte, weil er aus Liebe zu seiner Familie eine Rolle erfüllt hat, die für seinen Traum keinen Platz ließ. Oder wenn er einen Tag nach München fuhr, weil er den Kopf freibekommen musste. Alex war ein Künstler. Er wollte reisen und die Fotos schießen, die in seinem Kopf waren«, murmelte sie. In ihren Augen loderte Zorn. Sie klang vorwurfsvoll und sehr eindringlich. »Glaubst du, es hilft, wenn ihr darüber schweigt?«, stieß sie hervor. »Wegsehen, wenn Hinsehen geboten wäre, das ist eure Methode. Das habt ihr mit Alexander all die Jahre gemacht. Und jetzt ist er tot!«

Leonie beschlich ein ungutes Gefühl. Ein Familienstreit war das Letzte, was sie in diesem Moment gebrauchen konnten. Valerie konnte ziemlich impulsiv sein. Wenn sie ihre Befürchtungen herumerzählte und einer der Trauergäste das an die Presse weitergäbe, würde das Spekulationen um einen Familienzwist, vielleicht sogar um einen Selbstmord anheizen. Leonie musste sie beruhigen, sonst würde der Tag in einem Desaster enden.

»Valerie, ich bewundere, wie tapfer du bist … aber vielleicht ist es besser, wenn ich dich nach Hause bringe. Du brauchst Ruhe.«

»Du, Ella, Annalena und Claus, ihr habt Alex auf dem Gewissen!« Valerie sprach einfach weiter, ihre Finger trommelten auf die Tischplatte. »Hedi muss ich fairerweise raushalten. Sie hatte genug damit zu tun, keinen Alkohol mehr anzurühren. Ich wüsste zu gern, was hinter dem abgeschotteten Dasein deiner Großmutter steckt. Vielleicht habt ihr da ja auch eure Finger im Spiel.«

Neugierige Blicke streiften sie. Einige tuschelten bereits. »Valerie, ich verstehe, dass du durcheinander bist, aber …«

»Er könnte noch leben, Leonie«, fiel ihr Valerie ins Wort. Sie schluchzte auf, ihr Kopf war rot. »Wenn ihr zugelassen hättet, dass er sein Leben lebte, wäre er noch bei mir. Firmenchef eines Kosmetik-Konzerns war das Letzte, was ihn interessiert hat. Aber das wollte natürlich niemand hören. Was Alex im Grunde seiner Seele wollte, war euch egal.« Valeries Hand streifte das Glas auf dem Tisch. Laut klirrend zerbrach es am Boden. Ein Kellner holte Besen und Schaufel und eilte herbei, um sich um die Scherben zu kümmern.

Ella und ihr Vater kamen auf sie zu und schirmten Valerie ab. Gemeinsam schafften sie es, sie aus dem Restaurant hinauszubringen. Sie weinte und stammelte weiter von der Schuld, die sie auf sich geladen hätten. Sie schlug um sich, um sich von den Händen, die sie festhielten, zu befreien.

»Ruf Dr. Weiz an«, sagte Ella zu Leonie. »Sie braucht ein Beruhigungsmittel.«

»Kein Arzt«, fuhr Leonies Mutter dazwischen. Sie war wie aus dem Nichts neben ihnen aufgetaucht. »Ein wenig Ruhe, dann wird sie sich besser fühlen. Geht rein und kümmert euch um die Gäste. Ich bringe sie nach Hause.«

»Mama, ich glaube nicht …«, setzte Ella an, aber ihre Mutter schüttelte den Kopf.

»Nein! Lass mich das regeln.« Sie hatte den Arm um Valerie gelegt. Plötzlich war sie nicht mehr die gebrochene Frau, sondern jemand, der bereit war, seine Pflicht zu erfüllen.

»Ella, Mama weiß, was sie tut.« Leonie griff nach dem Arm ihrer Schwester. »Sag mal, hat Timo eigentlich schon angerufen?«, fragte sie.

»Er hat mir eine Nachricht geschickt.« Ella ließ sich bereitwillig auf das Thema ein.

»Das ist gut.«

Die Tür zum Gasthaus schwang auf. Gedeon erschien im Türrahmen. »Kann ich euch helfen?«, rief er. Irritiert blickte er zu Valerie.

»Nicht nötig. Wir haben alles im Griff«, rief Ella zurück.

Leonies Mutter und Valerie folgten dem Weg, und Ella, ihr Vater und Gedeon gingen zurück ins Restaurant. Leonie blieb allein zurück. Sie brauchte dringend einen Moment für sich. Sie schlenderte die Wiese entlang, bis sie vor einer riesigen Trauerweide stand.

»Wie passend …«, murmelte sie gedankenverloren. Der Baum bot mit seinen bis zum Boden reichenden Ästen einen majestätischen Anblick. Kurz blieb sie davor stehen.

»Leonie …«

Erschrocken fuhr sie herum. Michaels Stimme hatte noch immer diesen rauen Klang.

»Micha …« Leonie spürte, wie ihr der Schweiß ausbrach.

Sie dachte an die Ohrfeige, die sie ihm immer hatte geben wollen. Ein Abschluss unter ein dunkles Kapitel, den sie nie gesetzt hatte. Wie oft hatte sie sich Worte zurechtgelegt, die sie ihm entgegenschleudern würde, aber jetzt redete er weiter.

»Es tut mir so leid. Ich hab Alex sehr gemocht. Und ich weiß, wie sehr du ihn geliebt hast und wie sehr er dir fehlen wird.« Michael wandte sich ab und stieg in den Wagen, der wenige Schritte entfernt auf dem Parkplatz stand. Leonie hörte, wie er den Motor anließ. Der Audi setzte sich in Bewegung. Wie gelähmt sah sie dem Wagen nach, bis er um die Biegung und aus ihrem Blickfeld verschwand.

Sie hatte gehofft, Erleichterung zu spüren, wenn Michael fort wäre, doch da waren nur eine schneidende Leere und die Erinnerung an eine Liebe, deren Verlust sie nie verkraftet hatte.

4.

Die Räder rumpelten über den Schotterstreifen. Michael lenkte rechts ran und brachte den Wagen zum Stehen.

»Was hast du dir nur dabei gedacht?«, sagte er zu sich selbst. Er fuhr sich mit den Händen durchs Haar und sah aus dem Seitenfenster. Die Hänge lagen im Grau des Tages, und auf der Weide grasten Kühe. Was für ein Bild des Friedens, das auf ihn kein bisschen zutraf. Er kam sich vor wie jemand, der das Beste gewollt, aber das Falsche getan hatte.

Als er sich heute Morgen in den Wagen gesetzt hatte, um an den Tegernsee zu fahren, war er sich so sicher gewesen, das Richtige zu tun. Sein letzter Kontakt mit Alex war nicht gerade freundlich verlaufen. Mit seinem Erscheinen bei der Trauerfeier hatte er dieses Bild revidieren wollen. Doch in letzter Konsequenz war er natürlich wegen Leonie gekommen.

Früher hatte er die Kapelle, in der die Trauerfeier für Alex stattfand, einige Male gemeinsam mit ihr besucht. Leonie war gern dorthin gegangen, um eine Kerze für ihren Großvater anzuzünden. Sie hatte ihn nicht gekannt, hing jedoch auf rührende Weise an ihm. Ihm hatte es gefallen, neben ihr in der Bank zu sitzen und zu spüren, wie sie im Zwiegespräch mit ihrem Großvater immer ruhiger wurde.

Vom ersten Moment an hatten ihn Leonies Loyalität und ihr offenes Herz fasziniert. Es war nicht leicht, den Spagat zwischen den Traditionen, die ihre Familie hochhielt, und ihrem lebendigen Blick auf die Welt hinzubekommen. Als er sie einmal darauf angesprochen hatte, hatte sie nur gelacht.

»So schwierig ist das nun auch wieder nicht. Im Leben ist

für eine Menge Platz. Wenn du dieses wilde Schlagen hier drin spürst«, sie hatte auf ihr Herz gedeutet, »bekommst du alles unter einen Hut.« Es hatte so simpel geklungen und doch so klug.

Als er viel zu früh bei der Kapelle angekommen war, hatte er sich ein ruhiges Plätzchen in der Nähe einer Baumgruppe gesucht und dort bis zum letzten Moment gewartet, dann war er unauffällig in die Kapelle getreten und hatte sich mit dem Rücken zur Tür gestellt, jederzeit bereit, sie wieder zu verlassen.

Alexanders Tod rückte seine jungen Jahre wieder klar ins Bild. »Hör auf, mit Leonie Kontakt aufnehmen zu wollen, Micha. Du bist zu weit gegangen. Was hast du dir nur dabei gedacht?«, hörte er in Gedanken Alexanders Stimme.

Annalena hatte ihm sogar mit dem Anwalt gedroht, falls er sich ihren Töchtern noch einmal nähern sollte. Seine Bemühungen, mit Leonie zu sprechen, waren allesamt gescheitert. Wäre Ellas Vorwurf in die Öffentlichkeit getragen worden, hätte ihn das weit mehr gekostet als den Verlust des Menschen, der ihm damals am nächsten stand, aber er hatte immer nur an Leonie denken müssen. Daran, wie sie sich fühlte und was sie von ihm dachte. *Du bist zu weit gegangen …* Einer der letzten Sätze, die er von Alexander gehört hatte. Danach war auch der Kontakt zu ihm abgebrochen. Für die Familie Glanz existierte er nicht mehr.

Als er Leonie heute Richtung Altar hatte gehen sehen – das Haar genauso lang wie damals, den Kopf schräg gelegt, damit sie ihr Umfeld mit diesem nachdenklichen Blick streifen konnte –, hatte sich dieselbe Wärme in seiner Brust ausgebreitet, die er bei ihrer ersten Begegnung gespürt hatte. In dem schwarzen Kleid hatte sie zerbrechlich ausgesehen, doch ihr klarer Blick wirkte entschlossen und signalisierte Stärke. Er wusste, dass sie litt, aber sie ließ es sich nicht anmerken.

Sie nach so vielen Jahren wiederzusehen, hatte ihn schlichtweg überwältigt. Er empfand noch genauso für sie wie damals, daran würde sich nie etwas ändern. Vielleicht war das das Wesen der Liebe – Liebe war zeitlos.

Als Leonie ihn entdeckte, hatte sie ausgesehen, als könne sie nicht fassen, was ihr gerade widerfuhr. Der Moment des Erschreckens hatte sich deutlich in ihrem Gesicht abgezeichnet. Und mit der Erkenntnis war in ihm die Scham gewachsen, sie überhaupt erst in diese Situation gebracht zu haben.

Von draußen schallte das Muhen der Kühe zu ihm und riss ihn aus seinen tristen Gedanken. Er starrte auf das Armaturenbrett und versuchte krampfhaft, die Bilder, die durch seinen Kopf geisterten, anzuhalten. Auch nach all den Jahren machte es ihn noch immer fassungslos, was ein einziger Moment in einem Leben bewirken konnte. Die Zukunft, die Leonie und er sich damals ausgemalt hatten, war binnen eines Tages in Schutt und Asche gelegt worden.

Er setzte den Blinker, fuhr zurück auf die Landstraße und zur Autobahnauffahrt Richtung München. Auf der A8 folgte er der dahinkriechenden Autoschlange, einige Male entkam er den langsam Vorausfahrenden, gab zaghaft Gas und überholte, so schaffte er es in die Operngarage in der Stadt. Als er die Stufen nach oben nahm, brach die Sonne durch die Wolken und legte fahle Lichtstreifen auf die Maximilianstraße. Er kam am Brenner's vorbei, wo er mit Fred auf seine Heimkehr nach Deutschland angestoßen hatte. Wenige Tage darauf hatte Fred Silvy angerufen, weil er gehört hatte, Alexander Glanz sei verunglückt.

Michael lief an den eleganten Boutiquen vorbei, ohne die Auslagen eines Blickes zu würdigen. Im zweiten Stock eines Stadthauses befand sich Freds Rechtsanwaltskanzlei, gleich darüber lag seine Wohnung. Über die stetig steigenden Quadratmeterpreise in diesem Viertel musste Fred sich keine Sorgen machen, denn das prächtige, italienisch anmutende Haus mit den

Bogenfenstern und Verzierungen an der Fassade gehörte seinem Vater.

»Manch einer hat eben Glück und wird in die richtige Familie hineingeboren«, behauptete Fred mit diesem schalkhaften Grinsen, wenn jemand ihn darauf ansprach.

Gleich zwei Stufen auf einmal nehmend, erreichte Michael den zweiten Stock. Vor dem Messingschild suchte sein Finger die Klingel. Leise ertönte der Summer.

Michael ging durch den Flur, von dem Türen zu den anderen Räumen führten, und trat durch die große Glastür in Freds minimalistisch eingerichtetes Büro, dem sein Freund mit üppigen Grünpflanzen eine eigene Note verliehen hatte.

Fred stand vor der glänzenden weißen Fläche, die hinter seinem Schreibtisch aus Walnussholz an der Wand emporragte. Mein Gedächtnis, nannte er das Whiteboard, auf dem er tagtäglich festhielt, was für seine aktuellen Mandate wichtig war. Fred war einen Kopf kleiner als Michael und hatte Geheimratsecken, denen er mit einem Stoppelschnitt zu Leibe rückte, und ein unverschämt verschmitztes Lächeln, das jeder mochte. Er war ein gutmütiger Teddybär und der verlässlichste Freund, den man sich nur vorstellen konnte. Er notierte etwas auf der Tafel, legte den Stift zur Seite und drehte sich zu Michael um. Das Interesse am Verlauf von Michaels Tag war ihm anzusehen.

»Ist es erlaubt zu fragen, wie es war, oder soll ich das besser lassen?«

Michael rang sich ein verunglücktes Lächeln ab. »Fragen ist keine gute Idee.« Er zog die Jacke aus und legte sie auf den Besucherstuhl.

»Dass in diesem speziellen Fall Eigeninitiative vermutlich nicht gut ankommt, war vorauszusehen. Vielleicht hättest du doch nur einen Kranz schicken sollen.« Fred schenkte Michael einen nachsichtigen Blick.

»… und damit hat es sich?« Michael hob in einer Geste, die *Das hätte ich nie über mich gebracht* ausdrücken sollte, die Arme. »Es war Alex' Trauerfeier«, sagte er, als wüsste Fred das nicht. »Wir wollen uns beide nicht vorstellen, wie es sich anfühlt, aus dem Nichts heraus ein Familienmitglied zu verlieren und auch noch mit Fragen der Presse konfrontiert zu sein.«

Fred kam zu Michael und deutete auf die Stühle. »Setz dich erst mal. Du siehst echt mitgenommen aus.« Als sie sich gegenübersaßen, fuhr Fred fort: »Was da passiert ist, ist schrecklich, und zwar für alle aus der Glanz-Familie. Und was dich betrifft … mit deinem Erscheinen heute wolltest du ein Zeichen der Versöhnung setzen, aber ich bin mir nicht sicher, ob der Glanz-Clan das ebenso sieht. Menschen sehen, was sie sehen wollen, daran ändert auch deine gute Absicht nichts.«

Michael fühlte Freds Hand wohltuend auf seiner Schulter und schüttelte beim Gedanken an das Erlebte den Kopf. »Wenn du Leonies Blick gesehen hättest. Es lag so viel Verletzlichkeit darin.«

Er hatte es in den letzten Jahren nicht immer gezeigt, aber natürlich wusste Fred, wie sehr ihn die Sache mit Leonie auch jetzt noch mitnahm. Mehr, als ihm lieb war. Abends, wenn er die Augen schloss, hörte er noch immer Leonies wunderbar klingendes, argloses Lachen und sah ihre rehbraunen Augen, aus denen das Glück strahlte.

»Mute dir nicht zu viel zu, Micha«, sagte Fred tröstend. »Als Wirtschaftspsychologe weißt du, wie man Konflikte beilegt, klar, aber Berufliches und Privates sind zwei verschiedene Paar Schuhe. In erster Linie bist du ein Mensch … Und dieser verdammt schwere Rucksack an Gefühlen, den du schon so lange mit dir herumschleppst, gehört endlich von deinen Schultern.« Fred beugte sich zu ihm und sah ihn eindringlich an. »In den letzten Monaten ist viel passiert: Mary und du, ihr habt euch getrennt, du hast die Brücken in London abgebrochen und bist zurück nach Deutschland gekommen, und heute hast du nach über zehn Jahren Leonie wiedergesehen.«

»Tja. Keine Kleinigkeiten … Aber ich bin Fachmann, was herausfordernde Situationen betrifft.«

»Zu einer Versöhnung gehören immer zwei, in diesem Fall vermutlich sogar die ganze Familie Glanz. Versteh mich nicht falsch. Ich bewundere deine Geduld. Aber mach dir nichts vor. Du hast nur eine Möglichkeit … nämlich nach vorn zu blicken und deine Vergangenheit endlich zu den Akten zu legen.« Als Jurist wog Fred die Dinge ab, sicher verbuchte er die Fahrt an den Tegernsee als Minuspunkt des Tages.

Michael stand auf und lehnte den Kopf ans Fenster. Unten auf der Straße betrat ein junges Paar eine Luxusboutique. Auch er sehnte sich nach dem kostbaren Gefühl von innerer Ruhe und Befriedigung, nur brauchte er dafür keine teuren Gegenstände, er wünschte sich einfach nur, mit Leonie und ihrer Familie ins Reine zu kommen.

Ohne Zweifel waren die schmerzhaften Begebenheiten von damals der Ausgangspunkt seines Interesses an Psychologie gewesen und der Grund, weshalb er nach vier Semestern Jura in Oxford auf Wirtschaftspsychologie umgestiegen war.

Inzwischen war er seit vielen Jahren ein gefragter Experte für Führungskräfteentwicklung. Ihm war es dabei besonders wichtig, dass die Menschen, mit denen er arbeitete, nach ihrer Zusammenarbeit gelöster und vielleicht auch glücklicher waren. Sein Ziel war es, ein gutes Arbeitsklima zu schaffen – für alle. Hierarchien weichte er auf, denn eine Firma konnte nur dann auf Dauer erfolgreich sein, wenn alle ihr Bestes gaben, ohne sich dabei überlastet oder nicht wertgeschätzt zu fühlen. Alle saßen in einem Boot, jeder hatte Anteil am Erfolg des Unternehmens. Diese Erkenntnis war in seiner Arbeit entscheidend.

Doch so gut er darin war, den Blick anderer für sich bietende Möglichkeiten zu öffnen, so schwer fiel es ihm, endgültig von jenem Teil seiner Vergangenheit abzulassen, dem er sich heute erneut gestellt hatte.

Wenn er einen Schlüssel in die Hand bekommen hätte, mit dem er seine Gefühle hätte wegsperren können, hätte er ihn genommen, um das Kapitel Leonie ein für alle Mal abzuschließen. Aber diesen Schlüssel gab es nicht.

»Weißt du, was Claudia zu mir gesagt hat, als sie vor vier Wochen ausgezogen ist?« Fred hatte das Thema gewechselt und blickte Michael ratlos an. »Sie meinte: Leben und Lieben ist, als würdest du die schönste Rose in Händen halten. Vergiss nur nicht, auf die Dornen zu achten.« Fred hob seine Hände und deutete auf seine paar Kilos zu viel. »Wo, bitte schön, habe ich Dornen?«

Michael entfuhr ein spontanes Lachen. »Du weißt doch, dass Claudia gern in Bildern spricht. Nimm diesen Vergleich nicht zu ernst und schon gar nicht wortwörtlich.«

»Nimm's nicht so ernst und schon gar nicht wortwörtlich«, äffte Fred ihn, Grimassen schneidend, nach. »Leicht gesagt.« Er verscheuchte eine Fliege, die auf seinem Arm gelandet war. »Ich sitze da und überlege, was sie mir mit diesem Vergleich sagen will. Und ich komme zu keinem zufriedenstellenden Ergebnis. Warum sagen Frauen nicht, was sie meinen?«

Michael sah in Freds fragendes Gesicht. »Weil sie uns nicht alles auf dem Silbertablett servieren wollen. Und weil wir Männer den Fehler machen, nicht nachzufragen, obwohl Frauen erfahrungsgemäß auf genau diese Initiative hoffen.« Er sah Fred aufmunternd an. »Ich glaube, Claudia ist ausgezogen, um erst mal Abstand zu gewinnen.«

Fred horchte auf.

»Manchmal flüchten Menschen aus einer Situation, in der

sie unglücklich sind oder sich überfordert fühlen, um herauszufinden, was sie wirklich wollen. Gib ihr ein bisschen Zeit. Und horch inzwischen in dich hinein. Wenn du dann wieder auf sie zugehst, mach ihr keine Vorwürfe, sondern setzt euch in Ruhe zusammen und sprecht darüber, was ihr *wirklich* von eurer Zukunft erwartet.« Michael nahm das Mineralwasser auf dem Tisch, schraubte am Verschluss und trank aus der Flasche.

»Mir hat in der Beziehung mit Claudia nichts gefehlt. Na ja, nicht wirklich«, gab Fred sich einsichtig. »Vielleicht neige ich dazu, Dinge, die mir nicht wichtig erscheinen, unter den Teppich zu kehren«, gestand er.

»Du bist die eine Hälfte, Claudia ist die andere. Beziehungen sind wie Wellen – immer in Bewegung. Nichts bleibt, wie es ist, so gern wir das manchmal auch hätten. Erst wenn du offen über deine Wünsche sprichst, kann sich ein neuer Weg auftun.«

Fred, der ebenfalls eine Flasche Mineralwasser geöffnet hatte, hielt auf halbem Weg zum Mund inne. »Für deine Gelassenheit hab ich dich immer bewundert. Nur wenn es um Leonie geht, gerätst du völlig aus der Balance.«

Michael stöhnte leise auf. Das Leben hatte ihn damals vor vollendete Tatsachen gestellt, ohne ihm auch nur den Hauch einer Wahl zu lassen. Er schloss kurz die Augen. Wie so oft, hörte er auch jetzt die Stimme seiner Großmutter.

»Menschen und Situationen solltest du dir immer in Ruhe ansehen, Micha. Trau dich, hinter die Mauer des Offensichtlichen zu sehen, das tun leider nur wenige. Wenn du genau hinschaust und vor allem hinspürst, erkennst du, wovor dein Gegenüber Angst hat. Das schafft Raum für Verständnis und Großzügigkeit … und für Liebe.«

Ihrem Zuspruch hatte er es zu verdanken, dass die bodenlose Enttäuschung nach dem Ende seiner Beziehung zu Leonie irgendwann im Sand verlaufen war. Die Wut, die er anfangs verspürt hatte, hatte sich mit der Zeit in Traurigkeit verwandelt. Und so hatte auch die Entscheidung, psychologischer Coach zu werden – zumindest indirekt –, mit seiner Großmutter zu tun.

Freds Worte unterbrachen den erneuten Bilderstrom in seinem Kopf. »Ich weiß, dass du Leonie heute zeigen wolltest, dass du mit ihr fühlst. Sei ehrlich, Micha … du wünschst dir nichts sehnlicher, als noch einmal mit ihr zu sprechen. Wie viele Briefe hast du ihr in den letzten fünf Jahren geschrieben?«

»Fakt ist, dass ich ihr nicht einen einzigen geschickt habe.«

»Weil du wusstest, dass es nichts bringt.«

Fred hatte recht. Die Chance auf ein Gespräch mit Leonie war so gering, dass ein Mensch, der auf seine Vernunft vertraute, sie erst gar nicht ins Auge fasste.

»*Ich* bin jedenfalls froh, dass du zurück bist«, meinte Fred. »Höchste Zeit, den Firmen hier wirtschaftspsychologisch zu zeigen, wo der Hammer hängt.«

»Danke, dass du mir ein paar Quadratmeter deines schicken Büros abtrittst und mich im Gästezimmer wohnen lässt.«

»Liebend gern. Und verkriech dich bloß nicht, versprich mir das.« Fred hielt seine Flasche hoch, um mit Michael anzustoßen. Das leise Klirren unterbrach die Stille im Büro. »Übermorgen steigt in Schwabing eine Party, da kommst du mit. Und was deine Wohnungssuche anbelangt, ohne Claudia fühle ich mich ziemlich einsam. Du tust mir also einen Gefallen, wenn du noch eine Weile hier herumschwirrst.«

Früher hatten Leonie und er nie Probleme gehabt, sich einander anzuvertrauen. Michael hatte immer das Gefühl gehabt, zu wissen, was Leonie naheging und was sie wollte. Auf dieselbe Weise, auf die sie im Sommer ins Wasser sprang – mit ordentlich Anlauf und einem kreischenden Juchzen, wenn sie ins Nass eintauchte –, lebte sie auch. Dieses übermütige, wissbegierige Mädchen ging mit weit ausgebreiteten Armen durchs Leben, als wollte es jede Stunde des Tages umarmen. Und diese Liebe für alles um sie herum hatte sie auch ihm entgegengebracht.

Heute hatte er nichts von dieser Liebe gespürt. Stattdessen hatte er den Schmerz von damals in ihren Augen aufglühen sehen, Schmerz, der offenbar über die Jahre mit dunklen Erinnerungen gefüttert worden war. Dieser Schmerz hatte ihm fast das Herz zerrissen. Wo war die Leonie geblieben, die er so gut kannte?

Michael wischte sich über den Mund und stellte die Flasche auf den Tisch.

»Hast du noch was aus Silvy rausbekommen?« Er sah die ruhelose Kraft in Freds Augen. Dieses Suchen begleitete seinen Freund sein ganzes bisheriges Leben und hatte ihm schon die ein oder andere interessante Information eingebracht, weil Fred nie aufgab und nachhakte, wenn ihn etwas interessierte.

Fred schüttelte den Kopf. »Noch mal anrufen macht keinen Sinn«, antwortete er. »Wie ich Silvy kenne, ahnt sie, dass du und ich noch Kontakt haben. Deshalb würde sie mir nichts verraten, was dir helfen könnte. Sie war schon immer absolut loyal der Familie Glanz gegenüber. Das Einzige, was sie bezüglich Leonie erwähnt hat, ist, dass sie ihr privates Glück mit irgendeinem Typen aus der Forschungsabteilung gefunden hat.«

»Wenigstens hat sie jemanden, mit dem sie durchs Leben gehen kann.« Bei dem Gedanken an Leonies Glück breitete sich eine innere Ruhe in Michael aus.

Im Gegensatz dazu war seine Beziehung zu Mary, die einer einflussreichen Londoner Familie entstammte, still und leise auseinandergegangen. Als er sie während eines London-Wochenendes in einem Pub in Kensington kennenlernte, war er froh um die Ablenkung gewesen, und als sie ihn darin unterstützte, nach London zu ziehen, hatte er nicht lange gezögert und die Chance ergriffen. Deutschland hinter sich zu lassen, war ihm geradezu erleichternd erschienen. Doch in den letzten beiden Jahren war ihm immer klarer geworden, dass Mary gegen Leonie nie eine Chance gehabt hatte. Das Festhalten an seiner ersten Liebe hatte ihn auf eine subtile Weise davon abgehalten, sein Glück zu finden.

Michael stand auf. »Ich schau mal die Post durch.« Er durchquerte den Raum und sank in den Stuhl vor seinem provisorischen Schreibtisch. Auf dem Tisch lag bereits ein beachtlicher Berg an Unterlagen.

»Vorhin hat dein Handy geklingelt. Jemand von AWS war dran.« Fred brachte sich in Position. »Michael Jahn mit seiner glasklaren Intelligenz und seiner Nase, die ihm sagt, wohin die Spur zu noch mehr Erfolg und Zufriedenheit der Mitarbeiter liegt, soll bitte … bitte«, Fred schlug die Hände zusammen, »zurückrufen.« Fred sah aus wie ein Schauspieler, der einen wichtigen Monolog ohne Patzer hinbekommen hatte.

»Wenigstens muss ich mir um deinen Humor und dein Stimmvolumen keine Sorgen machen.« Michael grinste. »Auf der Party in Schwabing wirst du garantiert nicht überhört.«

»Dann ist übermorgen vielleicht ein kleiner Flirt drin, falls ich es schaffe, die eine oder andere Frau zum Lachen zu bringen.«

»Jetzt halt mal den Ball flach und wirf bei Claudia nicht gleich die Flinte ins Korn.« Offen erwiderte Michael Freds beschämten Blick. »Ich kenne dich in- und auswendig, Fred. Mit Claudia und dir, das ist noch nicht vorbei. Das letzte Wort ist noch nicht gesprochen.« Michael stand noch mal auf und legte seine Hand tröstend auf den Arm seines Freundes. »Hör mal, Fred. Ich weiß, in eigener Sache stehe ich nicht allzu gut da, aber bei anderen irre ich mich selten. Was dich und Claudia angeht, sehe ich gute Chancen. Du liebst sie doch, oder?«

Fred seufzte gequält. »Das ist ja das Problem.« Er begann mit den Fingern trommelnd auf seinen Bauch zu schlagen. »Ich liebe sie viel zu sehr, deshalb leide ich ja so.«

»Na also. Deine Gefühle sind die Grundlage, alles andere baut darauf auf. Wenn du mich fragst, gib nicht auf. Liebe ist zu kostbar.«

Der waidwunde Blick, den Fred mit allerhand Herumgetue überspielte, ging Michael nahe. Vielleicht schaffte er es, Claudia und Fred auf neutralem Boden zu einem unverbindlichen Gespräch zusammenzubringen.

»Sag mal, was machen wir am Abend? Nach dem wenig erfreulichen Ausflug an den Tegernsee brauchst du dringend positive Erlebnisse. Und ich auch. Worauf hast du Lust?«, erkundigte sich Fred.

»Bist du noch Mitglied in dem Tischtennisklub in der Prinzregentenstraße?«

Freds Kinnlade fiel hinunter. »Du ziehst Tischtennis einem gemütlichen Abendessen oder einem Bier in meiner Stammkneipe vor? Das ist nicht dein Ernst, oder? Da treffen sich doch nur Männer, die daran interessiert sind, auf kleine weiße Bälle zu dreschen.«

Michael beugte sich hinunter und schnappte sich den Ball, mit dem er manchmal herumspielte, wenn er nachdachte. Er warf ihn Fred zu, der ihn auffing.

»Klingt fantastisch.« Michael hob die Hand und tat so, als pariere er einen gelungenen Schlag. »Du hast noch ein Spiel gut, und heute wäre ich in der Stimmung für eine Revanche.«

Fred ließ den Ball zu Boden rollen. »Wenn du solche Ideen hast, geh ich lieber zurück an meinen Schreibtisch, da bin ich wenigstens in Sicherheit.« Er hielt Michael in gespieltem Ernst die geballte Faust entgegen.

»Und nächstes Wochenende gehen wir Bouldern. Nur du und ich«, schlug Michael vor.

»Klettern?!« Fred verzog das Gesicht. »Dürfte wohl keine Neuigkeit sein, dass ich von Trendsportarten nichts halte. Und schon gar nicht klettere ich ohne Absicherung in irgendeiner Kletterhalle herum.«

»Ich verspreche dir, es fühlt sich toll an, wenn du zum ersten Mal eine Route geschafft hast. Du wächst über dich hinaus, das macht richtig Bock.«

»Ja klar, und als Nächstes behauptest du, an der Wand käme es vor allem auf Balance und Körpergefühl an anstatt auf die Kraft in den Oberarmen.«

»Nach meinem ersten Versuch weiß ich, dass ich meiner Einschätzung vertrauen kann. Bouldern stärkt das Vertrauen in dich selbst. Ich habe mich fantastisch gefühlt, als ich nach der ersten Route wieder festen Boden unter den Füßen hatte. Und wenn du fällst ... keine Sorge, du bist gesichert, ich fange dich auf.« Michael hob drei Finger zum Schwur.

»Dein Vertrauen in mich und meine Muskeln ist erfrischend. Nett, dass du mich aufheiterst.«

Michael blieb standhaft. »Ich besorge dir morgen Boulderschuhe. Dann sehen wir weiter.«

»Dann viel Spaß beim Weitersehen. Ich gehe zurück an meinen Schreibtisch.«

Michael zuckte die Schultern, öffnete seinen Laptop und rief die aktuellen Mails auf. Die Idee, sich in München selbstständig zu machen, hatte nichts mit der Trennung von Mary zu tun. London gefiel ihm, beruflich hatte er sich dort längst etabliert, aber Bayern war seine Heimat. Hier lebten seine Eltern und Großeltern und viele Freunde, an erster Stelle Fred. Es war der Hinweis seiner Großmutter gewesen, niemand könne vor der Vergangenheit für immer in Deckung gehen, ohne dabei etwas von sich selbst zu verlieren, der ihn dazu bewogen hatte, zurückzukehren. Seine Großmutter hatte recht, nur in Deutschland konnte er die Vergangenheit aufarbeiten, denn hier hatte sich alles zugetragen.

Erneut kam Leonie ihm in den Sinn. »Zeit, die Sache abzuschließen. Ein für alle Mal!«, sagte er energisch zu sich selbst, doch im Stillen dachte er: *Wenn ich nur eine Stunde allein mit ihr hätte, könnte ich ihr klarmachen, was damals passiert ist …*

5.

Mit einem erleichterten Seufzer ließ Gedeon den Schlüssel auf die Kommode fallen. »Warum finden manche einfach kein Ende? Ich hätte den Redestrom von Alexanders Lehrer keine Minute länger ausgehalten.« Er drehte sich von der Tür weg und schlüpfte aus der Jacke.

»Ignaz Rabel hat in dir eben den großartigen Gesprächspartner erkannt, der du bist.« Leonie sah Gedeons ausgestreckte Hand und reichte ihm ihren Mantel. Das Gefühl der Geborgenheit, das die Wohnung verströmte und das sie sonst so genoss, war verschwunden. Ihre eigenen vier Wände kamen ihr plötzlich leer und ausgehöhlt vor.

»Eher den großmütigen Zuhörer. Ich habe kaum drei Sätze herausgebracht. Jedenfalls war ich selten so froh, wieder zu Hause zu sein.«

Gedeon hängte Mantel und Jacke an die Garderobe, stellte seinen rechten Fuß gegen die Ferse des linken und schlüpfte aus den Schuhen, ohne die Senkel aufzuschnüren.

»Wenn es drauf ankommt, ist auf deine Mutter Verlass«, fuhr er fort. »Genauso wie auf dich. Du hast den Tag großartig gemeistert, ruhig und souverän. Und was die Zukunft der Firma anbelangt, habe ich keine Sorge, du könntest die falsche Abzweigung nehmen, wenn du entscheiden musst, wo es langgeht. Du wirst die neue Aufgabe bravourös meistern.«

»Hoffentlich steht die Belegschaft hinter Ella und mir.« Leonie stellte ihre Schuhe in den Schrank und ging mit Gedeon ins Schlafzimmer. Dort befreite er sich von seinem Anzug und zog sich bequeme Freizeitkleidung an.

»Weißt du was, ich kümmere mich um das Geschirr vom Frühstück, und dann schauen wir uns einen Film an.«

Als Gedeon das Zimmer verlassen hatte, setzte Leonie sich aufs Bett. Sie wusste nicht, wie viele Versuche sie heute unternommen hatte, die Dinge, die ihr seit dem Morgen durch den Kopf gingen, zu verdrängen, doch von einigen kurzen Pausen abgesehen, hörte das Grübeln einfach nicht auf.

Sie legte ihr Handy auf das Sideboard und zog die Nylonstrumpfhose aus. Manchmal beneidete sie Gedeon um den Abstand, den er zu ihrer Familie hatte. Auch er war betroffen wegen Alexanders Tod, aber zwischen ihrer Familie und ihm existierte diese hauchdünne Wand, die ihn daran hinderte, tiefer in den Schmerz einzutauchen. Er war wie eine Pflanze, die im Sturm ein paar Blätter verloren hatte, während sie selbst und der Rest der Familie mitsamt der Wurzel aus der Erde gerissen worden waren.

In ihrem Lieblingsfeierabendoutfit – einer bequemen Hose und einem Oberteil aus weichem Kaschmir – ging sie kurz darauf ins Wohnzimmer. Gedeon stellte gerade zwei Gläser und eine Karaffe Wasser auf den Tisch – Chips und Erdnussflips lagen schon bereit – und ließ sich auf die Couch fallen.

»Warum ist dieser schreckliche Unfall nur passiert?«, seufzte Leonie und nahm sich ein paar Chips.

Gedeon sah sie an. »Wenn ich könnte, würde ich dir eine Antwort darauf geben, aber auf manche Fragen gibt es nun mal keine. Besser, wir akzeptieren das und schauen nach vorn.«

Leonie blickte aus dem Fenster und blinzelte die Tränen weg, die kommen wollten. Bald würden die hochgewachsenen Bäume, die im Licht der Gartenlaternen erstrahlten, in Winterruhe erstarren, die Goldblüten wären verblüht, und die Rasenfläche verlöre ihr Grün. Werden und vergehen, so war das Leben nun mal. Doch Alexander war viel zu jung gestorben.

Gedeon nahm die Fernbedienung und stellte den Fernseher

an. Leonie machte es sich auf dem Sofa bequem, aber sosehr sie sich auch bemühte, der Handlung des französischen Films zu folgen – ihre Gedanken drifteten immer wieder in die Vergangenheit und in die Zukunft. Nach einiger Zeit gab sie es auf.

»Ich bin einfach nicht bei der Sache«, sagte sie und stand auf. »Mir geht zu viel im Kopf herum. Besser, ich nutze die Zeit und kümmere mich um die Wäsche.«

Wenn sie etwas belastete oder sie Schwierigkeiten hatte abzuschalten, wusch sie Wäsche, lüftete ihre Pullover oder ordnete ihren Kleiderschrank neu. Dabei überkam sie seltsamerweise eine Ruhe, die sie wieder in ihre Mitte brachte.

Leonie folgte dem Gang und betrat die Waschküche neben dem Abstellraum. Sofort machte sie sich an dem Wäscheberg zu schaffen, trennte weiße von bunter Wäsche und legte die dunklen Teile gesondert zusammen. Sie steckte zuerst die Handtücher in die Trommel und stellte das entsprechende Waschprogramm ein. Als die Maschine mit einem leisen Brummen ansprang, nahm sie ihr Handy und schrieb Silvy eine Nachricht.

In der Kapelle ist mir fast das Herz stehen geblieben. Micha war da … und Valerie macht uns heftige Vorwürfe. Sie steht völlig neben sich. Werde ihr jetzt jeden Tag eine kurze Nachricht schicken. Ist das Fieber gesunken? Werde schnell wieder gesund! Melde mich morgen. Drück Dich, Leo.

Wenige Augenblicke später piepste ihr Handy.

Neulich hat Fred angerufen. Da hätte ich eins und eins zusammenzählen müssen. Wenn Du jemanden brauchst, der Dir zuhört, ich bin für Dich da, Fieber hin oder her. Kuss, Silvy

PS: Echt lieb, dass Du Dich um Valerie kümmerst. Fieber leicht gesunken.

Leonie ließ warmes Wasser ins Waschbecken laufen, griff nach ihrer Lieblingsbluse und tauchte sie ins Nass. Während sie Gallseife aufschäumte und sich der Grasflecken neben der Knopfleiste annahm, dachte sie an ihre Großmutter. Diese hatte immer nach Wegen gesucht, der Firma neue Impulse zu geben. Nicht nur einmal hatte sie den Großvater mit ihren innovativen Ideen überrascht.

Unter der Führung von Leonies Mutter waren über die Jahre eine Vielzahl an Kooperationen mit Bauern aus unterschiedlichen Ländern entstanden, die exklusiv für Glanz arbeiteten. So war es möglich, pflanzliche Ressourcen aus kontrolliert biologischem Anbau sowie aus zertifizierter Wildsammlung zu beschaffen, mit besonderem Augenmerk auf langfristige Projekte mit einer fairen Entlohnung. Diesen Weg würden Ella und sie weiterverfolgen. Auch sie würden immer ein offenes Ohr für neue Ansätze haben.

Leonie drehte den Hahn zu und ließ ihre Hände in der Seifenlauge verschwinden. Energisch rieb sie mit der Seife über die Flecken, bis ihr bewusst wurde, dass ihr Herumreiben dem zarten Seidenstoff viel zu sehr zusetzte. Rasch nahm sie die Hände aus dem Wasser und ließ das Seifenwasser ablaufen. Nächstes Jahr im Frühling würde sie nach Marokko ins Tal der Rosen reisen. Von dort wurden sie für die neue Rosen-Produktlinie beliefert. Das alljährliche Rosenfest im Dadès-Tal war die passende Gelegenheit, um sich von der von rosa Blüten durchzogenen Landschaft verzaubern zu lassen und mit den Frauen zu sprechen, die für sie arbeiteten. Vielleicht hatte Gedeon Lust, sie auf die Reise zu begleiten. Sie würde ihn bitten, ein paar Eindrücke für die sozialen Medien festzuhalten, im Gegenzug könnten sie abseits ihrer beruflichen Termine einige private Momente genießen.

Sie spülte die Bluse mehrmals in frischem Wasser aus, hängte sie auf das Wäschereck, trocknete sich die Hände ab und verließ die Waschküche. Ziellos lief sie durch die Wohnung und fand sich plötzlich in ihrem Büro wieder. Sie zog die Vorhänge vors Fenster und ließ ihren Blick im Zimmer umherwandern. Seit Kurzem loggte sie sich abends noch mal in den Betriebscomputer ein und überprüfte alle wichtigen Kennzahlen, die ihr zeigten, ob die Glanz AG sich auf Kurs befand oder ob es eine leichte Tendenz nach oben oder unten gab. In der vertrauten Umgebung ihrer Wohnung arbeitete es sich leichter … irgendwie entspannter.

Ihr Fuß stieß gegen die unterste Schublade ihres Sekretärs. Diese Lade mied sie seit Jahren, als könne sie sich die Finger daran verbrennen. Feindliches Gebiet! Es klang lächerlich, aber so empfand sie es nun mal.

Sie hatte schon oft vor dem Nussholzmöbel gestanden und über den Inhalt der Schublade nachgedacht, doch nun wurde die Stimme in ihrem Kopf unerträglich laut: »Tu's nicht!«, warnte sie sie – aber diesmal ignorierte sie die Stimme, nahm den Schlüssel, öffnete die Schublade und zog die Box mit ihren Lieblingsfotos heraus. Nach Ellas schrecklichem Geständnis hatte sie die meisten Fotos von Michael vernichtet, nur einige wenige waren ihrer Enttäuschung entkommen, weil sie sie in die Lalique-Box gelegt hatte, die ein Geschenk ihrer Großmutter zu ihrem achtzehnten Geburtstag war. Dort lagen sie noch heute.

Während sie die Box nun mit zittriger Hand aufklappte, hörte sie sich laut atmen. Auf dem obersten Foto hatte Michael den Arm um sie gelegt und strahlte in die Kamera. Das unverschämt ansteckende Lächeln hatte immer sein ganzes Gesicht dominiert. Sie nahm das Bild in die Hand und konnte sich nicht von Michaels Anblick lösen. *Mein Held!*, hatte sie auf die Rückseite geschrieben, daneben die Jahreszahl. Sie legte das Foto zur Seite und nahm das nächste. Michael schwamm im See und winkte ihr auffordernd zu.

Wir sind unschlagbar. Wir schaffen alles, Leonie! Seine Stimme war wie ein Echo in ihrem Kopf. Sie erinnerte sich an den Klang seines Lachens und an die Herzenswärme, die er immer verströmte, als gälte es, seine Aufmerksamkeit unbegrenzt an alle Menschen, die ihm begegneten, zu verschenken. Ellas Gesicht schob sich vor das Bild von Michael. Die Einheit, die Ella und sie bildeten, ließ die meisten anderen Gefühle in den Hintergrund treten. Wenn Leonie Ella sah, war es, als betrachte sie ein Foto, das nie verblassen konnte. Nur ihre Gefühle für Michael hatten sich damals ähnlich intensiv angefühlt. Ihm war sie genauso nahegekommen wie Ella …

In Leonies Magen breitete sich ein flaues Gefühl aus. Das Glück jener Zeit strahlte ihr auf den Fotos auf so schmerzhafte Weise entgegen, dass sie die Bilder wieder in die Box warf und diese mit einem lauten Knall zuschlug. Sie schloss die Schublade, hörte, wie der Schlüssel klimpernd in der Messingschale aufkam, ging ins Schlafzimmer und begann die Kaschmirpullover auszusortieren, die sie auslüften wollte. Immer mehr Pullover zog sie aus dem Regal, faltete sie auseinander und legte sie sich über den Arm.

In der Waschküche gab sie sie in den Trockner und stellte das Programm ein, mit dem sie sie auffrischte. Während sie dem leisen Rumpeln des Trockners lauschte, dachte sie an die Hochzeitsrede ihres Vaters, die alle gerührt hatte, sie besonders.

Erst die Liebe bringe das Leben in die richtige Balance, im Besonderen die Liebe eines Vaters zu seiner Tochter und die Liebe eines Paares zueinander, hatte er gesagt, dabei hatte er sie so liebevoll angesehen, dass ihre Großmutter, die neben ihr saß, in Tränen ausgebrochen war. Nach den Ansprachen hatten sie bis tief in die Nacht ausgelassen gefeiert, hatten getanzt, gegessen und gelacht. Wehmütig erinnerte sie sich an diesen Tag. Damals hatte sie geglaubt, ihre Beziehung mit Gedeon bringe wieder jene

Leichtigkeit von früher in ihr Leben. Sie hatte gehofft, mit der Heirat würden alle Erinnerungen an Michael endgültig ausgelöscht. Was für ein trügerischer Gedanke.

Leonie schloss für einen kurzen Moment die Augen und blendete alles aus – das monotone Geräusch der Waschmaschine und des Trockners, sogar den Geruch nach Wäsche, den sie so mochte. Stattdessen machte sie sich bewusst, wie erfüllend die gemeinsame Zeit mit Gedeon bisher gewesen war, trotz gelegentlicher unterdrückter Erinnerungsblitze an die Zeit mit ihrer ersten großen Liebe. Michael war nur ein Fleck in ihrer Vergangenheit, Alexander dagegen bliebe in ihrer Erinnerung lebendig, sie würde alles tun, was dazu nötig wäre. Michaels Stimme drängte sich in ihren Kopf, wurde lauter …

»Geh weg! Lass mich in Ruhe!«, entfuhr es ihr. Sie konnte sich gerade noch beherrschen, nicht gegen die Waschmaschine zu schlagen.

Ihre Erinnerungen waren wie ein Warnsignal. Sie musste sich davon befreien. Sie wusste nur nicht, wie.

6.

Leonie schlug die Augen auf und griff nach ihrer Armbanduhr. Zehn vor fünf. Mit dem Fuß schob sie die Bettdecke zur Seite. Die Luft, die durch das offene Fenster ins Zimmer drang, war lau – beinahe wie im Frühling.

Seit der Trauerfeier vor vier Tagen schlief sie nachts nur wenige Stunden und fühlte sich morgens völlig zerschlagen, doch diese Nacht hatte sie endlich wieder einmal durchgeschlafen. Das hatte sie dringend gebraucht.

Vorsichtig beugte sie sich zu Gedeon hinüber. Auf seiner Wange sah sie einen Kissenabdruck. Sie strich ihm zärtlich übers Haar und stand leise auf. Mit wenigen Schritten war sie an der Tür und huschte ins Bad.

Dort stellte sie das Wasser in der Dusche an und legte ein Handtuch bereit. Sie genoss die Wärme des Wassers, stieg aus der Duschwanne, trocknete sich ab und föhnte sich das Haar. Diese gewöhnlichen Momente am Morgen waren es, die sie bestmöglich auf den Tag vorbereiteten – Routine half ihr, ganz im Hier und Jetzt zu sein. Im Ankleidezimmer nahm sie einen Hosenanzug vom Bügel. Angezogen lief sie weiter in die Küche, schaltete die Kaffeemaschine an und ging kurz darauf mit der Tasse in der Hand durch die geöffnete Tür auf den Balkon. Der Morgen roch nach frisch gemähter Wiese und Tau.

Heute war kein Arbeitstag wie jeder andere, heute würde sie in Alexanders Fußstapfen treten. Bevor sie sich auf den Weg ins Büro machte, würde sie zu den Blumenfeldern fahren. Sie dachte an ihre Lieblingsstelle in der Nähe eines Waldstücks. Dort war alles erfüllt von einer lebendigen Stille, und jedes Mal, wenn sie diesen Platz aufsuchte, überkamen sie Ruhe und Zuversicht.

Sie trank den letzten Schluck Kaffee, wusch die Tasse ab und stellte sie in den Schrank. Im Büro schrieb sie eine Nachricht für Gedeon:

Konnte nicht mehr schlafen. Fahre zu den Blumenfeldern und anschließend in die Firma. Kuss, Leonie

Sie legte die Notiz auf seinen Nachttisch, strich mit der Hand über die Kante der Bettdecke und verließ das Schlafzimmer. Bevor sie die Eingangstür hinter sich zuzog, warf sie einen Blick in den Spiegel. Ein wichtiger Bestandteil des Firmenalltags bestand darin herauszufinden, was den Konsumenten wichtig war. Doch genauso wichtig erschien es Leonie, die Mannschaft zu hundert Prozent hinter sich zu wissen. Die Mitarbeiter brauchten die Gewissheit, dass es wie gewohnt weiterging. Ihnen diese Sicherheit zu geben, darauf würde sie in nächster Zeit besonderes Augenmerk legen.

Draußen stieg sie in ihren schwarzen BMW und lenkte ihn von der Seeuferstraße Richtung Hinterland. Einige Kilometer entfernt beschrieb die Straße eine Haarnadelkurve. Von dort waren es nur noch wenige hundert Meter bis zu der Abzweigung, die zum Betriebsgelände der Pflanzenverarbeitung führte.

Vor der Einfahrt brachte sie den Wagen zum Stehen und grüßte den Nachtwächter. »Guten Morgen, Herr Lang. Ich hoffe, Sie haben eine ruhige Nacht hinter sich?«

»Keine besonderen Vorkommnisse, Frau Glanz. Ich soll Sie übrigens von meiner Frau grüßen.«

»Herzlichen Dank. Bitte richten Sie Ihrer Frau auch ganz liebe Grüße von mir aus«, entgegnete Leonie mit einem warmen Lächeln, bevor sich das Tor öffnete und sie das Auto Richtung Parkplatz steuerte.

Das gelb gestrichene Haus, das von Feldern, einem Teich und einer Terrasse umgeben war, leuchtete ihr entgegen. Es beherbergte die Behälter, in denen die frischen Blüten und das Grünkraut, das zwischen Juni und Oktober geerntet wurde, zu einer Sole oder einem Ölauszug verarbeitet wurden. Wie schon der Familienstammsitz war auch das Gebäude, in dem die Pflanzenverarbeitung stattfand, mit einem Mosaik in Form einer Ringelblume geschmückt. Ein Erkennungsmerkmal, das ihre Liebe zur Natur repräsentierte.

Die Räumlichkeiten waren in unterschiedliche Bereiche unterteilt, die die verschiedenen Stadien der Herstellung widerspiegelten. In einem ersten Schritt wurde die Ernte einer Qualitätsprüfung unterzogen, bevor sie zerkleinert oder getrocknet wurde. Für die Herstellung der Goldblütencreme wurden die getrockneten Blüten zu einem Ölauszug verarbeitet. Das beigemischte Sesamöl nahm durch den Konzentrationsausgleich der Wirkstoffe ein Spektrum der Pflanzeninhaltsstoffe auf und speicherte diese. So konnte die Creme später ihre optimale Wirkung entfalten.

Die Ringelblume war eine der vielseitigsten und wirksamsten Pflanzen, wenn es um natürliche Hautgesundheit ging, und gedieh dieses Jahr besonders prächtig. Die manuelle Ernte der Blüten geschah in enger Abstimmung mit der Pflanzenverarbeitung. Es wurde nur so viel geerntet, wie am selben Tag weiterverarbeitet werden konnte. Das Ziel war es, das Beste aus der Pflanze herauszuholen und die Extrakte auf naturgemäße Art haltbar zu machen.

Als Leonies Großvater die Felder nach dem Krieg hatte anlegen lassen, hatte er sich vor allem darüber Gedanken gemacht, wie schnell die Firma wachsen würde und wie viele Produkte sie herstellen und auf den Markt bringen konnten. Heute rückten Themen wie Nachhaltigkeit und Transparenz immer stärker in den Fokus. Schon als ihre Mutter die Firma geleitet hatte, waren sie eine der Ersten gewesen, die auf biologisch-dynamischen Landbau gesetzt hatten. Dadurch war es der Glanz AG möglich, vollkommen auf synthetische Dünge- und Spritzmittel zu verzichten. Dieses Vorgehen war zeit- und kostenintensiv, die Summen, die in die Forschung flossen, waren enorm, aber es lohnte sich. Ihre Kunden schätzten, dass ihre Produkte hielten, was sie versprachen.

Leonie stieg aus ihrem Auto. Die Morgennebel würden sich erst langsam über der Landschaft auflösen, doch trotz der frühen Stunde reckten die Blüten ihre Köpfe bereits zaghaft dem Himmel entgegen. Beim Anblick der fröhlichen Helligkeit, diesem leuchtenden Orange, das weit in die Landschaft gemalt war, und dem Rauschen des Windes, der in den Feldern seufzte, überrollte sie eine so intensive Freude, dass sie stehen blieb. Wenn die Blüten sich so früh öffneten, wurde das Wetter gut. Bald käme die Sonne hervor. Leonie öffnete die Handflächen und fuhr sanft über die Blüten, die sich wie ein Hauch auf ihrer Haut anfühlten.

Sie kostete den Moment friedlicher Stille aus, machte ein Foto und schickte es an Silvy.

Die Ringelblume versteckt ihre wahre Anmutung hinter einer gewöhnlichen Erscheinung, hatte ihr Großvater nach Aussage ihrer Großmutter ehemals behauptet und Leonie damit aus der Seele gesprochen. Die Ringelblume war viel mehr als nur der Träger eines wichtigen Inhaltsstoffs ihrer Produkte – sie war das Sinnbild für das Dach über den Köpfen ihrer Familie, das alle schützte und ihnen ein wunderbares Leben bescherte.

Während Leonie dem Weg folgte, spürte sie der Magie der Blüten nach. *Alles ist in einem ewigen Kreislauf miteinander verbunden, vergiss das nicht, Leonie*, schienen die Pflanzen ihr zuzuflüstern. Die Vorstellung einer natürlichen Verbundenheit mit allem, was lebendig war, gefiel ihr.

Am Vortag hatte Valerie sie aus ihrer fragilen Ruhe gerissen und sie darum gebeten, einige private Dinge aus Alexanders Büro zu holen – ein Foto, das auf Alex' Schreibtisch stand, und eine Box, die kleine Liebesbotschaften von Valerie an Alex enthielt.

Leonie hatte vorgehabt, einige Monate verstreichen zu lassen, ehe sie in das Büro ihres Bruders zog. Bisher hatte sie, wenn sie vor der Bürotür stand, jedes Mal auf dem Absatz kehrtgemacht, weil sie es nicht übers Herz brachte, in Alex' Bereich einzutreten.

Sie drehte sich ein letztes Mal in Richtung Blumenfelder, bevor sie ihre Sneakers gegen halbhohe Schuhe tauschte und in den Wagen stieg. Das zweite Betriebsgelände der Glanz AG, das sie kurz darauf ansteuerte, umfasste zehn Hektar, auf denen sich Büros, Produktionshalle inklusive Forschungs- und Entwicklungsabteilung und das Verwaltungsgebäude befanden. Von hier aus wurde der europäische Markt beliefert. Jeden Tag hielten zig Lkws vor der Laderampe des Lagers – es war ein stetes Kommen und Gehen, ein ewiger Kreislauf.

Leonie fuhr auf die Einlasskontrolle zu. Zwei Männer von der Security, die das Areal vierundzwanzig Stunden sicherte, grüßten aus dem Pförtnerhaus. Leonie winkte durch die Frontscheibe, als der Schlagbaum sich hob, und fuhr auf das Gelände. Als sie aus dem Wagen stieg, hörte sie von fern das leise Kreischen der Bremsen eines Lastwagens. Das Geräusch war ihr vertraut, seit sie sich erinnern konnte.

Sie öffnete die Tür zur Produktionshalle und setzte sich vorschriftsmäßig eine Schutzhaube auf. An den riesigen Stahlkesseln vorbei folgte sie dem Laufband zur Abfüllanlage, wo die fertige Creme dosiert und durch Düsen in luftdichte Glastiegel gepumpt wurde. Auch das Verschließen wurde von der Maschine übernommen. Im nächsten Schritt kamen die Tiegel in voretikettierte Faltschachteln, diese wiederum im Dutzend in Umkartons. So ging die Ware in den Handel.

Der Schichtleiter kam auf Leonie zu. »Frau Glanz, so früh unterwegs?«, begrüßte er sie.

»Guten Morgen, Herr Hartmann. Wie läuft es mit den silbernen Helfern?« So hatte ihre Mutter die riesigen Maschinen genannt, als sie als Kind danach gefragt hatte, heute nannte Leonie sie manchmal immer noch so.

»Gestern gab es mit der Siebzehn Probleme.« Max Hartmann zog an seiner Haube. »Aber die haben wir gelöst. Läuft wieder wie geschmiert.« Er steckte die Hände in die Taschen seines Arbeitsmantels und nahm die Haltung eines Mannes an, der Mut sammelt. »Ich wollte Ihnen auch persönlich mein Beileid aussprechen. Wir alle sind noch immer geschockt wegen des Unfalls. Bitte richten Sie auch dem Rest der Familie unser aller Beileid aus.« Er nickte in Richtung seiner Kollegen und sah Leonie dabei an, als müsse er sich für das, was geschehen war, entschuldigen.

Der Schleier, der sich jedes Mal über sie legte, wenn von Alexander gesprochen wurde, ließ Leonie auch jetzt alles wie durch eine Milchglaswand sehen. Unscharf und viel zu weit entfernt, um es wirklich wahrzunehmen. Ihr fiel das Atmen schwer, und sie bemühte sich, das leichte Zittern, das ihr Luftholen begleitete, zu kaschieren.

Sie brachte mit Mühe ein Lächeln zustande. »Danke, Herr Hartmann. Es ist eine herausfordernde Zeit für meine Familie, aber wir bemühen uns, weiterhin unser Bestes zu geben«, versprach sie.

Max Hartmann schenkte ihr einen Blick, in dem so viel Verständnis und Wohlwollen lagen, dass Leonie beinahe die Tränen kamen. Blicke wie diese waren es, die in ihre Gegenwart hineinstrahlten und Licht ins Dunkel brachten.

»Wie geht es Ihren Töchtern?«, wechselte sie rasch das Thema.

»Meine Älteste zieht demnächst aus, um zu studieren. Und die Jüngste ist frisch verliebt. Es geht rund bei uns.«

Nach dem kurzen Gespräch verließ Leonie die Halle, um die Schachtel zu holen, die sie am Abend zuvor im Kofferraum ihres Wagens verstaut hatte. Damit balancierte sie auf das Verwaltungsgebäude zu, schaffte es, die Tür zur Eingangshalle zu öffnen, und trat ein.

Belastendes so schnell wie möglich hinter sich lassen und neue Kraft tanken, so lautete Gedeons Lebensmotto. Bisher hatte auch Leonie versucht, ihr Leben unter diesen Gesichtspunkten zu betrachten, doch der Tod ihres Bruders rückte dieses Motto in ein anderes Licht. Es gab nun mal Ereignisse, die machtvoller waren als jeder gute Vorsatz.

Sie rief den Aufzug, stieg im vierten Stock aus und steuerte Alexanders Büro am Ende des Ganges an. Es war nur drei Türen von ihrem Büro entfernt, aber als sie mit dem Ellbogen die Klinke hinunterdrückte, die Tür mit dem Oberkörper aufschob und die Schachtel abstellte, kam es ihr so vor, als betrete sie eine andere Welt.

7.

Die Lettern an der Wand erstrahlten im Licht – *Calendula officinalis.* Der wissenschaftliche Name der Ringelblume prangte in knallgelben Buchstaben an der Wand. Beidseits davon hingen Fotos – Schwarz-Weiß-Aufnahmen – und einige antike Stiche, auf denen Goldblumen zu sehen waren. Alexander hatte die Stiche bei einer Auktion ersteigert und sie höchstpersönlich aufgehängt. Er war nicht gerade der geborene Handwerker gewesen und hatte dies als letzten Akt zur Vervollkommnung seines Büros bezeichnet. Als sein Büro fertig eingerichtet war, hatten sie auf die »Schaltstelle der Macht«, wie er den Raum spaßeshalber nannte, angestoßen. Alles in diesem Büro wies auf wunderbare Weise auf die Blume hin, die ihrem Großvater Alfons so viel bedeutet hatte.

Leonie stand einen Moment da, unfähig, sich zu bewegen oder auch nur einen Seufzer über die Lippen zu bringen. Ihr schien, als wäre sie zum ersten Mal hier, dabei hatte sie an dem Tisch aus Eichenholz unzähligen Besprechungen beigewohnt, hier waren wichtige Entscheidungen getroffen worden, und hier hatten sie nach den Terminen oft noch zusammengesessen. Es fiel ihr nicht leicht, sich aus der Erstarrung, in die sie verfallen war, zu lösen, doch als sie es geschafft hatte, ging sie zum Fenster, legte ihre Hand an den Griff und öffnete es. Noch vor Kurzem hatte unten das Absperrband der Polizei im Wind geflattert, inzwischen war es entfernt worden und das Büro zur Benutzung freigegeben. Die Untersuchungen waren abgeschlossen. Es war ein Unfall gewesen.

Leonie nahm all ihren Mut zusammen, beugte sich über die

Brüstung und sah hinunter. Sie spürte, wie ihr Puls bei dem Blick auf den Asphalt in die Höhe schoss, Wind strich ihr über den Nacken. Rasch wandte sie sich ab und warf das Fenster zu.

Ungebetenerweise musste sie an ein Erlebnis mit Michael denken. Zwei Monate vor ihrer Trennung war dessen Tante verstorben. Michael hatte ihr sehr nahegestanden und nach der Beisetzung davon gesprochen, dass Menschen, die man liebte, immer etwas zurückließen.

»Etwas, das wir nicht fassen oder benennen, aber fühlen können, wenn wir uns darauf einlassen. Ich würde es gern genauer beschreiben, aber ich weiß nicht, wie …«

Sie hatte Michaels Hand fest in ihrer gehalten, hatte ihm andächtig zugehört und sich sogar vorstellen können, dass er recht hatte, aber erst jetzt begriff sie, wovon er damals gesprochen hatte. Während sie nun in Alexanders Büro stand, schien etwas von ihrem Bruder noch immer in diesem Zimmer zu sein. Sie fühlte seine Präsenz auf eine Weise, die sie unmöglich beschreiben konnte. Wie Michael damals …

Der Druck hinter Leonies Lidern wurde stärker, die Tränen drängender. Mit aller Macht kniff sie die Augen zusammen, doch die Tränen flossen bereits über ihre Wangen und wurden immer mehr. Leonie zog ein Taschentuch aus der Packung und trocknete ihr Gesicht.

Neben der Telefonanlage stand das Porträt, das Valerie erwähnt hatte, daneben ein zweites Foto, das Valerie und Alexander am Ufer des Sees zeigte. Sie trug ein luftiges Kleid und er Bermudashorts, so lächelten sie in die Kamera. Ihre Mutter hatte mehrere Anläufe gebraucht, bis Alexander mit dem Foto zufrieden war.

»Das hier ist zu dunkel, Mama. Siehst du die Schatten in unseren Gesichtern? Und auf dem hier sind unsere Füße abgeschnitten. Fotografieren heißt, genau hinzusehen.« Es war ein

Hin und Her von Alexanders Seite und neuen Anläufen vonseiten ihrer Mutter gewesen. »Ich weiß, wenn's ums Fotografieren geht, kann ich eine echte Nervensäge sein. Geigt mir ruhig die Meinung, vielleicht werde ich dadurch irgendwann pflegeleichter.« Sie hatten gelacht, weil Alexanders humorvolle Selbstkritik von seinen typischen Grimassen begleitet worden war.

Leonie legte die Fotos in die Schachtel und zog die oberste Schublade des Schreibtischs auf. Jeder Augenblick verging quälend langsam, als wären es Minuten, doch Valeries Bitte hatte dringend geklungen, deshalb kam Leonie ihr nach, öffnete weitere Läden und fand die Nachrichten, die ihre Schwägerin erwähnt hatte. Sie steckte sie in einen Umschlag und legte die Bronzearbeit, die Valerie Alexander zu seinem letzten Geburtstag geschenkt hatte, ebenfalls in die Schachtel.

In einer der Schubladen entdeckte Leonie ein DIN-A4-Blatt, auf dem Alexander *Synthetischer Rosenduft!!* notiert hatte. Zwei Ausrufezeichen hinter einer Notiz bedeutete, dass er ernsthaft darüber nachdenken wollte. Sie starrte auf das Blatt, dann ging ihr Blick ins Leere.

Von Beginn an war Kosmetik mit unschlagbarer Qualität und pflanzlichen Inhaltsstoffen ihr Anspruch gewesen. Diese Strategie war nie in Zweifel gezogen worden. In den letzten Jahren hatten sie ihre Produkte weiter optimiert, hatten Rezepturen leicht abgewandelt, um sie den Bedürfnissen der Kunden und dem Trend der Zeit anzupassen. Synthetische Düfte hatten sie nie in Erwägung gezogen, obwohl sie dadurch in der Herstellung einiges hätten einsparen können. Konkurrenten brachten oft ähnliche Produkte zu günstigeren Preisen auf den Markt, aber Glanz-Kunden wussten, was sie von ihren Lieblingsprodukten erwarten durften. Ihr Werbeauftritt war zu hundert Prozent auf die Firmenphilosophie abgestimmt. Und auch bei der Verpackung gingen sie nur selten Kompromisse ein. Die Deckel waren, je nach Produktlinie, farblich auf die jeweilige Pflanze, die sie in den Fokus rückten, abgestimmt. Bei der neuen Rosenlinie würde eine voll erblühte Rose in die Deckel eingestanzt werden. Ein wunderbar dreidimensionaler Effekt, den Alexander anfangs als zu kostspielig abgewunken hatte, von dem Ella und Leonie ihn dann aber doch überzeugt hatten. Die Rosenlinie würde ihre exklusivste Linie werden – für Powerfrauen und Alltagsheldinnen.

Leonie schluckte und überlegte. In einer Viertelstunde war sie mit Ella verabredet. Bis dahin musste sie hier fertig sein. Sie griff nach dem DIN-A4-Blatt und legte es zuoberst in die Schachtel, dann verließ sie Alexanders Büro und betrat ihr eigenes.

Mit dem Rücken gegen die Tür gelehnt stand sie da und fühlte sich, als habe jemand eine schwere Last von ihren Schultern genommen. Immerhin einen Punkt konnte sie abhaken.

Sie stieß sich von der Tür ab und stellte die Schachtel auf den Boden. *Schönheit ist der Ort, an dem du alle Versionen deiner selbst verwirklichen kannst!* stand auf dem Plakat an der Wand. Der Slogan stammte von 1973, aber er war heute noch genauso relevant wie damals, fand Leonie. Schönheit war mehr als die äußere Erscheinung. Schönheit war ein Platz in einem selbst und umfasste den ganzen Menschen.

Sie legte das DIN-A4-Blatt auf ihren Schreibtisch. In Zukunft kämen viele Fragen und Entscheidungen auf sie zu. Die Zeiten, in denen sie sich ausschließlich den Themen widmen konnte, die ihr am meisten lagen, waren vorbei. Nun musste sie den Überblick über alle Bereiche behalten. Ella und sie waren verantwortlich für die tausendfünfhundert Mitarbeiter, die am Tegernsee arbeiteten, und achthundert weitere, die sich auf die Büros in Europa verteilten. Diese Menschen zählten auf sie und vertrauten darauf, dass es trotz des Schicksalsschlags mit ungebremster Kraft weiterging.

Gott sei Dank hatten sie ihre Mutter als Anlaufstelle im Hintergrund. Und ihre Großmutter, an die sie sich immer wenden konnten.

Leonie ließ sich in ihren Bürostuhl fallen. Seit der Enttäuschung mit Michael zeigte sie ihre verletzliche und zweifelnde Seite nur ungern, nach außen gab sie sich meist stark. Doch es war nicht immer leicht, mit ihren Gefühlen und Sorgen klarzukommen.

Auf dem Gang erklangen Schritte, dann klopfte es an der Tür. Henry Stüve, Alexanders Assistent, steckte den Kopf herein. Er war Anfang dreißig. Ein quirliger junger Mann mit rotem Schopf, der gute Laune verbreitete, sobald er auftauchte.

»Herr Stüve? Seit wann sind Sie so früh im Einsatz?«, entfuhr es Leonie.

Henry zeigte das Grübchen in seinem Kinn, als ein sanftes Lächeln auf seinem Gesicht erschien. »Ich dachte mir schon, dass Sie die Erste sind. Deshalb bin ich früher gekommen.«

»Ich muss noch mal außer Haus, komme aber spätestens gegen vierzehn Uhr zurück. Dann besprechen wir die Termine für die nächsten Tage.«

Henrys Stimme wurde leiser. »Mein Beileid, Frau Glanz. Ich bin ziemlich fassungslos, um ehrlich zu sein.«

»Danke, Herr Stüve. Falls Sie wissen wollen, wie es weitergeht …?« Die Fragen, die Henry hatte, lauerten in seinem Gesicht.

»Lassen Sie mal …« Er beeilte sich abzuwinken. »Sie haben gerade einiges um die Ohren. Sicher wenden Sie sich bald an die gesamte Belegschaft, dann sind alle meine Fragen beantwortet.«

»Das werde ich«, antwortete Leonie. »Und falls es danach trotzdem noch offene Fragen gibt, zögern Sie nicht, sie zu stellen.« Sie mochte Henrys beruhigendes Lächeln, es wirkte aufrichtig. Von Alexander wusste sie außerdem, dass er verlässlich war, ein dickes Fell hatte und sich auch in schwierigen Situationen nicht unterkriegen ließ.

Sie griff nach Alexanders Notiz und hielt sie hoch. »Wissen Sie etwas hierüber, Herr Stüve?«

Henry kam näher und sah auf die Notiz. Als er die Worte entzifferte, schüttelte er den Kopf. »Leider nicht. Aber ich bin ja erst seit einem Jahr dabei. Ich mochte Ihren Bruder. Er war schwer in Ordnung. Es war toll, mit ihm zu arbeiten.«

Leonies Magen krampfte sich zusammen. Sie nickte und legte das Blatt zur Seite.

Als Henry fort war, hängte sie Ausdrucke an die Pinnwand, trat zwei Schritte zurück und blickte auf die Key Points für die Markteinführung der neuen Produktlinie, die sie in großen Buchstaben notiert hatte.

Das Team der Forschungsabteilung hatte von Anfang an unter Hochdruck an den Formulierungen der Produkte gearbeitet. Die Rosenblütencreme, die die Strahlkraft der Haut auf natürliche Weise intensivierte, setzte auf die ganze Vielfalt der Rose, während das Rosen-Gesichtsspray der Haut tagsüber antioxidativen Schutz bot und essenzielle Nährstoffe zuführte. Abgerundet wurde die Produktlinie durch die Rosen-Bademilch, mit der man den Tag entspannt ausklingen lassen konnte. Alle Produkte dufteten nach Damaszenerrose und enthielten zertifiziertes Rosenwasser und Rosenöl. Das Öl der prachtvollen Blüten war aufgrund seines aufwendigen Herstellungsprozesses eines der teuersten ätherischen Öle.

Leonie stand noch vor der Pinnwand, als die Tür aufging und ihre Schwester hereinkam.

»Hallo, Frühaufsteherin.« Ella schloss mit einem Ruck die Tür hinter sich und deutete auf die Schachtel. »Was ist denn das?«

Die gemeinsam mit Timo verbrachte Zeit hatte die Ereignisse

der vergangenen Tage für Ella offenbar ein wenig in den Hintergrund gerückt. Sie wirkte entspannt und glücklich.

»Persönliche Dinge aus Alex' Büro, die Valerie zurückhaben möchte.« Leonie wandte sich von der Pinnwand ab.

»Verstehe.« Ella kam näher. »Was du gleich siehst, wird dir nicht gefallen. Ich war am Bahnhof, schließlich müssen wir wissen, was auf uns zukommt.« Mit einem lauten Klatschen landete ein Schwung Zeitungen und Zeitschriften vor Leonie auf dem Schreibtisch.

Leonie zog den Stapel zu sich heran. Mit gerunzelter Stirn blickte sie auf die Titelseite eines bekannten Journals. *Kosmetik-Erbe Alex Glanz: Hatte er genug vom schönen Schein?* Rasch zog sie eine Zeitung aus dem Stapel und überflog die nächste Schlagzeile. *Was steckt hinter dem mysteriösen Tod des Kosmetik-Giganten Alexander Glanz?* Kurz wurde ihr schwindlig, als würde ihr Körper nicht mehr richtig funktionieren. Sie sah Ella mit großen Augen an. »Mit Spekulationen war zu rechnen, allerdings nicht mit derart sensationsheischenden Überschriften.«

Ella tippte auf das Cover der nächsten Zeitschrift. »War es Selbstmord, weil der Druck der Kosmetik-Industrie ihn fertigmachte?«, las sie laut vor. »Müssen die uns derart zusetzen?« Sie schnaubte empört. »Reicht es nicht, dass wir unseren Bruder und Mama und Papa ihren Sohn verloren haben?«

Und Großmama ihren Enkel und Valerie ihren Mann, ergänzte Leonie im Stillen.

Ella schlüpfte aus ihren Pumps und fasste sich an die Ferse, mit der anderen Hand schob sie den Stapel zusammen. »Wir sollten nicht darauf hoffen, dass den Journalisten die Luft ausgeht.«

»Sehe ich auch so. Abwarten ist nicht das Mittel der Wahl.« Leonie sah noch immer auf die Zeitungen und Zeitschriften. »Wir müssen handeln. Und ich habe auch schon eine Idee, wie wir das auf clevere Weise tun können.« Sie stand auf und machte eine Kopfbewegung Richtung Tür. »Komm, wir reden während der Fahrt. Nach Miesbach brauchen wir eine Weile.« Sie griff nach ihrer Tasche und hängte sie sich über die Schulter.

»Deine Idee sollte Durchschlagskraft haben … Oh, diese verflucht hohen Hacken.« Ella schlüpfte wieder in ihre Pumps. Sie traten auf den Flur und kamen an Henry Stüves offen stehender Bürotür vorbei.

»Bis später. Schönen Tag«, rief er ihnen nach.

»Ihnen auch.« Ella presste die Lippen zu einem gezwungenen Lächeln zusammen. Noch vor wenigen Augenblicken hatte sie pures Glück ausgestrahlt, doch nun lag der Schmerz auf ihrem Gesicht.

Leonie legte den Arm um Ellas Taille. »Henry versucht nur, den Kopf hochzuhalten. Sein sonniges Gemüt bringt ein bisschen Normalität in diese schwierige Zeit. Das ist eine Menge wert.«

Ella holte tief Luft. »Es liegt an mir. Meine Empfindungen schwanken stündlich. Manchmal erschöpft mich so viel Gefühl … Aber jetzt sag, was steckt hinter deiner genialen Idee?«

Sie verließen das Gebäude, steuerten den Parkplatz an und stiegen in Leonies BMW.

»Mamas Geburtstag«, war Leonies Antwort.

Ella griff nach dem Gurt und schnallte sich an. »Was hat ihr Geburtstag mit den miesen Schlagzeilen zu tun?«

Leonie fuhr zügig an. »Eine Menge, wie du gleich sehen wirst. Mama hat viel für die Firma getan, vor allem für Frauen. Deshalb rücken wir ihre Verdienste – sozusagen als Gegengewicht – in den Vordergrund. Und Großmamas geniale Idee aus den Fünfzigern heben wir ebenfalls hervor. Drei Generationen starker Frauen, die die Firmengeschicke lenken. Die starken Frauen der Glanz AG.«

»Und wie willst du diese Infos transportieren?«

Leonie bog auf die Bundesstraße und beschleunigte. »Ich dachte an eine Firmenchronik. Darin geben wir Einblick in die Zeit, als Großvater die Firma gegründet hat, und natürlich in die Pflanzenverarbeitung. Wir streichen den Manufakturcharakter heraus, Blüten, die von Hand gepflückt werden, die sorgfältige Verarbeitung der Pflanzen … alles, was zeigt, wofür wir stehen: für Natürlichkeit und den behutsamen Umgang mit der Natur. Wir sind mehr als ein gutes Team, Ella. Wir und unsere Mitarbeiter sind eine große, weitverzweigte Familie.«

Ella hatte stumm zugehört und dabei mit ihren Fingern herumgespielt. »Klingt, als hättest du das Ganze bereits von A bis Z durchdacht. Es könnte klappen, vorausgesetzt, Mama ist einverstanden.«

»Das ist sie sicher. Allerdings stellt Großmama bei der Sache unter Umständen ein Problem dar. Du weißt ja, wie ungern sie von früher spricht.« Leonie rief sich die Worte ihrer Großmutter ins Gedächtnis. *Vergangen ist vorbei. Lassen wir die alten Zeiten ruhen.*

Ella zuckte die Schultern. »Großmamas Verschlossenheit verstehe ich bis heute nicht, sonst ist sie so warmherzig und offen. Aber manchmal grenzt ihre Zurückgezogenheit an Unhöflichkeit.«

»Sie hat eben viel erlebt, und als die Depressionen kamen, hat sie sich in ihr Schneckenhaus zurückgezogen. Aber ich bin guter Dinge, dass sie uns hilft, wenn sie begreift, wie ernst es ist.«

Im Radio erklang ein Lied von Max Raabe. Ella drehte lauter. »Na, wer sagt's denn … Großmamas Musik.« Sie hatte zu ihrem entwaffnenden Lächeln zurückgefunden und sang aus voller Kehle mit: »Mein kleiner grüner Kaktus …«

Leonie stimmte mit ein. Während sie sangen, erinnerte sie sich wieder daran, wie sie mucksmäuschenstill in der Küche ihrer Großmutter deren Erzählungen über Berlin gelauscht hatte.

Wenn sie, was selten genug vorkam, über die alten Zeiten sprach, entstanden diese so lebendig vor ihrem inneren Auge, dass Leonie jedes Mal das Gefühl hatte, mitten im Geschehen zu sein. Als stecke sie im Körper ihrer Großmutter, erlebe, was diese erlebt hatte, und fühle wie sie …

Vergangen ist nicht vorbei

Groß ist die Kraft der Erinnerung,
die manchen Ereignissen innewohnt.

8.

Berlin, 1947

Hedi ließ sich ins Gras sinken. Über ihr stand die Sonne im Zenit. Die neblige Feuchtigkeit, die seit dem Morgen vom Fluss aufgestiegen war, war einer schwülen Hitze gewichen. Keine Wolke trübte den Himmel, über ihr war unendliches Blau. Sie schloss die Augen, lauschte dem Summen der Bienen und träumte vor sich hin, bis der Sommerwind die Stimme ihrer Mutter zu ihr hinüberwehte.

»Hedwig …?«

Hedi schlug die Augen auf und hob den Oberkörper. An den Hundsrosen und den wilden Brombeeren vorbei sah sie den Weg hinunter. Ihre Mutter stand in der offenen Tür. Tatkräftig wie immer hatte sie die Hände in die Hüften gestemmt und wartete auf eine Antwort.

»Ich bin gleich da, Mutti!« Hedi kam leichtfüßig auf die Beine und schwenkte den Arm.

War das, was sie roch, der Duft frisch aufgebrühten Kaffees? Bei dem Gedanken an eine Tasse heißen Kaffee und ein Stück Streuselkuchen mit Hagelzucker stahl sich ein vorfreudiges Lächeln in ihr Gesicht. Sie klopfte sich ein paar Grashalme vom Kleid und schlenderte gemächlich auf das Haus zu. Sie hatte alle Zeit der Welt. Konnte tun und lassen, was sie wollte. Was gab es Schöneres …?

Hedi atmete abrupt aus und schlug die Augen auf. Einen kurzen Moment hatte sie Schwierigkeiten, sich zu orientieren. Dann fiel ihr wieder ein, dass sie geträumt hatte. Von Häusern ohne Bombenschäden, in denen Kaffee und Kuchen auf dem Tisch standen.

Ihr Blick huschte an der trostlos kahlen Wand vorbei, die grau in der Dämmerung lag. Ihr Magen knurrte, dass es in ihren Ohren dröhnte. Das Alltagsleben im Deutschland der Nachkriegszeit war bestimmt von Hunger und Verzicht.

Seit die alliierten Besatzungsmächte den Befehl herausgegeben hatten, dass Frauen sich als Trümmerarbeiterinnen zu melden hatten, verbrachte Hedi die meiste Zeit des Tages zwischen den Überresten des Krieges. Stehen gebliebene Gebäudeteile mussten per Hand abgerissen und zerkleinert werden, sodass die Ziegelsteine ohne Beschädigung abgetrennt und für Reparaturen oder Neubauten wiederverwendet werden konnten. Sie befreite täglich unzählige Steine mithilfe eines Maurerhammers von Mörtelresten, bevor sie anschließend zu Stapeln von genau zweihundert Steinen aufgeschichtet wurden. Nicht mehr verwendbare Ziegelbruchstücke wuchsen zu Trümmerbergen an, oder sie wurden in Ziegelmühlen zerkleinert und fanden als Füllmaterial für Bombenkrater, im Straßenbau oder bei der Herstellung neuer Mauersteine Verwendung.

Der Staub und der pfeifende Wind, der die letzten Tage über den fast sechs Meter hohen Trümmerhaufen hinweggefegt war, hatten ihr ganz schön zugesetzt. Sie hatte ihre Strickjacke um sich geschlungen und darauf gehofft, sich nicht zu erkälten. Jeder Pfennig, den sie nicht verdiente, fehlte ihr, deshalb kam es nicht infrage, im Bett zu bleiben, um sich einen Tag auszuruhen. Auch wenn die Arbeit hart war und ihr körperlich mehr abverlangte, als sie sich eingestehen mochte, lohnte es sich. Trümmerfrauen wurden als Schwerstarbeiter klassifiziert und bekamen mit ihren Lebensmittelkarten eine größere Ration als Angestellte. Nur darauf kam es in der herrschenden Mangelsituation an.

Sie sah zu dem schmalen Bett hinüber, das neben der Holzkiste, die als Nachttisch herhalten musste, an der Wand stand. Ein dunkelblonder Lockenkopf lugte unter der karierten Decke hervor. Mit einem leisen Brummgeräusch streckte Gerda sich wie in Zeitlupe, zuerst die Arme, dann die Beine – wie ein Kalb, das gerade erst geboren worden war und nun auf die Füße kommen musste.

»Morgen, Gerda … Raus aus der Flohkiste«, rief Hedi zu dem Lockenkopf hinüber. Gerda machte keinerlei Anstalten aufzustehen.

Hedi schlüpfte in die Wollsocken, die neben ihrem Bett auf dem Boden lagen, und tappte zu ihrer Freundin hinüber. »*Rubble woman*. Ick brauch dir.« Sie legte die Hand auf Gerdas nackte Schulter. Sicher würde Gerda meckern, wie schlecht sie berlinerte, aber das war ihr egal, solange sie nur aufstand.

»Mensch, Hedi.« Gerda drehte sich zu ihr um und gähnte herzhaft. »Weck mich nicht mit diesem unsäglichen Wort. Ich hasse dieses *rubble woman*, das weißt du doch.«

»Ach ja? Und wer will unbedingt die Sprache der GIs lernen?« Hedi sah Gerda mit einem versöhnlichen Gesichtsausdruck an und reichte ihr die Hand. »Wenn dir Amtsdeutsch lieber ist, dann eben Bauhilfsarbeiterin.«

Die Matratze quietschte jaulend, als Gerda sich aufsetzte. »Soll ich jetzt etwa stolz drauf sein, jeden Tag wie ein Ackergaul zu schuften? Stark und aufrecht, wie deutsche Frauen zu sein haben, sogar, wenn sie kaum etwas zwischen die Zähne kriegen.« Sie rieb sich den Schlaf aus den Augen. »Enttrümmerung, ich kann es nicht mehr hören. Ich wollte diesen Krieg nicht. Das kannst du doch nicht vergessen haben.«

»Hab ich auch nicht. Ich leide ja nicht unter Vergesslichkeit.« Hedi war zum Fenster gegangen und sah durch die zerbrochene Scheibe, dabei fuhr sie über die Blasen an ihrem Fuß – ein Andenken an die letzten Tage, in denen Gerda und sie Loren voller Steine mit einem Riemen über der Schulter gezogen hatten, während zwei weitere Frauen von hinten geschoben hatten. »Aber besser ein bisschen Geld und eine höhere Karte, anstatt auf verbotene Hamsterfahrten als Lebensmittelbeschaffung angewiesen zu sein. Wenigstens ist heute das Wetter gut. Kein Regen«, stellte sie erleichtert fest und ließ den Fuß sinken.

Gerdas Einwände waren jeden Morgen die gleichen – wie ein Lied, das sich wiederholte. Sie sei zu müde zum Aufstehen, der Rücken tue ihr von der Arbeit weh, ihr sei kalt, und schon der Gedanke, das Bett zu verlassen, lasse sie ihren Körper als zu schwer empfinden, um sich zu erheben.

Eine Nachteule wie Gerda ließ sich nur ungern um halb sechs aus den Federn scheuchen. Was wartete auch schon auf sie: die Aussicht auf das Meer aus Schutt und Ziegeln, in dem sie jeden Tag standen, oder die Suche nach Waren auf dem Schwarzmarkt, die das Überleben sicherten, vorausgesetzt man war im Besitz von etwas, das man tauschen konnte. Für die meisten Menschen blieb dieser illegale Handel ein ferner Traum, denn außer ihrer Not und ihrem Leid hatten sie nichts, und in den Geschäften konnte man kaum noch etwas einkaufen.

Keine dieser Vorstellungen war geeignet, freudig in den Tag zu starten. Aber auch Gerda war klar, dass das schnelle Beseitigen der Trümmer notwendig war, um die Einbruchgefahr einzudämmen. Nein, es half nur gutes Zureden und die Erinnerung daran, dass sie um ihrer Zukunft willen weitermachen mussten.

Hedi hatte, wie auch Gerda, einst von einer Karriere beim Film geträumt. Inzwischen ersehnte Gerda nicht mal mehr eine Nebenrolle. Filmsternchen, dieser Traum kam ihr nun zu groß für ihr kleines Leben vor. Das Elend der Kältewelle, der viele Menschen zum Opfer gefallen waren, hatte jegliche Wünsche in den Hintergrund gedrängt, wenn nicht sogar ausgelöscht. Alles, was sie inzwischen wollte, war etwas zu essen, ein Dach über dem Kopf und ausreichend Schlaf. Satt werden, schon die Worte waren ein Witz, besonders nach der spärlichen Ernte des letzten Jahres. Wie lange würde es dauern, bis Berlin frei von all dem Grau und Braun war, dieser Ödnis und Schwere, die einen jeden Tag erwartete?

In Hedi indes glomm noch ein kleiner Funke Hoffnung auf eine Rolle beim Film; das Warten auf Veränderung war alles, was sie noch hatte. Jeden Tag ergaben sich neue Fragen, und oft genug kam es Hedi vor, als stünde sie vor einer Wand ohne Tür. Die Ungewissheit, was sie in Zukunft erwartete, ließ ihr einfach keine Ruhe, aber sie sprach nur selten über ihre Sorgen und Ängste. Lieber redete sie von den schönen Dingen des Lebens, die sie in ihren Gedanken festhielt und die so lebendig erschienen, als wären sie Realität.

»Heute sollen Fotos gemacht werden. Hast du davon gehört?«, fragte Hedi. Sie drehte sich zu Gerda um.

»Ne, du anscheinend schon.« Gerda stand in ihrem feinen Unterkleid vor Hedi. Es war von der Nacht zerknittert, doch das störte sie nicht. Das Unterkleid gab Gerda das Gefühl, einen Rest ihres Frauseins gerettet zu haben, allen Widrigkeiten zum Trotz. Jede Woche stand sie übers Waschbecken gebeugt und drückte das Kleid in der grauen Seifenlauge aus, als handle es sich dabei um ihren größten Schatz.

»Die Fotos sollen uns als fröhlich zupackende Frauen zeigen und es aussehen lassen, als würden wir uns nicht wie die Schornsteinfeger schmutzig machen, während wir diese verdammten Ziegel schleppen oder blaue Flecken kassieren, wenn der Hammer danebentrifft. Ganz abgesehen von den Schwielen an den Händen.« Hedi stellte sich in Pose. »So wächst langsam Jras übern Zweeten Weltkriech.«

»Jras … Dit is amtlich, wa?« Gerda wechselte ins Hochdeutsche. »So soll sich der Rest der Welt also das Schicksal von uns

Frauen vorstellen. Und was bringen uns die Fotos ein, außer einem völlig verdreckten Kleid?« Gerda schob sich an Hedi vorbei und steuerte das Waschbecken in der Ecke des Zimmers an.

Hedi ließ sich ihre Zuversicht nicht nehmen. »Überleg doch mal … Vielleicht haben wir doch noch die Chance, unser Schauspieltalent unter Beweis zu stellen. Und wer weiß, am Ende sind die Fotos vielleicht ein erster Schritt in die Welt des Films. Irgendwann bringt uns das Schicksal schon aus der Gefahrenzone, jetzt kann es nur besser werden.« Sie fuhr sich mit der Hand über den Bauch. »Heute ist jedenfalls unser Glückstag, meiner und deiner. Das sagt mir mein Gefühl.«

»Sagt dir dein Bauch auch, dass Johnny mich heute küsst? Dann wäre es nämlich auch *mein* Glückstag.«

Das schäbige Zimmer, das sie sich teilten, und die schwere Arbeit schienen bei der Erwähnung von Johnnys Namen vergessen. Gerda sah Hedis mahnenden Blick und zog eine Schnute.

»Mensch, Hedi, ich leg's schon nicht auf ein Fangeisen an, ungeklärte Verhältnisse sind nicht mein Ding. Aber Träumen wird doch wohl noch erlaubt sein, zumindest von ein bisschen Liebe. Weißt du überhaupt, wann du das letzte Mal einen warmen männlichen Körper neben dir im Bett hattest?«

Hedi stieg die Röte ins Gesicht. Sie wussten beide, dass Eheschließungen zwischen deutschen Fräuleins und GIs nicht erwünscht waren. Schon eine harmlose Liebelei hatte so manche junge Frau in ernste Schwierigkeiten gebracht.

»Aber geküsst habt ihr euch schon, oder?«, traute Hedi sich zu fragen, froh, nicht auf Gerdas Frage antworten zu müssen, sondern selbst eine zu stellen.

Gerda griff nach Hedis Hand und legte sie oberhalb von ihrer Brust. »Hörst du das?« Sehnsüchtig fuhr sie sich mit den Fingern über die rauen Lippen. »Schon der Gedanke an Johnnys Küsse bringt mein Herz zum Rasen. Wenn ich dir sage, dass er wie ein

Gott küsst, ist das noch untertrieben. Wie soll ich da widerstehen?«

Hedi schwieg. Erst letzte Woche war einer Frau mit Baby im Arm, dessen Vater Amerikaner war, als Strafe der Kopf kahlrasiert worden. So sollte jeder von der Schandtat der Frau erfahren. Soldatenbräute, wie diese Frauen genannt wurden, wurden vor Menschenmassen vorgeführt, gedemütigt und als »Ami-Liebchen« verspottet. Die junge Frau war in Tränen ausgebrochen und hatte versucht, ihren Kopf mit einer Hand zu verstecken, doch die Menschen auf den Straßen kannten kein Pardon. Gerda wusste, wie es in Berlin zuging, aber sie ging das Risiko, mit Johnny erwischt zu werden, trotzdem ein.

Gerda fasste Hedi bei den Schultern. »Dein Pflichtbewusstsein und deine Sorge um mich in Ehren, Hedi. Aber vergiss nicht, dass die Zeiten noch für Jahre schwierig bleiben werden. Sollen wir solange aufhören zu fühlen, nur weil dieser verfluchte Krieg uns alles genommen hat, einschließlich unserer Männer? Was glaubst du, wie viele aus der Kriegsgefangenschaft zurückkommen? Und in welchem Zustand die sind?«

Hedi kannte die Antwort: Es waren viel zu wenige, und allein die Vorstellung, wie es Frauen erging, deren Männer im Krieg gefallen waren, berührte sie zutiefst. Und diejenigen, die das Glück hatten, ihren Mann wieder in die Arme zu schließen, standen vor der Herausforderung, einen Menschen an ihrer Seite zu haben, der nicht mehr der war, den sie kannten. Blieben noch die Unverheirateten, wie Gerda und sie, für die jeden Tag die Hoffnung auf eine Zukunft schwand, die sie sich vor dem Krieg vorgestellt hatten.

Die Zuversicht, die sie an dem Abend zur Schau getragen hatte, als sie Gerda beim »Tanz über den Ruinen« kennengelernt hatte, kam Hedi plötzlich geradezu verrückt vor.

Der Kunstsammler Max Flemming hatte in sein Haus im Tiergartenviertel geladen, dessen dritter und vierter Stock einzig für den Zweck dieses Festes erhalten geblieben war, wie Flemming es beim Empfang salopp ausdrückte. Alkohol hatte es nur in Maßen gegeben, doch das hatte dem rauschenden Fest keinen Abbruch getan. Stattdessen hatten sie Kartoffeln und Tomaten gegessen.

»Bitte mal herhören. Die Tomaten sind aus eigener Ruinenzucht«, hatte Flemming verkündet, wissend, was für jeden von ihnen jeder Bissen bedeutete.

Die von Hand aquarellierten Einladungskarten hingen seitdem im Schlafzimmer der beiden jungen Frauen, und mit jedem Blick auf diesen einzigen Schmuck an der kahlen Wand erinnerten sie sich an den Abend, an dem die Angst vor der ungewissen Zukunft der Freude am Überleben gewichen war. Hedi seufzte und ließ alles noch einmal vor ihrem inneren Auge Revue passieren.

»Heut machen wa eenen uff Fettlebe, och wenn dit janze Jeld flöt'n war«, sagte der Mann mit den riesigen Augen, nachdem er Hedi angerempelt hatte.

Doch ehe sie sich's versah, hakte sich eine junge Frau mit aschblondem Haar bei ihr ein.

»Du bist vielleicht 'ne Flitzpiepe«, berlinerte sie in Richtung des Mannes. »Jeh uns nich uff 'n Keks und mach 'n Abjang!«

»Wat kiekste denn so? Klar, wir Männer sin nich mehr die jute Vorkriegsware. Aber feiern kann ick us 'm Effeff.«

Die Frau klopfte dem Mann auf die Schulter und machte dabei eine Geste, er möge sich beeilen.

»Der bellt nur, beißt aber nicht.« Sie lachte und sah Hedi an. »Ich bin Gerda.«

Hedi sah die schmale Hand, die Gerda ihr entgegenstreckte, und schüttelte sie. »Hedwig«, sie lächelte dankbar, »aber alle sagen Hedi.«

Sie ließ Gerdas Hand los, um einem Schwung neu ankommender Gäste auszuweichen, die durch die Tür drängten und sie weiterschoben. Ehe sie noch etwas sagen konnten, befanden sie sich mitten im Gewimmel unzähliger Tanzwütiger. Die, die nicht das Tanzbein schwangen, standen in kleinen Gruppen zusammen und schrien gegen die Musik an. Die Stimmung war schon jetzt aufgeheizt, niemand fragte, ob die Feier von der Militärbehörde genehmigt war. Das Motto des Abends lautete: Das Leben auskosten, jetzt erst recht!

Hedi sah, wie Flemming Gerda ein Glas Brause in die Hand drückte, das diese nickend annahm. Neugierig sah sie sich um. Wie überall war auch hier der Frauenüberschuss auf den ersten Blick erkennbar. Gerda stand inmitten einer Traube von Frauen. Von irgendwoher erklang die Stimme von Ingrid Lutz: »SOS – ich möchte dringend küssen, SOS – ich muss es heut noch wissen.«

Ein Mann an der Bar nahm die Hände aus den Hosentaschen und kämpfte sich durch die Feierwütigen. Bei Gerda angekommen, forderte er sie zum Tanz auf. Gerda suchte Hedi über die Köpfe hinweg, fand ihren Blick, zuckte lächelnd die Schultern und verschwand auf die improvisierte Tanzfläche. Als sie nach dem dritten Lied abgeklatscht wurde – wie immer teilten sich die weiblichen Gäste die Männer auf der Tanzfläche –, kam sie mit einem Glas zu Hedi.

»Prost, Hedi. Auf einen unvergesslichen Abend«, sagte sie.

»Auf bessere Zeiten!« Hedi stieß mit ihr an. Gerda machte einen patenten Eindruck und war fröhlich. In Zeiten wie diesen war das viel wert.

Sie zogen sich in eine ruhigere Ecke zurück, tranken, tanzten zwischendurch und unterhielten sich.

Die Wechselschichten während der ersten Wochen nach der Kapitulation hatten Gerda besonders zu schaffen gemacht. »Nachts vorm Haus Wache stehen, nur weil irgendwelche Idioten

Rabatz machen und plündern … von anderem ganz zu schweigen … Das war schrecklich.« Sie schüttelte angewidert den Kopf. »Nach dem Krieg lernt man die Menschen erst richtig kennen.«

Es fühlte sich befreiend an, sich mit Gerda auszutauschen. *Vielleicht finde ich in ihr eine Verbündete*, überlegte Hedi. Beide teilten sie den Traum vom UFA-Star, wie es Hildegard Knef vorgemacht hatte. Sich mit Gerda über Schauspielerei austauschen zu können, gab Hedi das Gefühl, ihren Traum lebendig zu erhalten, wenn auch nur für diesen Abend.

»Die Rolle der Hausangestellten vom Lande in Rudolf Jugerts *Film ohne Titel …*« Gerda seufzte theatralisch. »Das wär's gewesen.«

Hedi konnte es kaum glauben. »Du wolltest die Rolle auch?« Sie strahlte, wurde jedoch ernst, als sie daran dachte, mit welchen Worten man sie abgelehnt hatte.

Gerda nickte. »Schon wegen der Knef hätte ich mitspielen wollen. Ich bewundere sie über alles. Wie sie in *Die Mörder sind unter uns* gespielt hat … Wenn ich je dort stehe, wo die Knef ist, schmeiß ich die größte Party, die man sich nur vorstellen kann. Und da gibt es genug zu trinken, das schwör ich dir.«

Als sie später an die improvisierte Bar gingen, fragte Gerda: »Sag mal, ist bei dir vielleicht noch ein Bett frei?« Bei der Frage kühlte ihre Stimmung sich merklich ab, plötzlich wirkte sie wesentlich zurückhaltender als zuvor. »Der Mann meiner Mitbewohnerin ist zurückgekommen. Von wegen Neuanfang. Die zwei streiten ununterbrochen.«

Hedi wartete darauf, dass Gerda weitersprach. Ihr Gefühl sagte ihr, dass es um mehr ging als nur um die aufgeheizte Stimmung zwischen dem Paar.

»Lange kann ich da nicht mehr bleiben«, redete Gerda dann auch weiter. »Der Kerl geht mir demnächst an die Wäsche, so wie der mich anstarrt.«

Vom Nebenraum erklang Evelyn Künnekes Stimme: »Ich freu mich schon auf Donnerstag …«

»Wenn du mit einer durchgelegenen Matratze und einem undichten Dach kein Problem hast …«

»Mensch, Hedi. Du bist ein Goldkind.« Gerda fiel Hedi um den Hals. »Ich schlaf auf dem Boden oder mit dir im Bett, dann haben wir es wenigstens warm. Hauptsache irgendwas überm Kopf«, jubelte sie.

Hedi hob ihr Glas. Gerdas Freude war ansteckend. »Auf uns«, brachte sie den Toast aus. Sie tranken genüsslich und sahen sich dabei um. Aus einigen der Gesichter um sie herum war der Lebensmut noch nicht gewichen. Jedes Fest gab neue Kraft, und jedes freundliche Wort hob die Stimmung.

Die Kontakte, die sie sich durch Flemming, der einen weitverzweigten Freundes- und Bekanntenkreis unterhielt, erhofft hatten, brachte keiner von ihnen ein Engagement ein, aber ihre neu gewonnene Freundschaft wäre ohnehin viel wertvoller, versicherten sie einander. Freundschaft und Zusammenhalt, vor allem darauf kam es jetzt an.

Drei Tage nach dem Fest zog Gerda bei Hedi ein. Sie brachte einen Koffer mit geflickter Kleidung mit, außerdem das Medaillon ihrer verstorbenen Mutter und eine Blechkiste voller Fotos. Gerdas Vater war vor dem Krieg verstorben, ihre Mutter kurz vor Kriegsende zwischen den Trümmern ums Leben gekommen. Hedi ging es ähnlich. Ihr Vater war im Krieg gefallen, und ihre Mutter hatte einen Bombenangriff nicht überlebt. Sie waren beide Waisen, doch die Hoffnung auf ein besseres Leben hielt sie aufrecht.

Als Gerda ausgepackt hatte, sagte Hedi: »Komm mal mit, ich zeig dir was.« Sie verließen das Haus, gingen bis zur nächsten Ecke und betraten eine zerbombte Ruine, deren Außenwände und ein Teil der Treppe stehen geblieben waren.

»Wo willst du hin?«, wollte Gerda wissen, während sie hinter Hedi her stolperte.

»Wirst du gleich sehen«, versprach Hedi. Sie nahmen die Stufen nach oben, darauf bedacht, nicht zwischen den Schutthaufen umzuknicken. Im dritten Stock waren sie am Ziel. Hedi nahm Gerdas Hand und bugsierte sie zwischen den halb eingestürzten Wänden hindurch.

»Bitte schön.« Sie deutete auf ein sorgfältig angelegtes Rechteck mit Erde, das zwischen den Trümmern so fehl am Platz wirkte, dass Gerda im ersten Moment sprachlos war. Dort, wo ein Teil des Dachs verschwunden war, standen zwei Zinkeimer, um Regenwasser zum Gießen aufzufangen.

»Ach, du dickes Ei! Ein Schrebergarten zwischen den Trümmern.« Gerda lachte aus vollem Hals. Es dauerte, bis sie sich beruhigt hatte. »Mensch, Hedi, du bist ein echtes Organisationsgenie. Wo hast du die Erde her? Sag mal, kennst du vielleicht auch einen Schuster, der mir nicht die Daumenschrauben ansetzt und Zigaretten als Zugabe fordert, wenn ich ihm meine Schuhe bringe?« Gerda hob ihren rechten Schuh und ließ Hedi das große Loch in der Sohle sehen.

»Ich werde mich umhören«, versprach Hedi. »Behalt das hier bloß für dich«, mahnte sie dann. »Ich will keinen Ärger. Grauzonenökonomie kommt nicht bei allen gut an. Die Ernte ist nicht gerade üppig, aber es ist zumindest etwas.« Wenn hier aufgeräumt würde, wäre ihr Gärtchen Vergangenheit, aber bis dahin bescherte dieses Fleckchen ihr zumindest ein paar Kartoffeln.

Hedi riss sich aus ihren Erinnerungen. Gerda war mit der Katzenwäsche fertig und schlüpfte in ihr einziges nicht geflicktes Kleid. Sie drehte sich um und bot ihr die Rückenansicht. Hedi schloss die Knöpfe unterhalb des Nackens.

»Und? Was ziehst du an?«, wollte Gerda wissen.

Hedi legte den Finger an die Lippen. »Lass mich überlegen … Soll ich mich für das grüne Seidenkleid oder für das rote mit der Spitze entscheiden?«

»Nimm das blaue mit den Blumen, das passt dir am besten«, neckte Gerda sie.

Hedi lachte. Sie machten sich oft einen Spaß daraus, über ihre nicht vorhandene Garderobe zu spekulieren.

Die Morgenwäsche war schnell erledigt, dann stieg Hedi in das Kleid mit den hellen Blumen, dessen Rock sich wie eine Blüte öffnete, wenn sie sich drehte. Wie andere Frauen auch, hatte sie ihr bestes Kleid bis zum Schluss geschont. Es war das einzige, in dem sie halbwegs präsentabel erschien. Wenn heute Fotos von ihnen gemacht würden, wollte sie anständig aussehen. Schließlich wusste man nie, wer die Bilder zu sehen bekam.

Sie schafften es tatsächlich, zwischen all den Trümmerfrauen herauszustechen, und wurden für die »Kampagne« zur Rekrutierung von Arbeitskräften, wie Gerda es nannte, zwei geschlagene Stunden lang fotografiert.

»Zwei Schönheiten in den Trümmern. Ein Symbol für die Stärke der deutschen Frau und für die Zukunft, die auf uns alle wartet. Auch auf die Frauen«, hatte der Fotograf hinzugefügt.

Hedi glaubte ihm kein Wort, aber immerhin klang es nett. Und das Geld konnten sie gut gebrauchen. Gerda kriegte sich überhaupt nicht mehr ein, als sie den Schauplatz verließen. Immer wieder ließ sie die Münzen in ihrer Hand klimpern.

»Lass uns ins Café Wien gehen. Nur einmal dort sitzen und eine Tasse Kaffee trinken«, bettelte sie.

Hedi wollte das Geld zur Seite legen, doch Gerda sah sie mit einem Blick an, der das Glück mit einer Intensität herbeisehnte, die Hedi selbst nur zu gut kannte, also verkniff sie sich ein Nein. Was schadete es schon, einmal ins Café zu gehen. Sie hatten sich die Haare aufgedreht, trugen Lippenstift und ihre besten Kleider.

»Also gut. Aber nur eine Tasse Kaffee. Mehr nicht«, ermahnte sie die Freundin.

»Jawohl, Herr Major. Zu Befehl!« Gerda salutierte grinsend.

Hedi gab ihr einen Klaps auf den Arm und lachte, dann hakte sie sich bei ihr unter und schlenderte mit ihr über Berlins Prachtstraße. Auf dem Ku'damm hatte sie immer das Gefühl, Berlin strecke dem Nachkriegsalltag die Zunge heraus. Ruinen hin oder her, es gab noch immer Clubs, in denen man feiern konnte, und Cafés, die geöffnet hatten. Es ging bergauf, gegen jede Vernunft. Daran wollten alle Berliner glauben – auch sie.

Sie schlenderten umher, um Lebenslust zu schnuppern, wie Gerda es ausdrückte, dann traten sie ins Café und hielten nach einem freien Tisch Ausschau.

»Wann triffst du Johnny?«, erkundigte Hedi sich mit einem bangen Gefühl, als sie an einem Tisch Platz nahmen.

»Später.« Mehr war Gerda nicht zu entlocken. Sie winkte nach dem Kellner. »Und, was wollen wir nehmen?«, überlegte sie und sah Hedi auffordernd an.

Hedi stand auf. »Ich geh mich kurz frisch machen. Dann bestellen wir, ja?«

Gerda nickte und nahm die Karte, um sie in aller Ruhe rauf und runter zu lesen.

Hedi ging an den Tischen vorbei. Ihr Herz klopfte heftig bei der Vorstellung, im Café Wien zu sitzen. Das letzte Mal, als sie im Café ein Stück Kuchen gegessen hatte, war sie hinterher im Schutz eines Hauseingangs geküsst worden. Dieser Kuss ließ sie nur zu gut verstehen, weshalb Gerda ununterbrochen an Johnny dachte. Es war herrlich, verliebt zu sein … Plötzlich überrollte sie eine dunkle Traurigkeit. Sie hatte sich ihr Leben wahrlich anders vorgestellt.

Ihr Blick fiel auf einen Mann. Er saß allein am Tisch, eine

aufgeschlagene Zeitung neben sich, darauf lag seine Hand, und am Rand des Tischs stand einsam ein Teller mit Torte. Es sah aus, als hätte der Mann den Kuchen vergessen. Wie konnte er derart ungerührt dasitzen, während ein Stück Kuchen in greifbarer Nähe war?

Beim Anblick der Torte legte Hedi sich die Hand an den Bauch. Nur noch drei Schritte, dann wäre sie an dem Mann und der Torte vorbei. Er war wesentlich älter als sie und sah sie an, als hätte er noch nie eine Frau gesehen. Hedi senkte den Blick und stolperte beinahe über ihre Füße.

Der Herr sprang auf und hielt ihr den Arm hin. »Darf ich Ihnen helfen, gnädiges Fräulein?«

Hedi stammelte einen Dank. Mehr brachte sie nicht heraus.

Der Mann deutete eine Verbeugung an. Als er aufsah, huschte ein Lächeln über sein Gesicht. »Erlauben Sie mir, mich vorzustellen. Alfons Glanz. Erfreut, Ihre Bekanntschaft zu machen.«

Hedi registrierte sein weiches Gesicht, den Schnurrbart und die kleinen, eng stehenden Augen. Ihr Blick wanderte höher und fiel auf das dichte dunkle Haar, das sein Gesicht umrahmte und ihm ein wenig Attraktivität verlieh. Er trug ein blütenweißes Hemd und eine schief sitzende Krawatte. Trotz seines schmächtigen Äußeren strahlte er eine unterschwellige Intensität aus … Selbstvertrauen oder Autorität, vielleicht nur Wagemut – Hedi wusste es nicht so genau.

»Hedwig Köck«, erwiderte sie. Alfons Glanz wirkte überaus höflich, deshalb blieb sie, wo sie war.

»Ich möchte Ihnen keinesfalls zu nahe treten, aber ich würde Sie gern auf eine Tasse Kaffee und ein Stück Torte einladen. Die Kuchen hier sind köstlich.« Er deutete auf den Tisch.

Hedis Augen wanderten zu der Torte. Sie bemühte sich, sich nicht ansehen zu lassen, wie sehr sie sich nach diesem Stück Köstlichkeit sehnte, nach einem Hauch von Normalität. Sie lächelte tapfer und straffte die Schultern. Diese Haltung war ihr zur zweiten Natur geworden.

Alfons Glanz stand abwartend vor ihr. Hatte es mit den altmodischen Manieren zu tun, die er an den Tag legte, oder mit seiner wachen Art? Er drängte sie nicht, drückte aber mit seinem ganzen Wesen Entschiedenheit aus. Und plötzlich hörte sie wie von fern ihre eigene Stimme. »Ich bin nicht allein. Eine Freundin begleitet mich, aber wenn sie nichts dagegen hat … gern.«

»Nun, wenn das so ist, ist Ihre Freundin selbstverständlich ebenfalls eingeladen.«

Gerda hatte ganz und gar nichts gegen eine Einladung. Der Geruch von Schokolade ließ die Freundinnen schier verrückt werden, und noch bevor sie ihre Torte aufgegessen hatten, begriff Hedi, was sie in dem Fremden erkannte. In ihm loderte derselbe Hunger nach Leben wie in ihr selbst – der unbändige Drang nach einer besseren Zukunft.

Am nächsten Tag sah sie Alfons Glanz wieder, diesmal waren sie allein.

»Goldblütencreme«, sagte er beinahe feierlich, als er eine Dose aus seiner Tasche nahm und sie ihr reichte. »Darf ich?«

Ehe Hedi ihre zerschundenen Hände verstecken konnte, griff er danach, verteilte einen Klecks Creme darauf und massierte sie langsam ein.

Ein strahlendes Lächeln zog über Hedis Gesicht. »Die Creme ist weich wie Seide.«

Alfons Glanz nickte zufrieden. »Bald wird es weitere Produkte geben. Das hier«, er deutete mit den Fingern auf die Dose, »ist erst der Anfang.«

Hedi sah in sein glattrasiertes Gesicht. Er war ein Mann mit Struktur, der einem Plan folgte, besser gesagt, einer Vision. Dass er es offenbar nicht mochte, eine Rasur ausfallen zu lassen, passte zu ihm.

»Darf ich Ihnen die Dose schenken, Fräulein Köck? Und eine zweite für Ihre Freundin.« Er reichte ihr eine weitere Dose.

Mit diesem Mann wäre ihre Zukunft strahlend wie dieser Tag, erkannte Hedi. Die verliebten Blicke, die er ihr zuwarf, versprachen es ihr.

»Haben Sie noch Zeit für einen kurzen Spaziergang?« Alfons Glanz versenkte seine linke Hand in der Tasche seiner Jacke und bot Hedi seine Rechte an.

»Gern.« Hedi hakte sich bei ihm ein, und Seite an Seite schlenderten sie den Ku'damm entlang, wichen den Löchern aus und redeten. Er erzählte von dem Haus, das er am Ufer des Tegernsees bauen wollte, und von der Firma, die er bereits gegründet hatte. Obwohl die Straße nur noch ein Schatten ihrer selbst war, war es schön, mit Alfons Glanz hier entlangzuspazieren.

Hedi bemühte sich, die Narben der Vergangenheit auszublenden. Wie oft sah sie in ihren Träumen den brennenden Reichstag, hörte die Schreie der Menschen und spürte, wenn sie aufwachte, die Angst im ganzen Körper.

Nun sah sie das Berlin der Vorkriegszeit vor sich: die Auslagen der Geschäfte mit allen möglichen Waren, die gut besuchten Cafés, die eleganten Damen in ihren Kostümen und die fröhlichen Kinder an den Händen ihrer Mütter. Diese Welt wollte sie zurück. Wenn das doch nur möglich wäre …

9.

»Sieh mal!« Leonie blieb wie angewurzelt stehen und deutete zu dem gläsernen Anbau, der dem Amtsgericht als Eingang vorgebaut war. Dort standen ihre Eltern, von der Deutschlandfahne flankiert, und wirkten so vertraut miteinander wie schon lange nicht mehr. »Ist das nicht wie ein Blick ins verlorene Paradies?«

»Ich kann es kaum glauben. Sie halten Händchen«, murmelte Ella.

Die beiden einträchtig nebeneinander zu sehen war, als klebe jemand ein Pflaster auf die Wunde, die Leonie und Ella bei der Trennung der Eltern davongetragen hatten.

Annalena und Claus hatten sich getrennt, als die Schwestern zwanzig gewesen waren. Mit der Scheidung der Eltern war damals ihre heile Welt zerbrochen. Leonie hatte ihrer Mutter beizustehen versucht, das hatte ihr das Gefühl gegeben, etwas tun zu können. Doch noch heute verspannte sich ihr Körper, wenn sie an diese Zeit zurückdachte.

»Dass Papas Freundin akzeptiert, dass er so oft bei Mama ist, davor ziehe ich den Hut.«

»Es ist für beide eine schwierige Zeit«, entgegnete Ella. »Sie trauern gemeinsam.« Seit einem halben Jahr unterhielt ihr Vater eine Beziehung zu einer Ärztin. Sie hatten sie noch nicht kennengelernt. Offenbar wartete er ab, wie das Ganze sich entwickelte.

»Wenn Schicksalsschläge Menschen zusammenschweißen, ist das ein Schritt in die richtige Richtung«, sagte Leonie.

Ella nickte. »Du hast recht.« Ihr Handy piepste. Sie holte es aus der Tasche und warf einen Blick aufs Display. »Timo«, sagte sie und strahlte. »Jedes Mal, wenn er sich meldet, fühle ich mich wie auf Wolke sieben.« Rasch las sie die Nachricht, dabei fuhr sie sich mit den Fingern über den Mund, als spüre sie seinen letzten Kuss noch warm auf den Lippen. »Timo ist wie ich«, sagte sie, als sie aufsah, »ein bisschen verrückt und dabei superkreativ. Ich kann kaum fassen, ihm begegnet zu sein.«

Leonie zog Ella an sich und genoss ihre Nähe, bevor sie sie wieder losließ. »Ich freue mich so für dich.« Während ihrer letzten Beziehung zu einem DJ hatte Ella fahrig und unsicher gewirkt. Sie war nächtelang ausgegangen und hatte nur wenig geschlafen. Doch mit Timo hatte sich ihr Leben um hundertachtzig Grad gedreht. Es ging ihr richtig gut.

»Timo hat sich bestimmt gleich beim ersten Treffen in deinen verführerischen Blick verliebt, den du früher immer vorm Spiegel geübt hast, stimmt's?«, scherzte Leonie.

Ellas große blaue Augen strahlten als Bestätigung. »Wie's aussieht, hat das Training sich ausgezahlt.« Sie lachte.

»Komm.« Leonie griff nach Ellas Hand. »Wir müssen weiter.«

Als sie beim Amtsgericht ankamen, ließ Annalena sich von ihren Töchtern küssen.

»Na, haben wir euch ertappt?«, fragte Ella hinter vorgehaltener Hand.

»In meinem Alter bei was auch immer erwischt zu werden, wäre höchstens ein Kompliment.«

Claus, der befangen zu Boden gesehen hatte, warf einen Blick auf seine Armbanduhr. »Hat Valerie sich bei euch gemeldet? Unser Termin ist in zwei Minuten. Wo bleibt sie nur?« Die Tatsache, dass in wenigen Augenblicken das Testament seines verstorbenen Sohnes verlesen würde, ging ihm sichtlich nahe.

»Bei mir hat sie nicht angerufen, das dürfte jedem klar sein.« Ella strich sich eine Haarsträhne über die Schulter.

»Geben wir ihr noch ein paar Minuten. Sicher kommt sie bald«, beschwichtigte Leonie.

Sie hatte den Satz kaum ausgesprochen, als ein Taxi um die Ecke bog und am Straßenrand hielt. Valerie stieß die Tür auf, stieg aus und knotete das schwarzgemusterte Tuch, das um ihren Hals hing, über dem Schlüsselbein. »Entschuldigt die Verspätung.« Sie beugte sich über das geöffnete Fenster und bezahlte den Fahrer. »Die Autos sind regelrecht durch die Straßen gekrochen.«

Leonies Vater öffnete die Tür des Gerichts und ließ der Familie den Vortritt. Valerie trat hindurch und rang bereits mit den Tränen. Mit einer unwirschen Handbewegung bedeutete sie, man möge sie in Ruhe lassen. Als sie sich beruhigt hatte, reichte Leonie ihr ein Taschentuch.

Vor den Räumen des Nachlassgerichts nahm Claus Valeries Hand. Vorsichtig legte er sie in seine Armbeuge.

»Valerie, ich weiß, du leidest sehr und bist tieftraurig. Doch eines Tages wird die Trauer weniger werden, und du wirst wieder Hoffnung schöpfen. Und bis dahin sind wir für dich da.« Als kaufmännischer Direktor einer Privatklinik wusste Claus, wie nahe Leid und Hoffnung beieinanderlagen, auch er brauchte all seine Kraft, um den heutigen Tag zu meistern.

Leonie beobachtete, wie ihr Vater auf Valerie einsprach, dabei stieg ein Bild aus ihrer Kindheit vor ihr auf. Es war ein warmer Sommertag gewesen. Ella und sie hatten unerlaubterweise versucht, auf den höchsten Baum im Garten zu klettern. Bereits auf Höhe des zweiten Astes hatte Leonie das Gleichgewicht verloren und war mit einem lauten Schrei hinuntergefallen. Ella hatte vor Schreck heftig zu weinen begonnen und gejammert, sie könne nicht weiterklettern. Ihr Bruder, der das Schreien hörte, hatte Ella unter viel gutem Zureden heruntergeholfen. Am Boden hatte er zuerst Leonie tröstend in den Arm genommen, danach Ella. Während er Blut von Leonies Knie tupfte und nachsah, ob ihr sonst nichts fehlte, hatte er ihnen hoch und heilig versprochen, dafür zu sorgen, dass sie keinen Ärger bekämen. Als sie, die Köpfe beschämt zu Boden gerichtet, vor ihre Mutter traten, hatte Alexander behauptet, die Kletterei wäre allein seine Idee gewesen, und geschworen, er werde seine Schwestern nie wieder zu solchem Unsinn anstiften. Zum Schluss hatte er einen derart zerknirschten Blick aufgesetzt, dass sie mit ein paar mahnenden Worten davongekommen waren und zum Trost sogar einen Becher Kakao vorgesetzt bekommen hatten.

Das Klacken von Schuhen auf dem Steinboden holte Leonie aus der Erinnerung an jenen Sommertag. Ein Mann in einem dunkelgrauen Anzug kam auf sie zu.

»Familie Glanz?«, rief er den Flur hinunter. Als er vor ihnen stand, schüttelte er ihnen die Hände. »Walter Leitner, stellvertretender Direktor. Guten Morgen.«

Dr. Leitner war in seinen Fünfzigern, mit unübersehbarem Bauchansatz und neutralem Gesichtsausdruck. *Sicher hat er in seinem Beruf schon einiges erlebt*, dachte Leonie.

»Ich habe einen Raum für unseren Termin freigehalten. Gibt es vorab Fragen? Ansonsten kläre ich Sie über das Protokoll, das Sie nach diesem Termin erhalten, und die Frist zur Erbausschlagung et cetera auf, wenn wir uns gegenübersitzen.«

»Wir haben keine Fragen. Jedenfalls vorerst nicht. Du, Valerie?«, fragte Annalena. Claus sah in die Runde.

»Nein«, antwortete Valerie knapp.

»Dann folgen Sie mir bitte«, forderte Dr. Leitner sie auf.

Sie betraten einen Raum, in dem Stühle aus dunklem Stoff um einen Tisch mit Metallbeinen standen. An der Wand hing ein Kreuz.

Valerie nahm zwischen ihrem Schwiegervater und Dr. Leitner Platz. Ihr Kiefer wirkte angespannt. Sie sah aus, als hätte sie schon seit Tagen nicht mehr richtig geschlafen. Leonie legte ihrer Schwägerin kurz tröstend die Hand auf die Schulter, als sie an ihr vorbeiging, und setzte sich ihr gegenüber.

Valerie rutschte auf ihrem Stuhl nach vorn, bis sie nur noch auf der Kante saß. »Dürfte ich um ein Glas Wasser bitten?«, fragte sie.

Dr. Leitner stellte eine Flasche Mineralwasser und Gläser auf den Tisch.

Leonies Hände wanderten über ihre Oberschenkel. Es war Valerie noch nie leichtgefallen, etwas auszudrücken, das sie nicht empfand. Stärker erscheinen, als sie war … ein Akt der Unmöglichkeit.

Die Unsicherheit, die Leonie seit dem Aufstehen spürte, schien sich auch Stunden später nicht in Luft auflösen zu wollen. Wie auch, denn von diesem Termin hing einiges ab. Wenn Valerie ein Mitspracherecht im Unternehmen bekäme, steckten sie in ernsten Schwierigkeiten. Ihre Schwägerin brachte weder das Wissen noch die nötige Erfahrung mit, um Entscheidungen zu treffen, die über die Zukunft der Glanz AG bestimmten. Leonie fing Ellas Blick auf. *Wir schaffen das schon.* Sie nickte Ella aufmunternd zu.

Dr. Leitner gab ihnen die Personalausweise zurück, die sie ihm ausgehändigt hatten. Dann legte er seine Hand auf einen Umschlag und holte tief Luft.

»Wie einige von Ihnen sicher wissen, hatte der Verstorbene, Alexander Glanz, ein Testament verfasst und es nach Paragraf 2248 BGB in die amtliche Verwahrung bei Gericht gegeben«, begann er.

Valerie biss sich auf die Unterlippe.

»Falls niemandem von Ihnen ein anderes Testament anvertraut und er oder sie es ungeöffnet und somit gültig mitgebracht hat, ist das vorliegende Testament als rechtsgültig zu betrachten.«

Leonie strich mit den Händen über die geriffelte Maserung der Tischplatte. Ein hohles Gefühl machte sich in ihrem Magen breit. Valerie, deren Finger ineinander verflochten waren – die Daumen rieben nervös gegeneinander –, sah starr geradeaus.

»Gut. Dann öffne ich jetzt das Testament.« Dr. Leitner zog mit einem leisen Geräusch das Schriftstück aus dem Umschlag und setzte seine Brille auf. Er las mit Pausen, in denen er aufsah, um die Zuhörer anzublicken. Es dauerte Leonies Empfinden nach endlos, bis er zum Ende kam. Mit einem Räuspern legte er das Testament schließlich zur Seite und sah in die Runde. »Irgendwelche Fragen?« Er nahm die Brille ab und hielt sie am Bügel.

Valeries Augenbrauen hatten sich vor Erstaunen gehoben, als müsse sie das Gehörte erst zu einem Gesamtbild zusammenfügen, um sich darüber klar zu werden, was sie davon hielt.

»Das Testament kann binnen eines Jahres nach Kenntnisnahme des Anfechtungsgrunds angefochten werden. Die Frist ist eine Ausschlussfrist«, klärte Dr. Leitner sie auf.

Valerie erbte die Villa in Südfrankreich, die Alexander vor der Ehe gekauft hatte, außerdem hatte er verfügt, dass seine Frau jährlich eine an den Gewinn der Firma angepasste Summe erhielt. Im Gegenzug blieben die Stammaktien in der Familie und gingen an Leonie und Ella. Wenn Valerie das Erbe annähme, wäre sie eine wohlhabende Frau, deren Lebensstandard gesichert war.

Leonie bekam nur noch am Rande mit, was Dr. Leitner sagte. Wie hatte sie auch nur eine Sekunde lang denken können, Alexander hätte nicht jedes Detail bedacht?

Die Glanz AG war erfolgreich, weil die Firma in der Familie von Beginn an oberste Priorität hatte. Ihr Großvater hatte seine ganze Kraft und all sein Wissen in das Unternehmen gesteckt, darin war er tatkräftig von seiner Frau unterstützt worden, und Leonies Mutter hatte das Unternehmen nach seinem Tod in seinem Sinne weitergeführt. Und nun hatte Alexander unter diesem Gesichtspunkt sein Testament verfasst.

Valerie stützte die Hände auf die Lehnen und drückte sich aus dem Stuhl. »Ich möchte mich verabschieden«, brachte sie gepresst hervor.

»Warte doch. Wir nehmen dich mit nach Hause.« Claus ignorierte den abweisenden Ausdruck in Valeries Gesicht, sprang auf und bot ihr seinen Arm an, aber seine Schwiegertochter ging nicht auf sein Angebot ein.

Leonie nahm den angespannten Zug um Valeries Mund wahr. »Ich habe die Sachen geholt, um die du mich gebeten hast. Wenn du möchtest, bringe ich sie dir heute Abend vorbei. Dann können wir in Ruhe reden. Nur wir beide.«

»Mir wäre recht, wenn du die Sachen vor die Tür stellen würdest«, entgegnete Valerie. »Ich fahre zu einer Freundin nach München und bleibe über Nacht, deswegen kann ich die Sachen nicht persönlich entgegennehmen.« Sie machte eine kurze Pause. »Ich brauche Ablenkung, um das alles hier auszublenden«, sagte sie dann. »Versteh es oder nicht, aber so ist es nun mal.«

Leonie sah Valerie prüfend an. Mit dem Tod eines geliebten Menschen wurde man nur schwer fertig, doch Leonie wünschte sich, ihre Schwägerin würde es ihr leichter machen.

Ella schaute zu ihr, und Leonie machte eine beschwichtigende Handbewegung, aber bevor sie einen letzten Versuch starten konnte, stand Annalena auf und legte den Arm um ihre Schwiegertochter. »Wir wissen, wie schwer dieser Termin für dich ist. Wir fühlen mit dir, Valerie.«

Valerie maß Annalena mit einem abschätzigen Blick, schüttelte ihre Hand ab und ging ohne ein weiteres Wort hinaus.

Leonie lief ihr hinterher. »Valerie, bitte warte.«

Valerie blieb stehen.

»Ich weiß, ich wiederhole mich, aber wenn du irgendwann mit jemandem reden willst, bin ich da. Das ist nicht nur so dahergesagt, sondern kommt von Herzen.«

Valerie erwiderte Leonies Blick. »So viele SMS kannst du mir gar nicht schreiben, dass ich vergesse, dass Alexander noch leben könnte, wenn ihr nicht gewesen wärt. Die Wahrheit bleibt die Wahrheit, Leonie.«

»Du hast recht, irgendetwas lag Alex auf der Seele, aber ich glaube nicht, dass das etwas mit der Firma zu tun hatte.«

»Und was sollte es sonst gewesen sein als dieser verdammte Druck, der Familie zu entsprechen?«, platzte es aus Valerie heraus. »Mir ist klar, dass ich Themen aufbringe, die niemand hören will. Lieber alles schön unter den Teppich kehren. Aber da mache ich nicht mit.« Sie warf Leonie einen funkelnden Blick zu, wandte sich ab und ging eilig die Treppe hinunter.

»Und?«, fragte Claus, als Leonie zurückkam »Konntest du sie besänftigen?«

Leonie schüttelte den Kopf. »Wir müssen ihr Zeit lassen«, sagte sie, nicht sicher, ob das ausreichen würde, damit Alex' Witwe wieder zu sich fand.

Vergangene Nacht war sie, von Gedeons Körperwärme umfangen, eingeschlafen, und am Morgen war sie in der Gewissheit in den Tag gestartet, einen Menschen an ihrer Seite zu haben, der für sie da war. Ganz im Gegensatz zu Valerie. Sie war in einem Bett aufgewacht, dessen andere Seite leer war.

Ella trat neben Leonie. »Denkst du, Valerie wird das Testament anfechten? Ihrem Gesichtsausdruck nach zu urteilen, hat sie mit einer Firmenbeteiligung gerechnet.«

»Wenn eine Frau ihres Alters an einen zweistelligen Millionenbetrag kommt, wird sie sich hüten, das Testament, das ihr diese Summe beschert, anzufechten. Valerie muss nie mehr arbeiten, wenn sie nicht will. Sie muss sich nie wieder um ihre Zukunft sorgen. Auch wenn sie im Moment alle von sich stößt, gebe ich die Hoffnung nicht auf, dass wir irgendwann wieder alle friedlich unter einem Dach leben.«

»Valerie tut so, als hätte sie als Einzige ein Anrecht auf Schmerz«, erwiderte Ella. »Die Trauer ist wie eine Trophäe für sie. Na ja, wir werden sehen, was die Zukunft bringt …«

Leonie schob sich die Tasche auf die Schulter. »Um sechzehn Uhr in der Firma im Besprechungsraum«, sagte sie zu ihren Eltern und nickte Dr. Leitner zu. An Ellas Seite trat sie auf die Straße. »Und? Bist du erleichtert?«, fragte sie.

Ella nickte. »Und wie. Mir ist ein ganzes Gebirge vom Rücken gepurzelt. Ich habe diese Nacht vor lauter Anspannung kaum schlafen können.«

»Alex war schon immer vorausschauend. Ich bin froh, dass er sein Testament so klug formuliert hat.«

Als sie auf den BMW zugingen, lenkte Leonie das Gespräch wieder auf die Firma. Sie musste dringend auf andere Gedanken kommen, sonst würde die Trauer über den Tod ihres Bruders sie erneut überrollen. Ein Gespräch über das, was sie als Nächstes vorhatten, half ihr dabei am besten. »Hast du schon irgendwelche Ideen, welche neuen Produkte wir ins Auge fassen sollen?«

»Eindeutig dekorative Kosmetik. Ich sehe überhaupt nicht ein, warum wir dieses Feld der Konkurrenz überlassen sollen.«

Leonie sah, wie Ella ihr Handy hervorholte und es ihr reichte.

Sie betrachtete die Skizzen zu den Themen Marketing, Social-Media-Auftritte und Verpackung. Nach ihrem Wirtschaftsstudium hatte Ella an der University of Arts in London Kunst und Design studiert und sich intensiv mit Gestaltung, Ästhetik, Typografie und Webdesign beschäftigt. Schon als Kind hatte man sie kaum je ohne einen Stift in der Hand gesehen. Da lag es für sie nahe, beim Produktdesign selbst Hand anzulegen. Mit wenigen Strichen etwas zu Papier bringen und Menschen binnen Sekunden verzaubern, das konnte nur Ella. Leonies Stärken lagen im Bereich Personalmanagement, Innovation und Nachhaltigkeit, und auch heute noch saugte sie alles über Dermatologie auf, was sie in Erfahrung bringen konnte.

Leonie scrollte durch die Fotos. Sie waren extravagant und hatten einen hohen Wiedererkennungswert. »Der Schriftzug gefällt mir. Wann hast du Zeit dafür gefunden?«, fragte sie überrascht.

Ella lachte auf. »Verliebte verfügen über enorme Kräfte, das hast du nach ein paar Jahren Ehe mit Gedeon doch nicht schon vergessen?«

»Das ist richtig gute Arbeit, Ella«, staunte Leonie. Sie gab Ella das Handy zurück, schloss das Auto auf und sank auf den Fahrersitz.

Ella stieg auf der anderen Seite ein und schlug die Beifahrertür mit einem satten Geräusch zu. »Ich esse mit Timo zu Mittag, danach komme ich in die Firma.« Die Sonne schaffte es bis in den Wagen und wärmte ihre Oberkörper, während sie sich anschnallten.

»Muss er wieder nach Kopenhagen?«, erkundigte sich Leonie.

Ella zog die Unterlippe nach innen, eine Marotte, wenn sie schmollte. »In den nächsten sechs Monaten ist er dauernd unterwegs. Diesmal kommt er erst in zwei Wochen zurück. Das kommt mir schon jetzt viel zu lang vor.«

»Lass dir Zeit mit dem Essen«, tröstete Leonie sie. »Auf eine Stunde mehr oder weniger kommt es nicht an.«

Ellas Stimmung verbesserte sich schlagartig. »Wenn der Abschied ausartet, liegt es in deiner Verantwortung«, sagte sie und lächelte dankbar.

Während der Fahrt sprachen sie weiter über ihre Ideen für die Firma. »Mir schwebt eine Linie vor, für die wir Fermentation nutzen können. Produkte für die Bedürfnisse hochsensibler, reizempfindlicher Haut werden immer stärker nachgefragt. Die neueste Statistik bestätigt diesen Trend.« Jedes Mal, wenn Leonie sich klarmachte, dass mit Ella und ihr eine neue Ära anbrach, fühlte sie, wie ein steter Strom an Ideen durch sie hindurchfloss. »Während der Fermentation bilden sich Nährstoffe, die mittels einer chemischen Methode nur schwer herzustellen wären. Dadurch entstehen bestimmte Inhaltsstoffe auf ganz natürliche Weise. Allgemein werden durch den Prozess mehr Wirkstoffe verfügbar gemacht, die auch von unserem Körper besser aufgenommen werden können. Außerdem können fermentierte Inhaltsstoffe unnötige Füllstoffe wie Konservierungsstoffe ersetzen.«

Ella horchte auf. »Heißt das, die gesamte Creme-Formulierung wird durch die Fermentation noch verträglicher?«

»Ganz genau! Eine fermentierte Pflege für besonders sensible Haut ist zwar eine zeitaufwendige Herausforderung, aber auch eine Chance.«

Sie diskutierten über fermentierten Ginseng, der einen wirksamen Anti-Falten-Effekt hatte, und über virtuelle Events, in denen Frauen sich austauschen und Fragen zur richtigen Anwendung stellen konnten. Die Ideen sprudelten nur so aus ihnen hervor.

»Wenn wir klug vorgehen, warten enorme Gewinne auf uns, die wir zum Teil wieder in die Forschung stecken können. Wir sollten an unseren Ideen dranbleiben, Ella, auch an der dekorativen Kosmetik … Wo soll ich dich eigentlich absetzen?«

»In der Seestube. Timo wartet dort auf mich.«

Sie fuhren die Hauptstraße hinunter. Timo stand vor der Balustrade der Restaurantterrasse und winkte, als Leonie den Wagen am Straßenrand anhielt. Sie ließ den Motor laufen und stieg aus. Ella stand bereits auf dem Gehsteig und umschlang Timos Nacken mit den Händen. Er flüsterte etwas in Ellas Ohr, sie flüsterte zurück und ließ ihre Hände an seinem Oberkörper hinuntergleiten. Die beiden küssten sich so innig, dass Leonie den Blick kurz abwendete.

Nachdem sie sich voneinander gelöst hatten, wandte Timo sich Leonie zu. »Darf ich?«, fragte er und zog sie, als sie nickte, in eine herzliche Umarmung.

»Ich warte seit Ewigkeiten auf eine Begegnung zwischen uns. Ella schwärmt über die Maßen von dir«, sagte er so freundlich und lebhaft, dass Leonie sofort von ihm angetan war.

Timo war ein gut aussehender, offener junger Mann, dem die Gefühle auf der Zunge lagen. Ella nach Jahren des Suchens in einer Beziehung mit einem Mann wie ihm zu wissen, fühlte sich für Leonie wie eine neue Zeitrechnung an.

10.

Am Nachmittag fand die Familie sich im Besprechungsraum ein. Hitze stieg in Leonies Wangen, als das Schreckensbild ihrer in Tränen ausbrechenden Mutter vor ihrem inneren Auge vorbeizog. Zwischen einem Ölgemälde ihres Großvaters und einem Bild von ihrer Mutter hing ein Porträt von Alex an der Wand. Wie hatte sie das nur vergessen können?

Annalena stützte sich am Rand des Tisches ab, den Blick hypnotisch auf die Wand gerichtet. Ihre Stimmung hatte sich in Bruchteilen einer Sekunde verändert. Vermutlich fühlte sie sich gerade wie vor einer Mauer, die zu hoch zum Drüberklettern war.

»Sollen wir nach nebenan gehen?«, fragte Leonie leise.

Ihre Mutter zog den Stuhl energisch unter dem Tisch hervor. Leonie sah ihr an, dass sie mit sich kämpfte. »Ich komme zurecht.« Sie legte ihre Hände auf Leonies und Ellas, die neben ihr Platz genommen hatten. »Macht euch keine Sorgen. Ich habe nicht vor, vor irgendetwas wegzulaufen. Schon gar nicht vor der Erinnerung an meinen Sohn.«

Leonie beeindruckte die Reaktion. Morgens, bevor die Erinnerung an das Geschehene sie einholte, war auch in ihrem Leben alles gut. Doch dann kamen die Bilder, und sie musste sich ihnen stellen.

Annalena schaute sie an. »Als Mitglied des Aufsichtsrats werde ich den Vorschlag einbringen, dich zur Vorstandsvorsitzenden zu bestellen, so wie du und Ella es euch gewünscht habt. Ella, du wirst zu Leonies Stellvertreterin ernannt. Einundfünfzig Prozent der Stammaktien halte weiterhin ich, fünfundzwanzig Prozent hält Leonie und vierundzwanzig Prozent hält Ella. Euer

Vater und ich haben lange überlegt, wie wir das fehlende Prozent ausgleichen können, und haben uns entschlossen, dir die Familienvilla in Porto Rafael zu überschreiben, Ella.«

»Ihr wollt mir die Villa in Sardinien überlassen?« Ella sah ihre Mutter an, als könne sie nicht glauben, was diese gerade gesagt hatte.

Annalena schlug die Mappe auf, die sie dabeihatte, und legte ein Foto vor Ella auf den Tisch. »Wir möchten Leonie und dich gleich behandeln, so gut es geht. Du hängst an dem Haus und liebst Sardinien.«

Ella nahm tastend das Foto auf dem Tisch. Darauf war sie mit ausgebreiteten Armen auf der Terrasse der Villa zu sehen und lachte in die Kamera. Sie hatten in Sardinien Zeiten heiterer Gelassenheit erlebt. »Sommer auf Sardinien« war ein geflügeltes Wort für süßes Nichtstun, üppiges Essen und Schlafen, bis man von allein wach wurde.

»Ich sehe gerade den palmengesäumten Weg vor mir, der von der Villa zu unserem kleinen Strand führt«, schwärmte Ella.

Leonie lächelte angesichts der Freude ihrer Schwester. Die Lage des Hauses war beeindruckend, und die Erlebnisse, die sie mit dem Haus verbanden, waren unvergesslich.

Plötzlich fiel Ella ihrer Mutter, dann ihrem Vater um den Hals. »Mama, ich danke dir!«, brach es aus ihr heraus. »Auch dir danke, Papa. Ihr seid verrückt, mir diese schicke Hütte zu überlassen. Ich liebe unsere gemeinsamen Sommer auf der Insel. Man kann schon fast sagen, ich bin süchtig danach.«

Leonie küsste ihre Schwester. »Casa Ella. Erinnerst du dich?«

Ella nickte. »Du und deine fixen Vorstellungen davon, was das Leben für mich bereithält … inklusive der Casa Ella.«

Bei der Erinnerung an ihre Sommer in dem sardischen Dorf legte sich ein verzückter Ausdruck auf Leonies Gesicht. Beim Ankommen hatte Ella immer ihren roten gesteppten Lederkoffer auf der Veranda abgestellt, um als Erstes eine Runde durchs Haus zu drehen und nachzusehen, ob alles noch so war, wie sie es verlassen hatten.

Ella hatte den Koffer auf einem Trödelmarkt erstanden. Als sie ihn geöffnet hatte, war darin ein vierblättriges Kleeblatt gewesen. Seitdem behauptete sie, es sei ihr Glückskoffer. Jeden Sommer wies sie am Flughafen darauf hin, dass der Koffer keinesfalls beschädigt werden dürfe. Ellas Bitte war im Grunde unsinnig, denn die Frau vom Bodenpersonal hatte ja keinen Einfluss darauf, wie mit den Koffern der Passagiere umgegangen wurde, doch ihre Bitte war mit den Jahren zu einer fixen Idee geworden.

»Nächsten Donnerstag um dreizehn Uhr beim Notar. Trägst du dir das bitte ein, Ella?«, fuhr Annalena fort.

»Nichts lieber als das«, entgegnete Ella.

»Nun zum nächsten Punkt. Wie steht es mit der Rosenlinie? Und wann findet das Meeting mit unserem Key-Account-Manager statt?«

Ella sah in ihr Smartphone. »Das ist für nächsten Montag angesetzt. Die Entwicklungspläne und Diagnosen für die Einzelhandelskunden sollten bis dahin vorliegen.«

»Wir konnten einige Neukunden gewinnen, mit denen bereits individuelle Rahmenverträge und Konditionen ausgehandelt wurden«, ergänzte Leonie.

»Stimmt, schließlich möchten wir unsere Marktanteile nicht nur beibehalten, sondern ausbauen«, sagte Ella. »Unsere Positionierung am Markt grenzt sich ganz klar von der unserer Mitbewerber ab. Der Zeitpunkt für die Rosenlinie ist gut gewählt. Wir haben unsere Marke in den letzten Jahren behutsam modernisiert und gleichzeitig die Tradition des Markenkerns im Auge behalten. Im Gegensatz zu anderen Marken sind wir nicht zu breit aufgestellt. Keine Verbraucherüberforderung. Alles ausgewogen.«

»Weil wir eben nicht auf kurzfristige Umsätze setzen, sondern auf den Ertrag der Marke«, sagte Annalena zufrieden. »Wie steht es mit dem Präsentations- und Marketingmaterial für die Händler? Wie geht ihr vor?«

»Wir arbeiten mit Jean-Luc und einem besonderen Newcomer-Model«, erklärte Leonie geheimnisvoll.

Jean-Luc war ein Pariser Starfotograf, der immer besondere Ideen einbrachte.

»Die Ergebnisse der unabhängigen Marktforschungstests sind übrigens hervorragend, genauso wie die unseres Testcenters. Die Probanden loben die Konsistenz der neuen Creme und das Hautgefühl nach dem Auftragen. Stabilität, Wirksamkeit und Verträglichkeit stimmen ... Und natürlich überzeugt der sinnliche Duft.« Leonie zögerte, bevor sie weitersprach. »Ich habe eine Notiz in Alex' Büro gefunden.« Sie sah ihren Vater an, dann ihre Mutter.

»Eine Notiz worüber?« Ihre Mutter sah von ihren Unterlagen auf.

»Nur zwei Worte: Synthetischer Rosenduft ... Ich wollte etwas für Valerie holen ... da habe ich die Notiz entdeckt ...«

Sie sahen sich der Reihe nach an.

»Alex hatte sicher nicht vor, am falschen Ende zu sparen, oder?« Leonie sah Ella an, dass sie sich dessen ganz und gar nicht sicher war.

»Mit den Lieferanten in Marokko gibt es keine Schwierigkeiten. Ich kann mir beim besten Willen nicht vorstellen, warum er über ein Substitut nachgedacht hat«, sagte Leonie.

Im Blick ihrer Mutter stand Missbilligung. »Wir können ihn ja nun leider nicht mehr fragen.«

Einen Augenblick schwiegen sie.

»Marokko läuft gut, und das soll auch so bleiben«, machte Annalena unmissverständlich klar. »Nun seid ihr am Zug, und außer in diesem Punkt mische ich mich nur ungern ein.«

Leonie wusste, dass ihrer Mutter die Frauen im Dadès-Tal,

die Damaszener Rosen exklusiv für sie pflückten, sehr am Herzen lagen. Die Rechte und Möglichkeiten von Frauen waren ihr ein wichtiges Anliegen, damit diese ihre Familien ernähren und ihren Kindern eine Ausbildung ermöglichen konnten.

»Ihr seid ambitioniert«, fuhr Annalena fort, »aber stellt euch darauf ein, dass die Mitarbeiter in der ersten Zeit vielleicht anzweifeln, dass zwei so junge Frauen den Konzern führen können. Gebt Bescheid, wenn ihr nicht weiterwisst.«

Leonie schaute aus dem Fenster. Draußen verzogen sich die Wolken immer mehr. Sommer im September. Sie durfte es nicht persönlich nehmen, wenn es anfangs Probleme gäbe. Es war nachvollziehbar, dass die Mitarbeiter sich Sorgen machten. Jede Veränderung barg nun mal Risiken. Umso wichtiger war es, dass Ella und sie Stabilität vermittelten.

»Nun zu einer weiteren Frage. Wie wollt ihr mit den Medien umgehen?«, fragte Annalena.

»Da sieht es leider nicht gut aus«, antwortete Leonie geradeheraus. Die Energie im Raum veränderte sich, als würde die Luft dünner und die Anspannung aller stärker.

»Was gibt es konkret? Ich bin nicht auf dem Laufenden.«

Leonie griff in ihre Tasche und legte einen Packen Zeitungen und Zeitschriften in die Mitte des Tisches. »Ella war am Bahnhof und hat für einen respektablen Querschnitt gesorgt.«

Ihre Mutter blickte auf die Schlagzeile einer bekannten Illustrierten. Ihre Hand fuhr an den Mund. Sie nahm sich weitere Zeitungen vor, wobei ihr Gesicht sich zusehends verfinsterte, dann schob sie alles zu ihrem Ex-Mann hinüber. »So schlimm habe ich es mir nicht vorgestellt«, presste sie hervor.

Leonie hörte das Wort Reputation, der Rest ging im Gemurmel ihres Vaters unter.

»Irgendwelche Ideen vonseiten unserer PR-Agentur, wie wir damit umgehen?«, erkundigte sich Annalena.

»Die haben einen ganzen Katalog an Vorschlägen an uns herangetragen. Und Leonie hat sich auch etwas überlegt«, sagte Ella.

»Klär uns auf, Leonie. Egal, was es ist, ich möchte es hören.«

Leonie löste die Arme, die sie vor der Brust verschränkt hatte. »Bald steht dein Geburtstag an, Mama. Eine großartige Gelegenheit, eine Firmenchronik herauszubringen, die gleichzeitig auch eine Familienchronik ist.«

»Unsere Produkte stehen im Vordergrund, wir selbst halten uns im Hintergrund«, erinnerte ihre Mutter sie.

»Ich weiß, wir halten Privates gewöhnlich unter Verschluss, aber in diesem Fall sollten wir uns unsere Vergangenheit zunutze machen«, sagte Leonie. »Deine und Großmamas Verdienste um die Firma eignen sich perfekt, um von den unangenehmen Schlagzeilen abzulenken. In diesem besonderen Fall sollten wir ein bisschen positiven Wirbel um uns machen. Wir erzählen von Hausfrauen, die nach dem Krieg mit Creme-Proben von Tür zu Tür gegangen sind, und wie Großmama durch diese gewitzte Werbeidee herausgefunden hat, welche Produkte Frauen am meisten vermissen. Marktforschung, als sie noch in den Kinderschuhen steckte.«

»Nach dem Krieg kamen sechs Frauen auf einen Mann«, erinnerte sich Annalena. »Ein Großteil der Frauen hatte nie auch nur die geringste Chance, eine Familie zu gründen. Und allein für ein ausreichendes Einkommen zu sorgen, war schwer.« Die Idee der Chronik schien eine Menge in ihr loszutreten. »Eure Großmutter hat Frauen, die ihre Kinder allein großziehen mussten, verständlicherweise den Vorzug gegeben.«

»Ich hätte wahnsinnig gern, dass Großmama bei der Chronik mitmacht und von ihren Erlebnissen und Erfolgen erzählt«, sprach Leonie ihre Gedanken aus.

Annalena zuckte die Schultern. »Keine Ahnung, was sie zu dieser Idee sagt.«

»Wisst ihr was? Ich schaue heute Abend bei ihr vorbei und erzähle ihr von dem Projekt.« Leonie legte den Stift zur Seite, mit dem sie herumgespielt hatte, und suchte auf ihrem Handy nach möglichen Autoren für die Chronik. »Denkt ihr nicht auch, dass eine Frau unsere Geschichte aufschreiben sollte?« Sie sah auf. »Hier haben wir schon jemanden. Nicole Marquart. Zurzeit Deutschlands erfolgreichste Ghostwriterin.«

Annalena zögerte keinen Moment. »Frag an, ob Frau Marquart Interesse hat. Allerdings wird es dauern, bis die Chronik erscheint. Irgendwelche Ideen, wie wir den Imageschaden inzwischen so gering wie möglich halten?«

»Was haltet ihr von einer Vernissage im Andenken an Alex? Seine Pflanzenfotos sind genial. Wir schlagen zwei Fliegen mit einer Klappe, füttern die Medien mit Infos, die *wir* nach außen geben wollen, und nutzen den Abend als Werbung«, schlug Ella vor.

»Wir halten die Zügel in der Hand«, ergänzte Leonie. »Wann haben wir dazu schon mal die Gelegenheit?«

Annalena sah Claus an. »Wie stehst du zu den Ideen?«

Claus kratzte sich nachdenklich am Kinn. »Ich frage mich die ganze Zeit, weshalb ihr eine PR-Agentur bezahlt.« Er klopfte Leonie anerkennend auf die Schulter. »Deine Idee ist fantastisch. Das gilt auch für dich, Ella. Hut ab vor euch beiden.«

»Wann redet ihr mit den Mitarbeitern?«, erkundigte sich Annalena. »Die Mannschaft will wissen, wie es weitergeht. Und zwar so schnell wie möglich. Das lässt weniger Raum für Spekulationen.«

Leonie warf Ella einen Blick zu. »Wir haben vor, morgen eine Mitarbeiterversammlung einzuberufen«, sagte sie.

Als Leonie und Ella wenig später den Besprechungsraum verließen und an der Tür zu Alexanders Büro vorbeikamen, sagte Ella: »Ich habe immer das Gefühl, er ist bloß kurz aus dem Büro gegangen ...« Sie bogen um die Ecke und nahmen die Stufen nach unten. Auf der Treppe blieb Ella stehen. »Sag mal, fändest du es verrückt, wenn wir eine Weile so täten, als wäre Alex auf Reisen?« Sie sah Leonies skeptischen Blick. »Nur bis wir mit dem Verlust besser umgehen können. Wir tun niemandem weh, es ist bloß eine Art Krücke. Wie Großmamas Stock, damit ihr Knie geschont wird.«

Leonie sah das verhaltene Lächeln im Gesicht ihrer Schwester. »Du siehst mich an, als wüsste ich, wie wir am besten durch diese schwierige Zeit kommen.«

»Weißt du auch«, beschwor Ella sie. »Bitte enttäusch mich nicht.« Sie sah sie beinahe flehend an.

Leonie brachte es nicht übers Herz, Ella diesen Wunsch abzuschlagen. »Also gut. Dann machen wir es bis auf Weiteres so.«

Ella fiel ihr um den Hals. »Weißt du, was das Beste ist?«

»Dass ich so oft nachgebe?«, mutmaßte Leonie.

Ella schüttelte den Kopf. »Dass wir immer an einem Strang ziehen, wenn's drauf ankommt.«

11.

Leonie sah auf die Uhr an ihrem Handgelenk. Zwanzig nach acht. Eine gute Zeit. Gegen neunzehn Uhr verließ die Pflegerin gewöhnlich die Wohnung ihrer Großmutter, weil diese darauf bestand, den Abend allein zu verbringen.

Sie abends mutterseelenallein zu wissen, bereitete Leonies Mutter Sorgen, doch bei dem Thema ließ Hedi nicht mit sich reden.

»Ich bin nicht senil, also behandelt mich auch nicht so.« Mehr war ihr dazu nicht zu entlocken.

Leonie drückte zweimal auf die Klingel. Das melodiöse Läuten ertönte. Schritte kamen näher, dann wurde die Tür geöffnet, und ihre Großmutter stand in einer bequemen Hose und einem hellen Pulli vor ihr.

»Großmama, entschuldige, darf ich um diese Uhrzeit noch stören?« Leonie registrierte die hellwachen Augen, die durch sie hindurchzusehen schienen.

Ein nachsichtiges Lächeln stand in Hedis Gesicht, das langsam breiter wurde. »Was stellst du nur für Fragen? Du hast noch nie gestört. Ich habe den ganzen Nachmittag an euch gedacht.« Sie trat zur Seite, dabei nahm sie ihren Stock zu Hilfe. Trotz ihrer Arthritis hatte sie sich einen energischen Gang bewahrt. »Ich habe Tee aufgebrüht, und deine Lieblingskekse sind auch vorrätig.«

»Tee in deiner Gesellschaft liebe ich wie fast nichts anderes auf dieser Welt.« Leonie trat über die Schwelle und nahm die Energie in sich auf, die vom Refugium ihrer Großmutter ausging. An den Wänden hingen unzählige Erinnerungsstücke – Fotos und Plakate und die gerahmten handschriftlichen Rezepturen. Wie anders es hier war als in ihrer Wohnung, deren Räume sie auf Silvys Anraten in Cremetönen gestrichen und minimalistisch eingerichtet hatte.

Leonie schlüpfte aus dem Mantel und hängte ihn an den Haken an der Wand. »Wie war dein Tag?«, erkundigte sie sich.

»Kaum Schmerzen. Es geht mir blendend. Also werde ich einen Teufel tun und jammern«, antwortete ihre Großmutter.

Leonie fragte sich oft, wie Hedi früher im Spannungsfeld ihrer Verpflichtungen einerseits und den Einschränkungen ihrer Depressionen andererseits gelebt hatte. Es schien fast, als hätten sie die dunklen Jahre noch verständnisvoller werden lassen. Hedi heuchelte nie Interesse, strahlte immer Authentizität aus, so als habe sie im Lauf ihres Lebens ihr wahres Wesen erkannt.

Ihre Großmutter ging voraus und griff dabei an den metallenen Handlauf, der zu ihrer Sicherheit im Flur angebracht war. Leonie bog kurz in die Küche ab, bestückte ein Tablett mit der Teekanne und zwei Tassen mit Untertellern und trug das Ganze ins Wohnzimmer, wo ihre Großmutter sich bereits in ihrem Ohrensessel niedergelassen hatte. Sie stellte das Geschirr auf den Nierentisch und schenkte Tee ein. Dann ließ sie sich auf das Sofa sinken, neben dem die Stehlampe von Louis Poulsen ein warmes Licht verbreitete. Zwischen den Erinnerungsstücken ihrer Großmutter fühlte sie sich wie in ihrem zweiten Zuhause. Die Möbel aus den Fünfzigern, von denen einige längst Kultstatus hatten, waren in Leonies Augen etwas Besonderes. Sie mochte die starken Farben, mit denen ihre Großmutter sich umgab, und sie mochte deren Stil, der nicht durchdacht war, sondern willkürlich: Dinge, die Hedi gefielen, hatten über die Jahre Einzug in ihre Wohnung gefunden, so einfach war das.

»Ich hoffe, es gibt gute Neuigkeiten?« Hedi beugte sich vor, um einen Schluck Tee zu nehmen.

»Die gibt es. Gottlob.« Leonie stellte die Tasse ab.

»Dann ist bei der Testamentseröffnung alles glattgelaufen?«

»Keine unangenehmen Überraschungen.« Sie fasste rasch die Kernpunkte zusammen, froh, so gute Nachrichten mitzubringen.

»Das klingt ganz nach Alex«, seufzte ihre Großmutter erleichtert. »Er hatte immer alles im Blick.«

»Allerdings. Jetzt müssen wir uns nur noch um die Medien kümmern. Hast du Zeitung gelesen?«, fragte Leonie.

»Das Leben ist aufregend genug, da muss ich mir nicht noch diese Schmierfinken antun.«

Leonie hatte gehofft, ihre Großmutter habe angesichts der Umstände mit der Regel gebrochen, Fernsehnachrichten und Interviews in Zeitschriften abzuschwören, was ihr in die Hände gespielt hätte.

»Komm her und lass dich erst mal umarmen, Kind. Nach dem, was du mir erzählst, hat sich doch alles zum Guten gewendet. Trotzdem sehe ich an deinem Blick, dass du etwas auf dem Herzen hast, oder täusche ich mich?«

Zwischen Leonie und ihrer Großmutter bestand eine Verbindung, die keiner Worte bedurfte, die nicht nach den Jahren, die zwischen Menschen lagen, oder nach dem Verwandtschaftsgrad fragte. Seit Leonie denken konnte, zog es sie zu Hedi hin, so ging es auch Ella, und mit jedem Jahr, das ihre Großmutter älter wurde, wurde Leonie und Ella immer mehr bewusst, wie kostbar jeder Augenblick mit ihr war.

Die Frage, die Leonie ihr stellen wollte, lag ihr auf den Lippen, aber es fiel ihr schwerer als gedacht, sie zu formulieren. Ihre Großmutter scheute nichts mehr als die Offenlegung ihrer Vergangenheit, aber eine Chronik ohne die funkelnde Geschichte ihrer Familie, mitsamt den Höhen und Tiefen, wäre unvollständig. Nur wenn Hedi über ihre Erlebnisse sprechen würde, hätte das Projekt einen Sinn.

»Tu immer, was du für richtig hältst. Egal, was andere davon halten. Das kann ich dir nur ans Herz legen«, hatte Hedi Leonie einmal in einer ruhigen Stunde geraten. Nun dachte Leonie an diese Worte und spürte, wie eine Falte zwischen ihren Augenbrauen wuchs.

»Du wirkst gar nicht erleichtert, Leonie. Gibt es etwas, das du mir noch nicht gesagt hast?«

Die Frage riss Leonie aus ihren Gedanken. »Ach, Großmama …« Sie seufzte schwer.

»Mach dir keine Sorgen, wir werden eine Lösung finden. Egal, worum es geht.« Die Stimme ihrer Großmutter klang weich, beinahe singend, und erinnerte Leonie an das Wiegenlied, das sie ihnen früher vorgesungen hatte, an die Geborgenheit und Wärme, die sie damit verband. *Weißt du, wie viel Sternlein stehen …*

»Ich habe Micha wiedergesehen«, sagte sie leise. »Seitdem weiß ich nicht, was mit mir los ist …« In wenigen Sätzen erzählte Leonie von der unfreiwilligen Begegnung mit Michael und von den Gefühlen, die sie seitdem bedrängten.

Ihre Großmutter ließ einige Augenblicke verstreichen, dann beugte sie sich vor und legte die Hand auf Leonies Arm. »Was soll's. Nun ist es passiert, und ihr seid euch über den Weg gelaufen. Ich verstehe, dass dich das durcheinanderbringt. Auf dir lastet eine Menge. Seit dieser furchtbare Unfall passiert ist, organisierst, regelst und arbeitest du rund um die Uhr. Und nun dieses Wiedersehen. Kein Wunder, dass du durcheinander bist.«

»Nutze deine Ressourcen für die Menschen, die auf dich vertrauen. Großpapas Worte«, verteidigte sich Leonie.

»Das hat Alfons gesagt, allerdings. Aber es kostet Kraft, für alle da zu sein, und dann lässt man sich manchmal selbst im Stich. Es ist dir hoch anzurechnen, dass du für jeden da sein willst. Aber brauchst du dich selbst nicht gerade jetzt am allermeisten?«

Die Frage traf Leonie mitten ins Herz.

»Seit Alex' Tod habe ich so viele Fragen«, antwortete sie langsam. »Gedeon will, dass ich damit aufhöre. Ich soll akzeptieren, dass … dass das mit Alex passiert ist, und nicht ständig nach Antworten suchen, die nicht existieren. Er hat recht. Was bringt es schon, sich den Kopf zu zermartern? Es ändert ja doch nichts.«

»Wenn es nur so einfach wäre«, sagte Hedi. In ihrem sorgenvollen Gesicht stand mit einem Mal ihr ganzes Leben geschrieben. »Ich habe die Erfahrung gemacht, dass *vorbei* ein äußerst problematisches Wort ist, das meist eine lange Geschichte nach sich zieht. Nichts ist vorbei, nur weil man es möchte.«

In Leonie krampfte sich alles zusammen.

»Selbstverständlich bleibt das, was hier besprochen wird, in diesen vier Wänden … Du bist mein Augenstern, Kind, das warst du schon immer. Für mich gibt es nichts Wichtigeres, als dich und Ella glücklich zu sehen und für euch da zu sein. Wenn du dich mir anvertrauen möchtest, bin ich da, und wenn nicht, ist auch das in Ordnung.«

Die Worte ihrer Großmutter waren wie eine tröstende Hand auf Leonies Seele. Sie kämpfte mit sich, schließlich gab sie nach.

»Es war wie ein … wie ein Überfall … Er stand plötzlich da wie ein Phantom … Mir ist beinahe das Herz stehen geblieben.« In Leonies Hals wurde es immer enger, sie bekam kaum noch Luft. Die Erinnerung an das, was sie mit Michael erlebt hatte, war allzu gegenwärtig. »Er musste doch damit rechnen, dass ihn jemand sieht.« Leonie hielt ihre rechte Hand mit der linken fest. »Dass *ich* ihn sehe … Weshalb ist er überhaupt gekommen? Und wieso fühle ich noch immer dasselbe wie damals? Auf der einen Seite ist da diese Verbindung und auf der anderen diese unendliche Wut. Ich dachte, das läge alles längst hinter mir.«

Hedi hörte mit der Geduld eines Menschen zu, der viel erlebt und deshalb gelernt hat abzuwarten. Nachdem Leonie zu Ende gesprochen hatte, sagte sie: »Bist du schon einmal an den Punkt jenseits deiner Wut gelangt?«

Leonie sah ihre Großmutter verständnislos an. »Welcher Punkt ist das?«, fragte sie.

»Es ist der Punkt, an dem Traurigkeit, Schmerz und Wut sich vermischen. Um dorthin zu gelangen, musst du aufhören, jemandem die Schuld zu geben, auch dir selbst …« Hedi ließ Leonie Zeit, das Gesagte in seiner ganzen Tragweite zu erfassen. »Vielleicht hat Michael diesen Punkt irgendwann in den vergangenen Jahren erreicht und ist zur Trauerfeier gekommen, um mit dir zu reden. Hast du darüber schon mal nachgedacht?«

Leonie schüttelte den Kopf. »Soll ich Mitleid haben, weil er damals nicht die Chance hatte, sich zu rechtfertigen und …?« Leonie schaffte es nicht, den Satz zu Ende zu bringen, es war einfach zu schmerzhaft.

»Nein. Aber du kannst versuchen, hinter der verletzenden Wut die beängstigende Traurigkeit zu finden. Ich vermute mal, du hast deine Traurigkeit weggesperrt wie ein unartiges Kind. Du hast dich davor gefürchtet, von ihr verschlungen zu werden. Das kann Traurigkeit tatsächlich, einen verschlingen … Aber wenn sie einen in sich hineingezogen hat, gibt sie einen auch wieder frei. Wut und Enttäuschung dagegen können Menschen zerstören und führen meist zu Verbitterung.«

Die Stille, die auf diese Worte folgte, war wie eine Pause, die Leonie dringend brauchte.

Dann sagte ihre Großmutter leise: »Es ist lange her, Liebes, da war ich in einer ähnlichen Situation.«

Leonie sah sie verwundert an.

»Vergiss nicht, dass derjenige, der andere verletzt, auch sich selbst etwas zufügt und so zum Opfer seiner eigenen Tat wird.

Ich weiß, wie es sich anfühlt, beide Seiten zu kennen … Lass nicht zu, dass die Wut dich vereinnahmt. Finde die Kraft, dir all deine Gefühle anzusehen. Vielleicht hast du nie aufgehört, Michael als einen Teil deines Lebens zu sehen, der zu schön und wichtig war, um jede Erinnerung daran loszulassen. Und vielleicht hat sein Auftauchen dich daran erinnert, dass du dir nicht erlaubst zu fühlen, was du fühlst.«

Waren die Depressionen ihrer Großmutter eine Folge des Fehlers, den sie vorhin angedeutet hatte? Vermutlich, dachte Leonie. Es musste extrem belastend sein, sich für etwas verantwortlich zu fühlen, das nicht wiedergutzumachen war.

Leonie selbst fühlte sich vor allem schuldig, weil sie Michael geliebt hatte. Dieses Gefühl wurde sie einfach nicht los. »Die Enttäuschung über Micha hat mich nie losgelassen … wie ein Schwelbrand … Die Flammen waren zwar nicht hoch genug, um sie zu sehen, aber doch, um sie zu spüren.«

Das Bedürfnis, ihre Schwester zu schützen, war damals stärker gewesen als alles andere. Wie nahe sie Ella wirklich stand, hatte Leonie erst begriffen, als sie sich ohne Wenn und Aber vor sie gestellt hatte.

»Sieh dir das ganze Bild an, nicht nur diesen letzten unglückseligen Tag. Nimm dir einen Moment, um dir das hinreißende Paar anzusehen, das ihr beide wart. Um dieses Paar darfst du trauern. Trotz allem, was mit Ella passiert ist. Du darfst fühlen, Leonie. Fürs Fühlen gibt es keine Verjährung. Nicht bei mir.«

Die Trauer durchdrang Leonies ganzen Körper, wie damals, als sie ihr die Beine weich werden lassen und ihr die Sprache verschlagen hatte. Damals hatten alle in der Familie binnen Sekunden ein Urteil gefällt. Auch Leonie. Danach hatte sie sich nie wieder erlaubt, auch nur an einen schönen Augenblick mit Michael zu denken oder einen Zweifel an dem, was vorgefallen war, zuzulassen, ohne sich schlecht dabei zu fühlen. Fragen durften gar nicht erst aufkommen, denn jeder Zweifel säte Missgunst und spaltete die Familie.

»Wenn man verletzt wurde, braucht man Abstand. Du musst nichts vergessen, auch nichts begreifen, aber du könntest versuchen zu akzeptieren, was geschehen ist. *Voll und ganz* akzeptieren, weißt du?«, fuhr Hedi fort.

Wie Michael sie in der Kapelle angesehen hatte, als sie sich zu ihm umgedreht hatte. Als wolle er sagen: Egal, was geschehen ist, ich bin hier, weil ich deinen Schmerz fühle und dir beistehen möchte.

Leonie schluckte den Kloß in ihrem Hals hinunter. »Was hast du getan, Großmama?«, fragte sie. In ihr regte sich Neugier, gleichzeitig hatten die Andeutungen ihrer Großmutter sie erschreckt. Ihr wäre leichter ums Herz, wenn sie erfahren würde, was sie erlebt hatte, anstatt sich alle möglichen Szenarien auszudenken.

»Das spielt jetzt keine Rolle mehr«, antwortete Hedi eine Spur zu schnell. Da war er wieder, der Panzer, der sie umgab, sobald es um früher ging. »Alles, was ich dir sagen kann, ist, dass ich einen großen Fehler gemacht habe, für den ich nie geradegestanden habe. Manches kann man eben nicht mehr rückgängig machen.« Die zarten Falten schienen sich tief in Hedis Gesicht zu graben.

Leonie spürte die bedrückende Trauer ihrer Großmutter, griff nach deren Hand und legte sie zwischen ihre.

»Wenn eine Situation verfahren ist, sollte man zumindest die Größe haben, es sich einzugestehen.« Die Stimme ihrer Großmutter hatte diesen besonderen Nachklang, als hätte sie eingesehen, dass es auch für den Entschluss zu schweigen ein Ablaufdatum gab. »Vielleicht war Alex' Unglück ein Fingerzeig für Michael, nicht länger mit einer Entschuldigung zu warten.« Hedis Blick suchte Leonies. Sie nickte ihr zu, als wollte sie sie dazu ermuntern, genau hinzusehen.

»Warum sprichst du nicht über dein Erlebnis? Vielleicht würde es dir helfen, dir alles von der Seele zu reden«, wagte Leonie einen weiteren Vorstoß.

Hedi schüttelte den Kopf. »Meine Geschichte liegt viel zu lange zurück.« Sie machte eine abwehrende Handbewegung. »Du jedoch hast noch dein ganzes Leben vor dir. Sieh genau hin, Leonie! Tu es für dein Glück.« Die letzten Worte klangen weniger wie ein Rat, sondern wie eine Aufforderung, dieses Hinsehen um keinen Preis der Welt zu versäumen.

Leonie ließ von ihren Fragen ab. Vielleicht würde ihre Großmutter wieder reden, wenn sie ihr nur genügend Zeit ließ. Sie durfte sie nicht bedrängen. Allerdings wusste sie nicht, wie viele Jahre sie noch miteinander hatten. Nicht zum ersten Mal wünschte sie sich, ihre Großmutter würde ihr noch lange erhalten bleiben.

»Hast du mit sonst jemandem über die Begegnung mit Michael gesprochen?« Hedi bedeutete Leonie, den Tee nicht kalt werden zu lassen.

»Nein. Wer würde mir schon zuhören wollen?« Leonie versuchte sich an einem Lächeln, es erlosch aber gleich wieder. »Mama und Papa bestimmt nicht, und Ella …« Sie brach ab, griff nach der Tasse und trank einen Schluck Tee. »Hätte ich Gedeon von Micha erzählt, hätte er sich nur gewundert, dass ich mit einer Geschichte daherkomme, die schon lange niemanden mehr interessiert. Er hätte mich aufgefordert, nach vorn zu schauen. Aber genau das gelingt mir nicht.«

»Du hast gut daran getan, Michael nicht zu erwähnen. Was du damals empfunden hast, ist im Vergleich zu Ella in den Hintergrund getreten. Deshalb wird es Zeit, dass du aufhörst, auf deinen Gefühlen herumzutrampeln. Im Leben geht es nicht um Absolution, das ist jedenfalls meine Erfahrung, es geht darum, nicht gegen etwas anzukämpfen, das längst geschehen ist, das kostet zu viel Kraft … und irgendwann zu verzeihen. Im Graben zwischen zwei Gegensätzen – entweder eine Situation anzunehmen oder dagegen aufzubegehren – existiert etwas, Leonie. Ich kann es nicht genau benennen, aber es ist etwas Tröstliches. Etwas, das dir hilft, dein Leben auf befriedigende Weise weiterzuleben.«

Die Worte sickerten nur langsam in Leonies Bewusstsein. Sie hatte den Graben zwischen zwei Gegensätzen an dem Tag kennengelernt, als Ella völlig aufgelöst nach Hause gekommen war. Damals war sie zwischen ihrer Liebe zu Michael und der zu Ella hin- und hergerissen gewesen. Ein Teil von ihr hauste noch immer in dem Loch, in das sie damals gefallen war.

Ihre Großmutter legte die Beine auf den Hocker vor ihrem Sessel. »Wie hast du den Vorfall damals denn empfunden? Ich würde gern deine Perspektive hören, Liebes.«

Dass Hedi wissen wollte, wie ausgehöhlt sie sich gefühlt hatte, war wie Balsam auf Leonies Seele. Insgeheim hatte sie immer auf diese Chance gehofft, deshalb zögerte sie nicht. »Als Ella an … an diesem Tag zurückgekommen ist, wusste ich überhaupt nicht mehr, was ich glauben sollte. Ich war so wütend … so machtlos. Ich fühlte mich wie auf einem Karussell auf dem Jahrmarkt, wo alle Eindrücke so schnell an einem vorbeihuschen, dass man das Gefühl hat, überhaupt nichts mehr zu sehen … Ella tat mir so leid. Sie war bedrängt und in eine Situation gebracht worden, die man niemandem wünscht. Natürlich war meine Zukunft mit Michael zerbrochen. Mit jemandem wie ihm konnte es das nicht mehr geben. Aber um ehrlich zu sein, sind meine Gefühle für ihn nie wirklich verschwunden. Etwas in mir liebt ihn noch immer. Ich kann es selbst kaum fassen … und deshalb fühle ich mich schuldig. Wenn Ella oder Mama das wüssten …« Leonie schüttelte entsetzt den Kopf. »Sie würden mich für verrückt erklären. Aber egal, was sie sagen würden, gegen meine Gefühle kann ich nichts tun. Sie sind nun mal da …«

Ihre Großmutter drückte ihre Hand. Zum ersten Mal seit Langem hatte Leonie das Gefühl, nicht allein mit ihren Erlebnissen und Gefühlen umgehen zu müssen. Nach ihrem Geständnis schwiegen sie lange, dann wechselten sie das Thema und sprachen noch einmal über die Testamentseröffnung.

Schließlich lenkte Leonie das Gespräch auf die Firmenchronik. Die Bitte, ihre Großmutter möge für ein Interview zur Verfügung stehen, fiel ihr mit einem Mal leichter, als sie gedacht hatte.

»Du allein kennst alle Anekdoten, damit die Chronik ein Stück lebendige Geschichte widerspiegelt. Ohne dich kriegen wir es nicht hin, Großmama.«

Auf Leonies flehenden Blick hin hob Hedi mit einem Seufzer der Kapitulation die Hände. »Also gut, ich rede darüber, was für ein Kraftakt es war, die Firma zu dem zu machen, wofür sie heute steht. Über den Aufbau, die politische Lage nach dem Krieg, Rezepturen und dergleichen. Allerdings werde ich nichts preisgeben, das zu sehr ins Private geht.«

Leonie stieß erleichtert die Luft aus. Die Bedenken, ihre Großmutter könnte ihnen ihre Hilfe versagen, lösten sich in nichts auf.

Sie sprachen noch eine Weile über die Chronik, und irgendwann sah Leonie auf ihre Armbanduhr. »Ach herrje. Schon so spät.«

Sie trug das benutzte Geschirr in die Küche und umarmte ihre Großmutter zum Abschied. Dabei roch sie den Veilchenduft und schwach den Duft nach Goldblütencreme, die Hedi jeden Tag benutzte. »Du hast mich in vielerlei Hinsicht gerettet, Großmama. Danke!«

Hedi streichelte Leonie über die Wange. »Ich helfe um euretwegen, wegen Ella und dir. Ihr habt jede Hilfe verdient.«

Leonie legte sich den Mantel über den Arm und öffnete die

Tür. »Gute Nacht, Großmama.« Sie warf Hedi einen Luftkuss zu und schlüpfte hinaus. Vielleicht würde Nicole Marquart ja erfahren, was damals passiert war, hoffte sie, als sie die Treppe hinunterging. Manchmal war es leichter, sich einer Fremden anzuvertrauen. Jemandem, den man nie wiedersah.

Als Leonie die Tür zu ihrer Wohnung aufschloss, fiel sie Gedeon in die Arme.

»Hoppla. Da ist aber jemand froh, daheim zu sein«, raunte er, beugte sich zu ihr hinab und küsste sie.

12.

Hedi langte nach der Puderquaste, trug Puder und Rouge auf. Nun lag ein Schimmer Rosé auf ihren Wangen, die Blässe in ihrem Gesicht war verschwunden. Danach waren die Lippen dran. Rosafarbener Lippenstift konnte nicht schaden – nur ein Hauch, mehr wirkte in ihrem Alter übertrieben.

Sie beließ es dabei, schob die Schminkutensilien zur Seite und griff nach ihrer randlosen Brille. Vorsichtig schob sie sich die Brille auf die Nase, sah in den Spiegel und seufzte tief.

Ihr Spiegelbild hatte schon lange nichts mehr mit der jungen Frau gemein, deren Haut sich straff über Gesicht und Gliedmaßen spannte und deren feine Wangenlinien und Augen, die in perfektem Abstand zueinanderstanden, *ihr* Gesicht ausmachten. Mit den Jahren hatten die Wangenknochen sich zurückgezogen, sodass die Kontur ihres Gesichts sich irgendwie aufzulösen schien.

Als Leonie sie gestern Abend an den Termin mit der Journalistin erinnert hatte, war Hedi erschrocken. Ihr war bewusst geworden, wie sehr ihr davor graute, von der Vergangenheit zu erzählen. Doch um Alexanders Ruf und der Firma willen wollte sie sich kooperativ zeigen und war bereit, die alten Zeiten wieder aufleben zu lassen. Dass allerdings schon zwei Wochen, nachdem Leonie ihr von der Chronik erzählt hatte, das erste Interview anstand und sie ausgerechnet an diesem Tag während ihres Nachmittagsnickerchens verschlafen hatte, damit hatte sie nicht gerechnet.

Seit ihrem Gespräch mit Leonie war etwas mit ihr geschehen. Die Zeit, in der sie sich mit ihrer Schuld abgeplagt hatte, lag so weit zurück, dass Hedi manchmal kaum glauben konnte, wie lange sie das alles bereits mit sich herumtrug. Diese Schuld Leonie gegenüber anzusprechen, hatte ihr einen Moment der Erleichterung verschafft. Danach hatte es sich angefühlt, als teilten Leonie und sie ein Geheimnis.

Die schweren Jahre hatten aus ihr eine Frau gemacht, die alle Einzelheiten fein säuberlich in ihrem Kopf abgespeichert hatte, inzwischen aber eine gesunde Distanz dazu hielt. Irgendwann war ihr klar geworden, dass sie sich nicht für immer hinter der Mauer der Trauer verstecken konnte. Dort hatte sie sich fälschlicherweise in Sicherheit vor den Erlebnissen gewähnt, an die sie sich um keinen Preis der Welt erinnern wollte. Doch ihre Alkoholsucht hatte nur neue Ängste hervorgebracht. In diesen Jahren hatte sie nach Ausflüchten gesucht, um ihre Sucht vor der Familie kleinzureden – eines Tages das Ausmaß zugeben zu müssen und entdeckt zu werden, hatte sich angefühlt wie eine Bedrohung. Nach ihrem Entzug, gegen den sie sich lange gewehrt hatte, war das eine bittere Erkenntnis gewesen. Und mit den Jahren hatte sie akzeptiert, dass niemand mit dem Schicksal verhandeln konnte. Hinter manchem unangenehmen Ereignis hatte sie sogar etwas Wertvolles entdeckt – die Möglichkeit, einen Schritt weiterzugehen und ehrlicher zu sich selbst zu sein.

Hedi räumte die Schminksachen in die Lade, wusch sich die Hände und griff nach Kamm und Haarspray. Ohnehin würde es auf die feinen Untertöne ankommen, sie konnte ihre Geschichte so oder so erzählen und musste nichts ausplaudern, was sie nicht preisgeben wollte. Nicole Marquart würde das bekommen, was sie ihr gäbe. Sie würde ihr berichten, dass sie noch immer nachfragte, welche neuen Produkte getestet wurden, und dass sie es genoss, Anteil am Leben ihrer Tochter und Enkeltöchter zu nehmen. Davon konnte sie getrost erzählen. Mit wenigen geschickten Handgriffen frisierte sie ihr Haar und besprühte es mit ein wenig Haarspray. Nach einem letzten prüfenden Blick schaltete sie das Licht aus und verließ das Bad.

Während sie den Flur entlangging, dachte sie an die Erlebnisse in jener Zeit zurück. Die Männer hatten sie als schön empfunden. Alfons hatte sogar geschwärmt, sie sei eine *Erscheinung*. Wie sehr hatte er ihr blondes Haar geliebt. Und ihr Lächeln.

Hedi riss sich aus ihren Gedanken und lauschte. Sie rechnete jeden Augenblick damit, dass es klingelte, aber eine ganze Weile vernahm sie nichts.

»Denk dran … Leonie und Ella zählen auf dich. Sei nicht so maulfaul wie sonst«, murmelte sie vor sich hin, als sie in der Küche Teewasser aufsetzte und nach dem Buttergebäck suchte. Sie öffnete die Schachtel, legte die Kekse auf einen Dessertteller, ließ alles in der Küche stehen und ging ins Wohnzimmer. Hinter dem Fenster breitete sich die weite Fläche des Tegernsees vor ihr aus, silbern wie Zinn.

Sie wusste, welcher Druck auf ihren beiden Enkelinnen lastete. In der Welt von Schönheit und Wohlbefinden durfte nichts dieses Bild trüben. Selbstmord – allein die Vorstellung war absurd.

Hedi verlagerte das Gewicht auf das andere Bein und legte die Hand auf das schmerzende Knie, wurde jedoch vom Schrillen der Türglocke unterbrochen. Mit bedächtigen Schritten ging sie zur Tür und betätigte den Türöffner. Ein Summton zeigte an, dass unten die Haustür aufging. Wenige Augenblicke später öffnete Hedi die Tür. Der Aufzug kam im dritten Stock an. Mit einem leisen Geräusch glitt die Tür auf.

Vor Hedi stand eine große Frau mit schimmerndem Haar und einer kleinen Lücke zwischen den Vorderzähnen, die ihr etwas Keckes verlieh, das sie aus der Masse heraushob.

»Frau Glanz? Ihre Enkeltochter hat mich angekündigt. Nicole Marquart.«

Sie hatte eine ungewöhnlich tiefe, klare Stimme, und ihre Haut war etwas dunkler als die von Hedi oder ihrer Familie. Offensichtlich hatten ihre Eltern unterschiedliche Hautfarben. Hedi streckte sich eine wohlgeformte Hand entgegen. Sie schüttelte sie, und unvermittelt erschien ein Bild vor ihrem inneren Auge. Damals, in Berlin, war sie einmal auf dem Nachhauseweg plötzlich vor Erschöpfung zusammengesunken. Sie hatte geglaubt, nie wieder aufstehen zu können, aber dann war da diese dunkelhäutige Hand gewesen, die sich ihr entgegenstreckte, eine Geste der Menschlichkeit, die sie nie vergessen würde.

»Frau Glanz? Darf ich eintreten?«

Hedi schreckte aus ihrer Erinnerung auf. »Ja, natürlich«, sagte sie hastig. »Kommen Sie doch herein.« Sie führte die Besucherin durch den Flur, an dessen Wänden Plakate mit verschiedenen Glanz-Produkten hingen. Manches Motiv hatte sie angeregt, zu einigen hatte sie Alfons regelrecht überreden müssen. Eine aufregende Zeit, an die sie sich gern erinnerte.

»Setzen wir uns ans Fenster«, schlug sie vor, als sie in das große Wohnzimmer traten. »Das Wetter ist gut, und man kann weit sehen.« Hedi spürte wie früher dieses Kribbeln im Nacken, wenn etwas Aufregendes passierte.

Nicole Marquart blieb neben ihr stehen und schaute durch die bodentiefen Fenster auf die Berge und den See. In der Nähe des Ufers waren die weißen Umrisse der Segelboote zu erkennen, die gemächlich auf dem Wasser dümpelten. Boote, auf denen Menschen ihre kostbare Freizeit verbrachten. Die Sonne sank allmählich tiefer und legte einen pastellfarbenen Schimmer über den See. Dieses Licht verwandelte die Landschaft in ein poetisches Bild, ließ Baumwipfel verblassen und wieder hervortreten.

»Was für eine Aussicht!«, schwärmte die junge Frau. »Und was für ein Privileg, an diesem besonderen Platz mit Ihnen sprechen zu dürfen.« Sie sah Hedi an. »Ehrlich gesagt hat mein Herz, als ich vor dem Haus stand, ziemlich heftig geklopft. Überall diese wunderbaren gelben Blumen, und dann dieses imposante Mosaik mit der Goldblüte als Mittelpunkt … wie im Märchen!«

Hedi betrachtete die dunklen Augen und die langen geflochtenen Rastazöpfe, die die Journalistin in einem halb offenen Dutt trug. Sie strahlte eine ansteckende Ruhe aus, die Hedi sofort für sie einnahm. Ihre Füße steckten in weißen Turnschuhen, ihre Beine in Jeans und ihr Oberkörper in einem bunten, auffälligen Shirt, das sich eng an ihren Körper schmiegte.

»Sie sind hübsch, meine Liebe … sehr apart.« Der Satz war heraus, bevor Hedi es sich anders überlegen konnte.

»Wie nett von Ihnen. Danke. Komplimente von Frauen zählen doppelt.«

»Um wieder auf diesen Ort und das Haus zurückzukommen …« Hedi wandte sich Nicole Marquart halb zu. »Das alles hat die Familie meinem Mann zu verdanken. Er hatte das Haus bereits im Kopf skizziert, bevor wir uns überhaupt kennengelernt haben. Die Entwicklung der Goldblütencreme und die des Hauses gingen Hand in Hand, zumindest auf dem Papier.«

»Am liebsten würde ich diese Aussicht mit nach Hause nehmen. Wie etwas, das man einpacken und heimtragen kann«, sagte die Journalistin.

Hedi lächelte. »Für mich ist sie ein Quell immerwährender Faszination.« Sie sah auf das Wasser und die Berge, und es war, als hätte jemand die Lautstärke des Lebens heruntergedreht. »So ein Ausblick kann vieles wiedergutmachen.«

Als sie gerade in das Haus eingezogen war, hatte sie sich hier aufgehoben gefühlt wie sonst nirgends zuvor. Mit großem Eifer war sie morgens und abends im See geschwommen und hatte sich wie von starken, welligen Armen gehalten gefühlt. Die Resignation kam erst später. Jahre, in denen sie es nicht geschafft hatte, ihrem Mann ein Kind zu schenken, und in denen Alfons'

Blick, wenn er so tat, als mache es ihm nichts aus, als sei dies kein Fluch, sondern nur eine Durststrecke, sie jedes Mal bis ins Mark traf. Erst als Annalena zur Welt gekommen war, trat eine kurze Zeit der Erleichterung ein. Doch dann wurde der Alkohol ihr treuer Freund, weil sie merkte, dass auch ein Kind die Wunde in ihr, die so tief saß, nicht heilen konnte.

Nach dem Entzug hatte es eine ganze Weile gedauert, bis sie die Kraft gefunden hatte, jeden Tag so zu nehmen, wie er war: eine Anzahl von Stunden, von denen sie nicht wusste, was sie ihr brachten.

»Ehrlich gesagt, habe ich mich anfangs dagegen gesträubt, mit Ihnen zu sprechen«, gestand Hedi.

»Da freue ich mich umso mehr, dass ich heute hier sein darf. Aber wollen wir uns nicht setzen, bevor wir anfangen?«

»Oh! Verzeihen Sie! Wie unaufmerksam von mir. Die Begegnung mit Ihnen lässt viele Gedanken und Gefühle in mir hochkommen.« Hedi deutete auf die mit Samt bezogenen Sessel, die vor dem Fenster standen.

Nicole Marquart nahm ihre Tasche von der Schulter und stellte sie auf den Holzboden. Dann nahm sie Platz. Hedi ließ sich vorsichtig in ihren Sessel sinken.

Die junge Frau zog ein kleines Gerät aus ihrer Tasche. »Haben Sie etwas dagegen, wenn ich das Gespräch aufzeichne?«

Hedi sah sie an. Leonie hatte ihr versichert, Nicole Marquart sei zweifelsfrei die Richtige für die Firmenchronik.

»Ich habe mich umgehört, Großmama«, hatte ihre Enkelin behauptet. »Sie ist professionell, verlässlich und einfühlsam. So wird sie allgemein beschrieben.«

»Und warum arbeitet sie dann als Ghostwriterin?«, hatte Hedi, hartnäckig, wie sie sein konnte, wissen wollen.

Leonie hatte gelacht und gesagt: »Das kannst du sie gern selbst fragen.«

Hedi schob ihre Bedenken beiseite. »Lassen Sie das Aufnahmegerät mitlaufen. Ich habe nichts dagegen.«

»Ich frage jetzt einfach mal geradeheraus«, begann Nicole Marquart. »Wenn Sie eine Frage nicht beantworten möchten, lassen Sie es mich bitte wissen.« Sie räusperte sich. »Haben Sie sich sofort in Ihren Mann verliebt, Frau Glanz?«

»Nicht von Anfang an, die Liebe kam mit der Zeit. Mein Mann war sehr darum bemüht, mir zu bieten, was eine Frau sich nur wünschen konnte … Das hat mich sehr gerührt. Außerdem war ich sehr beeindruckt von seiner Tatkraft.«

»Dann kam für ihn nicht zuerst die Firma?«

»Doch, doch. Die Firma war immer die Nummer eins. Das habe ich verstanden und auch akzeptiert. Der Erfolg, den die Glanz AG Jahr um Jahr verzeichnete, wurde meinem Mann nicht in den Schoß gelegt.«

Vor allem wegen ihrer Toleranz hatte Alfons sie nach Strich und Faden verwöhnt. »Wenn es nach mir geht, musst du im Haushalt keinen Finger rühren«, hatte er gesagt und sie in die Arme geschlossen. »Kümmere dich um unsere Tochter und um deine verrückten Ideen.«

Die Kämpfe, die sie oft mit sich ausgefochten hatte, verschwieg sie lieber. Hedi richtete sich in ihrem Sessel auf. Ihr Oberkörper war leicht nach vorn gesunken. Sie hatte das Gefühl, all ihre Kräfte bereits verbraucht zu haben, dabei hatten sie noch nicht einmal richtig angefangen. »Wissen Sie, Nicole – ich darf doch Nicole sagen?«, fragte sie. Die junge Frau nickte. »Das Gespräch mit Ihnen katapultiert mich ein wenig unsanft in die Zeit, als ich meinen Mann in Berlin kennengelernt habe. Und in die Jahre danach, als ich mich nach langem Grübeln endlich getraut habe, mit meinen Ideen herauszurücken. Damals war es nicht üblich, dass ein Mann auf das hörte, was seine Frau sagte.«

»Und? Hat Ihr Mann auf Sie gehört?«

»Anfangs nicht, er war skeptisch, und wie!« Bei dem Gedanken an das, was danach kam, musste Hedi lächeln. »Aber dann hat er mich machen lassen. Damals konnte ich sehr energisch sein, wissen Sie.«

»Sonst wären Sie nicht die, die Sie sind. Eine Frau mit Visionen. Ich freue mich auf Ihre Erzählungen.«

»Freuen Sie sich nicht zu früh! Auch wenn ich die Neunzig überschritten habe, bemühe ich mich, in der Gegenwart zu leben. Ich denke nicht oft an früher. Wer sich an Vergangenes klammert, tut sich nichts Gutes.«

»Bei mir ist es ähnlich, nur in die andere Richtung«, erwiderte Nicole. »Ich bemühe mich, nicht zu viel an die Zukunft zu denken. Und Sie haben recht, es lohnt sich, im Hier und Jetzt zu leben, aber die schönen Momente der Vergangenheit vergisst man natürlich nicht. Und über die würde ich gern mit Ihnen reden, vor allem über den Aufstieg der Glanz AG und die Rolle der Frauen, die diesen Weg mitgetragen haben. Ich stelle Sie, Ihre Tochter und Ihre Enkelinnen in den Mittelpunkt.«

»Warten Sie einen Moment«, bat Hedi, die sich auf ihre Manieren besonnen hatte. Sie hievte sich noch einmal hoch und verschwand mit einer leisen Entschuldigung in die Küche. Wenig später kam sie mit einem Teewagen, den sie vor sich herschob, zurück. Darauf standen ein Tablett mit einer Teekanne, eine Karaffe mit Wasser, Gläser, Tassen und ein Teller mit Gebäck.

Sie winkte mit einem Nicken ab, als Nicole aufspringen wollte, um ihr zu helfen. »Lassen Sie nur. Wie Sie sehen, geht es ganz von allein. Ein paar Schubser reichen aus«, sagte sie, ließ aber zu, dass die junge Frau alles auf den Tisch zwischen ihnen stellte.

»Was halten Sie davon, wenn Sie mir heute einen kleinen Einblick in die Zeit geben, als Sie angefangen haben, sich dem Thema Werbung zu widmen?«, schlug Nicole vor, als alles auf dem Tisch stand.

Hedi lehnte sich zurück und faltete die Hände. »Bevor wir weitermachen, würde ich Sie gern etwas fragen. Warum sind Sie Ghostwriterin geworden?«

Sie behielt Nicole fest im Blick. Die junge Frau sah sie noch genauso aufmerksam an wie Sekunden zuvor, doch ihre Körperhaltung hatte sich verändert. *Sie kommt sich nackt vor, ungeschützt,* begriff Hedi. Ihre Frage hatte ins Schwarze getroffen.

»Weil man sich dahinter prima verstecken kann.« Nicole klang wie ein überraschtes Kind, das erst in diesem Augenblick begriff, was es seit Langem tat.

Hedi wartete einen Atemzug lang. Mit einem Mal konnte sie freier durchatmen. »Danke für Ihre Offenheit«, sagte sie, zufrieden mit der Antwort, und begann zu erzählen.

Zwei Minuten früher …

Geschwisterliebe heißt … die Verbundenheit stets hinter die Umstände zu stellen.

13.

München, 1953

Hedi deutete zur Kuchenvitrine. »Nicht so zaghaft, meine Damen. Bestellen Sie, und zwar nicht zu knapp. Schließlich soll es mit der Wirtschaft weiter bergauf gehen.«

Endlich kam Leben in die kleine Gruppe, Köpfe wurden zusammengesteckt, um zu beratschlagen, was man bestellen wollte, dazwischen wurde leise gekichert.

»Ich hätte gern ein Stück Käsesahnetorte und ein Kännchen Kaffee«, sagte eine der Frauen. Die Kellnerin des Cafés Luitpold zückte Block und Stift und notierte die Bestellung.

Hedi versuchte, ihre Unruhe unter Kontrolle zu bringen. Die Frauen am Tisch waren zwischen Anfang zwanzig und Ende fünfzig; manche blickten erwartungsvoll, schienen dem Treffen mit Neugierde zu begegnen, andere wirkten nervös oder zumindest abwartend, doch sie selbst war vermutlich am angespanntesten. Alfons wusste nicht, dass sie sich heute Morgen in den Zug nach München gesetzt hatte. Die Zusammenkunft mit den Frauen war ein Experiment, von dem einiges abhing. Aus Sorge, er würde ihr die Idee ausreden, hatte sie ihn vorerst nicht eingeweiht.

Hedis Augen huschten über die vielen Frauenköpfe. Von Gerda wusste sie, dass einige der Frauen ihren Mann im Krieg verloren hatten und sich durch eine Arbeitsstelle ein besseres Leben für sich und ihre Kinder erhofften. Andere hatten das Glück, noch einen Ehemann an ihrer Seite zu haben, der es ihnen erlaubte, einer Arbeit abseits von Kochen, Putzen und Kindererziehung nachzugehen, natürlich nur, solange sie die häuslichen Pflichten nicht vernachlässigten. Obwohl Frauen laut dem Grundgesetz der Bundesrepublik Deutschland gleichberechtigt waren und obwohl sie beim Wiederaufbau und in der Wirtschaft in den Jahren nach dem Krieg nicht weniger geleistet hatten als die Männer, hatte der Ehemann das letzte Wort und durfte, auch wenn die Frauen Arbeitsverträge unterschrieben, diese jederzeit für nichtig erklären. Schließlich war es die Hauptaufgabe einer Frau, ihrem Mann zu Hause ein möglichst schönes Umfeld zu schaffen.

Gerda beugte sich zu Hedi hinüber. »Das wird schon. Langsam tauen sie auf«, flüsterte sie.

»Wie gut, dass du nach München geheiratet hast«, raunte Hedi. »Ohne dich säße ich jetzt nicht hier.«

Vor einem Jahr war Gerda von Berlin nach München übergesiedelt. Mit der Filmkarriere hatte es nicht geklappt, dafür mit der Liebe. Ihr Auserwählter hieß Heinz und arbeitete bei der Stadtverwaltung. Gerda genoss ihr privates Glück, finanziell sah es allerdings alles andere als rosig aus, und als Hedi ihr von der Idee erzählte, Frauen von Tür zu Tür zu schicken, damit diese Werbung für die Firma Glanz machten, hatte Gerda sich sofort bereit erklärt, mit allen Frauen zu sprechen, die sie in München kennengelernt hatte.

Als die ersten Kaffees und Tees serviert wurden, schnappte Hedi sich einen Löffel und schlug damit gegen ihre Tasse.

»Meine Damen! Darf ich um Ihre Aufmerksamkeit bitten?« Sie straffte die Schultern, damit sie größer wirkte. »Noch einmal herzlichen Dank, dass Sie heute hierhergekommen sind. Gerda, danke, dass du mit diesen wunderbaren Frauen Kontakt aufgenommen hast und sie dazu anregen konntest, sich zu einem Gespräch über Kosmetik und ihr berufliches Vorwärtskommen mit mir zu treffen.« Hedi sah in die Runde. Plötzlich war sie auf eine Weise aufgeregt, die ihr Flügel verlieh. »Dass Sie hier sind, bedeutet, dass Sie Ihre Zukunft in die eigenen Hände nehmen wollen, anstatt sie Ihren Männern oder dem wankelmütigen Schicksal zu überlassen.« Hedi hielt den Blickkontakt zu den Frauen. »Wir alle haben die Ungewissheit des Lebens zu spüren bekommen. Wir haben aber auch erfahren, dass wir auf uns zählen können und mehr schaffen, als wir je geglaubt haben.«

Hedi sah aus den Augenwinkeln, dass einige Frauen sich unsichere Blicke zuwarfen, die nach Bestätigung für die eigenen Empfindungen und den Mut, hierhergekommen zu sein, warben. Reden allein wäre zu wenig, sie musste mehr vorweisen als ihre Begeisterung, sie musste den Frauen verdeutlichen, dass heute ein Wendepunkt in ihrem Leben war. Spontan begann sie zu klatschen. Einige Sekunden war sie die Einzige, dann stimmten Gerda und weitere Frauen mit ein. Auch wenn einige sich vermutlich nicht sicher waren, weshalb sie klatschten, verbuchte Hedi es als ihren ersten kleinen Triumph.

»Der Applaus gilt Ihrem Mut, meine Damen. Mir ist durchaus bewusst, dass Sie noch nicht wissen, was Sie von diesem Treffen halten sollen, aber ich hoffe, Sie stehen nicht eher von diesem Tisch auf, bis Sie den Kuchen gegessen, Ihren Kaffee oder Tee getrunken und erfahren haben, was es mit Ihrer glänzenden Zukunft, von der ich glaube, dass sie auf Sie wartet, auf sich hat.« Sie betrachtete die Frauen im warmen Licht der Lampe. »Acht Jahre sind seit Kriegsende vergangen. Nicht alle von uns können sich auf einen Mann stützen, der genug Geld mit nach Hause bringt, sie liebt und schützt. Aber Gott sei Dank haben wir unseren Kopf zum Denken«, Hedi tippte sich an die Stirn, »und unser Bauchgefühl, das uns sagt, wann es Zeit ist, etwas zu wagen … Nicht zu vergessen unser Herz, das uns rät, was richtig und was falsch ist.«

Schräg gegenüber saß eine Frau mit rotem, in Wellen gelegtem Haar. Sie war in den Vierzigern, trug einen ausgestellten Rock mit einer figurbetonten Bluse und sah Hedi direkt an. Sie war quirlig und hatte sich in der halben Stunde, die sie nun zusammen waren, als Anführerin herausgestellt. Hedi musste sie nur dazu animieren, ihr Temperament loszulassen, dann würde sie die anderen mitreißen.

»Ich heiße Marianne Held und bin jetzt neugierig geworden. Verraten Sie uns doch mal, wie unsere Zukunft, Ihrer Ansicht nach, aussieht, Frau Glanz«, nahm die Frau den Faden auf.

Einige am Tisch räusperten sich. Eine Tasse wurde laut klappernd auf die Untertasse gestellt.

»Mit dem größten Vergnügen, Frau Held«, antwortete Hedi. »Neue Zeiten brechen an, in denen Frauen wie Rosel Heim das Thema Kosmetik selbst in die Hand nehmen.«

»Rosel Heim? Von der habe ich noch nie gehört. Entschuldigung, ich bin Margot Bergmann«, warf eine andere Frau ein. Sie war schlank, ihre Hände sahen rau und rissig aus, aber sie hatte Lippenstift aufgetragen. Wie ein trotziges Zeichen, dass sie sich nicht unterkriegen lassen wollte, auch wenn es für sie finanziell vermutlich gerade nicht gut aussah.

»Rosel Heim ist eine erfolgreiche Kosmetikerin, die eigene Pflegeserien entwickelt. Außerdem ist sie Präsidentin des Fachverbands für Kosmetikerinnen. Qualität und Zuverlässigkeit werden bei ihr hochgehalten. Sie ist jemand, der sich nicht den Mund verbieten lässt, jemand, der weit über den Tellerrand hinausschaut. Sie hat Ausbildungen in Paris und London absolviert und macht internationale Vortragsreisen.«

»Und was hat diese Rosel Heim mit uns zu tun?«, wollte eine der jüngeren Frau wissen. Ein leises Getuschel setzte ein.

»Viele von uns sind Hausfrauen«, meldete Margot Bergmann sich erneut zu Wort.

»Das würde ich auch gern wissen«, schloss sich ihr eine andere an. »Ich kann jedenfalls keine Reisen machen, ob mit oder ohne Vortrag, weil ich nämlich froh bin, wenn ich zu Hause klarkomme.

Mein Mann ist aus der Gefangenschaft zurückgekommen … aber … er ist nicht mehr derselbe.« Kurz senkte sie den Blick. »Im Grunde sind meine Kinder und ich seitdem auf uns gestellt. Soll ich tagsüber als Sekretärin arbeiten und abends zusätzlich noch für die Firma Glanz, von der Hausarbeit ganz zu schweigen?« Sie schüttelte den Kopf. »Ich hoffe, Sie sehen es mir nach, Frau Glanz, dass ich nur aus Interesse an Kosmetik hier bin.«

»Mein Mann hat bestimmt keine Lust auf eine erschöpfte Gattin, wenn er abends heimkommt. Petra Stelzer mein Name.«

»Und wer fragt danach, was wir wollen? Wie wir über die Runden kommen? Ich habe genug von Männern, die nur nach ihrem Willen handeln«, warf eine Frau Anfang dreißig ein, die sich bisher noch nicht zu Wort gemeldet hatte. »Ich heiße Renate Zill«, schob sie nach.

»Ich finde, es ist höchste Zeit, uns eigene Ziele zu setzen und diese auch zu erreichen. Aus diesem Grund ist Hedi Glanz hier«, sprang Gerda ihrer Freundin bei. »Sie möchte gemeinsam mit uns in die Zukunft blicken. Da draußen warten Möglichkeiten auf uns, die bis jetzt im Verborgenen liegen, weil wir Tag für Tag die Münzen in unserer Geldbörse zählen und nachrechnen, ob wir damit bis zum Ende des Monats über die Runden kommen, anstatt zu träumen.« Gerda sah die Frauen entschlossen an.

»Und woher soll jemand wie Sie«, Margot Bergmann, die erneut das Wort ergriffen hatte, musterte Hedi leicht abschätzig, »eine Frau, deren Mann eine Firma leitet, wissen, wie unsereins lebt und ob wir es uns überhaupt leisten können, diese sogenannten Möglichkeiten zu ergreifen?«

»Weil Hedi Glanz eine von uns ist …« Gerda deutete auf alle rundum. »Wir alle haben während des Krieges und auch danach Ähnliches durchlitten.«

Sehr emotional ließ sie die Nachkriegszeit in Berlin wieder aufleben, die Hedi und sie zum Teil gemeinsam verbracht hatten, erzählte vom Hunger, den sie gelitten hatten, und von ihren Träumen, die jeden Tag ein kleines bisschen mehr zerbrachen. »Ich war dabei, als Alfons Glanz in das Leben meiner Freundin trat. Damals hat er uns eine Dose Goldblütencreme geschenkt … Und was soll ich sagen? Ich war begeistert! Hier bietet sich die einmalige Gelegenheit, sich an etwas Großem zu beteiligen. Sie müssen nichts weiter tun, als anderen Frauen die Glanz-Produkte vorzustellen.«

»Sollen wir vielleicht von Tür zu Tür gehen und bei Fremden klingeln?«, fragte Petra Stelzer verunsichert.

»Ein freundliches Lächeln und ein gepflegtes Äußeres bringen Sie alle mit«, erwiderte Hedi. »Und was Sie über Kosmetik wissen müssen, lernen Sie schon noch, Frau Stelzer. Nach kurzer Zeit werden Sie bestens gerüstet sein. Und wie das Ganze in der Praxis aussieht, zeige ich Ihnen, wenn wir Torte und Kaffee genossen haben.« Hedi öffnete ihre Tasche und holte einige Tiegel daraus hervor. »Ich habe die Proben gestern selbst abgefüllt. Bald wird es außerdem eine Liste geben, auf der die Kundin ankreuzen kann, was sie haben möchte. Sie halten die Wünsche der Kundinnen fest, sodass wir hinterher Bestellungen annehmen können und erfahren, ob die Kundin mit der Probe zufrieden war, ob sie andere Proben haben möchte oder welche neuen Produkte in Zukunft gewünscht sind. Sie selbst bekommen einen ordentlichen Stundenlohn und eine Erfolgsprämie. Je fleißiger und überzeugender Sie sind, umso mehr verdienen Sie. Sie arbeiten zu der Zeit, zu der Sie arbeiten möchten oder können.«

»Wir schnappen uns ein Stück vom Kuchen«, warf Marianne Held mit Blick auf die Torte vor sich ein.

»Danke, Frau Held. Besser hätte ich es nicht ausdrücken können«, sagte Hedi.

»Warum ist denn Ihr Mann nicht hier?«, erkundigte sich eine der Frauen, die bisher geschwiegen hatten.

»Die Idee mit der Werbung stammt von mir. Mein Mann weiß noch nichts davon«, gab Hedi zu.

Margot Bergmann schnaubte empört. »Na, Sie trauen sich was …«

»Jeder neue Weg kommt einem fremd vor, bis man ihn einmal gegangen ist. Und wenn man etwas Neues ausprobiert, fürchtet man sich am Anfang davor, aber dann … Finden Sie nicht auch, dass Frauen von ihresgleichen erfahren sollten, was es über Kosmetik zu wissen gibt? Beim Aufbau eines neuen Deutschlands dürfen wir Frauen nicht wieder nur Brosamen abbekommen.«

»Wie hat das überhaupt angefangen mit Ihrem Mann und den Cremes?«, wollte Renate Zill wissen. Sie war jung und strahlte etwas Unverbrauchtes aus.

»Mein Mann war Apotheker in Bad Wiessee und ist nach dem Krieg in die Provence gereist, um eine Creme zu entwickeln, wie es sie noch nicht gab. Das ist ihm mit der Goldblütencreme auch gelungen. Jeden Tag tüftelt er im Labor, um Produkte auf den Markt zu bringen, die so gut und so preiswert wie möglich sind.« Hedi war mit Feuereifer bei der Sache und fühlte sich so lebendig wie schon lange nicht mehr. »Und eins noch … Falls Sie Freundinnen haben, erzählen Sie ihnen von meiner Idee, und falls auch diese Frauen Interesse haben, für die Firma Glanz zu arbeiten, wenden Sie sich an mich, damit ich mit ihnen Kontakt aufnehmen kann. Erzählen Sie, dass bei Glanz Pflanzenextrakte in die Cremes eingearbeitet werden, um die empfindliche Haut von Frauen zu verwöhnen. Bald wird es außerdem ein Fluid geben, mit dem wir uns das Beste für unsere Haut gönnen können. Eine Extrazahlung für jeden neuen Kontakt gibt es natürlich auch … und einen Tiegel Goldblütencreme für jede von Ihnen.« Hedi stand auf und verteilte Cremes an die Frauen. Als sie mit allen durch war, hob sie ihre Kaffeetasse. »So, und jetzt verspeisen wir in aller Ruhe den Kuchen und trinken unseren Kaffee, und dann dürfen Sie mich zu meiner ersten Werberunde begleiten und mich hinterher mit allen Fragen bestürmen, die Ihnen in den Sinn kommen.« Inzwischen war die Stimmung ausgelassen und gelöst. Alle redeten durcheinander. Es ging zu wie im Hühnerstall, und als sie das Café verließen, waren sie alle in freudiger Erwartung.

Sie liefen die Straße hinunter und blieben vor einem Häuserblock stehen. Dort stellte Hedi sich vor die Frauen.

»Ich gehe jetzt in dieses Haus, läute an einer Tür, stelle mich vor und gebe eine Probe ab. Zwei von Ihnen können mich begleiten, um zu sehen, wie ich mir den Ablauf vorstelle. Falls Sie hinterher Ideen zur Verbesserung haben, nur raus damit. Und falls Sie sich entschließen sollten, diese Arbeit machen zu wollen, treffen wir uns an jedem ersten Montag des Monats in München zur Besprechung. Mein Wort drauf, dass es immer ein besonderer Moment sein wird, wenn wir zusammenkommen.«

Hedi sah Marianne Held und Renate Zill an, wie angespannt sie waren, als sie vor der ersten Tür stehen blieb. Sie hob die Schultern und spürte, wie das Blut durch ihren Körper rauschte, dann drückte sie die Klingel. Als die Tür aufging, setzte sie ihr strahlendes Lächeln auf und legte los …

»Du bist ein Naturtalent. So was aber auch.« Gerda fiel Hedi um den Hals und ließ sie nicht mehr los. Vor wenigen Minuten hatten sich die Frauen in alle Himmelsrichtungen verabschiedet, und nun schlenderten Gerda und Hedi von Schaufenster zu Schaufenster, um sich von der Aufregung, die sie bis in die Zehenspitzen spürten, abzulenken.

»Ich kann noch immer nicht glauben, dass alle zugesagt haben. Nicht eine ist abgesprungen. Auch nicht Frau Stelzer und die skeptische Margot Bergmann.« Hedi strahlte übers ganze Gesicht. »Mensch, Gerda, dich hat der Himmel geschickt. Woher kennst du überhaupt schon so viele Frauen? Du bist doch erst seit einem Jahr in München.«

»Dreizehn Monate ... Du kennst mich, ich mag es, wenn sich um mich herum was tut.«

»Wir sind keine Schauspielerinnen geworden, dafür sind wir jetzt Geschäftsfrauen«, sagte Hedi, als sie vor einem Kino stehen blieben und auf das Filmplakat von *Ein Herz und eine Krone* hinter der Glasscheibe blickten.

»Wenn du das nächste Mal in die Stadt kommst, schauen wir uns diesen Film an. Versprochen?«, entgegnete Gerda.

»Abgemacht!« Hier waren sie und kicherten wie zu Berliner Zeiten, als sie nicht gewusst hatten, was das Leben für sie bereithielt. Doch diesmal standen die Chancen gut, dass sie das Erträumte auch erreichen würden. Tuschelnd kamen sie beim Bahnhof an, und als sie sich trennten, wussten sie, dass es nicht für lange war.

Hedi legte die letzten Buschrosen und Margeriten in den Weidenkorb. Nach den Stunden in der Stadt war es eine Wohltat, barfuß durch das abendfeuchte Gras zu laufen und alles hinter sich zu lassen. Ihr Blick wanderte zu den Häusern auf der anderen Seeseite.

Obwohl der Krieg auch im Tegernseer Tal Spuren hinterlassen hatte, vergaß Hedi in den kleinen Ortschaften rund um den See die düsteren Stunden der Vergangenheit. Das Grün der Berge und Wälder und das glitzernde Türkis des Sees löschten die Bilder des zerstörten Berlins, die sie noch im Kopf hatte, mehr und mehr aus.

Die Menschen hier waren bisweilen stur und Fremden gegenüber argwöhnisch, aber sie waren gleichzeitig auch gutmütig, und alle waren die Entbehrungen, den Hunger, die Kälte und die Sorge, wie der nächste Tag aussähe, leid. Da kam Alfons Glanz, der den Menschen Arbeit gab und etwas aufbauen wollte, gerade recht.

Das Gras kitzelte Hedi an den Füßen. Sie blickte auf die Fassade des Hauses. Das Goldblütenhaus, wie Alfons ihr Zuhause stolz nannte, lag wie eine Trutzburg vor ihr. Wenn sie vom See her darauf zuging, konnte sie kaum glauben, dass sie von einer Unzahl blühender Goldblumen umgeben war und es einen Steg am Ufer des Sees gab, wo sie die Füße ins Wasser hängen lassen und sich, wenn sie Lust dazu hatte, ins kühle Nass gleiten lassen konnte, um im klaren Wasser ihre Bahnen zu ziehen. Der Krieg und alle Not lagen hinter ihr, nun war sie Hedi im Glück.

Hedi spürte einen Anflug von Müdigkeit. Die Gespräche mit den Frauen hatten sie beflügelt, aber auch erschöpft. Doch obwohl der Tag anstrengend gewesen war, würde sie nicht eher ruhen, bis sie Alfons von ihrem Erfolg berichtet hatte.

Sie kam bei der offen stehenden Tür an und wischte sich mit einem Handtuch die Nässe von den Füßen. Von fern hörte sie die Klänge von *Figaros Hochzeit*. Alfons legte, wenn er heimkam, gern Musik auf. Er besaß eine beachtliche Sammlung an Schellackplatten und liebte es, sie abzuspielen. Am Anfang hatte er sie im Wohnzimmer sogar zum Tanz aufgefordert.

»Wir holen die verlorenen Jahre nach, Hedi. Warum nicht in diesem Zimmer tanzen? Platz genug ist ja.« Damals hatten sie erst wenige Möbel gehabt, der Raum war halb leer gewesen, bestens geeignet, um zu tanzen. Alfons führte gut, sein Griff war fest, und seine Schultern waren entspannt. Wenn er sie über die provisorische Tanzfläche ihres Wohnraums führte, bewegte er sich wie von selbst. Beim ersten Mal hatte sie ihn gefragt, wieso er so gut tanzen konnte, stets taktgenau. Er war stehen geblieben und hatte ihr dieses rundum zufriedene Lächeln geschenkt. »Ich habe es für dich gelernt, noch bevor wir uns kannten.« Sie hatte vor Rührung geschluckt.

Hedi ließ die Erinnerungen los und trat nach drinnen, wo es angenehm kühl war. Leise tapsten ihre Füße über den glatten Boden. In der Küche stellte sie die Blumen in die Kristallvase, die Alfons ihr zum letzten Weihnachtsfest geschenkt hatte. Wo immer er dieses Prachtstück her hatte, sie liebte es, wenn darin die Köpfe der Blumen zu sehen waren. Sie platzierte die Vase auf der Anrichte im Esszimmer und ging in den Wohnraum.

Alfons stand vor der Kommode, den Blick nach unten gewandt. Er betrachtete ihr Hochzeitsfoto und fuhr zaghaft mit den Fingern darüber, als könne er damit etwas in Gang setzen. Einen Moment stand er wie benommen und tat nichts – ließ einfach die Zeit verstreichen.

Inzwischen erkannte Hedi die Anspannung in seinem Körper schon von Weitem. Es waren die Kleinigkeiten, die ihn verrieten: wie er die Schultern hob und die Arme hielt und wie er den Kopf neigte. Manchmal hatte sie das Gefühl, ihm die Wünsche von der Stirn ablesen zu können: *Schenk mir die Kinder, auf die ich sehnlichst warte. Schenk mir eine Familie.*

Nach dem Krieg müsse man nach vorn schauen, behauptete Alfons. Wer die Sorgen des Krieges kannte, wusste, dass die Sorgen der Jahre danach andere waren. Erst recht für Menschen wie Alfons und Hedi.

Hedi versuchte, der Gedankenschleife zu entkommen, die sie jedes Mal in einen unguten Zustand versetzte, immer derselbe Gedanke, dass dieses Haus sich endlich mit Kinderlachen füllen möge, weil es unter der Leere ächzte und es hier so viel Platz für kleine Kinderfüße gab, die über den Boden trippeln könnten. Wenn es nur endlich welche gäbe …

Hedi spürte den Stich in ihrem Magen. Wieso akzeptierte Alfons nicht, dass es nicht in ihren Händen lag, ob es klappte?

Anstatt sich länger nach Kindern zu verzehren, grübelte Hedi lieber über die geeignete Werbung für die neuesten Produkte der

Firma nach, das lenkte sie ab. Hausfrauen, die von adretten, nett zurechtgemachten Frauen angesprochen wurden und von ihnen erfuhren, welche neuen Produkte sie im Sortiment hatten, das gab es ihres Wissens noch nicht. Hoffentlich war auch Alfons der Meinung, dass das eine geniale Idee war.

Hedi gab sich einen Ruck und machte einen Schritt auf ihn zu. »Alfons! Du bist schon da«, rief sie.

Er drehte sich zu ihr um und verbannte die Überraschung aus seinem Gesicht.

»Hast du das Fluid mitgebracht?«Hedi hatte den Tiegel auf der Kommode entdeckt. *Fluid*, das klang wie eine Verheißung. Beim Aussprechen des Wortes dachte sie immer an einen Hauch von etwas Weichem, Angenehmem auf der Haut. Etwas, das man nicht einfach kaufte, sondern das man sich gönnte – etwas Besonderes. Inzwischen sehnten sich immer mehr Frauen nach ein bisschen Luxus. Nach etwas, das ihnen dabei half, die Frau zu sein, die sie sein wollten. Eine Frau, die sich schön fühlte und deren Haut strahlte.

»Ja, das ist es.« Alfons nahm den Tiegel und kam zu ihr. »Fluid …«, er zog das Wort sanft in die Länge, »schon die Bezeichnung verrät, dass dies hier feiner ist als eine gewöhnliche Creme. Frauen werden es lieben.«

Alfons hatte ihr erzählt, dass die neue Rezeptur einen geringeren Fettgehalt als eine gewöhnliche Creme hatte, deshalb ließ sie sich leichter großflächig verteilen und zog schneller in die Haut ein. In erster Linie spendete das Fluid Feuchtigkeit, und da es Pflanzenauszüge, Vitamine und Mineralstoffe enthielt, leistete dieses Produkt etwas, das eine einfache Creme nicht konnte.

Auf Alfons' Gesicht lag so viel Zuversicht, dass die Freude auf Hedi übersprang. Er schraubte den Tiegel auf und nahm ihre Hand. »Hier. Fühl mal. Und riech.« Er trug das Fluid auf Hedis Handrücken auf. Sanft strich Hedi über die Stelle und roch daran.

»Das ist es. Dein nächster Verkaufsschlager!« Sie drückte Alfons einen Kuss auf die Lippen.

»*Unser* nächster Verkaufsschlager«, stellte Alfons richtig. Das Labor war die Heimstatt seines Forscherdrangs und seines unbändigen Willens. Seit Kurzem hatte Alfons sich beim Thema Säureschutzmantel der Haut festgebissen. Hedi hörte zu, fragte nach und lernte schnell.

Nach dem Abendessen nahmen sie auf dem Sofa Platz. »Ich habe ebenfalls Neuigkeiten«, sagte Hedi.

Alfons bedeckte seinen Mund mit der Hand. Sein vorfreudiger Blick erwartete einen einzigen Satz: *Ich bin schwanger, wir erwarten ein Kind.*

Hedi verdrängte den Gedanken und begann, von ihrer Werbeidee zu erzählen, doch je weiter sie ausholte, desto mehr sah sie, wie die Freude aus Alfons' Gesicht wich. Er war alles andere als angetan von ihrem eigenmächtigen Vorgehen.

Als sie geendet hatte, sah er sie vorwurfsvoll an. »Reicht es nicht, dass ich meine ganze Zeit der Firma widme? Du sollst ein bequemes Leben haben, Hedi. Nach allem, was hinter dir liegt, hast du das verdient.«

Nach allem, was hinter ihr lag.

»Mir tut Müßiggang nicht gut … Und jetzt, wo noch keine Kinder da sind, kann ich doch etwas tun«, entgegnete Hedi. Sie war gern tätig und würde ihre Idee mit Zähnen und Klauen verteidigen. Egal, was Alfons sagte, sie gäbe nicht auf. »Gib mir drei Monate«, bat sie, als sie seinen zweifelnden Blick sah. »Wenn sich bis dahin nichts getan hat, reden wir noch mal darüber.« Hedi griff nach Alfons' Händen und hauchte einen versöhnlichen Kuss darauf.

Alfons zögerte, aber nach einem weiteren Kuss auf seine Lippen gab er nach. »Also gut. Drei Monate. Dann sehen wir weiter.«

Die Diskussion hatte sie aufgewühlt, doch sie hatten eine Einigung erzielt, was immerhin ein Anfang war, fand Hedi, als sie später ins Bett stieg und die Decke über sich ausbreitete. Auf Gerdas Hilfe konnte sie zählen und mit etwas Glück auch auf die Unterstützung der Frauen, die sie heute kennengelernt hatte. Hedi schob das Kissen zurecht und sah durch das Fenster nach draußen. Die nächsten drei Monate hatte sie freie Hand. Realistisch betrachtet brauchte das Ganze natürlich mehr Zeit, aber wenn Alfons erst sah, dass die Werbung anlief, würde er hinter ihr stehen, dessen war sie sich sicher. Sie musste ihn nur davon überzeugen, wo ihr Glück lag.

Hedi stand noch einmal auf und ging in die Küche, um sich ein Glas Wasser zu holen. Als sie zurückkam, rückte Alfons zu ihr herüber und küsste sie zaghaft auf die Stirn.

»Verzeih deinem störrischen Ehemann. Ich muss wohl noch lernen, was es heißt, mit einem Energiebündel verheiratet zu sein.«

Hedi schmiegte sich an seine Brust. Es machte keinen Sinn zu schmollen. Sie mussten ihren Streit beilegen. »Friedensangebot angenommen«, flüsterte sie leise.

Durch ihre versöhnlichen Worte ermuntert, küsste Alfons sie auf die Lippen. Hedi schlang die Arme um ihn und ließ sich auf die Zärtlichkeit ein.

Sie war bereit für einen weiteren Versuch, eine Familie zu gründen. Wenn es wieder nicht klappte, musste sie das in Kauf nehmen. Das Leben ließ sich nicht überlisten, es folgte einem eigenen Plan, und manchmal ließ es einen quälend lange im Ungewissen.

14.

Wie immer genoss Leonie den Moment, wenn sie die Maschine über die Passagierbrücke betrat. Die Crew hieß sie mit professioneller Freundlichkeit willkommen, sie grüßte zurück und steuerte die Businessclass an.

Seit sie ein kleines Mädchen war, liebte sie es zu fliegen: Das monotone Dröhnen des Flugzeugs versetzte sie in eine angenehme innere Ruhe, und sobald sie in der Luft war, sah sie auf das Farben- und Formenspiel aus Feldern, Häusern, Straßen und Wasserflächen unter sich, dabei entspannte sie sich wie von selbst. Ganz im Gegensatz zu Ella, die das Fliegen lieber den Schwalben überließ.

»Wenn Menschen zum Fliegen geboren wären, hätten sie Flügel«, wurde sie nicht müde zu erklären, wenn sie in ein Flugzeug stieg. Sobald sie abhoben, betete sie, dass es bald vorbei wäre. Dann griff Leonie nach ihrer Hand, um ihr zu signalisieren, dass alles gut war. So war es bei ihrem ersten gemeinsamen Flug gewesen, und so war es noch heute.

Sie verstauten ihre Mäntel und Koffer über dem Sitz. Ella schob ihre Handtasche in das Fach und setzte sich neben Leonie, die am Fenster Platz genommen hatte. Dann steckte sie sich Kopfhörer in die Ohren, schloss die Augen und startete die Playlist mit ihren Lieblingssongs, die sie sich für Situationen wie diese zusammengestellt hatte. Mit der Musik überbrückte sie die Zeit, bis sie die Reiseflughöhe erreicht hatten. Sobald unter ihnen die Wolken zu sehen waren, war sie wieder ansprechbar.

Leonie streckte die Beine aus und blickte durch die runde Scheibe. Der Asphalt lag im Abendsonnenschein. Auch für die nächsten Tage war in der französischen Hauptstadt ruhiges Spätherbstwetter angesagt, perfekt, um den Arbeitsplatz für zwei Tage in die Lichterstadt zu verlegen, wo die Kampagne für die neue Produktlinie fotografiert wurde.

Diesmal arbeiteten sie mit Chloé zusammen. Das französische Model, das von Geburt an gehörlos war, strahlte so viel Lebensfreude und Leichtigkeit aus, dass das Marketingteam sich sicher war, mit ihr die richtige Wahl getroffen zu haben. Auch Leonie war sofort von ihr überzeugt gewesen.

Der Motorenlärm stieg an, die Maschine setzte sich in Bewegung und nahm die Startposition ein.

Als die Nase des Flugzeugs sich hob, wurde Leonie in den Sitz gepresst. Sie sah, wie Ella nervös die Schuhspitzen gegeneinanderstieß und sich mit der linken Hand in den Nacken griff. Aufmunternd drückte sie ihre Rechte, deren Fingerknöchel weiß hervortraten. Die Welt unter ihnen wurde immer kleiner und versank schließlich, im Gegenzug öffnete der Himmel sich zu einer großen, weiten Fläche. Sie waren in der Luft. Endlich.

»*Flight Level 330*«, verkündete der Kapitän über das Bordmikrofon.

Sie hatten die reguläre Reisehöhe erreicht – zehntausend Meter über dem Meeresspiegel. Das Zeichen für den Sicherheitsgurt erlosch. Leonie schnallte sich ab, und der Vorhang vor ihnen wurde zur Seite gezogen. Eine Flugbegleiterin trat in die Businessclass und schob mit klimpernden Geräuschen den Servierwagen auf sie zu.

Ella nahm die Stöpsel aus den Ohren, als Leonie sie an der Schulter berührte. »Ein Glas Weißwein«, sagte sie, als die Flugbegleiterin sie nach ihren Wünschen fragte.

»Für mich Tee, bitte«, bestellte Leonie.

Sie nahmen die Getränke und Servietten entgegen. Leonie hielt die wärmende Tasse Kräutertee mit beiden Händen umschlungen und trank in kleinen Schlucken, während sie sich wieder dem Fenster zuwandte. Bald würde sie einen spektakulären Sonnenuntergang genießen, danach nähmen tiefe Schatten die Landschaft unter ihr ein.

Ella beugte sich über Leonies Schulter, dabei kratzte sie sich zerstreut am Arm. »Indigoblau«, sagte sie, während sie aus dem Fenster sah.

»Eine wundervolle Farbe.« Leonie klappte das Tischchen vor sich herunter und stellte ihren Tee ab. »Ich bin so froh, dass wir die ersten Wochen gemeistert haben. Höchste Zeit, eine kurze Verschnaufpause einzulegen.« Die Idee, nach Paris zu fliegen, war ihr spontan gekommen. Sie würden einen Blick auf die Fotos für die Kampagne werfen und ansonsten einfach mal durchatmen.

»Die Sonne genießen, an der Seine spazieren gehen, leckere Quiche und Ratatouille essen und hinterher Crème brûlée«, schwärmte Ella. Freude und Übermut klangen aus ihrer Stimme. »Wenn nur der Flug schon vorbei wäre …«

»Den haben wir bald hinter uns, und auf die Crème brûlée freue ich mich besonders, und natürlich auf unser Frühstück bei Edouard.«

Leonie ging in Gedanken noch einmal die letzten Wochen durch. Von der Anfangszeit hing viel ab, also hatte sie darauf geachtet, möglichst viele positive Signale an die Mitarbeiter und Handelspartner zu senden. Ella und sie standen Seite an Seite und wurden nicht müde, diesen Zusammenhalt auch nach außen zu transportieren. Inzwischen hatten die Mitarbeiter sich an die neue Führung gewöhnt und auch an die Besprechungen, die sie regelmäßig abhielten. Die Auftragslage war weiterhin gut. Sie konnten aufatmen – jedenfalls fürs Erste.

»Ich bin so froh, dass wir so fantastisch zusammenarbeiten«, sprudelte es aus Leonie heraus.

»Und ich erst«, bestätigte Ella. »Es läuft genauso gut, wie ich es mir erhofft hatte.«

Auf der Fahrt zum Hotel deuteten sie abwechselnd auf die vielen Sehenswürdigkeiten. Paris war laut und still zugleich, voller Geheimnisse und bekannter Plätze, und über allem lag tagsüber ein Pastellton, der die Konturen der Häuser und Menschen weich erscheinen ließ. Märchen waren hier nicht nur Geschichten, sie konnten wahr werden, zumindest kam es Leonie und Ella so vor.

Der Concierge nahm ihnen das Gepäck ab und zeigte ihnen die Zimmer. Leonie gab ihm ein Trinkgeld und ließ sich auf die bordeauxrote Polsterbank vor dem Queensize-Bett sinken. Von dort sah sie in der Ferne die Spitze des erleuchteten Eiffelturms. Als sie sich an dem Bild sattgesehen hatte, öffnete sie den Reißverschluss ihrer Stiefel. Der Teppichboden in Wabenoptik fühlte sich angenehm flauschig unter ihren Füßen an. Leonie sah sich um. Sie mochte die charmante Farbkombination ihres Zimmers: gemusterte Tapeten, weiße Möbel und rosafarbene Sessel. Kleine Details, wie die großen Kissen und eine kuschelige Tagesdecke in dezentem Beige und natürlich die vielen Bilder und Spiegel an den Wänden, boten ein herrlich entspannendes Ambiente.

Von wenigen Terminen abgesehen, hatten sie zwei Tage, um die Seele baumeln zu lassen. Wann hatten sie das zum letzten Mal getan? Leonie malte sich die freie Zeit in den schönsten Farben aus, bis ein Klopfen aus dem hinteren Bereich der Räumlichkeiten sie in die Realität zurückbrachte. Sie drehte sich um und sah Ella vor sich.

»Tadaaa!«, rief Ella und deutete auf eine tapezierte Tür, die Leonie erst auf den zweiten Blick als solche identifizierte.

»Jetzt verstehe ich, warum du unbedingt diese zwei Zimmer buchen wolltest …«, sagte Leonie, als sie Ellas Schmunzeln sah.

»Richtig«, erwiderte Ella. Sie setzte sich neben Leonie und zog die Beine an.

Als Kinder hatten sie die weiße Holztür – Verbindungsstelle zwischen ihren Zimmern – nachts immer offen gelassen. So konnten sie sich vor dem Einschlafen Geschichten erzählen. Zum Schluss sagten sie einander wieder und wieder gute Nacht, wünschten sich gruselige oder romantische Träume und schliefen irgendwann über all diesen Wünschen ein.

»Sich nie allein fühlen …«, erinnerte Ella an jene Zeit.

»… egal, was der Tag bringt … oder die Nacht«, ergänzte Leonie schmunzelnd.

Ihre Eltern hatten argumentiert, Freiraum sei wichtig. Besonders für Zwillinge.

»Wir können die Tür jederzeit zumachen, ist überhaupt kein Problem«, hatten sie behauptet. Wenn dicke Luft herrschte, schmiss eine von ihnen die Tür tatsächlich zu, aber meist waren sie ein Herz und eine Seele, und die Tür stand sperrangelweit offen.

Leonie sah auf die Pralinen und den Champagner, beides hatte man ihnen als Willkommensgruß aufs Zimmer gebracht. Sie steckte sich eine Praline in den Mund und griff nach ihrem Handy.

»Ich rufe Gedeon an«, sagte sie und rief seine Nummer auf. Doch statt Gedeons warmen Hallos hörte sie die förmliche Ansage auf der Mailbox. »Gedeon, ich bin's. Wir sind im Hotel und haben wunderschöne Zimmer, sogar mit Verbindungstür und Blick auf den Eiffelturm. Bis später, ich rufe noch mal an …« Rasch legte sie auf und schüttelte den Kopf. »Seltsam. Normalerweise ruft er mich an, bevor ich überhaupt im Hotel einchecken und mich bei ihm melden kann.«

Ella hatte sich ebenfalls von den Pralinen genommen, gerade wischte sie sich mit einer Serviette die Schokoladenflecken von den Fingern. »Sicher hängt er im Labor fest«, murmelte sie kauend, »oder er brütet etwas aus.« Sie warf Leonie einen verschwörerischen Blick zu. Als sie weitersprach, klang es vielsagend. »Ihr habt doch bald Hochzeitstag … Könnte sein, dass er damit beschäftigt ist.« Ella rollte die Augen, ein Zeichen, dass ihr romantisches Gemüt die Kontrolle übernommen hatte.

Leonie lächelte bei dem Gedanken. »Unser Hochzeitstag … daran habe ich gar nicht gedacht«, murmelte sie. Wie konnte es sein, dass sie bei diesem wichtigen Datum derart hinterherhinkte? Das sah ihr gar nicht ähnlich. Jeden Tag nahmen die beruflichen Termine sie von morgens bis abends in Anspruch, sodass kaum Zeit blieb, sich um Privates zu kümmern. Vermutlich hatte Ella recht, und Gedeon plante etwas Besonderes. Vielleicht wollte er mit ihr zu seinem Lieblingsplatz am See, wo er ihr den Heiratsantrag gemacht hatte. Damals hatte er, kurz vor Sonnenuntergang, ein üppiges Picknick vorbereitet und sie damit überrascht. Bei dem Gedanken wurde Leonie warm ums Herz. »Ich schreib ihm nur rasch eine Nachricht. Sicher ruft er später zurück.« Sie tippte Wort für Wort ins Handy. Als sie fertig war, legte sie das Smartphone zur Seite, nahm sich eine zweite Praline und schob sie sich langsam in den Mund. Während sie den feinen Rumgeschmack auf der Zunge spürte, verdrehte sie genüsslich die Augen. »Wenn wir schon hier sind, sollten wir uns wenigstens kurz bei unseren französischen Mitarbeitern sehen lassen«, fand sie. »Meinst du nicht auch?«

»Also doch.« Ella ließ von der Haarsträhne ab, die sie um ihren Zeigefinger gewickelt hatte, und warf Leonie einen tadelnden Blick zu. »Wusste ich doch, dass du nicht ohne die Firma kannst.«

»Nur das Notprogramm, Ella.« Leonie bot Ella noch eine Praline an. Als diese abwinkte, rückte sie die Schale an das andere Ende des Tisches, um selbst nicht in Versuchung zu geraten.

»Wir schauen nur kurz vorbei.« Sie hob die Finger zum Schwur. »Heiliges Ehrenwort.«

Ella tat, als kämpfe sie mit sich. »Also gut«, gab sie schließlich nach. »Wir vergewissern uns, dass alles in Ordnung ist. Dreißig Minuten. Nicht länger. Klar?« Sie schnappte sich die Karte mit den Gerichten. »Und jetzt widmen wir uns dem Roomservice. Von Pralinen allein kann der Mensch nicht leben. Ich hab riesigen Hunger. Du nicht auch?«

Sie aßen Moules frites, tranken Chablis und löschten die Lichter erst weit nach Mitternacht.

»Durch die offen stehende Tür zu sprechen fühlt sich wie früher an«, rief Ella aus ihrem Bett zu Leonie hinüber.

»Die Betten sind übrigens ein Traum. Findest du nicht auch?«, fragte Leonie.

»Mhm. Die Decken ebenfalls. Vermutlich mit Eiderdaunen gefüllt.«

»Und erst die Kissen. Nicht zu fest und nicht zu weich.« Leonie seufzte genüsslich.

Die Stimmung war gelöst, und Leonie fühlte sich einen Augenblick verleitet, Ella von Michael zu erzählen. Es fühlte sich falsch an, etwas vor ihr zu verbergen. Sie sprachen sonst über alles. Doch sie würde eine Wunde aufreißen, wenn sie ihn erwähnte. Also unterhielten sie sich über andere Dinge, bis sie müde waren, dann wünschten sie sich eine gute Nacht.

Leonie langte noch einmal nach ihrem Handy. Die Zeit war verflogen, auch ihr zweiter Anruf bei Gedeon hatte sie nur zur Mailbox gebracht, aber jetzt sah sie, dass er ihr eine Nachricht geschickt hatte. Erleichtert öffnete sie WhatsApp.

Hallo, Schatz. War noch im Labor und hatte das Handy versehentlich ausgestellt. Klingle Dich morgen früh an. Love you!

Ein zufriedenes Lächeln glitt über Leonies Gesicht. Das Handy rutschte ihr aus der Hand, und ehe sie es auf den Nachttisch legen konnte, sank sie bereits in tiefen Schlaf.

Am nächsten Morgen wurde sie von den Sonnenstrahlen und ihrem Handy unterm Arm geweckt. Leonie legte das Smartphone auf das Tischchen und blieb noch einen Moment liegen. Es war herrlich, faul im Bett zu lümmeln. Sie genoss es, nicht sofort aufstehen zu müssen, bevor sie sich den Hotelbademantel überzog und auf den Balkon trat. Im Vergleich zu anderen Metropolen waren die Gebäude in Paris klein; sobald man sich ein paar Etagen höher befand, kam man in den Genuss einer einzigartigen Aussicht. Hier standen moderne und klassische Architektur Seite an Seite. Heute gab es dazu noch einen blauen Himmel. Leonie genoss die Sonne auf der Haut und konnte sich kaum von dem Ausblick auf den Eiffelturm lösen. Was konnte sie sich mehr wünschen, als hier zu stehen und daran zu denken, dass in jedem Haus Menschen lebten, die wie sie auf Glück, Verständnis und Liebe hofften, und dass viele dieser Menschen Glanz-Produkte benutzten?

Die Kälte prickelte auf ihrer Haut. Fröstelnd schloss sie die Fenstertür hinter sich, ging ins Badezimmer, drehte die Dusche auf und stellte sich unter den prasselnden Wasserstrahl. Als ihr durch und durch warm war, trat sie auf die Badematte. Ihr Blick wanderte zu dem Facettenspiegel, der sich über die gesamte Breite der Wand erstreckte. Der Wasserdampf hatte das Glas hinter einer Nebelwand verschwinden lassen. Mit einer Handbewegung strich sie über die glatte Fläche, bis nach und nach ihr Gesicht zum Vorschein kam. Sie hatte schon lange nicht mehr so gut geschlafen wie in dieser Nacht und sah ausgeruht und frisch aus. Sie griff nach dem Föhn, trocknete ihr Haar und trug Rouge und Mascara auf. Während sie sich schminkte, klingelte ihr Handy.

Sie lief ins Zimmer, sah, dass es Gedeon war, und nahm den Anruf entgegen. »Gedeon, na endlich«, sagte sie erleichtert.

»Entschuldige, dass ich gestern nicht mehr angerufen habe. Als ich das Labor verlassen habe, war es schon zu spät«, sagte Gedeon nach der Begrüßung.

»Jetzt bist du ja da. Ich hoffe, es gibt keine Probleme in der Firma, weil du so lange im Labor warst«, erkundigte sich Leonie.

»Nein. Mach dir keinen Kopf. Ich wollte nur die Zeit nützen. Wie läuft es denn in Paris?«

Aufgeregt erzählte Leonie von dem Gefühl, in dieser Stadt zu sein, das sie jedes Mal überkam, wenn sie hier war, und von dem gemütlichen Abend mit Ella. »Ich fühle mich so entspannt, Gedeon. Endlich mal nichts tun, nichts entscheiden müssen.« Leonie kostete das Gefühl aus, ließ sich in den Sessel sinken und genoss die Ruhe im Zimmer und Gedeons Stimme. »Lass uns bei nächster Gelegenheit gemeinsam nach Paris fliegen, ja? Nur wir beide«, schlug sie vor.

»Das machen wir. So schnell wie möglich«, erwiderte Gedeon. »Übrigens bin ich heute Abend mit meinem ehemaligen Studienkollegen Manuel verabredet. Er lebt seit einigen Jahren in Madrid und ist für drei Tage in München. Wir gehen was essen und gestehen uns dabei hoffentlich nicht zu viele Schandtaten.« Leonie hörte ihn gelöst lachen. Er schien bester Laune.

»Schon verstanden, wenn ich dich nicht erreiche, wundere ich mich nicht … Männer unter sich«, sagte sie.

»Wann trifft man schon Freunde aus der Studienzeit?« Gedeon schwärmte in den höchsten Tönen von Manuel und ihrer früheren Freundschaft.

»Warum hast du mir nie von Manuel erzählt?«, fragte Leonie.

Gedeon zögerte einen kurzen Moment. »Ich wollte ein bisschen was für später aufheben, damit du nicht gleich am Anfang alles von mir weißt.«

Sie lachten und plauderten. Nachdem sie das Gespräch beendet hatten, ging Leonie noch einmal ins Badezimmer und trug Lippenstift auf. Dann steckte sie ihr Handy in die Tasche und rief nach Ella.

Ihre Schwester hatte sich einen Schal um den Hals geschlungen und trug ihren Wintermantel über dem Arm, als sie in der Tür erschien. »Fertig?«, fragte sie.

»Fertig … und hungrig auf ein anständiges Frühstück.« Leonie langte nach ihren Handschuhen und verließ mit Ella das Hotel.

»Und? Ist bei Gedeon alles klar?«, erkundigte sich Ella, während sie den Boulevard hinunterschlenderten. »Wie ich dich kenne, hast du ihn noch erreicht. Leonie Glanz gibt nicht so schnell auf.«

Leonie lächelte in sich hinein. Ella kannte sie viel zu gut. »Gedeon kann ebenso hartnäckig sein wie ich. Er hat mich erreicht. Vorhin haben wir miteinander gesprochen.«

Auf dem Weg durch das Viertel erzählten sie sich, was sie zum Frühstück bestellen würden, und während Leonie Ellas Aufzählung lauschte, beschlich sie mit einem Mal ein seltsames Gefühl. Früher hätte Gedeon sein Handy, wenn er mit einem Freund unterwegs wäre, lediglich auf Vibration gestellt, um sich zwischendurch zu vergewissern, dass sie nicht versucht hatte, ihn anzurufen. Sie schob den Gedanken beiseite, fest entschlossen, sich in diesen zwei kostbaren Tagen allein der Atmosphäre von Paris hinzugeben.

Sie bogen in eine kleine Gasse und schlugen den Weg zu Edouard ein. Er führte ein Bistro, in dem sie gern frühstückten, wenn sie genügend Zeit dazu hatten. Dort erwarteten sie blau gestrichene Stühle und karierte Tücher über alten, blank polierten Tischen – typisch französisches Flair –, dazu der Blick nach draußen, wo Passanten vorbeiflanierten. Was gab es Schöneres?

»*Bonjour*, Mesdames«, sagte Edouard ausnehmend höflich, als sie eintraten. Dann lachte er und begrüßte sie mit einer Umarmung. »Schön, euch wieder bei mir zu haben. Was darf ich euch bringen?« Sie kannten Edouard seit Jahren, und wie immer freute er sich, sie wiederzusehen. Sie wechselten ein paar Worte, dann bestellten sie.

»*Café au Lait et Pain au chocolat pour moi*«, sagte Ella. »Und das ist erst der Anfang«, flüsterte sie Edouard zu.

»*Tartines Avocat et un thé aux fruits, s'il te plaît*«, bestellte Leonie.

Edouard klopfte mit seinem Stift auf den Tisch und verschwand in Richtung Küche.

»Kannst du dich noch daran erinnern, wie Mama uns das erste Mal nach Paris mitgenommen hat und wir uns drei Tage nur von Schokoladencroissants ernährt haben?« Ellas verschmitztes Lächeln und der Kicherlaut, den sie ausstieß, sagten mehr als Worte.

»Und ob ich das kann.« Leonie lächelte ebenfalls bei der Erinnerung. »Nie wieder habe ich ohne schlechtes Gewissen so viel Schokolade gegessen.«

Als Edouard mit einem Tablett auf sie zukam, redeten sie immer noch über diese Zeit.

»Menschen sollten lieb gewordenen Traditionen treu bleiben«, sagte er, als er einen Teller herrlich duftender gefüllter Croissants vor Ella hinstellte und einen weiteren Teller mit knusprigem Brot vor Leonie.

Leonie blickte auf die Avocadocreme, die mit essbaren Blumen in den unterschiedlichsten Farben dekoriert war. »Das ist ein Kunstwerk, Edouard. Das kann ich unmöglich essen.«

»*Bien sûre*. Iss, Leonie … mach mich glücklich.« Edouard war schon immer ausgesprochen freigebig mit lieben Worten. Das war Teil seines Charakters. Auch deshalb mochten sie ihn.

Ella nahm einen Bissen, als Edouard sich neuen Gästen zuwandte. »Was Jean-Lucs Auge für Bildkomposition uns wohl diesmal beschert?«, überlegte sie mit halb vollem Mund.

»Und sein Gespür für Talent«, ergänzte Leonie und dachte an das erste Treffen mit Jean-Luc zurück.

Damals war Alexander ein Junge gewesen, und Jean-Luc hatte ihm, ohne zu zögern, seine Kamera in die Hände gedrückt. Das war der Moment, in dem Alexander sich in die Fotografie verliebte.

Ella sah aus, als stünde auch ihr gerade dieser Tag vor Augen. Mit seiner Einwegkamera, die ihre Mutter ihm am Flughafen gekauft hatte, war Alexander durch die Gegend gelaufen und hatte alles fotografiert, was ihm vor die Linse gekommen war.

Leonie hob ihre Tasse und streckte sie Ella entgegen. »Auf uns, und auf Paris! Und auf Jean-Luc und die Kampagne, die garantiert ein Erfolg wird.«

»Auf uns«, erwiderte Ella. »Was meinst du? Sollen wir Mona Lisa einen Besuch abstatten, bevor wir uns bei Jean-Luc einen kleinen Vorgeschmack geben lassen?«

Vormittags war im Louvre wenig los. »Warum eigentlich nicht?«, sagte Leonie. »Bei nächster Gelegenheit müssen wir unbedingt einen Blick auf Mona Lisas Zwillingsschwester im Prado-Museum in Madrid werfen. Das Werk stammt vermutlich von Francesco Melzi, einem der bedeutendsten Schüler da Vincis, und wurde anscheinend zeitgleich mit dem Original in Leonardos Werkstatt gemalt.«

»Meine gebildete Schwester.« Ella wischte sich mit der Serviette Schokolade aus den Mundwinkeln.

Sie ließen sich Zeit mit dem Frühstück, besuchten hinterher das Museum, erkundeten nachmittags die verschwiegenen Ecken von Saint-Germain-des-Prés und spähten in verwinkelte Gassen, die sie noch nicht kannten. Im Herzen des 6. Arrondissements fühlte Leonie sich immer an das goldene Zeitalter mit Jean-Paul Sartre, Simone de Beauvoir, Picasso, Léo Ferré oder Georges Brassens erinnert. Damals hatten Künstler und Intellektuelle sich im Café de Flore, im Les Deux Magots oder in der Brasserie Lipp versammelt.

Leonie zog ihr Handy aus der Tasche und begann zu tippen. »Ich schreibe Jean-Luc nur schnell, dass wir auf dem Weg zu ihm sind. Ein Großteil der Kampagnenfotos sollte inzwischen im Kasten sein.«

Sie winkten ein Taxi heran. »Ich kann kaum glauben, dass die Rosenlinie nach fast drei Jahren Vorbereitungszeit bereit für die Welt ist. Gedeons Team hat hervorragende Arbeit geleistet.« Ella nannte dem Fahrer die Adresse und lehnte sich entspannt zurück.

»Ich habe Silvy die Creme testen lassen.« Leonie ließ die Hände in den Schoß fallen. »Sie ist hellauf begeistert und behauptet, sie könne sich ein Leben ohne den betörenden Duft der Damaszenerrose nicht mehr vorstellen.« Leonie lächelte.

Das Taxi hielt vor einem modernen Bau. Im Studio wurden sie von Pierre, Jean-Lucs Assistent und Lebenspartner, in Empfang genommen. Vom Gang aus sahen sie bereits das diffuse Blitzlicht der Softboxen, das mit jedem Fotoschuss der Kamera aufleuchtete, und hörten das leise Piepsen, das die Entstehung eines weiteren Fotos signalisierte. Die Räume des Studios waren überdurchschnittlich hoch, mit einer Decke mit großen rechteckigen Fenstern. Rechter Hand befanden sich silberne Kleiderstangen auf Rollen – das war der Bereich des Stylisten. Leonie sah den massiven Marmortisch mit den aufgeklappten Laptops des Kreativteams der Mediaagentur, Moodboards, die als Vorlage für das Shooting dienten, und ein farblich markiertes Call Sheet mit den wichtigsten Informationen, wie Name und Telefonnummer aller Beteiligten.

Auf der gegenüberliegenden Seite stand ein höhenverstellbarer Ledersessel mit Kopfstütze, daneben ein Glastisch mit Pinseln, Fläschchen und Lidschattenpaletten.

»*Coucou,* Leonie! *Coucou,* Ella!«, ertönte es. Jean-Luc kam mit ausgebreiteten Armen auf sie zu.

Leonie sah die hervortretende Sehne an seinem Hals. Wie immer zog Jean-Luc sie in seine Arme. Und wie immer fühlte sie sich aufgehoben, als er sie fest an sich drückte. Der französische Fotograf war über die Jahre zu einem Teil der Familie geworden. Sein großes Herz und seine Fürsorge waren Eigenschaften, die sie schon immer an ihm bewundert hatte.

»Eine ehrlich gemeinte Umarmung wirkt Wunder, nicht wahr? Besonders in Zeiten wie diesen. Ich habe mich geradezu enthusiastisch über eure Zusage gefreut, nach Paris zu kommen«, sagte Jean-Luc, als er sie losließ.

Es schien fast, als könne er Gedanken lesen. Leonie war dankbar, dass der Fotograf kein Wort über Alexander verlor. Er drückte sein Mitgefühl mit Gesten und Blicken aus. Das reichte voll und ganz.

»So, ihr zwei Vögelchen. Schauen wir mal, was wir bisher zustande gebracht haben. Ihr werdet staunen. Fotos mit Brisanz. Weniger solltet ihr nicht erwarten.«

Sie folgten Jean-Luc, begrüßten Chloé und ließen sich die ersten Fotos zeigen.

»Fantastisch. Dieses hier gefällt mir auf Anhieb.« Leonie tippte auf ein Foto, dann auf ein zweites. »Wie immer großartige Arbeit«, lobte sie. Die Fotos waren ein Traum, Jean-Luc hatte Chloés Gesicht auf eine Weise mit der Kamera eingefangen, die zutiefst berührte. Das war es, was sie glücklich machte. Menschen mit ihren Kampagnen zu berühren und ihnen ein Stück Lebensfreude zu schenken.

Als sie bei Jean-Luc fertig waren und sich bei Chloé für ihre hervorragende Arbeit bedankt hatten, fuhren sie in ihr Büro in der Stadt. Die Mitarbeiter freuten sich, sie zu sehen, und bestürmten sie mit Fragen. Auch wenn sie regelmäßig telefonierten und Videokonferenzen abhielten, war ein Kontakt von Angesicht zu Angesicht durch nichts zu ersetzen.

»Kaum zu glauben, dass alles so ruhig abläuft«, sagte Ella, als sie zwei Stunden später wieder auf die Straße traten. »Keine Probleme. Jedenfalls keine gravierenden.«

»In letzter Zeit gab es genug Wirbel, ein bisschen Ruhe stört mich kein bisschen«, meinte Leonie.

Als sie zwei Tage später heimflogen, fühlte Leonie sich, als hätte sie eine Woche Urlaub hinter sich.

Gedeon holte sie am Flughafen ab. Auf der Heimfahrt kam er kaum zu Wort. Ella und Leonie redeten ununterbrochen, über das Shooting und die freie Zeit, die sie genossen hatten.

In ihrer Wohnung trug Gedeon das Gepäck ins Schlafzimmer. Als er zurückkam, holte Leonie etwas hinter ihrem Rücken hervor. »Ich weiß, dass es privat in letzter Zeit eintönig wie nur was ist. Aber das ändert sich bald.«

Drei türkisfarbene Schachteln landeten in Gedeons Hand. Sie vergaß nie, ihm seine Lieblingssüßigkeit aus Paris mitzubringen.

Er öffnete die erste Schachtel und sah sehnsüchtig auf den Inhalt. »Macarons von Maison Ladurée«, schwärmte er. »Was hat dich bloß geritten, gleich drei Schachteln zu kaufen?«

»Ich glaube, man nennt es Vorrat.« Leonie schmunzelte und steckte sich ein Vanille-Macaron in den Mund.

»Wobei ich mir nicht sicher bin, ob ich bei Macarons Vorräte gelten lasse. Vergiss nicht das Frischeprinzip«, antwortete Gedeon. »Aber du hast schon recht. Wenn ich schon arbeite wie ein Tier, während du mit Ella in Paris dem süßen Leben frönst, müssen Macarons als Mitbringsel drin sein.«

Sie lachten. Gedeon holte eine Flasche Rotwein und Gläser und schenkte ihnen ein. »Ich hoffe, ihr habt euch in Paris vom Leben locken lassen, so viel wie ihr in letzter Zeit gearbeitet habt, war das dringend nötig«, sagte er, als sie es sich auf der Couch gemütlich gemacht hatten.

»Das haben wir. Im Flugzeug ist mir erst bewusst geworden, wie ausgepowert ich war.« Leonie ließ den Wein in ihrem Glas kreisen und trank einen Schluck. »Aber jetzt geht es wieder. Es war wunderbar entspannt in Paris, das Wetter war herrlich, und Jean-Luc … Du kennst ihn ja, für sein großes Herz reichen Worte nicht aus.« Leonie lehnte sich zurück und sprach von den schönen Momenten, die sie mit Ella geteilt hatte. »Aber so schön es auch war, bei dir bin ich am liebsten.«

Sie wandte sich Gedeon zu und sah, dass er den Kopf nach hinten hatte sinken lassen. Seine Augen waren geschlossen. In der Schwerelosigkeit dieses Augenblicks war er eingeschlafen, ohne ihre Liebeserklärung gehört zu haben.

15.

Michael kämpfte sich aus dem zerwühlten Bettlaken. Noch halb im Schlaf drückte er auf den Knopf neben dem Nachttisch. Die Vorhänge vor dem Fenster teilten sich lautlos und gaben den Blick nach draußen frei. Durch die plötzliche Helligkeit irritiert, kniff er die Augen zusammen. Sein Mund war trocken, und er hatte schrecklichen Durst. Er sah auf das Kopfkissen, das im Laufe der Nacht hinunter bis zu seinem Bauch gewandert war, dann auf die Stoffhose und das zerknitterte weiße Hemd, das er noch trug.

Angezogen ins Bett zu fallen und augenblicklich einzuschlafen war ihm schon lange nicht mehr passiert. Gestern Abend hatte er, ganz gegen seine Gewohnheit, ein Glas zu viel getrunken. Oder auch zwei. Claudia hatte ihre Freundin Bernadette, genannt Berny, mitgebracht. Diese hatte ihm ständig verheißungsvolle Blicke zugeworfen.

Seit Claudia sich – mit ein bisschen Anschubhilfe von Michael – wieder mit Fred traf, versuchten die beiden, ihn zu verkuppeln. Meist entlockte ihm das nur ein amüsiertes Lächeln, aber gestern war es ihm zum ersten Mal zu viel geworden. Berny sah hübsch aus mit ihrem Kurzhaarschnitt wie in den 1920er-Jahren, aber er hatte kein Interesse an einem Flirt. Er war nicht auf der Suche und wollte auch nicht den Anschein erwecken, offen für etwas Neues zu sein, nur um dann erklären zu müssen, wieso er kein Interesse hatte. Diese Zurückweisung hatte niemand verdient. Erst recht nicht eine so sympathische Frau wie Berny. Er wusste, dass Claudia und Fred es gut meinten, doch er musste mit ihnen sprechen und sie bitten, damit aufzuhören. Michael schaffte es auf die Beine, riss das Fenster auf und atmete die kalte Morgenluft ein.

Von der Straße drang ein leiser Ruf zu ihm hinauf. Samstag. Von einem Termin mit einem Manager von AWS abgesehen, war er frei zu tun, was immer ihm gefiel.

Er schob die Badezimmertür mit dem Fuß zu, duschte und rasierte sich und zog sich frische Kleidung an. In der Küche schien die Morgensonne auf die Sitzecke, an der Fred und er gewöhnlich frühstückten. Michael machte sich am Wasserkocher zu schaffen und nahm Eier aus dem Kühlschrank.

Die Schiebetür ging auf. Fred stand in einem Kimono in der Tür und hob das Bein, als wolle er tanzen. Wenn Fred Claudias Kimono trug, konnte das nur bedeuten, dass sie die Nacht miteinander verbracht hatten. Die Zeichen für eine echte Versöhnung standen also gut.

»Meine Güte, Fred. Seit wann stehst du auf Rot?«

»Öfter mal über sich hinauswachsen, das sagst du doch immer. Farben sind da nicht ausgenommen, oder?« Fred klopfte Michael auf die Schulter. Als er ihn losließ, setzte er sich ihm gegenüber. »Micha, Claudia und ich, wir haben … wir sind …«

Michael goss heißes Wasser in die Tasse und sah, wie Dampf aufstieg. »Schon klar, ihr habt heißen Sex gehabt. Gute Neuigkeiten.« Er lachte gelöst. »Ich freue mich.«

»Das hab ich nur dir zu verdanken. Du mit deinem Gequengel, miteinander zu reden. Das ist zwischendurch echt nervig, aber es funktioniert. Ich fühle mich großartig.«

Michael legte den Arm um seinen Freund und sah ihn mit einem zufriedenen Lächeln an. Wenn er die Zeichen richtig deutete, würde Claudia über kurz oder lang wieder bei Fred einziehen. Bis es so weit wäre, wollte er in den eigenen vier Wänden sein.

»Ich schaue mir heute übrigens eine Wohnung an. Das sind *meine* Neuigkeiten.«

»Jetzt überstürz mal nichts. Du bist mein Glücksbringer, und den will ich nicht verlieren. Selbst wenn Claudia wieder einzieht, steht dir das Gästezimmer weiterhin zur Verfügung.«

»Ich weiß deine Gastfreundschaft zu schätzen, Fred, und was meinen Status als Glücksbringer anbelangt, das funktioniert auch aus der Ferne. Aber vielleicht gefällt mir das, was ich sehe, gar nicht, dann hast du mich noch länger am Hals. Mal abwarten.« Er grinste, während er die weich gekochten Eier servierte.

»Hast du heute was Besonderes vor? Von der Wohnungsbesichtigung mal abgesehen?« Fred gab Zucker in seinen Tee und rührte gemächlich um.

»Heute habe ich so eine Art Privatstunde.« Michael biss in eine Brioche.

»Und mit wem, wenn ich fragen darf?«

»Mit dem designierten Vorstandsvorsitzenden von AWS, formal ist er noch Produktionsvorstand. Der Mann muss die Ärmel hochkrempeln … Und jetzt ist auch noch ein größeres Problem aufgetaucht. Da hat man schon mal ein paar Fragen.«

»Trefft ihr euch in seinem Büro?« Fred legte eine Scheibe Schinken auf sein Brot.

»Nein. Wir gehen klettern und haben die Halle für uns.«

Fred sah auf. »Richte dem Mann aus, ich fühle mit ihm … Und wo drückt bei deinem Klienten der Schuh?«

Michael trank einen Schluck Tee. Die hochgezogenen Brauen des Produktionsvorstands, als er ihm seinen Vorschlag, klettern zu gehen, unterbreitet hatte, hatten ihn nicht gewundert. Sich gemeinsam körperlich zu betätigen, anstatt sich in der Firmenzentrale im Anzug gegenüberzusitzen und miteinander zu sprechen, eröffnete in kürzester Zeit neue Möglichkeiten. Man sprach ohne abgesteckte Grenzen miteinander. Freiheraus.

»Es hat einen Vorfall zwischen Mitgliedern der Führungsebene gegeben und nun haben sich zwei Lager gebildet.«

»Und dein Klient sucht händeringend nach einem Ausweg aus dieser verfahrenen Situation«, sagte Fred.

Michael nickte. »Natürlich kann niemand negative Erfahrungen auslöschen, schließlich sind Emotionen im Spiel. Vor allem, wenn man eng zusammenarbeitet, ist das ein Problem. Deshalb rücke ich das Thema Vertrauen in den Vordergrund, und zwar nicht, indem wir nur darüber reden, sondern indem mein Klient es an sich selbst erfährt. An der Kletterwand erlebt er hautnah, dass ohne Vertrauen nichts geht. Er bildet mit mir ein Team, wir sichern uns gegenseitig. Die Erfahrung, die er heute macht, lässt sich auch auf andere Lebensbereiche übertragen. Jemandem, der einen enttäuscht hat, erneut sein Vertrauen anzubieten, ist der erste wichtige Schritt in Richtung Verarbeitung und Solidarität … Wenn mein Klient es schafft, einen gesunden Abstand zu der negativen Erfahrung herzustellen, und diese Geste der Versöhnung über sich bringt, folgen die anderen ihm nach und können hoffentlich weiter gut miteinander arbeiten.«

»Klingt logisch … und nach einem wichtigen Schritt«, sagte Fred und biss in sein Brot.

Michael stieß seinen Freund kumpelhaft in die Seite. »Apropos klettern. Bisher hast du dich erfolgreich geweigert, deine Boulderschuhe einzuweihen, aber vielleicht unterstützt Claudia mich ja, wenn ich ihr von deinen Ausweichmanövern erzähle.«

»Vergiss es. Sex gehört zu den gesündesten körperlichen Betätigungen. Ich mache also bereits Sport«, verkündete Fred lachend.

Nach dem Frühstück machte Michael sich auf den Weg. In der Halle spürte er die abwartende Haltung seines Klienten. Bei Albert Fechtold hatte er es mit einem Mann zu tun, der für viele Menschen Verantwortung trug und jeden Tag mit Millionenbeträgen jonglierte.

»Zuerst einmal müssen wir hier nichts leisten«, sagte Michael zur Einführung. »Wir sind hier, um Spaß zu haben und um uns besser kennenzulernen.« Nach diesen Worten bat er Fechtold, ihm den Rücken zuzuwenden.

»Und jetzt?«, wollte dieser nach einer Sekunde der Überraschung wissen.

»Wir stehen einen Augenblick da und atmen. Jeder für sich. Das bringt uns in eine innere Balance … gut für Neues.«

Michael wusste, wie sehr es Menschen, die auf Termine gedrillt waren, durcheinanderbrachte, wenn sie plötzlich nichts tun mussten, außer zu atmen. Viele reagierten ungehalten, sogar unwirsch. Manche wurden nervös und wussten nicht, wie sie die Zeit hinter sich bringen sollten. Zeit, die vertrödelt wurde. Zeit, die nichts brachte.

»Denken Sie daran, dass die schwierigen Momente Sie zu dem machen, der Sie sind, nicht nur im Hinblick auf Sie selbst, sondern auch im Hinblick auf andere. Für sich selbst einstehen und für andere. Darauf kommt es an. Wenn Sie bereit sind, sich auf diese Stunde, auf sich selbst und auch auf mich einzulassen, lade ich Sie dazu ein, sich jetzt fallen zu lassen.« Michael drehte sich langsam um. Die Übung war simpel. Kinder ließen sich normalerweise sofort darauf ein. Für Menschen, die in der Hierarchie eines Unternehmens weit oben standen, sah das anders aus. Sie waren es gewöhnt, sich nur auf sich selbst zu verlassen.

»Fallen lassen? Wie meinen Sie das?«

»Lassen Sie sich nach hinten fallen. Ich halte Sie. Sie haben mein Wort, dass Ihnen nichts passiert. Wir sind ein Team.«

Michael spürte den Moment des Zögerns, den Augenblick der Angst, doch Fechtold ließ sich auf das Spiel ein und ließ sich zurückfallen. Michael fing ihn mit sicherem Griff auf. Als sie sich einander zuwandten, las er ehrliches Interesse im Gesicht seines Gegenübers.

»Eine interessante Erfahrung«, sagte Fechtold. »Wie früher

auf dem Spielplatz, als ich alles Mögliche ausprobiert habe, ohne groß nachzudenken.«

Michael registrierte seinen aufmerksamen Blick. »Wenn Sie klettern, koppeln Sie sich irgendwann von sich selbst ab, dann klettern Sie aus einem Gefühl der Intuition heraus – ohne zu denken und ohne Plan. Lassen Sie die Hände und Füße machen. Das hier ist einfach eine neue Erfahrung. Für Sie selbst und für die Menschen, für die Sie Verantwortung tragen, kann diese Erfahrung einiges bewirken. Sind Sie bereit, das Abenteuer zu wagen?«

»Vermutlich werde ich mich an der Wand fühlen, als würde ich meinen Körper überhaupt nicht kennen.«

»Tasten Sie sich an die effektivsten Bewegungen heran. Die Kraft kommt an der Wand. Versuchen Sie jede Lösungsvariante, um die Abstände zwischen den Griffen zu überlisten. Hier in der Halle ist Vertrauen wichtig, wir sichern uns gegenseitig. Und die goldene Regel nicht vergessen: Geduld.«

Sie übten die richtigen Knoten und wie man sich gegenseitig sicherte. Dann befestigte Michael das Seil am Gurt und erklärte noch einmal die Sicherheitsvorrichtungen. »Okay, machen wir den Check.« Sie überprüften, ob alle Knoten richtig geknüpft und alle Karabiner und Sicherungsgeräte ordnungsgemäß verschlossen und korrekt angebracht waren.

»Die Strecken sind in Farben unterteilt, je nach Schwierigkeitsgrad. Sie starten mit einer einfachen Route. Dabei bekommen Sie das Gefühl, was es bedeutet, sich an der Wand hinaufzuarbeiten.«

Michael hob die Hand zum Abklatschen. »Bereit?«

Albert Fechtold schlug ein. »Bereit!«, bestätigte er, versenkte seine Hände im Magnesiabeutel und stellte sich vor die Wand. Seine Armmuskeln spannten sich an, die Beine drückten sich auf die Vorsprünge und schoben sich langsam die Wand hoch. Während er kletterte, hielt er immer wieder kurz inne und schien zu überlegen, wie sein nächster Zug aussah, dann ging es weiter.

Michael wusste, wie sein Schützling sich an der Wand fühlte, er kannte die leisen Zweifel, die im Hinterkopf lauerten. Er sah, wie Fechtold Zug um Zug machte und schließlich an der letzten Sicherungsschlinge ankam. Von dort schaute er nach unten.

Auch bei Michael war das erste Mal unglaublich gewesen, und auch jetzt fühlte er, wie sehr es ihn aufputschte, seinen Klienten oben am Ziel zu sehen. Adrenalin schoss durch Fechtolds Körper, das wusste er. Er hatte seine erste Route geschafft.

»Ab!«, rief Albert Fechtold nach unten.

Michael nickte und spannte das Seil an. Aufmerksam verfolgte er, wie sein Klient sich abseilte. Als er absprang, lag ein zufriedenes Lächeln auf seinem Gesicht.

»Lief wie am Schnürchen, oder?«, sagte Michael.

Albert Fechtold strahlte. »Ist gar nicht so leicht, so viel Kraft aufzuwenden. Aber es hat funktioniert. Danke auch fürs Sichern.«

»Morgen spüren Sie Ihre Arme und Beine, wie Sie sie sonst nie spüren. Eine Erinnerung an Ihren heutigen Erfolg … An der Wand spürt man hautnah, wie wichtig es ist, konzentriert zu sein, und dass man nicht alles vorhersehen kann.«

»Diese leidige Sache, die passiert ist, muss ich wohl so stehen lassen …?«

Michael nickte. »Und weitergehen. Genau. Dann folgen die anderen nach.«

Die Wohnung lag im letzten Stock eines gründerzeitlichen Bürgerhauses. Schräg gegenüber sah Michael den Eingang eines gemütlichen Cafés, in dem er frühstücken konnte, wenn ihm danach wäre.

Er kannte das Viertel zwischen Münchner Freiheit und Englischem Garten noch von früher. In den Kneipen, Cafés und Restaurants Alt-Schwabings hatte er manche Nacht durchgefeiert. Nun richtete er sein Augenmerk auf die kleinen Seitenstraßen mit den schönen Altbauhäusern und die Läden und Geschäfte für alle Einkäufe des täglichen Bedarfs. Außerdem gab es Kinos, die mit ihrem Programm zwischen Mainstream und Arthouse jeden Geschmack bedienten, und rund um den Wedekindplatz und die Occamstraße war sowieso eine Menge los. Er fühlte sich sofort wohl in der Straße mit den alten Bäumen, ließ den Blick interessiert wandern und betrat das Haus. Die Wohnung hatte neunzig Quadratmeter und einen zehn Quadratmeter großen Balkon. So etwas war nicht leicht zu finden.

Das alte Parkett knarzte unter seinen Schritten, als er in den Vorraum trat. Die Wohnung war frisch gestrichen, alles strahlte in hellem Weiß. Seine Augen erfassten den Flur und die Küche.

»Herr Jahn?« Der Makler kam auf ihn zu. »Holger Spenckler, SC-Immobilien. Schön, dass Sie hergefunden haben. Dann mal los, damit Sie dieses Schmuckstück kennenlernen.«

An der Seite des Maklers betrat Michael das geräumige Wohnzimmer mit der knorrigen Eiche vor dem Balkon. Sie gingen durch alle Räume, zum Schluss öffnete der Makler die Tür zu einem hellen, deckenhoch gefliesten Bad.

»Die Wohnung ist erst seit Kurzem auf dem Markt, und es gibt die Option, sie zu mieten und später zu kaufen. Sie wissen vermutlich, wie es in München läuft. Die guten Lagen sind heiß begehrt. Ist fast wie auf dem Dating-Markt. Völlig verrückt.«

Michael erkundigte sich nach einem Parkplatz und wie es mit der Hausverwaltung lief. Sie gingen sämtliche Fragen durch, und als er das Haus eine Dreiviertelstunde später verließ, hatte er die Zusage für einen Mietvertrag bekommen. Die Gegend gefiel ihm, und das Haus war ein Juwel. Hier würde er sich rasch einleben.

Michael schlenderte durch die Straßen, um sich noch ein wenig umzusehen, als er auf der gegenüberliegenden Straßenseite einen Mann sah, der ihm vage bekannt vorkam. Eine Gruppe Touristen versperrte ihm kurzfristig die Sicht auf ihn, doch nur wenige Sekunden später machte er ihn wieder in der Menge aus.

Michael folgte ihm. Die Bewegungen des Mannes waren kraftvoll, er hielt den Kopf hoch erhoben. Es ließ ihm keine Ruhe, woher er ihn kannte, und plötzlich fiel es ihm wieder ein. Er hatte ihn bei Alexanders Trauerfeier gesehen – an Annalenas Arm.

Er holte den Mann in der Nähe eines Cafés ein, wo dieser zuerst durchs Fenster sah, bevor er das Lokal betrat. Vermutlich war es der Chemiker, den Leonie geheiratet hatte. Michael erreichte das Café und blickte in einen mit hellen Tapeten ausgekleideten Raum. Von der Decke hing eine Reihe Lampen, die die Ecke, auf die der Mann zusteuerte, angenehm erleuchtete. An einem kleinen Tisch saß eine Frau. Sie hatte schwarzes langes Haar, trug ein auffälliges Kleid und sprang freudig auf, als sie den Mann auf sich zukommen sah. Die beiden begrüßten sich per Handschlag, doch da war ein Moment, in dem ihre Hände zögerten, sich voneinander zu lösen.

Michael hatte einen Blick für die kleinen Dinge. Nein, das war nicht Leonies Mann. Seine Körperhaltung und auch die der Frau zeigten ihm, wie nahe die beiden sich standen. Es würde nicht lange dauern, bis sie sich in dem Café oder woanders küssten.

16.

Im Sommer bildeten die Bäume beidseits des Kiesweges entlang der Bruchsteinmauer ein grünes Dach über den Köpfen der Besucher, doch jetzt waren die Äste kahl, und nur die zu braunen Laubbergen zusammengekehrten Blätter zeugten noch von den zurückliegenden Monaten.

Leonies Großvater Alfons hatte die Grabstätte im westlichen Teil des Friedhofs in seinen Vierzigern gekauft und später ein Mausoleum in Auftrag gegeben. Dort hatte Alexander neben seinem Großvater seine letzte Ruhestätte gefunden.

Winterluft strömte in Leonies Lunge, als sie neben Ella vor der Grabstätte ankam. Es roch nach Moos und feuchter Erde, nach verwelkten Blumen und schwach nach Weihrauch. Ella zog den Schal fester um den Hals und half Leonie mit dem Blumenbouquet. Gemeinsam legten sie es vor dem Marmorengel ab und blickten stumm darauf.

»Drei Monate …«, Atemwölkchen stiegen auf, als Leonie den Satz herausbekam, »… und kein Tag, an dem wir dich nicht vermissen. Du fehlst uns, Alex.« Ihr Atem ging schwer. Am Morgen war sie mit dumpfen Kopfschmerzen aufgewacht, und nun lief ein schmerzliches Zucken über ihr Gesicht. Wenn sie in die Firma käme, würde sie Henry Stüve um eine Tablette bitten. Er litt unter Migräne und hatte immer ein Schmerzmittel zur Hand. Leonie streckte ihre Hand haltsuchend nach Ellas aus. Die Vorstellung, dass auch nach dem Tod eines Menschen etwas von ihm zurückblieb, war tröstlich, daran hielt sie sich fest.

»Du glaubst nicht, wie oft ich deine Stimme in meinem Kopf höre.« Ella fand ihr Lächeln wieder. Sie hielt den Kopf gesenkt und sah auf den Engel. »Sogar deine nervige Rechthaberei, wenn du es angeblich mal wieder besser wusstest, fehlt mir.« Als sie weitersprach, klang ihre Stimme voller Hoffnung. »Morgens, bevor mein Verstand anspringt, bist du immer noch bei mir …«

Bei Ellas Worten rannen Leonie stumme Tränen die Wangen hinunter. Ein Windstoß fuhr in die welken Blätter, trieb sie in die Luft und ließ sie zu Boden segeln. Leonies Blick folgte dem Tanz des Laubs und sah dann hinauf in den Himmel. Tief liegende Wolken zogen über die nackten Baumkronen hinweg und färbten den Himmel dunkelgrau.

Als Kinder hatten sie manchmal Geisterstunde gespielt, und als Ella und sie behaupteten, Verstorbene würden den Zurückgebliebenen helfen, hatte Alexander ihnen einen Vogel gezeigt, aber am Ende hatte er doch mitgespielt. Später hatten sie dauernd das Klicken der Kamera gehört. Alexander – seine Leica um den Hals – auf der Jagd nach Fotos war ein alltäglicher Anblick gewesen. Beim Fotografieren hatte er eine Ausdauer an den Tag gelegt, die jedem Respekt abverlangte. Und es war zu jener Zeit gewesen, als er behauptet hatte, ein Foto sei erst dann gelungen, wenn man etwas von der Seele eines Menschen darauf entdecken könne.

Die Wolken über ihnen wurden immer dunkler, der Wind schärfer. Vorsichtig legte Ella den Arm um Leonies Schulter.

»Hast du schon entschieden, wann du in Alex' Büro übersiedelst?« Sie wandten sich ab und folgten dem Weg zurück Richtung Ausgang.

Leonie steckte die Hände in die Manteltaschen. Ihre Handschuhe lagen im Wagen. »Noch nicht. Jetzt feiern wir erst mal Mamas Geburtstag, dann sehen wir weiter. Hast du noch einen Interviewtermin mit Nicole Marquart? Soweit ich weiß, ist Großmama bald mit ihren Terminen durch.«

Ella nickte. »Bin ich auch. Das Ganze ging schneller über die

Bühne, als ich dachte. Nicole Marquart schiebt nichts auf die lange Bank.«

»Da sagst du ein wahres Wort. Sie hat ein gutes Gespür für Menschen und ist eine wunderbare Zuhörerin.« Leonie war angetan von Nicoles Gabe, Informationen bereits nach wenigen Stichworten zu einem roten Faden zusammenzufügen.

»Stimmt. Sie bleibt immer am Thema dran«, bestätigte Ella. »Und sie hat Biss.«

Leonie verlangsamte ihre Schritte. Nach der Zeit in Paris empfand sie die Tage nicht länger wie eine Hetzjagd, zu kurz, um alle Aufgaben zu erfüllen. Zwar kam sie abends noch immer erschöpft nach Hause, doch wenn die Wärme der Wohnung sie umfing, fühlte ein Teil von ihr sich erfüllt. Die Mitarbeiter fingen an, ihnen zu vertrauen. Sie waren auf dem richtigen Weg. Was machte es da schon, dass die Freiheit, über die sie als Vorstandsvorsitzende verfügte, in erster Linie Verantwortung bedeutete.

Den Blick, in dem sie an manchen Abenden die unausgesprochene Frage ihres Mannes zu lesen glaubte, wie lange es in diesem Tempo weiterginge, erwiderte sie mit einem hoffnungsvollen Lächeln. Bald hätten sie das Ärgste hinter sich, bis dahin würde Gedeon sicher Verständnis für den schnellen Rhythmus aufbringen, dem ihr Leben seit Alex' Tod folgte.

Eine Windböe fuhr in die Bäume und zauste ihr die Haare. In einiger Entfernung kam ein Mann auf sie zu. Er trug einen dunklen Tuchmantel und eine Kappe, die er tief in die Stirn gezogen hatte. Als er an ihnen vorbeiging, fing Leonie seinen Blick auf. Etwas in seinen Augen rührte sie, ohne dass sie hätte sagen können, was es war.

»Gibt es eigentlich Neuigkeiten von Valerie?«, fragte Ella. »Ich hab sie ewig nicht mehr gesehen. Sie ist wie vom Erdboden verschluckt.«

»Gut, dass du mich an sie erinnerst, ich hab ihr heute noch

nicht geschrieben.« Leonie kramte ihr Handy aus der Tasche und tippte eine Nachricht an ihre Schwägerin.

Ella sah verwundert auf die Finger ihrer Schwester, die flink über die Tastatur des Mobiltelefons huschten. »Du bist wirklich zu bewundern. Dieses stumme Leiden, das Valerie sich wie einen Mantel umhängt, ist zum Davonlaufen … Und was machst du? Du schreibst ihr.«

Leonie schob ihr Handy wieder in die Tasche. »Mir gefällt Valeries Haltung ebenso wenig wie dir, trotzdem möchte ich für sie da sein. Und im Moment sind diese kurzen Nachrichten alles, was ich für sie tun kann.«

»Weißt du noch, das Bündnis, das wir laut Alex als Zwillinge angeblich bildeten – der magische Kreis?«, sagte Ella plötzlich.

Leonie schlug den Mantelkragen hoch und lächelte bei der Erinnerung. »Klar. Alex wollte unbedingt auch ein Zwilling sein.«

In Leonies Tasche brummte es. Silvys hellbraune Augen strahlten ihr auf dem Display ihres Handys entgegen. »Silvy will sicher wissen, was sie heute Abend anziehen soll«, sagte sie. Nach der Begrüßung tauschten sie sich über ihre Outfits für die Geburtstagsfeier aus und was Silvy zu der Einladung mitbringen sollte. Sie sprachen über die letzten Vorbereitungen, bis Ella und Leonie den Friedhofsparkplatz erreichten und es Zeit war, sich von Silvy zu verabschieden.

Ella stieg in ihren Mini und fuhr los.

Leonie blieb vor ihrem Wagen stehen. Der Mann, der vorhin an ihnen vorbeigegangen war, ging ihr nicht aus dem Kopf. Sie entschloss sich, dem nagenden Gefühl in sich nachzugeben, und folgte noch einmal dem Weg zum Mausoleum. Schon aus der Ferne sah sie die Umrisse des Fremden. Sie blieb stehen und versuchte, aus seiner Körperhaltung Rückschlüsse darauf zu ziehen, ob sie ihm vielleicht schon einmal begegnet war, aber nichts an ihm kam ihr bekannt vor.

Ihr Großvater war früh verstorben, und nach Alexanders tödlichem Unfall hatte sich für eine Handvoll Journalisten das Bild einer Familie herauskristallisiert, die vom Pech verfolgt war. Seitdem wurde öffentlich die Frage gestellt, ob ein Fluch auf der Familie Glanz lag. Der Stempel *Die Kennedys vom Tegernsee* war ihnen sicher. *Hoffentlich ist es niemand von der Presse, um weitere wüste Geschichten in die Welt zu setzen*, dachte Leonie.

Sie ging näher heran und blieb stehen. Der Mann schien tief in Gedanken versunken zu sein. Unbehagen ergriff sie, als sie neben ihn trat. »Kannten Sie meinen Bruder?«, sprach sie ihn an.

Der Angesprochene zuckte zusammen, er hatte sie offenbar nicht kommen hören. »Entschuldigung. Was sagten Sie?«, fragte er.

Leonie sah in kluge graue Augen. »Ich würde gern wissen, ob Sie meinen Bruder kannten? Er ist hier beigesetzt.« Der Fremde war ausgesprochen attraktiv. Er war schätzungsweise Ende dreißig, Anfang vierzig und gut in Form. Er legte sich Daumen und Zeigefinger auf die Nasenwurzel, um die Tränen wegzudrücken.

»Ja, wir kannten uns.« Er drehte sich zur Seite, als fühlte er sich gestört.

Leonie wartete, bis er sich ihr wieder zuwandte, dann streckte sie ihm die Hand entgegen. »Leonie Glanz, Alexanders Schwester«, stellte sie sich vor.

»Markus Goss.«

»Tegernsee?«, fragte sie neugierig.

»Starnberg«, erwiderte er knapp. »Aber neuerdings wieder München.«

Vermutlich war es Markus Goss' stille Trauer, die sie so unruhig machte. Sie schien aus jeder Pore seines Körpers zu dringen. Was hatte der Fremde mit Alexander zu tun? Ihn freiheraus danach zu fragen, kam ihr unpassend vor, also zog sie eine Visitenkarte hervor und reichte sie ihm.

»Ich würde mich freuen zu erfahren, was Sie mit meinem Bruder verbunden hat. Falls Sie mal in der Nähe sind, kommen Sie vorbei.« Anscheinend hatte Alexander den Mann erst kurz vor seinem Tod kennengelernt, jedenfalls hatte er ihr nichts von ihm erzählt.

Leonie war mitten in ihren Überlegungen, als Markus Goss ihr zunickte. »Entschuldigen Sie. Ich habe noch einen Termin.« Er steckte die Visitenkarte ein und ging ohne weitere Erklärung davon. Während Leonie ihm nachsah, beschlich sie das Gefühl eines Geheimnisses, das sie unbedingt lüften wollte.

17.

Leonie lehnte an der offen stehenden Flügeltür. Die festlich gekleideten Gäste standen an Stehtischen, deren strahlend weiße Tischtücher bis zum Boden reichten, hielten Wein- und Champagnergläser in den Händen und amüsierten sich bestens.

Es war die richtige Entscheidung gewesen, den Festsaal im Hotel Schloss Lemberg anzumieten, er bot den passenden Rahmen für diesen Abend. Auf die Räume des Schlosses war sie aufmerksam geworden, als sie nach der perfekten Kulisse für die Geburtstagsfeier ihrer Mutter gesucht hatte. Mit Blick auf den Tegernsee und das Kreuther Tal lag das Schloss auf halber Höhe des Ringbergs und schmiegte sich idyllisch in die Tegernseer Berge. Sowohl von außen als auch von innen bot es ein faszinierendes Ambiente. Besonders der riesige Kamin mit der Sandsteinumrandung, in dem ein Feuer prasselte und über dem das Porträt des ehemaligen Hausherrn samt seiner Gemahlin hing, und das Gewölbe hatten es Leonie bei der Besichtigung angetan. Die mächtigen Steinsäulen unterteilten den Festsaal, sodass es wirkte, als bestünde er aus mehreren ineinander übergehenden Räumen. Vor dem grauen Stein und den dunklen Eichenholzfenstern mit den messingfarbenen Griffen hoben sich die hellen Wände und Decken ab. In den Nischen, in die sich Gäste in kleinen Gruppen zurückziehen konnten, standen Tische und zierliche, mit fliederfarbenem Leinen bezogene Sessel.

So habe ich mir den Abend vorgestellt – edel und dabei doch gemütlich, freute Leonie sich.

Sie schaute hinauf zum Gewölbe, das sich nach oben wie eine sich öffnende Blüte entfaltete und sich über ihr spannte, und ließ den Blick über die Blumengestecke in sanften Pastelltönen schweifen. Sie hatte Buschröschen wählt, die mochte ihre Mutter besonders gern. Alles, auf das ihr Auge fiel, wirkte stimmig, aber es waren die über ihnen schwebenden weißen Herzluftballons, an deren goldenen Schnüren Zettel hingen, die dem Saal eine ganz persönliche Note verliehen. Die Mitarbeiter der Glanz AG hatten persönliche Grußworte auf die Zettel geschrieben, und nun baumelten diese von der Decke, als Zeichen der Wertschätzung für die Seniorchefin.

Als Annalena in den Saal gekommen war, staunend nach einigen Nachrichten gefischt und sie gelesen hatte, hatte nicht nur sie schlucken müssen, sondern auch Leonie. Ihre Mutter war so gerührt gewesen, dass sie kein Wort herausbrachte. Auch Leonie war von dieser Rührung erfasst worden und hatte die Hand ihrer Mutter gedrückt, um ihr zu signalisieren, wie sehr auch sie sich freute.

In diesem eleganten Saal mit über zweihundert Gästen, darunter Vertreter der Presse, die Chronik ankündigen zu können, war eine wunderbare Gelegenheit. Leonie sah auf die Uhr. Es ging auf Mitternacht zu. Ihr Blick wanderte zu den Mitgliedern des Aufsichtsrats, die ihre Mutter umringten.

Ella und Timo wiegten sich im Takt der Musik. Nur wenige Schritte entfernt stand ihr Vater neben einer Säule und sprach mit Freunden. Leonie suchte nach Gedeon und entdeckte ihn an der Bar, wo er gerade ein frisch gezapftes Bier entgegennahm und einen tiefen Schluck nahm. Alle waren gekommen, nur Valerie hatte abgesagt und hatte stattdessen Blumen und eine Karte geschickt.

Ihre Großmutter hatte sich in eine der Nischen zurückgezogen und schien das Spektakel von dort aus zu genießen. Es war beeindruckend, wie standfest sie trotz ihres Alters war. Leonie winkte ihr zu. Sie hatte keinen Zweifel daran, dass die Medien positiv über die Chronik berichten würden, trotzdem blieb eine diffuse Besorgnis, die sie nicht zu fassen bekam.

Ihr Blick fixierte die Bühne. Nicole Marquart hatte ihr einige Probekapitel gemailt. Morgen würde sie hoffentlich Zeit finden, um hineinzulesen. Sie war schon gespannt auf den Text.

Jemand hinter Leonie sprach sie an. »Frau Glanz? Wir wären dann so weit.«

Leonie drehte sich zu den Männern um, die sich um den Aufbau der Bühne gekümmert und noch einmal die Technik überprüft hatten. »In Ordnung. Dann gehe ich jetzt nach vorn.« Sie suchte sich durch die Menge der Feiernden ihren Weg Richtung Bühne. Heute Abend trug sie ein smaragdgrünes Seidenkleid, dazu goldene High Heels, ihre Haare waren in sanfte Wellen gelegt, verspielt und einen Hauch mädchenhaft. Leonie steuerte auf Ella zu. »Zeit für unsere Ansprache«, rief sie gegen die Musik an.

Ella unterbrach das Gespräch mit Timo und folgte ihr zu dem Podest.

Die Band sah Leonies erhobene Hand und spielte einen Tusch. Die Gäste wandten sich den beiden Frauen zu, leise wurden letzte Worte gewechselt, bis schließlich alle verstummten. Das Mikrofon knackte, als Leonie höchst konzentriert vor die Gäste trat.

»Noch einmal einen wunderschönen guten Abend«, begann sie. Sie war nicht schüchtern, sie stand nur nicht gern im Mittelpunkt und musste immer einen kurzen Moment der Irritation überwinden, bis sie sich wohlfühlte.

Ihre Augen suchten Gedeon. Er stand in einer Runde von Gästen und hielt ihr den erhobenen Daumen entgegen. Leonies Züge entspannten sich. Was sie gleich ankündigen würde, war ein wichtiger Schritt auf dem Weg des Kosmetikkonzerns. Ein Gefühl der Befangenheit ergriff sie, doch sie sprach einfach weiter.

»Ich hoffe, Sie haben die Stunden bisher genossen.« Ein Raunen der Bestätigung ging durch die Menschenmenge. »Sicher haben Sie die ein oder andere Anekdote mit dem Geburtstagskind ausgetauscht und sind gespannt auf den weiteren Verlauf dieses Abends.«

Leonie streckte die Hand nach ihrer Schwester aus. Auch Ella hatte sich in Schale geworfen, sie funkelte in einem Kleid aus Gold und Silber – eine gewagte Kombination, die ihr sicher etliche Komplimente eingebracht hatte.

»Auch von mir noch einmal einen schönen guten Abend«, sagte Ella. »Ich muss sicher niemandes Gedächtnis auffrischen. Alle hier wissen, dass unsere Mutter Annalena ihren Geburtstag feiert, und dieses Jahr möchten wir dieses besondere Datum mit einer Ankündigung verbinden.« Ella sah ihre Mutter an. »Mama, wir Glanz-Frauen haben Visionen, und diese Visionen sind eng mit der Vergangenheit verknüpft.« Ella warf Leonie einen Blick zu, der signalisierte, dass nun wieder sie an der Reihe war. »Leonie, bitte erzähl uns, was es mit der Verbindung von Gestern, Heute und Morgen auf sich hat.«

Leonie rückte näher an Ella heran. »Mit dem größten Vergnügen, Ella. In der Presse wird in letzter Zeit immer wieder die Frage gestellt, wie zwei junge Frauen wie wir mit einer so großen Firma klarkommen. Nun, ganz einfach.« Einige Gäste tuschelten, dazwischen wurde gelacht. »Es hat sich als lohnenswert herausgestellt, einen Blick zurückzuwerfen auf das, was unsere Mutter und Großmutter in die Wege geleitet haben. Sie haben uns vorgelebt, was es heißt, Verantwortung zu übernehmen, sich von vermeintlichen Rückschlägen nicht unterkriegen zu lassen und Mut zur Innovation zu zeigen. Wir standen schon in jungen Jahren im Labor und haben mit großen Augen zugesehen, wie durch das Mischen zweier normalerweise nicht mischbarer Flüssigkeiten wie Öl und Wasser eine Emulsion entsteht. Das war der

Tag, an dem wir, durch das anschließende Beimischen von Wirkstoffen, unsere erste eigene Creme hergestellt haben. Das Gemisch roch zwar etwas streng, wir sind damals mit den Duftstoffen definitiv ein wenig zu verschwenderisch umgegangen, doch obwohl die Creme nicht perfekt war, waren wir unfassbar stolz. Stolz sind wir auch heute noch. Wir führen das Unternehmen mittlerweile in der dritten Generation, und um der spannenden Vergangenheit der Glanz AG gerecht zu werden, dürfen wir Ihnen nun ein besonderes Buch ankündigen. Eine Firmenchronik, die eine Hommage an die Frauen dieser Familie und an unsere Mitarbeiter ist. Die Chronik gibt Antworten auf Fragen, die Sie sich vielleicht schon immer gestellt haben, und erzählt Anekdoten, von denen Sie noch nie gehört haben. Es ist die Geschichte starker Frauen. Eine Geschichte des Aufbaus, der Kraft und des Mutes. Eine Geschichte ungewöhnlicher Wege.«

Erneut setzte ein Tusch ein. Die Gäste applaudierten.

»Hedi Glanz, unsere Großmutter, war eine Pionierin außergewöhnlicher Werbemaßnahmen. Sie hat mit ihrem Charme und ihrem Unternehmergeist Frauen um sich geschart und mit ihnen etwas Einzigartiges gewagt. Kosmetik ist übrigens längst nicht mehr nur Frauensache, auch Männer haben Gesichtscremes für sich entdeckt. Kurz gesagt, auch Männer wollen gut aussehen, frei nach unserem Werbeslogan in den frühen Siebzigern: *Bring Glanz in dein Leben!*« Einige männliche Gäste klopften auf die Stehtische und lachten. »Aber natürlich fing es mit den Frauen an und mit unseren Mitarbeiterinnen und Mitarbeitern, denen ich nicht genug danken kann. Sie alle sind ein Teil unserer Familie … Dass sie das selbst so empfinden, davon zeugen diese wunderbaren Worte.« Leonie deutete auf die Zettel an den Ballons. »Noch einmal … Happy Birthday, Mama. Wir schätzen und lieben dich und sind dankbar, dich in unserem Leben zu haben.«

Applaus brandete auf, wollte gar nicht mehr aufhören. Annalena kam nach vorn, küsste Leonie und Ella.

»Ich danke allen, die heute hier sind, und allen, die mich mit diesen zauberhaften Nachrichten überrascht haben.« Sie legte eine Hand auf ihr Herz. »Natürlich ist diese Chronik eine fantastische Idee zur Beweihräucherung.« Amüsiertes Gelächter erklang. »Aber wie Sie wissen, bin ich immun gegen so etwas. Lange Rede, kurzer Sinn … Die Tanzfläche ist eröffnet.«

Leonie verließ mit Ella das Podest, während ihre Mutter weiter Gratulationen entgegennahm. »Weißt du zufällig, wo Silvy ist?«, fragte sie. »Ich habe sie schon eine ganze Weile aus den Augen verloren.«

»Keine Ahnung. Eben habe ich sie noch gesehen. Vielleicht ist sie kurz rausgegangen«, entgegnete Ella.

Leonie sah sich um, und als sie Silvy nirgends entdeckte, verließ sie den Saal. Stimmen wurden hinausgeweht, als die Tür hinter ihr zufiel.

»Hey, da bist du ja.« Silvy stand am Fuß der Treppe und steckte gerade ihr Handy ein.

Beißende Kälte legte sich auf Leonies Gesicht, als sie neben die Freundin trat. Silvy schlang die Arme um sie. »Leo, das war eine großartige Ansprache!«

»Wie lieb von dir. Manchmal bin ich ja schon unsicher, wenn ich daran denke, für wie viele Menschen ich Verantwortung trage.«

»Das ist vollkommen normal, wenn man sich neuen Herausforderungen stellt. So geht es mir auch immer, wenn ich anstelle von Stadtwohnungen plötzlich ein riesiges Landhaus einrichten soll.«

»Da kann ich dir nicht widersprechen. Ich habe dich in den letzten Wochen ziemlich vermisst.«

»Ja, es wird höchste Zeit, dass wir uns wieder regelmäßig sehen«, antwortete Silvy. Sie öffnete ihre Handtasche und zog einen Zeitungsartikel hervor. »Ich habe lange überlegt, ob ich dir das geben soll, aber sicher interessiert es dich.« Sie hielt Leonie den Artikel entgegen.

Diese nahm ihn und faltete ihn auseinander.

»Micha steht inzwischen auf Du und Du mit der bayerischen Wirtschaftselite. Frag mich nicht, wie ihm das so schnell gelungen ist. Bei AWS rollen sie jedenfalls den roten Teppich für ihn aus.« Silvy deutete auf einen Absatz. »Hier, lies das zuerst.«

»Neurowissenschaftler haben herausgefunden, dass die Qualität der Umgebung einer Person ihr stärkster Motivationsfaktor ist, noch vor sozialer Interaktion. Deshalb berate ich Firmen auch in Fragen der Gestaltung der Büroräumlichkeiten. Menschen brauchen einen Platz, an dem sie abschalten können, eine kleine Wohlfühloase sozusagen«, las Leonie vor. Sie sah auf. »Macht Micha dir jetzt etwa Konkurrenz?«

Silvy schaute sie mit schräg gelegtem Kopf an, die Arme in die Hüften gestemmt. »Klug daherreden konnte er schon früher … Entschuldige, dass ich so sarkastisch klinge, aber bei diesem Thema kann ich nicht anders. Dich damals so am Boden zu sehen hat mir im Herzen wehgetan.«

Bei Silvy hatte Leonie damals Hilfe gefunden. Sie hatte ihre Tränen getrocknet. Seitdem hatte ihre Freundschaft sich weiter vertieft. »Dass du damals immer für mich da warst, hat mir so geholfen. Aber seit Micha bei der Trauerfeier war, ist mir klar geworden, dass ich es nie geschafft habe, richtig loszulassen. Und das will ich endlich nachholen.« Sie dachte an die Fotos in der Lalique-Box. Die letzte sichtbare Erinnerung an die gemeinsame Zeit mit Michael.

Silvy legte ihre Hände um das Geländer neben den Stufen. »Ich hoffe, du kommst nicht auf die verrückte Idee, dich mit ihm aussprechen zu wollen, jetzt, wo er zurück in München ist. Dafür würde ich weder eine Entschuldigung noch eine Erklärung gelten lassen. Für so was habe ich kein Verständnis. Also tu mir den Gefallen und mach keine Dummheiten.«

»So weit geht meine Nachsicht nicht, keine Sorge.« Verlegenheit beschlich Leonie, als sie beide schwiegen.

»Ich möchte dich einfach nur vor einer zweiten Enttäuschung bewahren.«

»Das weiß ich doch, Silvy.«

Wieder kramte Silvy in ihrer Handtasche und holte eine kleine Schachtel hervor. »Hier, das ist für dich. Ich habe es neulich in einem kleinen Laden entdeckt und sofort an dich gedacht.«

Als Leonie den Deckel behutsam abnahm, sah sie auf ein blau schimmerndes Seidenband, in dessen Mitte orangefarbene, fast durchsichtige Strassperlen aufgenäht waren. Rechts und links davon war etwas aufgedruckt, und die Enden bildeten zwei goldene Kugeln, sodass das Band nicht ausfransen konnte.

»Die Farbe Orange steht nicht nur für Goldblumen, sondern auch für Mut, Energie, Freude und Enthusiasmus«, sagte Silvy.

Leonie fuhr mit dem Zeigefinger über den dunkelblauen Schriftzug des Seidenbandes. »*Lembrança do Senhor do Bonfim da Bahia*«, las sie vor. »Was heißt das?«

»So viel wie Erinnerung an unseren Herrn des Guten Endes in Bahia«, antwortete Silvy. »Das Band stammt aus Brasilien, aus Bahia, um genau zu sein. Dort wird es als Glücksbringer getragen. Du wickelst es um dein linkes Handgelenk und bindest drei Knoten. Jeder dieser Knoten steht für einen Wunsch: einer für Gesundheit, ein weiterer für Erfolg und der letzte für Liebe. Es heißt, dass, wenn das Armband von allein abfällt, alle drei Wünsche in Erfüllung gehen.«

»Was für eine wunderschöne Idee.« Leonie streckte ihrer Freundin ihr linkes Handgelenk entgegen und schloss die Augen, während Silvy das Band darum knüpfte. Die Tür hinter ihnen öffnete sich, und ein Schwarm Gäste kam aus dem Hotel, unter ihnen Ella und Gedeon.

»Hier seid ihr.« Gedeons Gesicht wurde von einem Lächeln erhellt. Ohne zu zögern, zog er sein Jackett aus und legte es Leonie um die Schultern. »Höchste Zeit, dass du vor dem Erfrieren gerettet wirst«, setzte er mit einem Augenzwinkern hinzu. »Soll ich dir deinen Mantel holen, Silvy?«

»Da sag ich nicht Nein. Danke, Gedeon.«

Wenige Momente später begleitete Leonie Silvy zu ihrem Auto.

»Danke, dass du heute an meiner Seite warst. Und danke für dieses wunderschöne Geschenk.«

Der Abend war wie im Flug vergangen. Zum Abschied nahm Silvy Leonies linke Hand in ihre und sah auf das Band. »Mögen alle deine Wünsche in Erfüllung gehen, das wünsche ich mir für dich. Du hast es verdient, glücklich zu sein, besonders nach den Ereignissen der letzten Monate.«

Leonie drückte ihre Freundin gerührt an sich. »Genau dasselbe wünsche ich mir für dich.«

Es war kurz nach eins, als Leonie durch den einsetzenden Regen, in den sich Schneeflocken mischten, zu ihrem Wagen lief. Das Wetter schlug um, sie war müde und wollte nur noch ins Bett. Gedeon würde noch bleiben, um ihre Mutter mit den Gästen zu unterstützen. Leonie hatte ihm dafür gedankt und sich schließlich davongemacht, und nun startete sie den Motor, hielt ihre kalten Hände vor das Gebläse der Heizung, legte den Rückwärtsgang ein und fuhr aus der Parklücke.

Kurz vor dem Haus sah sie einen Blitz hell über dem See aufleuchten. Ein Gewitter zog über das Tegernseer Tal und hob die Berge jenseits des Wassers hervor. Fasziniert von dem Lichtspektakel blieb sie stehen, um das Schauspiel zu genießen. Als sie sich sattgesehen hatte, fuhr sie in die Garage, nahm die Treppe nach oben und trat in die Wärme der Wohnung. Sie legte den Mantel ab und ging ins Büro. Wie immer brannte das Licht der Tischlampe. Die Müdigkeit war wie eine träge Welle, doch für das, was Leonie vorhatte, reichte ihre Energie aus. Sie öffnete die Schublade des Schreibtischs und zog die Lalique-Box hervor. Langsam öffnete sie sie und begann, die letzten Fotos von Michael in Stücke zu reißen – eins nach dem anderen.

»Aus. Vorbei. Endgültig!«, bekräftigte sie bei jedem neuen Riss. In ihr breitete sich eine angenehme Gefühllosigkeit aus, als sie die Schnipsel in den Müll warf. Dieser Teil ihrer Vergangenheit existierte nicht mehr. Endlich war sie frei.

18.

»Wer liebt schon Picknicks im Spätherbst?«

»Na ich.« Gedeon deutete auf sich. »Steppjacken liebe ich auch, wie du weißt.«

»Du liebst besonders solche, in denen du wie ein Michelin-Männchen aussiehst. Eine bedenkliche Liebe, wenn du mich fragst«, erwiderte Leonie augenzwinkernd.

»Also bitte keine falsche Eitelkeit. Wärme und Wohlbefinden gehen vor.«

»Trotzdem sieht man in solchen Jacken aus, als hätte man über Nacht wie durch Zauberei etliche Kilos zugelegt.«

Sie standen mitten auf einem Forstweg, der am Schwarzenbach, einem Gebirgsbach der Tegernseer Berge, entlangführte.

»Wir müssen mal wieder raus. Frische Luft schnappen. Lass uns einen kleinen Bergspaziergang machen. Ich trage auch den Rucksack«, hatte Gedeon am Abend zuvor vorgeschlagen.

Zu seiner Überraschung hatte er Leonie in der Küche vorgefunden. Sie hatte gerade die nächste geschälte Kartoffel ins Gemüsesieb geworfen.

»Ich traue meinen Augen nicht.« Gedeon hatte überrascht geschaut. »Meine Frau ist vor mir zu Hause. Dass ich das noch erleben darf!«

»Ich versuche, dich und mich davon zu überzeugen, dass ich den Spagat zwischen Beruf und Privatleben schaffe. Riech mal.« Leonie hatte sich die Hände am Geschirrtuch abgewischt und vielsagend den Topfdeckel gehoben.

Gedeon hatte den Kopf gebeugt und den Dampf geschnuppert, der ihm entgegenstieg.

»Hühnersuppe, wie Großmama sie früher gemacht hat. Und aus denen hier«, Leonie deutete auf die Kartoffeln im Gemüsesieb, »mache ich Kartoffelsalat. Den magst du doch so gern.«

Gedeon hatte sich freudig die Hände gerieben. »Da läuft mir das Wasser im Mund zusammen.« Er hatte die zweite Kochschürze vom Wandhaken genommen. Kochlöffel in der einen, Salzstreuer in der anderen Hand, hatte er erklärt: »Ihr Souschef meldet sich zum Dienst. Wie kann ich Ihnen behilflich sein, Madame?«

Leonie ließ die Gedanken an den Vorabend los und sah in die Landschaft. In einem langen geschwungenen Bogen lag der Weg vor ihnen. Die Buchsteinhütte im idyllischen Tegernseer Tal, unterhalb des Roß- und Buchsteins, versprach eine gemütlich urige Atmosphäre. Die milde Luftströmung und das ungewöhnlich warme Wetter, das seit ein paar Tagen herrschte, hatte den kurzen Wintereinbruch abgelöst und sie überzeugt, dem Ausflug zuzustimmen. Und nun gingen sie mal nebeneinander-, mal hintereinanderher und genossen ihr Zusammensein. Nachdem sie die halbe Strecke zurückgelegt hatten, weitete sich das bewaldete Tal, und die Landschaft wurde lichter. Vorbei an den Almwiesen der Schwarzentenn-Alm zweigte der ausgeschilderte Hüttenweg nach links ab. Sie trafen niemanden, gingen schweigend und nahmen die Schönheit der Natur in sich auf.

»Die Fernsicht ist beeindruckend«, sagte Gedeon nach einer Weile. »Kaum Wolken und tiefblauer Himmel.«

Leonie nickte. Die Erhabenheit der Berge löste in ihr eine tiefe Demut aus. Diese Stille, die nur von den Geräuschen der Natur unterbrochen wurde, war beinahe greifbar. In Augenblicken wie diesen konnte sie abschalten. Sie hielten einen Moment inne, sahen auf das Auf und Ab der Berge und das Grün der Tannen, schließlich überquerten sie die Brücke und folgten bergwärts dem Weg.

Gedeon hielt das Tempo. Er wusste, wohin er ging, denn er kannte die Strecke. Leonie fiel hinter ihm zurück. In letzter Zeit hatten sich nur wenige Gelegenheiten ergeben, sich ausgiebig zu bewegen, und obwohl die Strecke für Einsteiger geeignet war, schmerzten ihre Beine.

»Du wirst doch wohl nicht auf den letzten Metern schlappmachen.« Gedeon lachte, als er sich nach ihr umdrehte. Er wartete, bis sie bei ihm war, und reichte ihr die Hand.

Leonie genoss die heiter gelöste Stimmung zwischen ihnen und ergriff seine Hand. »Nie im Leben. Ich halte durch!«

Gemeinsam erreichten sie die nächste Abzweigung, die sie vorbei an einer Lichtung hinauf zur Hütte führte.

Als sie oben ankamen, stieß Leonie einen kleinen Entzückensschrei aus. »Es ist herrlich hier!« Sie setzte sich auf die schmale Holzbank und wartete in aller Ruhe, bis Gedeon die Getränke und das Essen brachte.

Der Platz hatte etwas Lauschiges und verbreitete einen ganz eigenen Charme. Leonie nahm das Holzbrett, das Gedeon ihr hinhielt, stellte es vor sich auf den Tisch und biss herzhaft in ihr Käsebrot. In den letzten zwei Stunden hatte die Zeit sich aufgelöst, die Firma war in weite Ferne gerückt. Es gab nur noch diesen Augenblick – nur sie beide.

Gedeon setzte das Messer an. Während er aß, verdrehte er genüsslich die Augen. »Schon wegen der Bratwurst lohnt sich der Ausflug.« Er deutete mit der Gabel auf sein Essen. »Das hier ist die beste Wurst aller Zeiten. Manche kommen nur deswegen hier hoch, da bin ich mir sicher.«

Es tat gut, endlich wieder etwas Leichtigkeit miteinander zu teilen. Sie aßen in Ruhe, ließen die Seele baumeln und machten sich dann auf den Rückweg. Leonie hatte das Gefühl, ihr wären neue Kräfte zugewachsen. Sie fühlte sich wesentlich lebendiger als noch am Morgen. Was ein paar Stunden Zweisamkeit doch bewirken konnten! Sie schafften den Abstieg in kürzester Zeit, und als sie zu Hause ankamen, schlüpfte Leonie in frische Kleidung.

»Stört es dich, wenn ich noch mal in die Firma fahre?«, fragte sie, als sie den Reißverschluss ihrer Hose zuzog. Zumindest einmal am Wochenende musste sie dort nach dem Rechten sehen. Sie konnte einfach nicht anders.

Gedeon gab ihr einen Kuss auf die Nasenspitze. »Du solltest mich gut genug kennen, um diese Frage nicht stellen zu müssen. Ab wann kann ich wieder mit dir rechnen?«

Leonie strich Gedeon über die Wange. »Ich bleibe nicht länger als zwei Stunden. Danach kannst du frei über mich verfügen.« Sie zog ihren Mantel an und griff nach dem Autoschlüssel.

»Was die freie Verfügung anbelangt, nehme ich dich beim Wort.« Gedeon brachte sie zum Wagen, schlug die Tür hinter ihr zu und winkte.

Leonie bog auf die Seeuferstraße. Bald ginge die Sonne unter, und ein Spätherbsttag, wie er schöner nicht sein konnte, näherte sich der Nacht. In letzter Zeit hatten Gedeon und sie nur wenige gemeinsame Tage miteinander verbracht. Auch Gedeon schob Überstunden, genau wie sie, aber in naher Zukunft würden sie hoffentlich wieder mehr Zeit für sich haben.

Leonie hatte bereits den halben Weg zur Firma zurückgelegt, als sie plötzlich langsamer wurde. Wenige Meter entfernt war eine Haltebucht. Sie bremste ab und steuerte darauf zu. Die Sonnenblende war hinuntergeklappt. Sie schob die Abdeckung zur Seite und betrachtete ihr Gesicht im Spiegel.

»Was tust du, Leonie Glanz?«, entkam es ihr mit tadelndem Unterton. »Kannst du deinem Mann nicht einen einzigen Tag schenken, ohne die Firma ins Spiel zu bringen?« Ein ungeduldiger Laut entfuhr ihr.

Gedeon hatte die Reise nach Paris mit keinem Wort gegen sie

verwendet, er hatte sie sogar darin unterstützt, sich diese zwei Tage zu nehmen.

»Die kleine Auszeit vom Alltag wird dir guttun«, hatte er gesagt, als er sich am Flughafen von ihr verabschiedete. »Genieß die Zeit mit Ella und lasst es euch gut gehen.«

Gedeon hatte sie verstanden, und sie war nicht einmal bereit, ihm einen Tag ohne zeitliche Einschränkung zu gönnen. Wenn sie morgen eine Stunde früher aufstünde, könnte sie das, was noch zu tun war, genauso gut erledigen.

Sie legte den Rückwärtsgang ein und wendete. Während sie zurückfuhr, fühlte sie sich regelrecht beschwingt. In den vergangenen Wochen war sie oft müde gewesen, und auch, wenn sie zu Hause war, war sie mit ihren Gedanken ganz woanders gewesen. Manchmal hatte sie sogar darüber nachgedacht, ob sie und Gedeon sich ein wenig aus den Augen verloren hatten. Doch jetzt tat sie das Richtige. Es war höchste Zeit, Gedeon wieder einmal zu sagen, wie viel sein Verständnis ihr bedeutete.

Leonie sah in der Ferne bereits das Haus, fuhr in die Garage und lief die Treppe hinauf. Vorsichtig schloss sie die Wohnungstür auf. Die Freude, Gedeon überraschen zu können, erfüllte ihren ganzen Körper. Sie hängte ihren Mantel an die Garderobe, schlüpfte aus den Schuhen und schlich den Gang entlang.

Aus dem Schlafzimmer hörte sie Gedeons Stimme. Offenbar telefonierte er. Auf Zehenspitzen trat sie näher und schob die Tür zum Schlafzimmer einen winzigen Spalt auf.

Gedeon stand mit dem Rücken zu ihr vor der Tür zum Ankleideraum und hielt sein Handy ans Ohr. »Das kriege ich hin. Morgen sehen wir uns. Versprochen. Treffpunkt in unserem Café.«

Den Fuß kurz vor der Türschwelle, blieb Leonie stehen. Etwas in Gedeons Stimme ließ sie innehalten. Er hatte ihr gegenüber nichts von einem beruflichen Termin außerhalb erwähnt.

»Natürlich bist du mir wichtig«, sprach er weiter. »Aber ich brauche ein bisschen Zeit, um mir über alles klar zu werden. Ich bin nicht der Mensch, der etwas übers Knie bricht, das würde dir sicher nicht gefallen … Ja, ich liebe dich, das weißt du doch.«

Leonie glaubte, sich verhört zu haben. Sie fühlte sich, als wäre binnen Sekunden ein Nebel aufgezogen, der alles undurchdringlich erscheinen ließ. Wie unter Schockstarre stand sie da, unfähig, auch nur ein Körperteil zu bewegen. In ihrem Kopf hörte sie *Ich liebe dich* in Endlosschleife. Der Satz schnitt mitten durch ihr Herz. Ein Zittern überlief sie. Sie versuchte dagegen anzukämpfen, doch vergebens.

Gedeon trat einen Schritt zur Seite. Leonie hörte seine einnehmende, freundliche Stimme, hörte Worte, die für sie keinen Sinn ergaben, und dachte an den Tag, den sie gemeinsam genossen hatten. An die Nähe, die sie zu ihrem Mann verspürt hatte, und plötzlich stieß sie einen leisen Schrei aus. Sie schlug die Hand vor den Mund, aber es war bereits zu spät.

Gedeon fuhr herum und starrte sie mit weit aufgerissenen Augen an. Einen Augenblick lang war er sprachlos. Dann murmelte er rasch etwas ins Telefon und unterbrach die Verbindung.

Leonie hob die Hand, eine knappe Bewegung, die so viel aussagte.

Gedeon blieb stehen, kam dann aber einen Schritt auf sie zu. Seine Miene war schwer zu deuten.

»Leonie, lass uns bitte in Ruhe miteinander sprechen«, bat er. Als er in ihre Augen sah, fügte er schnell hinzu: »Vielleicht ist es besser, ich lasse dir ein bisschen Zeit, um dich wieder zu beruhigen.« Er hielt das Handy noch immer in der Hand und sah wie jemand aus, dem die Bürde eines Fehlers unmittelbar bewusst wurde.

»Ich soll mich beruhigen?« Leonie brachte den Satz nur krächzend heraus. In ihrem Kopf schlugen die Gedanken Kapriolen. »Ich bin … Ich weiß nicht …« Der Ton, in dem sie sprach, war ihr selbst fremd. Erst nach einem Moment des Schweigens war sie in der Lage, weiterzusprechen. »Wie lange geht das schon?«, brachte sie schließlich hervor.

Gedeon hob den Kopf. »Das ist doch jetzt nicht wichtig.«

Der Druck hinter Leonies Lidern wurde stärker, nur mit Mühe schaffte sie es, die Tränen hinunterzuschlucken. »Nicht wichtig?«, wiederholte sie. »Für mich spielt es sehr wohl eine Rolle, wie lange du dich schon hinter meinem Rücken mit einer anderen Frau triffst. Ich weiß nämlich nicht, was passiert ist, während ich mich an deiner Seite in Sicherheit gewähnt habe.« Sie erinnerte sich wieder an den kurzen Augenblick der Irritation, als sie in Paris gewesen war und Gedeon nicht erreichen konnte. »Als du mir in Paris gesagt hast, du stellst das Handy aus, weil du dich mit deinem Studienkollegen Manuel triffst, hast du mich belogen, oder etwa nicht? Kein Wort davon stimmte. Du hast dein Handy davor nie ausgeschaltet, wenn ich auf Reisen war ...«

Gedeon schwieg, doch sein Blick sprach Bände.

Leonie entfuhr ein gequältes Seufzen. Am liebsten hätte sie sich verkrochen, die Beine an die Brust gezogen und nichts und niemanden gesehen.

»Nur verzweifelte Menschen und solche, die ihr Herz verschließen, schrecken vor der Wahrheit zurück«, hatte ihre Großmutter einmal zu Ella und Leonie gesagt.

Nun war auch Leonies Herz verschlossen, doch sie schreckte nicht vor der Wahrheit zurück, im Gegenteil, sie wollte sie um jeden Preis erfahren.

»Also gut«, räumte Gedeon ein. »Ich habe dir nicht alles gesagt, als du mit Ella in Paris warst. Ich habe mich wirklich mit Manuel getroffen, allerdings nicht den ganzen Abend ...« Er trat aus dem Lichtkegel der Stehlampe und ließ sich auf dem Bett nieder.

Die Enttäuschung lag wie ein Gewicht auf Leonie. Es war dieselbe Empfindung wie damals mit neunzehn. In ein, zwei Stunden, wenn der Schock nachgelassen hätte, würde der Schmerz sie einnehmen, sie würde nichts dagegen tun können, außer ihn auszuhalten.

»Dieser zerknirschte Blick steht dir nicht«, sagte sie wütend und enttäuscht.

Sie setzte sich ebenfalls und sah, wie Gedeons Kiefermuskel sich verhärtete. Er kämpfte um Beherrschung, darum, nicht die Kontrolle über die Situation und seine Gefühle zu verlieren. Er legte das Handy zur Seite und verschränkte die Finger ineinander.

Bei ihrem ersten Aufeinandertreffen hatte er die Augen nicht von ihr lassen können, als fände er dort die Entschlüsselung einer wichtigen Formel, das Geheimnis, nach dem er suchte. »Du bist die Frau, mit der ich durchs Leben gehen will. Die Eine.« Der Satz, den er ihr schon kurz nach ihrem ersten privaten Treffen gesagt hatte, hallte nun durch Leonies Kopf.

Damals hatte sie Gedeons intensive Blicke genossen, nun waren sie ihr unangenehm. Der Verrat an ihrer Liebe wog schwer. Und nie war ihr schmerzhafter bewusst gewesen als jetzt, dass man im Leben nichts vorhersehen konnte.

»Ist es, weil ich in den letzten Monaten kaum Zeit hatte? Weil ich all meine Kraft für die Firma aufwende? Ist es so simpel?«

Gedeon löste seine Hände und legte sie auf seine Oberschenkel. Hände, die Leonie noch vor Kurzem zärtlich berührt hatten. »Nein, es ist nicht simpel, Leonie. Gefühle sind das nie. Ich hatte nicht vor, jemand anders zu treffen. Gott behüte. Es ist einfach passiert … Seitdem wache ich jeden Morgen auf und weiß, dass ich einen großen Fehler mache … Es ist schrecklich. Aber so idiotisch es klingt, ich dachte, ich hätte ein bisschen Zeit, um abzuwarten, bis es vorbeigeht.«

Leonie fuhr sich mit der Hand übers Gesicht. In ihrem Kopf verhedderten sich die Gedanken. Nichts war klar und eindeutig. Alles war verworren.

Gedeon holte tief Luft. »Es war dieser Moment, als ich mich auf das erste Treffen einließ, dieser eine Moment, in dem ich die Richtung geändert habe. Es hat mich selbst überrascht, dass da plötzlich Gefühle für eine andere Frau waren. Ich hatte nicht vor, dich zu verletzen. Niemals. Das musst du mir glauben. Aber plötzlich steckte ich in dieser komplizierten Geschichte fest.«

Leonie sah Gedeons Bartschatten, die dunklen Punkte zwischen seiner hellen Haut, als er sich übers Kinn rieb.

»Und das ist dir passiert? Von einer Sekunde auf die nächste wechselst du die Richtung?«, fragte sie heiser.

»Wärst du nicht völlig unerwartet hier hereingeplatzt, hättest du nichts davon erfahren … In ein paar Wochen wäre die Sache ausgestanden gewesen.« Gedeon klang nicht wie jemand, der glaubte, was er sagte, sondern als hoffe er, dass er recht behielt.

»Ausgestanden? Das klingt, als wärst du krank geworden«, stieß Leonie empört hervor.

Das Zwitschern der Sittiche lenkte ihre Gedanken in eine andere Richtung. Im Winter hielten die Vögel sich im hinteren Teil der Voliere auf, in einem halb offenen Bereich, der beheizt wurde, dort warteten sie auf frischen Salat. Sie stand oft vor der Voliere, redete mit den Sittichen und empfand ihre Besuche, wie auch Ella, wie eine kleine Auszeit vom Alltag. Auch wenn es jemanden gab, der sich um die Gesundheit der Tiere kümmerte und auf das Verhalten der Vögel achtete, hatte Leonie mit den Jahren ein Auge für Alexanders gefiederte Lieblinge entwickelt.

Gedeon schloss das Fenster. Das Zwitschern verstummte. Als er sich zu Leonie umdrehte, blickte er sie flehend an. Seine Liebeserklärung an die Frau, von deren Existenz Leonie wenige

Augenblicke zuvor noch nichts geahnt hatte, hing wie ein Damoklesschwert über ihnen.

»Du hast ihr *versprochen*, sie wiederzusehen … Diese Frau ist dir wichtig, Gedeon, du hast gesagt, dass du sie liebst.«

Mit seiner Affäre hatte er ein Streichholz angerissen, das zu einem großen, zerstörerischen Feuer werden konnte. Leonie sah in sein Gesicht und fühlte, wie der Aufruhr in ihr unerträglich wurde. »Willst du dich scheiden lassen?« Der Satz kostete sie all ihre Kraft, doch sie zwang sich, ihn aussprechen.

»Um Himmels willen, nein. Wie kommst du nur auf diese absurde Idee?«

Leonie wartete auf eine plausible Erklärung, auf eine Idee, wie sie aus dieser verfahrenen Situation herauskämen, aber Gedeon saß nur schweigend da und starrte auf den Boden.

»Und wie soll es jetzt mit uns weitergehen?«, fragte Leonie. »Wie soll ich mit dem Wissen, dass es eine andere Frau in deinem Leben gibt, morgens neben dir wach werden und abends neben dir einschlafen? Wie soll ich mich den Herausforderungen in der Firma stellen, wenn ich mir nicht sicher bin, dass ich auf dich zählen kann?«

Gedeon sah auf. Er suchte nach irgendetwas, das Leonie beruhigen konnte. Ein Versprechen, eine Geste. »Ich weiß nur, dass es mir unendlich leidtut, und ich bitte dich von ganzem Herzen um Verzeihung. Gib mir die Zeit, die ich brauche, um es zu beenden, Leonie. Danach sehe ich klarer, das verspreche ich dir.«

Der Aufruhr, den sie empfand, breitete sich in Leonies ganzem Körper aus. Sie fühlte sich wie erschlagen, ihr Nacken schmerzte, ihre Füße kamen ihr wie Blei vor, und in ihrem Kopf pochte es. Gefühle konnten einen tatsächlich niederringen. »Du redest die ganze Zeit von dir, Gedeon. Du hast einen Fehler gemacht, dir tut es leid, du willst das alles beenden … Und was ist mit mir?« Leonie deutete auf sich. »Ich glaube nicht, dass ich dir je wieder vertrauen kann, nur weil du diese Frau nicht mehr triffst. Glaubst du, danach geht alles weiter wie zuvor? Wir werfen ein Tuch über die Sache und tun so, als befände sich nichts darunter, kein Vertrauensbruch und keine Lügen?«

»Ich weiß, wie bescheuert sich vermutlich alles anhört, was ich sage. Du bist zu Recht enttäuscht und hast jeden Grund, sauer auf mich zu sein, aber wer macht in einer langen Ehe schon keine Fehler?«

Leonie spürte das Hämmern in ihrem Brustkorb, sie war der Argumente müde. »Du wirkst auf mich vor allem genervt. Wütend auf dich selbst und auf die Situation. Und ja, jeder macht Fehler, aber doch nicht solche.« Leonie verzichtete darauf, ihn daran zu erinnern, dass fünf Jahre nicht lang waren. Stattdessen stand sie auf und holte ihre Reisetasche. Ihr Gehirn hatte in den Leerlauf geschaltet. »Ich halte es hier nicht länger aus«, sagte sie mehr zu sich selbst als zu Gedeon.

Wahllos warf sie ein paar Sachen in die Tasche und legte ihren Kulturbeutel obenauf. Im Vorraum stieg sie in ihre Schuhe, schnappte sich den Mantel und schlug die Tür hinter sich zu. Laut hallten ihre Schritte durchs Treppenhaus, bis sie eine Etage tiefer vor der Tür zu Ellas Wohnung stehen blieb. Zitternd streckte sie die Hand aus und klingelte. Als Ella öffnete, fiel Leonie ihr wortlos in die Arme.

19.

Leonie schreckte hoch, fuhr sich mit der Hand über die Augen und suchte die Leuchtziffern des Weckers. Der Sekundenzeiger lief unbarmherzig weiter. Vier Uhr sechsundzwanzig. Ein Windzug bewegte die Vorhänge in Ellas Gästezimmer. Leonie starrte auf das wirre Muster auf den Scheiben. Regenfäden, die dünnen Pinselstrichen glichen, rannen am Fenster hinunter. Ihre Augen wanderten zu den großformatigen Zeichnungen, die im Dunkel lagen.

Verschlafen ließ sie sich zurück ins Bett fallen. Die Geschehnisse des letzten Abends bahnten sich den Weg zurück in ihr Gedächtnis, als führte ihr Kopf ohne ihr Einverständnis Selbstgespräche.

Könnte sie nur wieder in den Schlaf gleiten, um für ein paar Stunden länger der Realität zu entfliehen. Sie drehte sich zur Seite und vergrub ihr Gesicht im Kopfkissen. Irgendwann schlief sie wieder ein und wachte erst von den Geräuschen auf, die vom anderen Ende der Wohnung kamen. Eine Lade wurde zugeschoben, eine andere geöffnet. Ella hantierte in der Küche.

Halb sieben. Zeit aufzustehen. Leonie schlug die Decke zur Seite, tapste ans Fenster und blieb davor stehen. Ihre Augen huschten über die Steinplatten, die sich kreuz und quer durch den Garten zogen: zur Voliere, zum Gartenhaus mit der überdachten Terrasse und zum Badehaus unweit des Stegs. Der Wind rüttelte an den Sträuchern und bahnte sich seinen Weg vom See hinauf zum Haus.

In der Küche pfiff fröhlich der Teekessel. Ein verlockender Duft zog bis zu Leonie ins Gästezimmer.

Sie löste den Blick von den mächtigen Bäumen, die im diffusen Licht der Laternen wie Scherenschnitte wirkten, ging ins Bad, putzte sich die Zähne und wusch sich das Gesicht. Ellas Wohnung war an diesem Morgen eine schützende Hülle, die sie von der Welt abschirmte. Genau das brauchte sie jetzt. Als sie die Tür zum Gästezimmer öffnete, kam Ella mit einem Tablett auf sie zu. Der ockerfarbene Seidenmorgenmantel, den sie sich übergeworfen hatte, umspielte ihre Beine, das glatte kastanienbraune Haar hatte sie mit einem Band in einem dunklen Gelbton zusammengebunden.

Leonie sah in das freundlich-besorgte Gesicht ihrer Schwester, dann auf das Tablett, auf dem unter anderem ein Teller mit einer silbernen Speiseglocke stand.

»Pfannkuchen mit Ahornsirup?«, riet sie und versuchte, ihrer Stimme trotz der widrigen Umstände einen festen Ton zu verleihen.

»Seit wann kannst du hellsehen?«, fragte Ella.

Leonie deutete auf ihre Nase. »Man riecht die erwärmte Butter bis in dieses Zimmer.«

Ella stellte das Tablett ab. Mit wenigen Handgriffen strich sie das Oberbett des Gästebetts glatt und deckte dort auf. Zum Schluss positionierte sie zwei Kissen am Kopfende des Bettes. »Zum Abstützen«, sagte sie und klopfte einladend auf die Matratze.

Leonie ließ sich auf das gemütliche Gästebett sinken. »Es duftet herrlich!« Sie seufzte. »Wenn ich jetzt noch meine Gedanken ausschalten könnte, wäre es ein wunderbarer Morgen.«

Ella goss Tee in eine Tasse und reichte sie Leonie. »Rooibos mit Vanille, den magst du doch so gern.«

»Danke.« Leonie nahm die Tasse und blies auf den Tee, trank in vorsichtigen Schlucken und stellte die Tasse auf den Nachttisch.

»Bereit fürs Frühstück?«, wollte Ella wissen.

»Mhm.« Leonie nickte.

»Konntest du schlafen?«

»Stundenweise, zwischendurch bin ich aufgewacht und hab Schäfchen gezählt.« Leonie fuhr mit der Zunge über ihre Lippen.

»Weißt du was?« Ella rückte näher. »Nach dem Frühstück nimmst du ein heißes Bad und kuschelst dich noch mal ins Bett. Das Wetter ist scheußlich, nachmittags soll der Regen sogar in Schnee übergehen. Der perfekte Tag, um daheim zu bleiben.«

Ella hatte kaum ausgesprochen, als Leonie bereits revoltierte. »Ich kann mir nicht freinehmen, egal, welches Wetter sich gerade ankündigt. Es ist viel zu zu tun. Auf meinem Tisch stapeln sich die Papiere. Von den E-Mails ganz zu schweigen.«

»Ich weiß, wie dein Schreibtisch aussieht, aber ich weiß auch, dass du selbst im Moment am wichtigsten bist. Du bist die Vorstandsvorsitzende, Leonie. Schon vergessen? Du bist der Boss. Du bist niemandem Rechenschaft schuldig, wenn du dir mal einen Tag freinimmst«, insistierte Ella. »Also lass gut sein, denn ich lasse kein Nein gelten. Du wirst sehen, ein paar Stunden Auszeit verfehlen nicht ihre Wirkung.« Sie zog ein Haargummi von ihrem Handgelenk und reichte es Leonie. Diese nahm es, fasste ihr Haar zusammen und band es zu einem lockeren Pferdeschwanz.

Ella hob die Speiseglocke, beträufelte einen Pfannkuchen mit Ahornsirup und schob das Tablett in Leonies Richtung.

Leonie nahm ihr Frühstück entgegen, machte jedoch keine Anstalten zu essen. Ella wartete einen Moment, dann zog sie das Tablett zu sich hinüber, rollte den Pfannkuchen zusammen, stach ein Stück davon ab und hielt es ihrer Schwester vor den Mund.

»Probier mal«, sagte sie auffordernd.

Leonie biss gehorsam ab, kaute bedächtig, und ihr Gesicht bekam einen verzückten Ausdruck. »Das sind die besten Pfannkuchen der Welt!«

Ella klopfte sich auf die Schulter. »Es schmeckt himmlisch,

nicht wahr? Man muss den Teig lange genug rühren, eine Spur Salz und Bourbon-Vanille hinzufügen, und schon gelingt es. Ist ein Rezept von Timo … Und um das Thema Arbeiten abzuschließen, als Gespenst in der Firma zu erscheinen, macht keinen Sinn.«

Leonie gab schweren Herzens nach. »Also gut.« Sie hob mahnend den Finger. »Aber unser Abkommen gilt nur für heute. Morgen bin ich wieder im Einsatz.« Ella hatte recht, in ihrem Zustand würde sie in der Firma vermutlich nicht viel ausrichten.

»Jetzt brauchst du erst mal Boden unter den Füßen, um wieder sicher dazustehen.«

Leonie lächelte schwach. »Sicher dastehen … So fühle ich mich ganz und gar nicht. Wie konnte ich mich nur so irren …« Sie schüttelte irritiert den Kopf. »Als ich Gedeon geheiratet habe, gab es keinen Zweifel in mir. Und jetzt stelle ich plötzlich fest, dass ich weniger von ihm weiß, als ich dachte. Das ist so ein unendlich bedrückendes Gefühl. Irgendwie fühle ich mich im Moment total verloren.«

»Natürlich hab ich keine Erfahrung in Sachen Ehe. Aber manchmal machen Menschen Fehler, die nicht vorhersehbar sind.« Ella strich Leonie tröstend übers Haar. »In deiner Situation würde ich vermutlich den Kopf zwischen zwei Kissen stecken. Aber vergiss nicht, du bist nicht allein, du hast mich und Silvy. Wir sind für dich da, zu jeder Tages- und Nachtzeit.« Ella legte die Hand auf ihr Herz. »Du kannst dich auf mich verlassen, Leonie, versprochen! Bitte mich um etwas, und ich tu's … Außer darum, in Gedeons Nähe zu kommen. Wenn ich ihm heute über den Weg laufe, gehe ich ihm an die Gurgel.«

Leonie musste wider Willen lachen. »Ach, Ella.« Das Frühstückstablett verschwamm hinter einem Tränenschleier. Leonie sah nur noch eine schemenhafte Welt. »Warum ist das Leben manchmal so schwer?«

»Weil das Leben kein gerader Weg ist und wir nicht um die Ecken blicken können. Wenn ich es mir recht überlege, macht das Leben manchmal nur rückwirkend Sinn. Aber eins ist klar – es ist besser, Bescheid zu wissen, als im Dunkeln zu tappen. Ich weiß zwar nicht, was die Zukunft bringt, aber ich weiß, dass wir auch diese Herausforderung gemeinsam meistern werden. Dazu sind Zwillingsschwestern schließlich da. Wir müssen keinen Tag allein durchs Leben gehen.« Ella legte die Hand auf Leonies Brustkorb. »Wie es da drin aussieht, das zählt jetzt.« Sie deutete auf die Pfannkuchen. »Und iss, bevor dein Frühstück kalt wird.«

»Danke für die Unterstützung, Ella. Und versprochen, ich esse ein paar Bissen.« Leonie schenkte ihr ein zaghaftes Lächeln und widmete sich endlich den Pfannkuchen.

Draußen schlug der Regen leise gegen die Fensterscheiben. Vielleicht half ein Tag ohne Verpflichtungen tatsächlich, der Enttäuschung die Spitze zu nehmen. Ella lenkte sie zumindest ab, doch wenn sie aus der Tür wäre, spränge Leonies Gedankenkarussell vermutlich sofort wieder an. Wie schön wäre es, wenn sie einfach weglaufen und alles vergessen könnte, anstatt die Erlebnisse des gestrigen Tages aus allen Blickrichtungen betrachten und analysieren zu müssen.

Ella gab eine Extraportion Ahornsirup auf einen zweiten Pfannkuchen und biss ab. »Was Gedeon sich geleistet hat, ist keine Kleinigkeit. Du denkst hoffentlich nicht darüber nach, ihm schnellstmöglich zu verzeihen. Wenn du das vorhast, rechne damit, dass ich einschreite.« Sie nahm einen Schluck Tee und sprach weiter. »Am liebsten würde ich ihm meine Meinung geigen. Gedeon hat eine so tolle Frau wie dich doch gar nicht verdient.«

Leonie legte das Besteck beiseite. »Ich war mir so sicher, dass es mit uns klappt. Warum hätte ich ihm nicht vertrauen sollen? Wir waren glücklich … aber jetzt? Eine Beziehung ohne Vertrauen hat doch keine Zukunft.«

»Du solltest nichts überstürzen. Manche Dinge kann man eben nicht mit der Logik lösen. Wenn du so weit bist, wird dir dein Herz den richtigen Weg zeigen.«

»Im Moment fühlt sich einfach alles falsch an, Ella. Vor allem unsere durchgeplante Zukunft, auf die ich so große Stücke gehalten habe.« Leonie aß einen weiteren Bissen und leckte sich die Finger ab.

»Ich stehe hinter dir, egal, wofür du dich entscheidest. Es geht darum, was dich glücklich macht. Ganz egal, was alle anderen darüber denken.«

Ella rollte den nächsten Pfannkuchen zusammen. »Als meine letzte Beziehung in die Brüche ging, hast du mir geraten, beim nächsten Mal genauer hinzuschauen und nichts übers Knie zu brechen. Ich fand das damals, ehrlich gesagt, ziemlich übertrieben, heute sehe ich das anders. Das Gleiche gilt natürlich auch für Gedeon und dich. Nimm dir die Zeit, die du brauchst, und finde dein eigenes Tempo. Jetzt geht es vor allem darum, deinen Schmerz zu verarbeiten. Später schaust du dir an, ob du dazu bereit bist, alles, was du dir mit Gedeon aufgebaut hast, hinzuschmeißen.«

»Wann hat meine übermütige Schwester sich in dieses vernünftige Wesen verwandelt?« Leonie schüttelte lächelnd den Kopf.

»Steter Tropfen höhlt den Stein.« Ella zwinkerte ihr zu.

»Meistens stimmt es ja auch, mit der Zeit lernt man den wahren Charakter eines Menschen kennen«, sagte Leonie. »Aber leider ist es ein Irrglaube, sich in jede Richtung absichern zu können.«

»Großmama hat mal gesagt, das Schicksal weiß schon, was es mit einem vorhat. Erinnerst du dich?« Ellas Hände waren zu ihren Knien gewandert, dort lagen sie, die Handflächen nach oben. »Das bedeutet doch auch, zu lernen, mit den Dingen umzugehen. Kennt man den Charakter eines Menschen je wirklich? Ich meine ganz und gar? Wie weit soll man sich einem anderen wirklich öffnen?«

Leonie wischte sich die Finger an der Serviette ab und warf Ella einen eindringlichen Blick zu.

»Wo du Großmama erwähnst. Ich wüsste wirklich zu gern, was in ihrem Leben vorgefallen ist. Als ich wegen der Chronik bei ihr war, gab es einen Moment, in dem sie eine Andeutung gemacht hat. Angeblich hat sie vor vielen Jahren einen riesigen Fehler begangen. Natürlich hat sie sich gleich wieder zurückgenommen, als ich sie darauf angesprochen habe. Sie meinte, an diesem Teil ihrer Vergangenheit könne sie nichts mehr ändern, deshalb würde sie nicht gern darüber sprechen.«

»Das sehe ich anders«, sagte Ella. »Wenn sie mit uns darüber reden würde, könnten wir ihr vielleicht helfen. Seit Großmama jung war, hat sich die Sicht auf manches verändert. Ich finde es schade, dass sie das mit sich allein ausmacht.«

»Leider können wir ihr nun mal nicht vorschreiben, was sie zu tun und zu lassen hat. Dabei könnte es ihr vielleicht Erleichterung verschaffen, mit uns zu sprechen.«

Seit der Trennung von Michael hatte Leonie Stabilität in ihr Leben zu bringen versucht, indem sie so viel wie möglich vorausplante. Es war die Angst vor Enttäuschung gewesen, die sie dazu bewogen hatte. Aber Enttäuschungen entkam man nicht. Auch nicht, wenn man alles noch so gut durchdachte.

»Ich denke die ganze Zeit darüber nach, ob ich den Mut aufbringe, mit Gedeon zusammenzubleiben. Momentan habe ich keine Antwort darauf. Ich weiß einfach nicht, wie ich mit seinem Seitensprung umgehen soll. Die Vorstellung, ihm in Zukunft ständig irgendwas zu unterstellen, nur weil er mal später nach Hause kommt, erschreckt mich. So will ich nicht sein.«

»Niemand möchte seinen Partner gängeln, aber man will

auch nichts übersehen. Du musst nicht immer wissen, was Gedeon vorhat, aber du musst ihm vertrauen können. Das ist der entscheidende Punkt. Ob du es schaffst, wieder Vertrauen zu ihm aufzubauen, ist der Schlüssel zu der Frage, ob eure Beziehung noch eine Zukunft hat.«

»›Das Leben ist das, was passiert, während wir damit beschäftigt sind, andere Pläne zu machen‹, hab ich mal gelesen«, erwiderte Leonie. »Langsam begreife ich, was damit gemeint ist. Auch wenn es schön ist, sich die Zukunft auszumalen, ist es besser, flexibel zu bleiben. Es verursacht nur Stress, an etwas festzuhalten, das das man gar nicht festhalten kann.«

»Willkommen in meiner Welt, Schwesterherz. Wenn ich zeichne, folgt alles einem Fluss, den ich nicht kontrollieren kann. Sogar, wenn ich eine ganz konkrete Vorstellung von dem habe, was ich aufs Papier bringen möchte, entsteht oft etwas anderes.« Ellas Hände flatterten um sie herum wie aufgeschreckte Vögel. »So ist vieles im Leben. Und manchmal bekommt man sogar unerwartete Geschenke. Eine neue Liebe namens Timo zum Beispiel. Oder das Haus in Porto Rafael.« Sie sah Leonie aufmunternd an. »Wer weiß, wofür dieser dumme Seitensprung gut ist. Und vergiss nicht, nicht immer versteckt sich ein Wolf im Schafspelz, manchmal versteckt sich auch ein Schaf im Wolfspelz.«

Leonie dachte über den Satz nach, während sie den letzten Pfannkuchen aß. Als sie das Tablett beiseiteschob, kam sie auf den Mann zu sprechen, den sie auf dem Friedhof gesehen hatte.

»Ich erinnere mich daran, dass da jemand an uns vorbeigegangen ist«, sagte Ella. »Allerdings nur dunkel.«

»Er heißt Markus Goss und behauptet, Alex gekannt zu haben. Leider hat er mir nicht gesagt, woher.«

»Wieso bist du überhaupt noch mal zum Mausoleum zurückgegangen?«

»Keine Ahnung. War so ein Gefühl … Ich hab ihm meine Visitenkarte gegeben.«

Ella schüttelte den Kopf. »Und jetzt wartest du darauf, dass eben jener Markus Goss sich bei dir meldet?«

»Irgendwie schon«, gab Leonie zu.

»Wenn es wichtig wäre, hätte er längst angerufen. Vielleicht ist er Journalist und will sich nur nicht zu erkennen geben.«

»Und weshalb hat er mir dann seinen Namen genannt und seinen Wohnort? Er lebt in Starnberg … nein, warte, ich glaube, inzwischen wohnt er in München.«

»Hast du ihn schon gegoogelt?«

»Natürlich, aber ich habe nichts rausgefunden. Zumindest nichts von Belang.«

»Mehr kannst du nicht tun. Vergiss die Sache. Ist sicher nicht wichtig.« Ella stand auf, räumte die Teller auf das Tablett und verschwand, um es in die Küche zu tragen.

Im Business-Outfit kam sie kurz darauf noch einmal ins Gästezimmer. »Am besten benutzt du mein Bad. Da steht alles, was du brauchst.«

Leonie begleitete Ella in den Flur, verabschiedete sich von ihr und drückte sie an sich.

»Ich rufe an, falls sich etwas Superwichtiges ergibt. Und du nimmst Kurs auf bessere Zeiten. Versprich mir das.«

»Großes Zwillingsehrenwort.« Leonie öffnete die Tür und winkte Ella nach.

Als sie fort war, überlegte sie einen Moment, was sie als Nächstes tun sollte. Schließlich betrat sie Ellas Bad. Der Raum quoll über von Dingen: Kosmetikartikel aller Art, Schachteln, in denen Ella alles Mögliche aufbewahrte. Leonie sah auf eine ganze Armada an flauschigen Badetüchern, die sich im Regal stapelten, und auf zwei Hocker, die nur darauf warteten, dass man Dinge darauf ablegte.

Sie trat in die Dusche, und während sie die Entspannung zuließ, die das warme Wasser ihr bescherte, war sie für wenige Augenblicke frei von jeder Sorge.

Nachdem sie sich abgetrocknet hatte, schlüpfte sie in den Jogginganzug, den Ella ihr hingelegt hatte, und begann ziellos in der Wohnung herumzuwandern. Ihr war noch nie in dieser Deutlichkeit bewusst geworden, wie sehr sie an der Gemeinschaft hing, die das Goldblütenhaus für sie bedeutete.

In der Küche blieb sie in der Tür stehen. Seit Ella mit Timo zusammen war, erkannte man ihre Küche nicht wieder.

»Es gibt bei mir jetzt lauter Profizeugs, vom sündhaft teuren Messerblock bis zu Gewürzen, von denen noch nie ein Mensch gehört hat.« Ella hatte nicht übertrieben. Leonies Blick glitt über eine neue Küchenmaschine, Vorräte in dekorativen Gläsern, unter anderem mit Kichererbsen und anderen Hülsenfrüchten. Der Messerblock auf der Kochinsel wirkte wie das neue Zentrum des offenen Raums. Die schwarzen Griffe standen wie ein Kunstwerk in die Luft.

Leonie hörte das Zwitschern der Vögel, das durch das geöffnete Fenster drang. Draußen war es beinahe unwirklich schön. Von den Bäumen troff der Regen und versickerte im Gras. Der See war eine grausilberne Fläche, auf der die Tropfen kleine bewegliche Punkte hinterließen.

Sie ging ins Wohnzimmer, machte es sich in der Sofalandschaft bequem und stellte die Musik an. Als *It must have been love* von Roxette erklang, zuckte sie zusammen. Gedeons Lieblingssong. Den hatten sie am Anfang ihrer Beziehung oft gehört. Sie war schon im Begriff, das Radio abzustellen, doch dann hielt sie inne. Sie hatte die letzten Fotos von Michael zerrissen, wollte sie nun mit der Musik, die sie an Gedeon erinnerte, ähnlich vorgehen und die Erinnerung an diese Zeit ebenfalls auslöschen? *Nein, so bin ich nicht*, redete sie sich gut zu.

Sie ließ sich in die Couch sinken, zog die Knie an, legte die

Arme darauf und bettete den Kopf auf ihre verschlungenen Hände. Draußen verblasste das Tageslicht schon am frühen Morgen. Das perfekte Wetter für einen gemütlichen Tag zu Hause.

Während sie noch einmal die Details des vorangegangenen Abends vor ihrem inneren Auge ablaufen ließ, erwachte eine pochende Aufregung in Leonie. Detail für Detail setzte sie in ihrem Kopf die Bausteine des gestrigen Sonntags zusammen, dasselbe machte sie mit ihren Gefühlen … und plötzlich traf sie eine Erkenntnis.

Sie hatte zwar alle Erinnerungsstücke an Michael zerstört und ihrer Großmutter gestanden, dass ein Teil von ihr sich noch immer mit ihm verbunden fühlte, was ihr allerdings erst jetzt klar wurde, war, dass sie Gedeon diesen Teil vorenthalten hatte, ohne sich dessen bewusst gewesen zu sein. Vielleicht hatte er sogar unterschwellig gespürt, dass sie all die Jahre etwas mit sich herumtrug. Leonie stand auf und ging ziellos herum.

»Erst durch den Wechsel von Licht und Schatten siehst du das Licht, spürst die Wärme, wenn du die Schatten hinter dir lässt …«

Die Stimme einer Sängerin, die sie nicht kannte, ging Leonie durch und durch. Sie ließ die Stirn gegen das Wohnzimmerfenster sinken. Da war ein Zögern in ihr, wie ein Stolpern im Kopf. Ihre Selbstbeherrschung, die sie immer als wichtigen Teil ihrer selbst wahrgenommen hatte, begann zu bröckeln.

Der Text des Songs erschütterte sie in ihren Grundfesten. Nur die Schatten zeigten, wie wohltuend es im Licht war, das stimmte. Wann hatte sie sich zuletzt im Licht gefühlt, so frei, als spüre sie nur Helligkeit um sich herum? In ihrem Hals wurde es eng. Leonie räusperte sich. Um das trockene Gefühl loszuwerden, ging sie in die Küche und löffelte Honig direkt aus dem Glas.

Als sie das Glas zurückgestellt hatte, schlich sie in der Küche herum. Sie hörte ihre Füße über den Boden huschen und spürte die Wärme der Bodenheizung angenehm unter ihren Fußsohlen. Sie trat ans Fenster neben dem Kühlschrank und sah auf die Konturen der Berge. Im stärker werdenden Schneeregen schienen sie sich zu verstecken und wieder hervorzukommen, bis sie hinter grauen Schemen verschwanden.

Sie ging zu der Treppe, die den Übergang zwischen Küche und Wohnzimmer bildete, und setzte sich auf die unterste Stufe. Bilder aus der Zeit mit Michael bedrängten sie. Schon damals war sie ernsthaft gewesen, doch es hatte diese Lebenslust in ihr gegeben, die sie nach der Trennung verloren hatte.

Leonie spürte Nässe auf ihren Wangen. Die Tränen spülten den Schmerz aus ihr heraus. Sie schnupfte in ein Taschentuch, zerknüllte es und warf es auf den Boden. Gedeons Vertrauensbruch schmerzte, aber der Verlust dieses Teils ihrer Lebensfreude schmerzte noch mehr. Schon vor Jahren war dieser Teil von ihr zu einer kümmerlichen Pflanze verkommen, und jetzt begriff sie, dass sie diese Pflanze hatte verdorren lassen. Verlässlichkeit, Forscherdrang und Gewissenhaftigkeit gut und schön, doch es war ihre Unbekümmertheit gewesen, die einen Großteil ihres Wesens ausgemacht hatte.

Die Nässe lief weiter in dünnen Rinnsalen an den Scheiben hinab, und während Leonie dem Schneeregen mit den Augen folgte, gestand sie sich schmerzlich ein, schon lange nicht mehr frei zu sein.

20.

Hedi rückte näher an die Wärme des Heizkörpers und sah auf die Wand gegenüber. Von dort lächelte ihr Alfons entgegen. Das Foto gehörte zu ihren liebsten Erinnerungsstücken an ihn. Wenn sie morgens in die Küche kam, um das Frühstück zuzubereiten, warf sie jedes Mal einen Blick darauf und erzählte Alfons von ihren Erlebnissen. Es war ein Teil ihrer täglichen Routine und gab ihr das Gefühl, ihn immer noch in ihrem Leben zu haben.

»Heute habe ich wieder ein Interview mit Nicole.« Hedi trank ihren Tee aus und aß den letzten Bissen ihres Marmeladenbrots. »Du weißt ja, dass ich anfangs Bedenken hatte, sogar große …« Sie tupfte sich mit der Serviette den Mund ab und stand auf, um das benutzte Geschirr in die Spüle zu stellen. »Aber bisher ist es erstaunlich gut gelaufen.«

Angenehm warmes Wasser lief über ihre Hände. Hedi bearbeitete Teller und Tasse mit dem Schwamm, stellte das Geschirr an seinen Platz und ging zu dem Silberrahmen. Bedächtig legte sie ihre Hand neben Alfons' Augen.

»Es kommt nichts zur Sprache, womit du nicht einverstanden wärst. Du kannst dich auf mich verlassen«, versprach sie. Sie zeichnete Alfons' Wange mit dem Zeigefinger nach, verharrte dort einen Moment, dann wandte sie sich ab und verließ die Küche.

Ihr Mann hatte es verdient, dass man sich gut an ihn erinnerte. Sich selbst und auch ihm zu vergeben war ihr erst gelungen, nachdem er bereits viele Jahre tot war. Dieses Loslassen empfand sie als die größte Leistung ihres Lebens, ihren wichtigsten Schritt und als eine riesige Befreiung. Weder Annalena noch Alex, Leonie oder Ella hatte sie je Einblick in das dunkelste Kapitel ihres Lebens gegeben, und auch in der Chronik würde man nichts darüber lesen. Es ging schließlich nicht nur um sie, es ging vor allem um Alfons und um das Bild, das die Familie und die Öffentlichkeit von ihm hatte.

Doch in letzter Zeit sah Leonie sie immer öfter mit diesem forschenden Blick an. Wahrscheinlich war es ihr großmütterlicher Beschützerinstinkt, der sie davon abhielt, vor ihren Enkeltöchtern ihr Leben offenzulegen. Jeder Mensch beging Fehler, aber nur wenige taten, was Alfons und sie getan hatten …

Hedi ging in den Vorraum, griff nach Mütze und Schal, stellte die gefütterten Stiefel zurecht und überlegte, welchen Mantel sie anziehen sollte.

Seit Nicole Marquart in ihr Leben getreten war, war die Hoffnung, ihre Geschichte doch noch zu einem würdigen Ende zu bringen, wieder als kleiner Funken aufgeflammt. Mit den Jahren war diese Hoffnung so schwach geworden, dass sie sie irgendwann begraben hatte. An deren Stelle war Akzeptanz getreten, aber man klammerte sich schnell wieder an ein Stückchen Hoffnung, wie klein es auch sein mochte.

Hedi griff nach den Handschuhen und steckte sie in die Manteltasche, gleichzeitig horchte sie auf Schritte im Treppenhaus. Wenn ihre Pflegerin die Wohnung betrat, erkundigte sie sich immer danach, was sie vorhatte, wohl wissend, dass sie ihre vier Wände nur noch verließ, wenn sie zum Zahnarzt oder zur Pediküre musste oder zu einem ihrer seltenen Besuche in die nähere Umgebung aufbrach.

Wenn das letzte Interview mit Nicole hinter ihr läge, wäre ihre Welt wieder so klein und überschaubar wie zuvor.

Hedi hörte den Schlüssel im Zylinder. Rasch legte sie sich den Mantel über den Arm.

Die Tür öffnete sich. »Frau Glanz! Was machen Sie denn im Flur?« Die Pflegerin trat ein und setzte an, die Knöpfe ihres Mantels zu öffnen, doch Hedis Blick ließ sie innehalten.

»Den können Sie anlassen. Ich habe einen Auswärtstermin.«

»Davon haben Sie gestern gar nichts gesagt. Wo wollen Sie denn hin?«

»Zur Seepromenade in Bad Wiessee. Ich habe den Termin spontan vereinbart.«

»Bei dem Wetter? Es ist ziemlich frostig draußen.«

»Kälte hat mich noch nie abgeschreckt. Außerdem scheint die Sonne.« Hedi deutete auf den Mantel. »Wären Sie so lieb?«

Die Pflegerin nahm ihr den Mantel ab und half beim Anziehen. Hedi zog sich die Mütze über die Ohren, schlang sich den Schal um den Hals und griff nach ihrem Stock. Dann stieg sie an der Seite der Pflegerin in den Aufzug.

Sie freute sich auf das Wiedersehen mit Nicole Marquart. Die junge Frau hatte ein Gespür für Menschen. Sie verstand es, jeden auf positive Art zu lenken, doch sie stellte auch geschickte Fragen, was sogar Hedi dazu verleitete, mehr preiszugeben, als sie wollte. Davor musste sie sich in Acht nehmen.

Sie traten aus dem Haus und steuerten den grauen Golf der Pflegerin an. »Hat Ihr Mann in jungen Jahren nicht in einer Apotheke in Bad Wiessee gearbeitet?«, fragte die Pflegerin, als sie einstiegen.

»Das hat er. Allerdings wollte er nach dem Krieg erst mal möglichst weit weg. Das war auch der Grund, weshalb mein Mann nur mit einem Koffer und seinen Ideen nach Südfrankreich durchgebrannt ist.«

»Das klingt ja geradezu abenteuerlich. Und das in diesen schwierigen Zeiten.« Die Pflegerin startete den Wagen und fuhr los.

»Das war es auch. Alfons ist zum Abenteuer seines Lebens

aufgebrochen, auch wenn er das damals vermutlich nicht wusste. In der Provence hat er den Grundstein der Glanz AG gelegt.«

»Wenn Sie erzählen, Frau Glanz, lausche ich immer mit großem Interesse. Und wenn ich abends heimkomme, bombardiere ich meinen Mann mit dem, was ich von Ihnen erfahren habe. Er verdreht jedes Mal die Augen, hört aber trotzdem gespannt zu.«

Hedi lächelte gerührt. »Danke, Sie sind zu freundlich. Ihr Mann scheint sehr nett zu sein.«

Hedi sah nach draußen, wo Bäume, Häuser und Menschen an ihr vorbeihuschten. Erst unlängst hatte sie Fotos aus dem Firmenarchiv gesehen, die ihr ewig nicht mehr untergekommen waren. Leonie hatte Nicole alle möglichen Fotos zur Verfügung gestellt. Darunter waren auch Schnappschüsse von Mitarbeitern, die bereits seit Jahrzehnten bei Glanz arbeiteten.

Die Fahrt verging wie im Flug, es gab genug zu sehen und nachzudenken, und ehe sie sich's versahen, suchten sie in Bad Wiessee nach einem Parkplatz. Nachdem die Pflegerin den Wagen geparkt hatte, half sie Hedi hinaus. An ihrer Seite folgte sie dem Weg die Promenade hinunter. Sie wichen einer Gruppe Frauen aus, dann blieb Hedi bei den Bänken am See stehen. »Hier wären wir«, sagte sie. »Was halten Sie davon, wenn Sie eine Runde spazieren gehen oder sich in ein Café setzen? Und in einer Stunde treffen wir uns hier wieder.«

»Gern. Ich bin pünktlich zurück, Frau Glanz«, versprach die Pflegerin. »Rufen Sie an, wenn Sie mich brauchen. Ihr Handy haben Sie dabei?«

Hedi deutete auf ihre Tasche. »Ja. Machen Sie sich keine Gedanken. Mir geht es gut.«

Hedi sah, wie die Pflegerin davonging, nahm auf der Bank Platz, legte den Stock zwischen die Beine und die Hände auf den Knauf. Es war bitterkalt, doch es bliebe trocken, und mit ihrem warmen Mantel, der Mütze und den gefütterten Stiefeln würde sie es eine Weile draußen aushalten.

Sie ließ ihren Blick über den See schweifen und dachte an die Spaziergänge über die Promenade bis nach Rottach-Egern. Früher war sie oft mit Annalena an der Hand hier entlanggeschlendert oder hatte mit Gerda am Wasser gesessen und der Freundin ihr Leid geklagt, nicht wieder schwanger zu werden. Alfons hatte gern davon gesprochen, sein Lebenswerk später an seine Kinder weitergeben zu wollen. Für ihn war es wie ein Schlag in die Magengrube, mit nur einem Kind vorliebnehmen zu müssen, und je länger ihre Unfruchtbarkeit andauerte, desto seltener hatte er danach gefragt, wie es ihr damit ging. Vielleicht stand ihr die Antwort auch ins Gesicht geschrieben. Keine weiteren Kinder bekommen zu können war wie eine Strafe, und mehr als einmal hatte Hedi sich vor Augen geführt, dass niemand sich am Leben versündigte, ohne früher oder später die Rechnung dafür präsentiert zu bekommen.

Hedi legte den Kopf in den Nacken und sah hinauf zum Himmel, dann beobachtete sie die vorbeieilenden Menschen. Sie hetzten, telefonierten oder tippten in ihre Handys. Kaum jemand, der nichts mit seinen Händen anstellte oder Stöpsel in den Ohren stecken hatte. Niemand hielt je inne. So war es auch ihr einst ergangen. Sie hatte unermüdlich gearbeitet, um ihren Schmerz zu betäuben.

Hedi suchte in ihrer Tasche nach dem Schnellhefter. Leonie hatte ihr die ersten Probekapitel vorbeigebracht. Sie hatte den Text aufmerksam gelesen und war berührt von Nicoles offenem Blick auf die Frauen der Familie. Sie überlegte, wie viel vom Rest ihrer Geschichte sie Nicole anvertrauen sollte. Über das meiste hatten sie bereits gesprochen, und auch die letzten Themen hatte Hedi sich im Kopf bereits zurechtgelegt, doch nun zögerte sie.

Sicher schadete es nicht, zuzugeben, wie schlecht sie sich

nach Annalenas Geburt gefühlt hatte. Dieser kleine Einblick gäbe ihrer Figur die Ecken und Kanten. Das Dunkle, das jeder Mensch für sich behielt, wollte Nicole unbedingt herausarbeiten, weil dem Text sonst Wahrhaftigkeit fehlte. Aber was auch immer Hedi preisgäbe, das Wichtigste würde sie Nicole vorenthalten.

Hedi schob den Schnellhefter zurück in die Tasche und legte die Hände darauf. Ein Teil der Briefe befand sich im Seitenfach. Sie hatte sie eingesteckt, ohne zu wissen, weshalb sie dieses Stück Vergangenheit mit sich herumtragen wollte. Sie verdrängte nichts, wusste, was sie getan hatte. Wusste, wer sie – Hedi Glanz – in Wahrheit war.

Als ihre Probleme anfingen, hatte Gerda sich keinen Reim darauf machen können, weshalb es ihr immer schlechter ging. Hätte sie ihr damals nur einen der Briefe gezeigt, hätte Gerda verstanden, woher ihre Traurigkeit kam. Doch die Scham hatte sie davon abgehalten, ihrer Freundin diesen Einblick zu gewähren.

Aus dem Augenwinkel nahm Hedi eine Bewegung wahr, hörte Schritte näher kommen und drehte den Kopf.

»Hier sind Sie.« Nicole blieb vor ihr stehen und sah von oben auf sie herab. Wie immer erstrahlte dieses gewinnende Lächeln in ihrem hübschen Gesicht. »Ich dachte, Sie säßen ganz vorn.«

»Fußfrei, mit Ausblick auf das Treiben. Das reicht mir vollkommen.« Hedi deutete neben sich. »Gesellen Sie sich zu mir.«

Nicole setzte sich.

»Übrigens sehen Sie aus, als wollten Sie zu einer Expedition in die Arktis aufbrechen«, bemerkte Hedi amüsiert.

Nicole war in einen riesigen Schal gemummelt, der ihr halbes Gesicht hinter einem Wollberg verbarg, ihre Hände steckten in gestrickten Fäustlingen, der Rest ihres Körpers versank in einem Daunenmantel und Winterstiefeln.

Nicole deutete auf Hedis gefütterte Stiefel. »Sie auch. Scheint, als hätten wir uns abgesprochen.« Sie lachten.

Nicole holte das Aufnahmegerät aus der Tasche und legte es auf ihren Schoß. »Wollen wir hierbleiben?«

Hedi atmete tief die klare Winterluft ein. »Warum nicht? Wenn es Ihnen nicht zu kalt ist?«

»Nein, nein, es geht schon«, versicherte Nicole.

Hedi sah, wie eine Frau das zarte Gesicht eines kleinen Mädchens sorgfältig mit Sonnencreme einschmierte. »Wussten Sie eigentlich, dass es die erste dokumentierte Verwendung von Sonnenschutzmitteln 1928 in den Vereinigten Staaten gab?«, fragte sie plötzlich.

»Nein«, entgegnete Nicole.

»Bei uns hat es noch ein Weilchen gedauert, bis das Thema Sonnenschutz in den Fokus rückte«, fuhr Hedi fort. »Im Jahr 1938 zog sich ein österreichischer Chemiestudent beim Besteigen des Piz Buin einen schlimmen Sonnenbrand zu. Daraufhin entwickelte er in einem kleinen Labor im Haus seiner Eltern eine Sonnencreme, und als dann 1946 der Bikini vorgestellt wurde, zeigten die Frauen viel mehr Haut … Damals war Sonnenschutz vergleichsweise teuer, deshalb trugen die Leute die kostbare Creme zu dünn auf. Dass es viele Hautschäden gab, können Sie sich sicher vorstellen. Der Lichtschutzfaktor wurde übrigens erst Anfang der 1960er-Jahre eingeführt, wirklich durchgesetzt hat sich der Begriff aber erst 1966. Wir waren eines der ersten Unternehmen, die sich mit dem Thema beschäftigt haben.« Hedi schüttelte den Kopf. »Damals hat das kein Mensch ernst genommen. Alfons allerdings schon. Und ich auch.«

»Sie sind ein wandelndes Lexikon, Frau Glanz. Ich könnte Ihnen ewig zuhören.«

»Ich habe Ihnen noch nicht alles erzählt … über mich, meine ich«, sagte Hedi ohne Übergang.

Wie immer lagen Aufmerksamkeit, Konzentration und auch Wachsamkeit in Nicoles Blick, außerdem eine Spur Neugier, die sie geschickt zu verstecken suchte, aber Hedi ließ sich nichts vormachen.

Nicole zog ihre Finger aus den Handschuhen. »Sich anderen zu öffnen, ist nicht immer leicht, erst recht nicht, wenn es um komplizierte Dinge geht«, erwiderte sie. Ihre Nägel waren rot lackiert, was auf ihrer milchkaffeebraunen Haut wunderbar aussah, fand Hedi.

»Da sagen Sie etwas Wahres«, sagte Hedi. »Sie haben mich bisher noch nicht gefragt, welcher Typ Mensch ich bin.«

Nicole drehte den Kopf in ihre Richtung. »Ich nehme an, Sie spielen darauf an, dass Sie Ihr Herz doch noch freilegen? Dass Sie der Typ Frau sind, der am Schluss erkennt, dass Ihre Geschichte die Wahrheit verdient hat …«

Hedi sah aufs Wasser und schwieg.

»Wenn Sie mir erzählen möchten, was Ihnen passiert ist, Frau Glanz, werde ich Ihre Erlebnisse und Ihren Schmerz mit allem Respekt und allem Vertrauen in der Chronik behandeln, die sie verdienen. Aber ich will Sie zu nichts zwingen. Sie müssen nichts erzählen, was Sie nicht erzählen wollen.«

Hedi versuchte zu schlucken, doch es gelang ihr nicht.

»Man handelt mitunter gegen sich selbst und auch gegen die, die man liebt … und billigt dieses Handeln sogar. Sozusagen wider besseres Wissen«, gestand sie nach einer Weile.

»Wir machen alle Fehler, aber wenn wir klug sind, bemühen wir uns, dieselben Fehler nicht zu wiederholen. Manchmal korrigieren wir sogar alte. Es ist nie zu spät.«

Es war tröstlich, in Gesellschaft der jungen Journalistin zu sein. Sie klang so zuversichtlich, und ihre Worte legten sich wie ein Hauch warme Luft um Hedis Körper. »Glauben Sie wirklich daran, dass es nie zu spät ist?«, fragte Hedi.

»Sonst würde ich es nicht sagen.«

Hedi dachte an die dunklen Flecken auf ihrer Seele, daran,

wie oft sie tadelnd und prüfend mit sich selbst ins Gericht gegangen war.

»Also gut«, sagte sie, als sie wieder in der Lage war zu sprechen. »Ich erzähle Ihnen von den ersten Jahren mit Annalena. Damals spielte sich das Drama in meinem Inneren ab.«

DAS TREFFEN

Verletzlichkeit ist nur einen kleinen Schritt von wahrer Menschlichkeit entfernt.

21.

Tegernsee, 1959

»Annie!« Alfons' tiefes Lachen flog durch den Garten. »Komm, wir spielen Flugzeug.«

Annalena, die im Sandkasten saß, fuhr herum. Mit großen Augen sah sie zu ihrem Vater hinüber. »Pap«, rief sie.

Ihr Blick, der bisher konzentriert auf die Förmchen im Sand gerichtet gewesen war, lag nun auf Alfons. Dieser tat, als wäre er ein Flugzeug, das jeden Moment abheben würde. Von seinem Getue angestachelt, ließ Annalena die Schaufel, die sie fest in der Hand hielt, achtlos fallen, krabbelte aus dem Sandkasten und wackelte auf ihren Vater zu.

Alfons ging in die Hocke, um auf gleicher Höhe mit seiner Tochter zu sein.

»Ein paar Schritte noch, dann hast du es geschafft«, lockte er, während Annalena ungelenk auf ihn zusteuerte. Sie stolperte, fing sich wieder und fiel endlich mit einem genüsslichen Quietschlaut in seine Arme.

»Pap, Papap …« Sie warf ihre kleinen Hände hoch in die Luft, verfing sich mit den Fingern in seinen Haaren. »Pap, Pap, Papapap …«, schrie sie vergnügt.

Alfons umfing seine Tochter, hob sie hoch und begann in Schlangenlinien mit ihr durch den Garten zu laufen. Dabei machte er Töne, als wäre er der Motor des Flugzeugs.

Annalena juchzte und schrie aus Leibeskräften. Laute, die von so viel Lebensfreude zeugten, dass Hedi ganz warm ums Herz wurde.

Sie lehnte am Pfosten der Pergola und wurde Zeugin des Spiels zwischen Vater und Tochter. Die Freude in Alfons' Gesicht war unübersehbar. Er war so stolz auf seine Tochter; alles, was sie dazulernte, entlockte ihm ein Strahlen. Seit Kurzem konnte Annalena laufen. Wie ein Wirbelwind sauste sie seitdem herum, plumpste manchmal auf den Boden, rappelte sich meist aber sofort wieder auf, um weiterzulaufen. Jeden Morgen gab es etwas Neues, das sie entdeckte. Und Hedi entdeckte es mit Annalena gemeinsam. Sie freute sich, dass ihre Tochter sich so gut entwickelte, denn sie war nicht nur Alfons' ganzer Stolz, sondern auch ihrer.

Hedi trat einen Schritt aus der Pergola. Der abfallende Weg, über den Alfons mit Annalena gelaufen kam, gabelte sich, ein Pfad führte zum Haus, der andere zum Gartenhaus mit der zweiten, überdachten Terrasse und ein dritter zum Ufer.

»Soll ich den Kuchen holen? Was meint ihr?«, rief sie Alfons und Annalena zu.

Alfons drehte sich mit Annalena auf dem Arm zu ihr um. »Soll Mami den Kuchen holen?«, wiederholte er und sah Annalena dabei aufmunternd an. Das Kind strahlte ihn an. »Ja, hol ihn, wir haben mächtig Hunger«, brummte er in Hedis Richtung und trug Annalena weiter hoch über dem Boden durch den Garten. Eine Reise, die noch nicht zu Ende war, weil Annalena weiterspielen wollte und Alfons ihr jeden Wunsch erfüllte.

Hedi ging ins Haus. In der Küche standen der Napfkuchen mit Schokoladenüberzug, das Fläschchen für Annalena, die geschlagene Sahne und das Milchkännchen. Mit wenigen Handgriffen setzte sie Wasser auf, gab den Filter in den Aufsatz der Kaffeekanne und löffelte Kaffeepulver hinein. Als der Kessel pfiff, goss sie auf und wartete, bis der Kaffee durchgelaufen war, dann stellte sie Tassen und Teller auf das Tablett und holte das Besteck aus der Schublade.

Aus dem Garten erklang ein Ruf: »Hedi! Mami!« Alfons rief auch in Annalenas Namen. »Wir haben eine Überraschung für dich!«

Hedi wandte sich zur Terrassentür und sah, wie Alfons und Annalena die Köpfe zusammensteckten. »Ich komme gleich!«, antwortete sie, ging in den Garten und stellte das Tablett ab.

Ihr Blick fiel auf Annalena, die ihr einige zerquetschte Gänseblümchen entgegenhielt.

Alfons schaute auf seine Tochter, dann auf seine Frau. »Weil wir dich so lieb haben«, sagte er, strich Hedi über die Wange und ließ seine Hand einen Augenblick dort verweilen.

Hedi nahm die Gänseblümchen und drückte Annalena einen innigen Kuss auf die Stirn. Gerührt beobachtete sie, wie ihre Tochter ihre Händchen bereits nach dem Kuchen auf dem Tablett ausstreckte, dabei brabbelte und quietschte sie, dass es eine Freude war.

»Gleich bekommst du etwas. Noch ein wenig Geduld«, sagte Hedi und ließ sich von Alfons beim Decken helfen. Annalena würde mit klebrigen Fingern kleine Kuchenstücke verspeisen, und Alfons würde sie auch dafür anhimmeln. Als alles auf dem Tisch stand, goss Hedi Kaffee in die Tassen und reichte Alfons das Milchkännchen.

»Dieses Kind ist ein Sonnenschein.« Alfons goss Milch in seinen Kaffee. »Ich wage mir überhaupt nicht vorzustellen, wie ihr Bruder oder ihre Schwester sein werden … Hörst du, Annie, du bekommst ein Geschwisterchen. Sicher dauert es nicht mehr lange, dann hast du jemanden zum Spielen. Dann fliegen wir zu dritt.«

Hedi löffelte Zucker in ihre Tasse und rührte um. Trotz der Süße schmeckte der Kaffee heute nicht wie sonst, wenn er sich geschmeidig an ihren Gaumen legte und sie an Berlin zurückdachte, als Kaffee ein ungeahnter Luxus gewesen war, den sie sich kaum je erfüllen konnte ... und den sie jetzt jeden Tag genoss.

»Haben wir Wasser?«, fragte Alfons.

»Ach, das habe ich vergessen. Entschuldige.« Hedi stützte sich auf die Stuhllehne und erhob sich.

»Bleib sitzen, ich mach das schon.« Alfons war im Begriff aufzustehen, doch Hedi legte ihm die Hand auf die Schulter und gab ihm einen raschen Kuss.

»Kümmere dich um Annie. Ich bin sofort wieder da.« Sie ging zurück ins Haus, drehte das Wasser am Spülbecken auf und füllte eine Karaffe. Damit und mit zwei Gläsern kehrte sie zurück in den Garten und schenkte erst Alfons, dann sich selbst ein.

Alfons hatte bereits den ganzen Vormittag mit Annalena verbracht und würde auch am Nachmittag zu Hause sein. Beruflich war er sehr eingespannt, aber das hinderte ihn nicht, sich so viel Zeit wie möglich für die Familie zu nehmen. Gleich nach dem Aufstehen hatten sie alle gemeinsam Fangen gespielt, dann hatten sie sich gegenseitig durchgekitzelt, bis sie vor lauter Lachen kaum noch Luft bekamen, später hatten sie die Stockenten vom Ufer aus beobachtet. Jeden Tag erkundete Annalena den Garten, als kenne sie ihn nicht schon in- und auswendig. Sie liebte es, den Schmetterlingen nachzusehen, wenn sie ihre Flügel ausbreiteten, war fasziniert von den Junikäfern und den farbenfrohen Blumen und steckte regelmäßig ihre kleine Nase in die Blüten.

Hedi liebte diese ungezähmte Entdeckungslust. Wenn sie Annalenas Schritte in die Welt beobachtete, war auch sie frei. Während sie trank, beobachtete sie, wie Alfons Annalena mit kleinen Kuchenstücken fütterte. Der Mund ihrer Tochter war bis zu den Wangen verschmiert, doch ihre Augen leuchteten.

Als es kühl wurde, gingen sie ins Haus, und am Abend kuschelte Annalena sich seelenruhig auf dem Sofa zusammen und wartete geduldig, bis Hedi mit der Gutenachtgeschichte begann.

»Im Land der sieben Träume lebt eine kleine Maus namens Bella. Bella ist zwar nicht besonders groß, aber sie hat ein Herz aus Gold.« Hedi deutete auf Annalenas Herz. »Jeden Morgen steht Bella auf und besucht ihre Freunde im Wald. Zuerst schaut sie bei den Rehen vorbei, die auf der Lichtung den Morgen begrüßen. Dann macht sie sich auf den Weg zum Bienenstock neben der großen Wiese. ›Summ, summ, summ, Bienchen summ herum‹, erklang die Melodie der Feen des Waldes.«

Annalena robbte zu Hedi hinüber und kroch auf ihren Schoß. »Aua, Bie, Bie!« Aufgeregt wedelte sie mit ihrer kleinen Hand.

Hedi nahm das Händchen und küsste es zweimal sanft. »Ja, Annie, manchmal können Bienen auch stechen. Aber sie meinen es nicht böse.«

Annalena war am Tag zuvor mit vom Weinen nassen Wangen in Hedis Arme gelaufen. Ihre Neugier hatte ihr einen Bienenstich beschert, eine Erfahrung, die neu für sie war. Alfons war sofort zur Stelle gewesen und hatte gewusst, was zu tun war. Er hatte die Blüte einer Ringelblume gesäubert und mit dieser sacht über die Einstichstelle gerieben.

»Siehst du, Annie, die Natur gibt uns alles, was wir brauchen«, hatte er ihr gut zugeredet, als die Tränen versiegt waren.

Hedi klappte das Buch zu und betrachtete ihre Tochter. Annalena war in ihren Armen eingeschlafen. Wie friedlich sie aussah. Sie küsste sie auf die Stirn, trug sie ins Kinderzimmer und legte sie behutsam ins Gitterbett.

»Gute Nacht, Annie. Träum was Schönes.« Hedi trat leise aus dem Zimmer, ließ die Tür einen Spalt offen und ging zurück ins Wohnzimmer. Alfons war noch einmal in die Firma gefahren, sie hatte den Abend für sich. Sie ließ sich in die Couch sinken, legte den Kopf in den Nacken und sah an die Decke. Wie so oft, flogen ihre Gedanken davon, wie Vögel …

Als die Ärztin ihr die Schwangerschaft bestätigt hatte, hatte sie vor Erleichterung die Luft angehalten. Es war, als wäre sie von einem Gericht freigesprochen worden. Ihre innere Not, die sich in diesem Moment auflöste, war so groß gewesen, dass sie über eine Stunde geweint hatte.

Alfons hatte sie während der Schwangerschaft auf Händen getragen. Ständig nahm er ihr etwas ab und ermunterte sie, sich ein neues Kleid zu kaufen oder endlich eine Haushaltshilfe zu engagieren. »Ich kenne dich, du siehst ständig irgendwo etwas, das zu tun ist. Lass dir helfen.«

Sie hatte versprochen, nichts zu tun, was dem ungeborenen Kind schaden könnte, hatte die Monate bis zur Geburt wie eine Made im Speck gelebt, betüdelt, bedient und umsorgt.

Nach Annalenas Geburt hatte sie sich rasch erholt und konnte das Krankenhaus früh verlassen. Alfons empfing sie mit einem riesigen Blumenstrauß und einem beglückten Lächeln, das sie nie vergessen würde.

In ihrer Abwesenheit hatte er das Kinderzimmer rosafarben gestrichen. Ein Teddy saß neben der winzigen Decke und erwartete das Neugeborene in der Wiege.

Sie führte ein Leben, das jede Frau sich nur erträumen konnte, aber obwohl zu Hause alles seinen Gang ging, fühlte Hedi sich von Woche zu Woche schlechter, zwiegespalten. Das Baby gedieh – Annalena nahm stetig zu und lag friedlich im Wagen, wenn sie mit ihr in der Sonne spazieren ging –, sie selbst jedoch wurde immer schmaler. Ihr Kopf schmerzte, während sie stillte, Windeln wechselte, räumte und sich ohne Unterlass um ihr Töchterchen kümmerte. Sie fühlte sich ausgezehrt, durcheinander, leer.

Die Monate zogen ins Land, und eines Tages fing sie mit dem Schreiben an. Erst waren es nur Stichworte, kleine Momentaufnahmen des Tages. Dann wurden es ganze Seiten, schließlich Briefe. Inzwischen gab es fünf davon. Sie lagen in der Vorratskammer, hinter dem Zucker.

Hedi riss sich aus ihren Gedanken, verließ das Wohnzimmer und ging in Alfons' Arbeitszimmer. Dort setzte sie sich in den bequemen Bürostuhl, nahm sich ein Blatt und fing an zu schreiben.

… die Sonne schenkt uns die letzten Strahlen des Tages, und der See funkelt in einem Blau, dass es beinahe wehtut, so schön. Wir haben den Tag im Garten verbracht. Sonntag. Zeit für die Familie. Das sind die schlimmsten Tage, an denen das Dunkel sich über mich legt und mir die Luft zum Atmen nimmt …

Hedi starrte auf das Telefon neben Alfons' Nachschlagewerken. Wie sehr wünschte sie sich, endlich den Mut aufzubringen und Gerda anzurufen. Die Freundin hatte inzwischen selbst Kinder, zwei Jungen und ein Mädchen, war immer dabei, etwas zu regeln, stand nie still. Aber im Gegensatz zu ihr war Gerda glücklich. Ihre Ehe bot Konflikte, doch die löste sie mit Heinz gemeinsam, als wären jeder Streitpunkt und jede Sorge nur Kleinigkeiten.

Alfons beschwor nur selten einen Konflikt herauf. Er war stets guter Laune, großzügig und hilfsbereit. Nur einmal hatte er sie enttäuscht, aber darüber sprachen sie nicht, das war ihre stille Übereinkunft. Daran musste sie sich halten, denn täte sie es nicht, würde alles zusammenbrechen. Seit ihre Tochter auf der Welt war, hielt Alfons sie zudem von der Firma fern.

»Hedi hat ein Händchen für Werbung und Menschen«, erklärte er jedem, der es hören wollte.

Doch die Zeiten, in denen sie sich mit ihren außergewöhnlichen Ideen eingebracht hatte, schienen vorbei, zumindest vorläufig. Alfons war es lieber, wenn sie sich um Annalena kümmerte.

Frau Melchior, ihre Haushaltshilfe, war für das Haus und das Auf- und Abtragen des Essens zuständig, ein Gärtner für die Pflege der Außenanlage. Und während Alfons jeden Tag in die

Firma fuhr, um sie weiter aufzubauen, bestand Hedis Aufgabe lediglich darin, ein Auge auf Frau Melchior und den Gärtner zu haben und dafür Sorge zu tragen, dass es Annalena an nichts fehlte. Sie wäre glücklich gewesen, hätte es jenen unheilvollen Tag nicht gegeben.

Es war einige Jahre her, da hatte ein Gespräch ihr Leben auf den Kopf gestellt. Alfons und sie waren erst seit Kurzem verheiratet gewesen. Und als sie an jenem Morgen aufgestanden war und aus dem Fenster geblickt hatte, war ihr der Tag so schön wie die Tage zuvor erschienen. Ihr Magen hatte geknurrt. Sie war in die Küche gelaufen, hatte rasch eine Tasse Kaffee getrunken und ein Honigbrot gegessen. Lachend hatte sie sich die vom Honig klebrigen Finger abgeleckt und war zurück ins Schlafzimmer gegangen, um sich anzukleiden. Und als Alfons abends nach Hause kam und sich zu ihr setzte, hatte sie nicht glauben können, was er ihr vorschlug. Sie hatte sofort gewusst, dass nach diesem Gespräch nichts mehr sein würde wie zuvor. Alfons' Worte hatten sich wie eine schwere Decke über sie gelegt, unter der sie kaum noch Luft bekam. Alfons selbst hatte diese Decke unter ihr festgesteckt, wie man ein Laken unter die Matratze schiebt.

Hedi dachte an diesen Tag und verspürte einen Würgereiz. Sie kämpfte heftig dagegen an … und gewann. Mit all ihrer Kraft verdrängte sie die schreckliche Erinnerung und sah auf das Blatt Papier vor sich auf dem Schreibtisch.

Dieser Sonntag hätte schöner nicht sein können, aber angesichts dessen, was damals passiert war, fühlte sie sich miserabel. Was war sie nur für ein Mensch? Was für eine Ehefrau und Mutter? Wie hatte sie Alfons Vorschlag nur zustimmen können?

Am Nachmittag waren Alfons und sie, während Frau Melchior auf Annalena aufgepasst hatte, hinaus auf den See gerudert. Sie waren schon etwas vom Ufer entfernt, als Alfons die Ruder einzog, nach ihren Händen griff und sie liebevoll küsste.

»Du bist so schön, Hedi. Die schönste Frau, die ich je gesehen habe. Und die Verführerischste dazu. Das Muttersein steht dir. Ich wünsche mir, dass Annie bald ein Geschwisterchen bekommt. Jetzt, wo uns das Glück hold ist, sollten wir keine Zeit verlieren …«

Seine Zuversicht fühlte sich erdrückend an. Er meinte es gut, und sie wollten grundsätzlich dasselbe, doch die Vergangenheit holte Hedi immer wieder ein und begrub ihr Glück unter sich.

Es war die Last, damals Ja zu seiner Bitte gesagt zu haben, die sie von Alfons entfernte. Er hatte sehr kluge Argumente vorgebracht, schließlich hatte sie sich gefügt und ihm nachgegeben. Erst nachdem etwas Zeit vergangen war, war ihr klar geworden, wie groß die Schuld war, die sie auf sich geladen hatte. Seitdem war sie fahrig, unkonzentriert und traurig, nur noch sie selbst, wenn sie sich zusammenriss.

Alfons bemerkte bis heute nichts von ihrem Gemütszustand, aber es würde sicher nicht mehr lange dauern, bis ihre Kraft aufgebraucht wäre und sie ihm sagen müsste, was ihr auf der Seele lag. Vielleicht verstand er sie ja und machte rückgängig, was er damals in die Wege geleitet hatte. Vielleicht würde alles wieder gut …

Hedi schob den Stuhl zurück, trat ans Fenster und sah aufs Wasser. Sie sah die Bojen und die Häuser am anderen Ufer, die in der Abendsonne lagen.

»Du bist im Paradies, Hedi. Du hast so viel Glück«, hatte Gerda geschwärmt, als sie unlängst zu Besuch gewesen war und sie genau an dieser Stelle Seite an Seite aufs Wasser geblickt hatten. Aber was war ihre Freundschaft schon wert, wenn sie nicht mal die Kraft fand, Gerda in ihr Leid einzuweihen?

Gerda, stets laut, frech und schnell in ihren Entscheidungen, würde vielleicht sogar verstehen, wie es so weit hatte kommen können, dass sie mehr Zuneigung zeigte, als sie empfand. Ihr

Traum von der Schauspielerei hatte sich nicht erfüllt, und doch schauspielerte sie jeden Tag und kam sogar damit durch. Sie musste gut sein, wenn Alfons nichts bemerken sollte.

Hedi löste sich von ihrem Platz am Fenster. Langsamen Schrittes folgte sie dem Gang, an dessen Ende ihr Schlafzimmer lag, und während sie es ansteuerte, malte sie sich aus, wie Gerda mit jedem Satz, den sie ihr anvertraute, mehr begriff, wie schmal die Grenze zwischen gespielter Zuversicht und Niedergeschlagenheit war. Von dort war es nicht mehr weit bis zum Absturz.

22.

Leonie stand vor dem Setzkasten – dem Blickfang ihres Büros – und ließ den Blick über die gläsernen Tiegel schweifen, die ihr Großvater Alfons einst in seinen Händen gehalten hatte. Die verblasste schwarze Schrift auf den Etiketten erinnerte an eine längst vergangene Zeit, die sie nur aus Erzählungen kannte, und doch war sie ein Teil von ihr.

Leises Klopfen ertönte. Die Tür ging auf und gab Ellas Kopf, dann ihren Körper preis.

»Du bist immer noch hier?« Ella schloss sorgsam die Tür hinter sich und kam näher. »Ich dachte, diese Woche ziehst du um?«

Leonie nickte zögerlich. »Das habe ich fest vor, aber bisher war so viel los. Nächste Woche schaffe ich es bestimmt. Ich habe schon mit Henry Stüve gesprochen. Er hilft mir. Es ist alles vorbereitet.«

»Wird auch höchste Zeit. Es ist jetzt sechs Monate her. Die Mitarbeiter warten darauf, dass du diesen Schritt machst.«

»Ich weiß. Es ist Zeit. Kaum zu glauben, wie die Wochen verfliegen.«

Leonie bemerkte, dass Ella ihren linken Arm hinter dem Rücken versteckte. »Du hast doch nicht etwa …?«

Ella konnte ihre Freude kaum zügeln, Entschlossenheit und eine erleichterte Zufriedenheit standen in ihrem Gesicht. Sie nickte heftig. »Doch, hab ich!« Langsam zog sie den Arm hervor. Sie hatte die Rosenblütencreme mitgebracht. »Ich konnte keinen Tag länger warten. Ich musste unser neues Baby endlich in Händen halten.« Ella reichte Leonie den kleinen Karton mit einem stolzen Lächeln.

»Du hast Felix so weit gebracht, dich mit Diebesgut entkommen zu lassen?« Leonie konnte sich ein Grinsen nicht verkneifen.

Ella nickte wieder. »Ist schon praktisch, wenn man die Schwachstellen des Sicherheitsdienstes kennt. Wer kann schon leckeren Nougatpralinen widerstehen? Felix auf keinen Fall. Du weißt ja, dass er jeden Tag seine Ration braucht.«

Leonie sah auf den Karton in ihren Händen. »Die Verpackung ist wirklich ein Traum.« Sie spürte die samtige Soft-Touch-Oberfläche des Kartons, ein Vorgeschmack auf das geschmeidige Hautgefühl, das die Rosencreme nach dem Auftragen auf der Haut hinterließ.

»Ja. Wir haben alles richtig gemacht.« Ella stand vornübergebeugt da und deutete auf das, was ihr besonders gefiel.

Leonie fuhr mit dem Zeigefinger über den erhabenen Schriftzug, der mit seinen goldenen Buchstaben die Vorderseite zierte, dann hob sie die Lasche an. Innen stand in pastellrosa Schrift: *Schenke der Welt dein Lächeln!* Auf ihrem Gesicht erstrahlte nun ebenfalls ein Lächeln.

Dies war die erste Produktlinie, die mit einer Botschaft versehen war. Leonie war fest davon überzeugt, dass Worte Dinge in Bewegung setzen konnten, deshalb hatte sie die Idee mit der kleinen Botschaft unbedingt umsetzen wollen – als neue »Handschrift« der Rosenlinie. Der Spruch wäre das Erste, was die Kundinnen mit dieser Linie verbinden würden. Ein Lächeln für die Welt war im Grunde auch eines für sich selbst. Schönheit kam eben nicht nur von außen, sondern vor allem von innen.

Sie nahm die runde Flasche vorsichtig aus dem Karton. Sie hatten sich am Ende doch für eine Glasflasche mit Pumpspender entschieden, da sie den besten Schutz für die wertvollen Wirkstoffe bot und sie vor Tageslicht und Sauerstoff schützte.

In die obere Abdeckung des Pumpspenders war eine erblühte

Rose eingearbeitet und machte die Creme auch optisch zum absoluten Highlight der Produktlinie. Der 3-D-Effekt hatte Leonie sofort überzeugt. Wenn die Kundinnen mit den Händen über den Verschluss fuhren, war das ein kleines sinnliches Erlebnis, beinahe, als wachse ihnen eine Rose entgegen.

»Ich bin froh, dass wir uns dazu entschlossen haben, der Creme keine Farbstoffe beizumischen. Auch wenn die weißliche Farbe nicht sofort an Rosen erinnert, das einzigartige Design der Flasche und vor allem der Duft lassen keinen Zweifel daran, dass es sich um die Damaszenerrose handelt.«

Sie verteilte eine kleine Menge der Emulsion auf ihrem Handrücken, schloss die Augen und genoss den betörenden Duft. »Ich bin jedes Mal sprachlos über die Vielzahl an wunderbaren Aromen, die uns die Natur schenkt. Wie muss es da erst unseren Kundinnen gehen?«

Henry kam herein und überreichte ihnen mit feierlicher Miene zwei Gläser Champagner.

»Auf die Rosenlinie!« Leonie hob ihr Glas und stieß mit Ella an, nachdem Henry das Büro wieder verlassen hatte. »Auf einen wichtigen Meilenstein.«

»Auf unseren gemeinsamen Weg.« Ella trank einen Schluck und stellte das Glas ab. »Apropos gemeinsamer Weg. Wie läuft es mit Gedeon? Konntet ihr euch wieder annähern? Du sprichst kaum über ihn. Das sieht dir gar nicht ähnlich.«

Leonie ließ sich einen Moment Zeit mit der Antwort. »Das ist gar nicht so einfach zu beantworten«, begann sie. »Sagen wir mal so, wir laufen auf Zehenspitzen umeinander herum, um nur ja nichts falsch zu machen.«

Es war inzwischen beinahe drei Monate her, dass sie Gedeon bei dem Telefonat mit seiner Geliebten überrascht hatte. Nachdem sie sich zwei Nächte bei Ella verkrochen hatte, war ihr klar geworden, dass sie sich der Situation stellen musste. Und so war sie am dritten Tag nach Gedeons Beichte in die gemeinsame Wohnung zurückgekehrt. Gedeon hatte auf sie gewartet und mit einer großen Geste versucht, sich zu entschuldigen. Er hatte einen Beamer samt Leinwand organisiert und das Wohnzimmer in eine gemütliche Kissenlandschaft verwandelt, hatte Fotos und Videos aus ihrer gemeinsamen Zeit zu einem Kurzfilm zusammengeschnitten. In den Tagen danach hatten sie unzählige Gespräche geführt.

Sie wussten beide, dass es in einer Ehe gute und weniger gute Zeiten gab. Weder Gedeon noch Leonie stellten letztendlich ihr Zusammenleben infrage, doch die Selbstverständlichkeit, mit der sie in den vergangenen Jahren miteinander umgegangen waren, war dahin. Seit sie von Gedeons Affäre wusste, blieb Leonie oft länger in der Firma und kümmerte sich um Dinge, die sie hätte verschieben können. Anfangs war ihr das gar nicht aufgefallen, aber dann war ihr klar geworden, dass sie sich davor scheute, nach Hause zu fahren. Die Freude, die sie immer empfunden hatte, wenn sie die Wohnungstür öffnete, war verschwunden. Gedeon und sie gingen respektvoll miteinander um, aber das Trennende, das sich in ihre Beziehung eingeschlichen hatte, ließ sich nicht wegdiskutieren, dagegen war selbst guter Wille machtlos.

Leonies Handy klingelte.

»Unbekannter Teilnehmer«, sagte sie nach einem Blick aufs Display. »Wer das wohl sein mag?« Gewöhnlich nahm sie keine Anrufe von ihr nicht bekannten Nummern an, doch diesmal drückte sie die Annahmetaste und hörte die Stimme eines Mannes.

»Markus Goss. Sie haben mir auf dem Friedhof Ihre Visitenkarte gegeben. Ist schon eine Weile her. Aber vielleicht erinnern Sie sich noch daran?«

Leonie konnte es kaum glauben. Wie oft hatte sie darüber

nachgedacht, ob der Mann, der vor Alexanders Grab gestanden hatte, sich bei ihr melden würde, und nun, da er langsam, aber sicher in den Schatten ihrer Erinnerung verschwand, war er plötzlich am Apparat.

»Natürlich erinnere ich mich an Sie«, antwortete sie. »Was ist der Grund für Ihren Anruf?«

»Ich würde Sie gern treffen.«

Leonie überlegte kurz. »In Ordnung. Wann und wo?«

»Irgendwo in der Nähe, damit Sie es nicht so weit haben. Terminlich richte ich mich ganz nach Ihnen. Sicher haben Sie eine Menge um die Ohren.«

»Was halten Sie davon, wenn wir uns gleich heute sehen?« Leonie wollte so schnell wie möglich erfahren, warum der Mann sich mit ihr treffen wollte.

»Einverstanden. Das kann ich einrichten.«

Sie verabredeten sich in einem Bistro in Rottach-Egern, das erst vor Kurzem eröffnet hatte. »Ich war da noch nie, aber ich habe gehört, dass die Atmosphäre und der Service gut sind und das Essen auch«, erklärte er.

Sie beendeten das Gespräch, und Leonie legte ihr Handy beiseite. »Das war der Mann, den ich vor Alex' Grab gesehen habe. Markus Goss.«

»Da schau her!«, rief Ella. »Hat er gesagt, warum er sich mit dir treffen will?«

Leonie schüttelte den Kopf. »Ich habe keine Ahnung. Komm mit und finde es heraus.«

Ella winkte ab. »Ich hab noch ein paar wichtige Termine. Mach du mal. Und ruf mich an, wenn du ihn wieder los bist.«

Obwohl das Bistro etwas versteckt lag, fand Leonie es auf Anhieb. Granitstufen und ein geschwungener Handlauf führten zu einer soliden Tür. *Edel*, dachte sie, als sie die Stufen nach oben nahm. Sie ließ sich einen Augenblick Zeit und sah durch die großen Fenster in das heimelige Innere des Lokals. Sicher wäre das Bistro bald der In-Treff, wenn es das nicht bereits war.

Markus Goss wartete an der Bar auf sie. Er trug denselben Mantel, in dem Leonie ihn auf dem Friedhof gesehen hatte. Seine Haare waren blond, das Gesicht gut proportioniert, die feinen Lippen waren zu einem angespannten Lächeln verzogen.

Leonie beobachtete, wie er mit einer geschmeidigen Bewegung vom Barhocker rutschte, als er sie kommen sah. Alles an ihm wirkte dynamisch.

»Sollen wir uns an einen Tisch hinten im Lokal setzen?«, schlug er vor, nachdem sie sich begrüßt hatten.

»Gern.« Leonie ging hinter ihm her. Das Bistro war gut besucht, Stimmen flogen durch den Raum, Geschirr klapperte, Gläser stießen aneinander.

Sie nahmen an einem Ecktisch Platz und nannten der Kellnerin, die sogleich zur Stelle war, ihre Wünsche.

»Nun, hier bin ich«, sagte Leonie, als sie allein waren. Nur mit Mühe zügelte sie ihre Neugier.

Goss' Hände lagen zusammengefaltet auf dem Tisch. »Ich denke gerade darüber nach, wo ich anfangen soll«, erklärte er, als er Leonies fragenden Blick sah.

»Beginnen Sie am Anfang und tasten sich weiter vor, das ist naheliegend«, schlug sie mit sanfter Stimme vor.

»Ich mochte Ihren Bruder.«

Leonie sah ihm an, dass es nicht einfach für ihn war, hier mit ihr zu sitzen. Und langsam begriff sie, wie schwer es ihr fiel, darauf zu warten, was dieser Mann ihr zu sagen hatte. »Woher kannten Sie sich denn?«, fragte sie.

»Wir sind uns am Viktualienmarkt über den Weg gelaufen. Vor zwei Jahren, Ende August.«

»Das klingt ja verrückt. Meines Wissens hat mein Bruder das

Kochen und Einkaufen immer seiner Frau oder der Haushälterin überlassen. Wieso hat es ihn dann ausgerechnet auf den Viktualienmarkt verschlagen?«

»Er ist in einer kurzen Arbeitspause herumgeschlendert, und als er an einem Stand Papayas entdeckte, hat er sich entschlossen, eine zu kaufen. Aber das wollte ich auch. Leider gab es nur noch eine Frucht. Alex und ich mussten lachen, weil wir so verrückt waren, sogar darum zu feilschen … Wir haben uns auf Anhieb gut verstanden und festgestellt, dass wir viele Interessen teilen, nicht nur die Vorliebe für Papayas, sondern auch die Liebe zu München, um nur ein Beispiel zu nennen. Ich lehre an der Uni Geowissenschaften, mein Spezialgebiet ist die Paläontologie. Als ich es Alex gegenüber erwähnte, hat er mir Löcher in den Bauch gefragt. Er wollte gleich am Obststand einiges über Fossilien, Fundorte und Irrtümer wissen und über die Ermittlung der Daten vor Ort. Ich bin viel herumgekommen, da gibt es so manches zu erzählen. Wir sind in ein Café gegangen und haben geredet. Danach haben wir Nummern ausgetauscht und uns schon bald wiedergesehen.«

Leonie bemühte sich, das Gesagte zusammenzufügen, schon jetzt ergab es ein Bild, wenn auch ein Undeutliches. Sie sah den Mann, der ihr gegenübersaß, an, und in seinem Blick lag der Rest der Information, die sie brauchte. Dennoch sprach sie die Frage aus, denn sie konnte es kaum erwarten zu erfahren, was danach passiert war. »Und wie kam es, dass Sie in Kontakt geblieben sind?«

Markus Goss bedachte sie mit einem intensiven Blick, dann nickte er zögerlich. »Sie vermuten richtig, Frau Glanz. Wir haben uns wiedergesehen, weil wir etwas füreinander empfanden. Alex und ich waren ein Paar …« Er holte aus und erzählte von seinem Leben. »Bis vor einigen Jahren war ich verheiratet. Meine Ex-Frau und ich haben einen Sohn und eine Tochter. Obwohl ich alles hatte, was man sich nur wünschen kann, habe ich immer eine gewisse Leere empfunden. Ich wusste beim besten Willen nicht, woran das lag, bis ich Alex begegnete. Es war mir nie in den Sinn gekommen, dass ich mich in einen Mann verlieben könnte, und trotzdem ist es passiert. Das erste Mal in meinem Leben habe ich mich gefühlt, als wäre ich angekommen. Alex war mein erster Partner. Ich war dasselbe für ihn – der Beginn von etwas Neuem. Wir waren uns einig, dass wir unsere Liebe nicht öffentlich machen würden. Alex wollte Valerie schützen, er hat sie geliebt … auch wenn es eine andere Art von Liebe war. Ihr diese Enttäuschung zu ersparen hatte oberste Priorität. Das habe ich verstanden und mitgetragen. Wir wollten die gemeinsame Zeit genießen, uns hin und wieder treffen. Allerdings wollten wir kein Risiko eingehen, das wir nicht einschätzen konnten. Das auf keinen Fall.«

Leonie hörte schweigend zu. Es war, als öffnete sich eine Falltür, durch die nun alles auf sie niederprasselte. Die Kellnerin brachte die Getränke, doch Leonie rührte ihr Glas nicht an.

»Entschuldigen Sie, aber ich weiß im Moment nicht recht, was ich sagen soll«, brach sie das Schweigen. »Mit dem, was Sie mir gerade anvertraut haben, habe ich in meinen kühnsten Träumen nicht gerechnet. Alex hat nie den Eindruck gemacht, als …«

»… als brächte er Gefühle für Männer *und* Frauen auf?«

Leonie nickte verhalten. »Verstehen Sie mich nicht falsch, ich habe kein Problem, wenn Männer Männer lieben oder Frauen Frauen, oder wenn Menschen sich von beiden Geschlechtern angezogen fühlen, nur hat Alex nie auch nur irgendwie darauf schließen lassen, dass es bei ihm der Fall sein könnte.«

Markus Goss nahm einen Schluck Orangensaft. »Es hat uns beide überrascht, glauben Sie mir. Wir haben oft darüber gesprochen, was unsere Gefühle für uns bedeuten. Vor allem für Alex.

In seiner Position war es noch mal etwas anderes als bei mir. Ich war ja schon geschieden, während Alex in einer Beziehung lebte. Er wusste, dass er auf einem schmalen Grat balancierte, denn wenn Valerie von uns erfahren hätte, hätte sie ihm das nie verziehen. Außerdem legt Ihre Familie offenbar großen Wert darauf, Privates auch privat zu halten. Das war auch Alex' Devise, und daran hielt er sich.«

Leonie sah ihn durchdringend an. »Warum erzählen Sie mir das alles gerade jetzt? Sie hätten es für sich behalten können. Alex ist tot.«

Markus atmete tief durch. »Ich habe lange überlegt, aber es kam mir falsch vor, nicht mit Ihnen darüber zu reden. Alex hat es verdient, dass man ihn so sieht, wie er war. Er hat Sie regelmäßig erwähnt. Er mochte, wie verlässlich, liebevoll, klar und strukturiert Sie sind und wie sehr Sie sich durchbeißen, wenn es hart auf hart kommt. Er sagte, Sie wären jemand, der nie aufgibt. Und der einiges einstecken kann. ›Leonie ist gut, durch und durch.‹ Das hat mich sehr berührt, denn so etwas sagt man nicht einfach so über jemanden. Und das ist auch der Grund, weshalb ich hier mit Ihnen sitze. Sie können entscheiden, was Sie damit anfangen. Sie müssen es niemandem sagen, sondern können es für sich behalten. Es liegt ganz bei Ihnen. Aber es käme mir falsch und heuchlerisch vor, Ihnen gegenüber zu schweigen. Wenn dieser Unfall nicht geschehen wäre, hätte Alex es Ihnen irgendwann sowieso gesagt. Nun … jetzt bin ich es, der für ihn spricht. Das bin ich ihm schuldig.«

Sie schwiegen eine ganze Weile. Leonie sortierte ihre Gedanken, überlegte, ob sie wirklich nie etwas bemerkt hatte, nicht das kleinste Anzeichen.

»Alex liebte Vögel«, sagte sie schließlich. »Für ihn symbolisierten sie ein Stück Freiheit. Frei zu sein und gleichzeitig sein Bestes zu geben, damit sein Leben zu etwas Schönem würde, auf das er später zurückblicken könnte, das hat er mehr als einmal als eines seiner Lebensziele bezeichnet.«

»Wer liebt es nicht, frei zu sein? Alex und ich haben mit Ausdauer über das Leben philosophiert. Er liebte nicht nur die Freiheit, sondern auch die Geborgenheit der Familie. ›Jemanden mit dem Namen Glanz kriegst du nicht ohne den Rattenschwanz der anderen und keinesfalls ohne Kosmetik‹, hat er einmal zu mir gesagt und gelacht. ›Die Firma gehört dazu. Sie ist ein Teil der Familie.‹«

Sie redeten über Alexanders Art, das Leben zu sehen. Leonie erkannte ihren Bruder in vielem wieder, was Markus Goss ihr erzählte, doch sie entdeckte Alex auch ganz neu.

»Obwohl ihm die Familie sehr wichtig war, empfand er es oft leichter, sich mir anzuvertrauen. ›Die Familie hat ein fest gefügtes Bild, und dieses Bild will ich nicht zerstören.‹ Das war sein Motto.«

»In einer Familie, die so eng miteinander verbunden ist wie unsere, kommt es schon mal vor, dass das Bild, das man sich von einem Familienmitglied gemacht hat, nicht mehr überdacht wird. Aber wir hätten Alex ganz bestimmt so angenommen, wie er ist.«

Markus Goss sah an Leonie vorbei. »Alex fand es manchmal übertrieben, Privates um keinen Preis an die Öffentlichkeit dringen zu lassen.«

»Das kann ich verstehen. Leider hat die Einstellung meiner Großmutter hier negativ auf ihn abgefärbt. Aus einem Grund, den ich leider bis heute nicht kenne, vertritt sie den Standpunkt, Privates um jeden Preis zu schützen, und meine Mutter hat diese Einstellung übernommen.«

Leonie ging noch ein anderer Gedanke durch den Kopf. Sie fasste Mut und sprach diesen Gedanken aus. »Wissen Sie … Ich habe manchmal darüber nachgedacht, ob Alex' Unfall … also, ob es etwas anderes als ein Unfall war …« Sie brach ab und versagte sich die letzten Worte.

Der Blick von Alex' Partner war so schmerzerfüllt, dass sie ihn kaum aushielt.

»Ich verstehe Ihre Bedenken, denn es sind auch meine. Es war keine leichte Situation, doch eins steht fest: Alex war glücklich. Keine Ahnung, wie es mit uns weitergegangen wäre … wirklich weitergegangen, meine ich, aber er hätte Valerie und die Familie nie im Stich gelassen, und die Firma sowieso nicht. Er war ein Glanz durch und durch, das hat er oft betont und dabei gegrinst, als wäre er fünfzehn.« Markus Goss schlug die Hände vors Gesicht und schluchzte leise. »Ich vermisse ihn jeden Moment. Jede Sekunde«, murmelte er mit zitternder Stimme.

Leonies Wille, die Fassung zu wahren, bröckelte, bis auch ihr Tränen über die Wangen liefen.

Mit einem leisen Räuspern machte sich auf einmal die Kellnerin bemerkbar. Sie sah sie mitfühlend an und stellte zwei Teller Tiramisu auf den Tisch. »Das geht aufs Haus«, sagte sie und ging leise davon.

Leonie sah zu Markus, und als dieser ansetzte, kam sie ihm zuvor: »Was halten Sie davon, wenn wir du sagen? Ich bin Leonie.«

Er streckte ihr die Hand entgegen. »Gern. Markus, aber das weißt du ja schon.« Er zog einen der Teller zu sich heran. »Was für eine nette Geste«, murmelte er und nahm einen Löffel Tiramisu. »Ich habe es von Anfang an als Geschenk empfunden, Alex begegnet zu sein. Aber der Preis für dieses Geschenk waren die Lügen.« Er legte den Löffel auf den Teller.

»Etwas zu verschweigen oder zu beschönigen, mag ich auch nicht.« Leonie überlegte, wie es ihr an Markus' oder Alex' Stelle ergangen wäre. Vermutlich hätte sie nicht lange lügen können, ohne sich wie eine Imitation ihrer selbst zu fühlen.

»In unserem Fall ging es leider nicht anders. Wir haben hin

und her überlegt, was wir tun sollen, haben aber keine Lösung gefunden. Stattdessen haben wir uns unser eigenes kleines Leben aufgebaut. Dazu gehörte auch Baker.«

Leonie sah, wie Markus nach seiner Geldbörse langte und ein Foto daraus hervorzog.

»Alex hat den Schnappschuss gemacht«, sagte er, als er es ihr über den Tisch reichte. »Und nicht nur diesen. Er liebte es, Baker in allen möglichen Situationen zu fotografieren.«

Leonie sah auf einen Mischlingshund, der treu ergeben in die Kamera blickte. »Was für ein süßer Kerl«, sagte sie leise. Entzückt betrachtete sie weitere Fotos, die Markus ihr auf seinem Handy zeigte.

»Baker war ein Geschenk zu meinem letzten Geburtstag«, erzählte Markus. »Alex hat ihn aus dem Tierheim geholt, vor mir abgesetzt und gesagt, Baker sei sein Stellvertreter, wenn er am Tegernsee ist.«

Während Markus von Baker und jenem Tag erzählte, als Alex ihn mitgebracht hatte, war es, als entstünde ein kleiner Riss, durch den etwas von der verborgenen Welt ihres Bruders zu Leonies herüberschien. Mit Markus zusammenzusitzen fühlte sich an, als bekäme sie nachträglich einen Teil von Alex' Leben zu fassen, der ihr vorher verborgen geblieben war. Und ihr wurde klar, dass sie den Kontakt mit Markus halten wollte. Sie sagte ihm, was ihr durch den Kopf ging, ohne darüber nachzudenken, was das mit sich bringen würde.

»Mal sehen, ob sich das machen lässt«, erwiderte er. »Ich weiß noch nicht, wie es mit mir weitergeht. Jeden Tag empfinde ich als neue Herausforderung. Manchmal wache ich auf und bin mir sicher, dass Alex noch lebt.«

Leonie sah ihn wissend an. »Mir geht es genauso.«

Markus schien über eine Menge nachzudenken. Auch in Leonies Kopf herrschte Ausnahmezustand. Als Alex Markus über den Weg gelaufen war, hatte er etwas gefunden, wonach er vermutlich gar nicht gesucht hatte. Aber von da an hatte sein Leben sich von Grund auf geändert, darauf lief es nun mal hinaus. Und nun musste Leonie entscheiden, was sie mit diesem Wissen anfing. »Falls du mit jemandem sprechen möchtest, egal wann, ich bin für dich da. Du kannst mich jederzeit anrufen. Auch, um einfach über Alex zu reden«, setzte Leonie hinzu.

»Danke. Heimlich zu trauern ist schrecklich, schließlich darf niemand etwas davon mitbekommen. Es tut gut, mit dir über Alex zu sprechen, dir zu sagen, wie sehr er mir fehlt und wie sehr ich ihn geliebt habe.«

Markus tat Leonie unendlich leid. Sie ließ ihn weiterreden und hörte ihm schweigend zu.

»Manchmal, wenn ich eine stille Stunde erwische, nehme ich mir vor, reinen Tisch zu machen. Ist es wirklich ein Weltuntergang, wenn ich mit meiner Ex-Frau und meinen Kindern spreche?« Markus seufzte. »Aber dann mache ich mir klar, was an dieses Geständnis geknüpft wäre, erinnere mich an die konservative Weltsicht meiner Ex-Frau und lasse den Gedanken wieder fallen.«

»Es ist keine leichte Situation. Lass dir Zeit herauszufinden, wie du mit allem umgehen möchtest«, riet Leonie.

»Nichts im Leben sollte in der Schwebe bleiben. Jedes Ereignis hat es verdient, dass wir es zu einem Abschluss bringen. Deswegen habe ich dich angerufen. Damit du erfährst, wie Alex empfunden hat und wie ich zu ihm stand. Das ist *mein* sauberer Abschluss.«

Sie unterhielten sich noch eine Weile, dann zahlte Markus und verließ mit Leonie das Bistro. Draußen reichte er ihr seine Visitenkarte.

»Danke für alles Schöne, das du in Alex' Leben gebracht hast … und auch für deine Offenheit.« Leonie steckte die Visitenkarte in ihre Tasche und zog Markus in eine ungelenke Umarmung. Als sie sich voneinander lösten, nickten sie einander zu und gingen in verschiedene Richtungen davon.

Auf dem Nachhauseweg lief Leonies analytischer Verstand zur Hochform auf. Sie ging das Gespräch mit Markus noch einmal von vorn bis hinten durch. Die Wahrheit hatte sie im ersten Moment überrollt, aber der Eindruck der Zerrissenheit, den sie manchmal bei ihrem Bruder wahrgenommen hatte, ergab nun Sinn. Hätte er sich ihr doch nur zu Lebzeiten anvertraut! Sie hätte ihm Rückendeckung gegeben, auch bei dem nötigen Gespräch mit Valerie. Wie sie ihre Schwägerin kannte, wäre die Tatsache, dass er einen Mann liebte, für Valerie einer Katastrophe gleichgekommen. Sie war in einer zerrütteten Familie aufgewachsen und sehnte sich nach nichts mehr als nach einer intakten Beziehung. Hinzu kam ihr impulsives Wesen. Leonie erinnerte sich an zwei, drei Begebenheiten, in denen Alex gegangen war, weil Valeries Reaktion zu emotional gewesen war. Sicher war das der Hauptgrund, weshalb er so lange über seine Gefühle geschwiegen hatte. Er hätte der Familie niemals sagen können, dass er Markus liebte, ohne dass Valerie ebenfalls davon erfuhr.

Leonies Hände fingen an, unangenehm zu kribbeln. Sie würde der Familie nichts vormachen, das wäre Alexanders nicht würdig. Er hatte lange genug geschwiegen. Zur Wahrheit gab es kein Gegenteil – nicht für sie. Ihre Eltern würden Verständnis aufbringen, und sie würden die Wahrheit wissen wollen. Bei Valerie wusste Leonie nicht, was sie erwartete. Sie wollte sie keinesfalls verletzen, aber auch sie hatte die Wahrheit verdient.

Als sie auf das Firmengelände zufuhr, wusste Leonie kaum noch, wie es sich anfühlte, sorglos zu sein. In den vergangenen Monaten war ihre Verantwortung stetig gewachsen. In den Tag hineinleben … Wie sehr sehnte sie sich danach, das nur für einen Tag tun zu können.

Sie stieg aus dem Aufzug und ging den Gang entlang. Henry lugte aus seinem Büro. »Ihre Schwester ist noch nicht von ihrem Außentermin zurück.«

»Danke, Herr Stüve.« Leonie nickte ihm zu, trat in ihr Büro und setzte sich vor den PC.

Ihre Großmutter hatte sich oft darüber beklagt, wie engstirnig die Menschen auch nach dem Krieg gewesen waren. »Kaum jemand hatte Verständnis für Außenseiter«, hatte sie immer gesagt.

Heute gab die Gesellschaft sich aufgeklärt und liberal. Vor Jahren hatte der Berliner Bürgermeister sich zu seinem Mann bekannt. Alex hätte sich nur entscheiden müssen. Ihre Kunden orientierten sich nicht nur an ihren Produkten, sondern auch daran, wofür sie als Menschen standen.

Leonies Handy piepste. Gedeon.

Wann kommst du heim?

Leonie tippte eine Antwort, und während ihre Finger über das Display huschten, ging ihr ein Satz von Markus durch Kopf.

Jedes Ereignis hat es verdient, dass wir es zu einem Abschluss bringen.

Sie schickte die Nachricht an Gedeon ab und wandte den Blick nach draußen. Markus hatte mit diesem Satz etwas Wichtiges angesprochen. Dinge zu einem Abschluss zu bringen, empfand Leonie auch für sich als den richtigen Weg. Erneut griff sie nach ihrem Handy. Mit klopfendem Herzen wartete sie die Verbindung ab. »Hallo, Fred. Ich bin's, Leonie.«

Am anderen Ende trat Stille ein. Dann hörte sie Freds Stimme: »Ich glaub's nicht. Es geschehen noch Zeichen und Wunder.«

23.

Es klingelte drei Mal.

Leonie wandte sich vom Herd ab und lächelte. »Silvys bessere Hälfte ruft nach dir!«, rief sie Richtung Esszimmer, wo Gedeon die letzten Handgriffe tätigte.

»Sascha, wie immer unter Strom.« Mit diesen Worten ging Gedeon hinaus auf den Flur. Inzwischen galt mehrmaliges Klingeln fast schon als Saschas Erkennungsmerkmal.

Leonie befreite sich von der Schürze und folgte ihrem Mann, um die Gäste zu begrüßen. In der offen stehenden Tür stand Silvy. »Hey, Leo!«, rief sie ihr zu.

Silvy reichte Gedeon ihren Mantel, und kaum war sie das Kleidungsstück los, schloss sie Leonie überschwänglich in die Arme. »Tut das gut, dich mal wieder zu besuchen!«

Sascha löste Silvy ab und küsste Leonie zur Begrüßung auf beide Wangen. »Silvy hat recht, dass wir uns zusammensetzen und gemeinsam ein bisschen Unfug treiben, ist längst überfällig.«

»Für deine Art von Unfug bin ich jederzeit zu haben. Also halte dich heute Abend bitte nicht zurück«, erwiderte Leonie lachend.

Sie mochte Saschas Lebensfreude. Silvy und er kannten sich seit dem Studium. Schon damals hatte er gern das Kommando übernommen. Als er aus der Zeitung von einer Familie erfuhr, die in finanzielle Not geraten war, hatte Sascha einige Kommilitonen zusammengetrommelt, unter ihnen Silvy, um eine Spendenaktion für die Familie zu starten. Sascha zeigte gern seine Gefühle, und wenn es um Wichtiges ging, schwieg er nie und setzte sich ein. Aber bei Unwichtigem trieb er gern Scherze. Unvergessen war sein Repertoire liebevoller Gesten, mit denen er Silvy seine Wertschätzung kundtat, etwa indem er zwischendurch nach ihrer Hand griff oder ihr verliebt zuzwinkerte, als hätten sie sich gerade erst kennengelernt.

Jetzt wandte er sich Gedeon zu und klopfte ihm auf die Schulter. »Du siehst blendend aus. Allzu viel zu tun scheinst du nicht zu haben.«

»Na, wenn du es sagst.« Gedeon nahm es gelassen. »Ich hatte angenommen, es sei ein harter Tag gewesen, aber jetzt weiß ich es besser …«

Timo kam hinter Sascha zum Vorschein. Neben ihm trat Ella in den Vorraum. »Danke für die Einladung. Ich freue mich, heute dabei zu sein.« Seine Begrüßung klang warm und aufmerksam.

»Gutes Timing, würde ich sagen. Endlich mal nicht Kopenhagen, sondern Tegernsee …« Leonie bedankte sich, als Timo ihr einen Strauß weißer Tulpen überreichte.

»Ella hat mir verraten, dass du weiße Blumen magst«, sagte er, als wäre es ein Geheimnis, nach dem er lange geforscht hatte.

»Timo macht gern einen auf Gentleman. Das liegt ihm«, neckte ihn Ella. Sie legte den Arm um ihn, dann um Leonie. »Sag mal, kann ich in der Küche letzte Hilfsdienste verrichten?«

»Auf keinen Fall«, winkte Leonie ab. »Du bist unser Gast. Gedeon und ich haben alles unter Kontrolle. Jedenfalls so gut wie.«

Sie gingen ins Esszimmer, wo Gedeon sich an der Sektflasche zu schaffen machte. Der Korken flog durch die Luft. Leises »Oh!« und »Ah!« erklang. Gedeon schenkte ein.

»Ich habe läuten hören, es gäbe was zu feiern?« Sascha lehnte sich gegen den glänzenden Messingtisch und sah auf das perlende Getränk, das Gedeon ihm reichte, dann auf Leonie und Ella.

Gedeon fing Leonies stolzen Blick auf. »Damit liegst du richtig, Sascha«, sagte er.

Leonie nahm ein bis an den Rand gefülltes Glas entgegen. Mit der freien Hand deutete sie auf Ella, die neben Silvy stand, und umfasste auch Gedeon mit einer Handbewegung.

»Wir feiern die Rosenlinie. Jahre der Forschung, der überarbeiteten Rezepturen, der Tests und Kalkulationen liegen hinter uns.« In ihrer Stimme schwang so viel Freude mit, dass alle gerührt waren. »Und jetzt ist endlich der Verkauf angelaufen. Natürlich sind wir erleichtert und gespannt zugleich.« Leonie stieß mit Ella und Gedeon an, dann mit Sascha und allen anderen. Das Klingen der Sektgläser erfüllte den Raum.

Ella hakte sich bei Leonie ein. »Es läuft noch besser als gedacht. Online überschlagen sich die positiven Reaktionen. Wir haben anscheinend eine Menge richtig gemacht.«

»Die Forschungsabteilung hat gute Arbeit geleistet«, warf Gedeon ein, »damit Glanz-Produkte halten, was sie versprechen.«

»Dann werde ich mich mal in deinem Abglanz sonnen«, scherzte Sascha vergnügt.

»Auf die tüchtigsten Zwillingsschwestern, die ich kenne«, brachte Silvy den Trinkspruch aus. »Und auf die Forschungsabteilung.«

Leonie nippte am Sekt und sprach mit Timo, der alles über die Rosenlinie wissen wollte.

Es fühlte sich noch immer unwirklich an, die neuen Produkte in die Welt entlassen zu haben. Als sie im Netz die ersten Rückmeldungen gesehen hatte, hatte sie zum ersten Mal seit Monaten innegehalten. Erfolg genießen, ohne sofort an neue Projekte und weitere Termine zu denken, war nicht ihre Art. Sie hatte die Zukunft immer im Blick. Doch diesmal gönnte sie sich ein kurzes Durchatmen. Leonie stellte ihr Glas ab und ging in die Küche, um sich um die Vorspeise zu kümmern.

Einen Augenblick später erschien Gedeon im Türrahmen. »Brauchst du mich gerade?«

Leonie schob die Schüssel mit dem Salatdressing zur Seite. »Ich komme klar. Die Suppe ist fertig, die Kartoffeln brauchen noch etwas, und das Fleisch bereite ich unmittelbar vorher zu.«

Sie trug eine Schürze über dem bordeauxroten Wickelkleid, das ihre Figur optimal zur Geltung brachte. Ein Teil ihrer haselnussbraunen Haare war mit einer Schildpattspange zusammengefasst und fiel ihr locker auf die Schultern.

Gedeon hob den Deckel des Topfs, in dem die Kürbissuppe vor sich hin köchelte. »Mhm! Riecht das gut.«

»Das will ich hoffen. Ist ein neues Rezept mit Ingwer, Chili und einer Spur Honig.«

»Hab ich dir eigentlich schon gesagt, wie toll dir das neue Kleid steht? Wenn nicht, hole ich das hiermit nach«, sagte Gedeon.

»Danke.« Leonie spürte, wie die Röte ihr ins Gesicht kroch. In letzter Zeit redeten sie anders als früher miteinander. Noch vor Wochen hätte Gedeon so etwas wie: *Du siehst verführerisch aus!* hinterhergeschoben, doch Kommentare wie diese verkniff er sich neuerdings. Leonie sah in den Ofen, wo sich eine blubbernde hellbraune Käseschicht über den Kartoffeln bildete. »Rotwein und Wasser stehen bereit?«

»Alles steht bereit. Auch ich«, erwiderte Gedeon.

»Dreißig Minuten, dann sind die Kartoffeln perfekt gratiniert«, sagte Leonie. »Danach können sie noch etwas nachziehen.«

»In Ordnung, dann kümmere ich mich wieder um unsere Gäste«, meinte Gedeon.

Als Leonie mit der Suppenterrine ins Esszimmer kam, sprang Gedeon ihr helfend bei und stellte die Terrine in die Mitte des Tisches, den Leonie in Weiß gedeckt hatte. Timos Blumen standen in der Mitte, und an beiden Enden verbreiteten Kerzenleuchter, in denen Bienenwachskerzen flackerten, eine romantische Stimmung. Das Silberbesteck schimmerte im Licht. Alles strahlte eine selbstverständliche Eleganz aus.

Der Abend verlief in wunderbar entspannter Atmosphäre. Leonie saß einfach nur da und genoss das Essen mit Ella und ihren besten Freunden. Gedeon erzählte von seinen Anfängen bei Glanz, zwischendurch lobte Timo Leonies Kochkünste. Die Zeit verging viel zu schnell, und ehe sie sich's versah, waren sie schon mit dem Hauptgang fertig, und Leonie räumte das Geschirr ab.

Silvy, die die benutzten Bestecke in die Küche brachte, trat an das Edelstahlbecken, drehte den Hahn auf und ließ Wasser in ein Glas laufen. »Leo, deine Kochkünste sind der Hammer. Timo lobt dich über den grünen Klee. Pommes savoyarde der besonderen Art, lautet sein Fachurteil über deine überbackenen Kartoffeln. Würde mich nicht wundern, wenn er demnächst in der Küche erscheint.«

»Über so ein nettes Kompliment von einem der besten Köche freue ich mich natürlich besonders. Ella und er geben ein richtig tolles Paar ab.«

»Da kann ich dir nur zustimmen. Apropos Männer. Zwischen Gedeon und dir scheint es wieder besser zu laufen.«

Die Tür zum Esszimmer stand offen, deshalb senkte Leonie die Stimme. »Wir bemühen uns, unsere Beziehung zu kitten. Ehrlich gesagt komme ich im Moment kaum zum Nachdenken. Es gibt jeden Tag so viel zu tun. Das lenkt mich ab … was gar nicht so schlecht ist.«

»Du gehst jedenfalls sehr entspannt mit ihm um.«

Leonie legte die Stirn in Falten. »Oft gehen wir uns auch ziemlich geschickt aus dem Weg. Zurzeit wünsche ich mir nur, dass guter Wille imstande ist, schwierige Situationen zu lösen. Aber es ist komplizierter.« Leonie hielt Silvys Blick stand. Nachdenklich stand sie da. »Zwischendurch hab ich das Gefühl, als hätte ich nur geträumt, dass Gedeon eine andere hatte.« Sie fuhr sich mit der Zunge über die Lippen. »Wenn ich total vertieft in die Arbeit bin und alles um mich herum vergesse, fühlt sich alles wie immer an. Und dann schleicht sich plötzlich wieder ein Gedanke ein, der mich wieder auf den Boden der Tatsachen holt.«

Leonie sah auf die duftigen Vorhänge, die so viel Atmosphäre in die groß bemessene Küche brachten. Nebenan lachten die Gäste, es war ein gemütlicher Abend, beruflich lief es hervorragend, aber privat war nichts in Ordnung. Es war, als schwebten Gedeon und sie im luftleeren Raum.

Silvy trat neben Leonie und legte den Arm um sie. »Ich kenne dich viel zu gut, um nicht zu wissen, dass du nicht nur an der Sache mit Gedeon knabberst. Die letzten Monate waren eine riesige Herausforderung für dich. In vielerlei Hinsicht.«

Leonie schluckte. »Es fühlt sich an, als stecke alles in mir fest, nichts findet seinen Weg durch mich hindurch. Dieses unangenehme Gefühl, nicht zu wissen, ob ich Gedeon glauben kann, schnürt mir manchmal die Kehle zu.«

»Und Valerie? Ist wenigstens das geklärt? Weiß sie von Alex und Markus?«

Leonie schüttelte den Kopf. »Es hat sich noch keine Gelegenheit ergeben. Seit sie die meiste Zeit in München verbringt, höre ich nur selten von ihr. Und um ehrlich zu sein, bin ich mir auch gar nicht sicher, ob jetzt ein guter Moment ist, sie damit zu konfrontieren. Ich möchte sie nicht gleich ins nächste Loch stürzen.« Leonie öffnete den Kühlschrank, nahm eine abgedeckte Schüssel heraus und stellte sie auf die Arbeitsfläche.

»Du hast recht. Vermutlich ist der Zeitpunkt nicht gut«, antwortete Silvy. »Die Hauptsache ist jetzt, dass die Kernfamilie mit Alex' Geschichte klarkommt. Wie hast du es ihnen eigentlich erzählt?«

»Indem ich ihnen schlicht und einfach gesagt habe, wie es

ist«, erwiderte Leonie. »Und dass ich es jammerschade finde, dass Alex sich niemandem anvertraut hat, als er es noch konnte. Seit ich Markus getroffen habe, stelle ich mir wieder und wieder die Frage, ob ich auf meinen Bruder hätte zugehen sollen.« Sie nahm Dessertteller aus dem Schrank.

»Wie hättest du denn wissen sollen, was in ihm vorgeht?«, sagte Silvy. »Wie er sich wohl entschieden hätte? Für Valerie oder Markus?«

»Diese Frage ist mir auch schon des Öfteren durch den Kopf gegangen.«

Silvy sah auf die Schüssel auf der Arbeitsplatte. »Was ist eigentlich Leckeres in dieser ominösen Schüssel? Darf ich einen Blick reinwerfen?«

Leonie hob den Deckel. »Bayerische Creme mit Himbeeren, hinterher serviere ich Irish Coffee.«

»Nachtisch vorm Kamin wegen der romantischen Stimmung, liege ich richtig?«

»Wenn du mich fragst, es gibt nichts Schöneres als gemütliche Abende vorm Kamin.« Leonie tunkte einen Löffel in das Dessert und ließ Silvy kosten.

Silvy ließ die Creme auf der Zunge zergehen und verdrehte die Augen. »Köstlich. Nicht zu süß und herrlich leicht. Timo kann einpacken.«

Leonie lachte und begann, kleine Gläser mit dem Dessert zu füllen. »Du hast in den Glückstopf gegriffen und mit Sascha das richtige Los gezogen.«

»So fühlt es sich auf jeden Fall an. Übrigens, Sascha spricht neuerdings verdächtig oft von seinem süßen Neffen. Ob das wohl was zu bedeuten hat?«

Bevor Leonie reagieren konnte, redete Silvy schon weiter: »Dir stehen die Gedanken auf die Stirn geschrieben, Leo. Da ist doch noch was, das dir auf dem Herzen liegt, oder?«

Leonie machte sich an der Kaffeemaschine zu schaffen und versuchte, gelassen zu wirken, aber es gelang ihr nicht.

»Hey. Es wird schon nicht so schlimm sein.« Silvy nahm ihr den Mixer aus der Hand. »Lass mich die Sahne für den Irish Coffee schlagen …«

»Wenn ich jetzt meine Gedanken in Worte fasse, kommst du mir wieder mit einem deiner Masterpläne«, erklärte Leonie ihr Zögern. Sie stellte die mit Creme gefüllten Gläser auf die Dessertteller.

In Silvys Augen blitzte es. »Masterplan … klingt verführerisch. Du weißt ja, wie gern ich Pläne schmiede.«

Leonie schnaubte. »Eben.«

Silvy organisierte und regelte viel zu gern, sie konnte nicht anders, als nach Lösungen zu suchen. Leonie müsste nur die Hand ausstrecken, und schon würde sich Silvys ganze Aufmerksamkeit und Energie auf sie konzentrieren.

»Also gut«, begann Leonie. »Als ich mit Markus gesprochen habe, hat er einen Satz gesagt, der mir seitdem nicht mehr aus dem Kopf geht. Man solle keine losen Fäden in seinem Leben haben, sondern alles zu einem guten Abschluss bringen. Je länger ich darüber nachdenke, umso mehr komme ich zu dem Schluss, dass da was dran ist.«

Silvy fasste Leonie an der Schulter. »Du willst doch nicht etwa deine Ehe beenden?« Ihre Blicke trafen sich.

»Ich hab Fred angerufen«, platzte es aus Leonie heraus.

Silvy fuhr sich mit der Hand durchs Gesicht und hielt inne, als sie bemerkte, dass sie ihr Make-up beschädigte. Ihre Miene sprach Bände. »Es geht also um Micha?!«

»Keine Sorge«, beruhigte Leonie sie. »Ich habe noch nichts unternommen. Einfach nur Kontakt aufgenommen.« Sie drückte der verdatterten Silvy einen Becher Sahne in die Hand. »Und ich bin mir längst nicht sicher, ob der Anruf eine gute Idee war.«

»Ist es wegen Gedeon und dieser Frau?«, mutmaßte Silvy. »Die Sache hat dich aus dem Tritt gebracht, aber sie ist vorbei, Leo. Gedeon würde eure Beziehung nicht weiter gefährden. Dazu liebt er dich zu sehr.«

Aber ein Teil unserer Beziehung ist unwiederbringlich zerstört, ergänzte Leonie im Stillen.

»Es geht nicht nur um Gedeon, es geht um alles, was in den letzten Jahren passiert ist. Als damals alle Michas Verhalten anprangerten, habe ich das beinahe wie in Trance aufgenommen. Es klang so absurd und war so schmerzhaft, dass ich mich innerlich abgekapselt habe. Ich hab sämtliche Fotos von Micha vernichtet, die letzten erst vor Kurzem, aber es ist nur oberflächlich vorbei. Ich habe ihm früher oft gesagt, wie sehr ich ihn liebe, und dann habe ich ihm nicht mal die Chance gegeben, sich zu erklären. Vielleicht muss ich in sein Gesicht sehen, wenn er mir die Wahrheit sagt. Liebe heißt, einem Menschen zuzuhören und sein Herz zu öffnen, auch wenn dunkle Stunden kommen. Weißt du noch, wie wir darüber philosophiert haben, dass wir genau so lieben wollen? Nicht oberflächlich, sondern *wirklich* lieben. Mit jeder Faser unseres Herzens. Mit Güte und Wahrhaftigkeit.«

»Ach komm schon, Leo. Mit achtzehn sagt sich das leicht. Nichts von den Kettenreaktionen zu wissen, die das Leben mit sich bringt, ist manchmal ein Segen.«

»Wie auch immer. Ich glaube, ich bin jetzt bereit, herauszufinden, ob ich verzeihen kann. Alles fängt bei Micha an. Ich muss meine Gefühle von diesem Zeitpunkt an aufrollen.«

»Du bist verrückt … oder einfach nur klug. Was genau davon, weiß ich noch nicht. Aber was soll's? Mach's. Stell dich deinen Dämonen.« Silvy gab die Sahne in ein Gefäß und stellte den Mixer an.

Leonie dekorierte die Bayerische Creme mit den Himbeeren

und warf den Löffel in die Spüle. Sie war gerade damit fertig, die Desserts auf ein Tablett zu stellen, als Ella in die Küche kam.

»Sagt mal, was treibt ihr hier eigentlich? Gibt es Geheimnisse, von denen ich unbedingt wissen muss?«

»Nicht, dass ich wüsste. Es sei denn, es geht um Leos Kochkünste, die sie bis heute vor uns geheim gehalten hat«, erwiderte Silvy.

»Schade, ich dachte, es gäbe was Interessantes.« Ella schnappte sich die Schüssel mit der Creme, fuhr mit dem Finger hinein und leckte ihn genüsslich ab.

»Hier, du Naschkatze.« Leonie reichte Ella eine Serviette zum Abwischen und deutete auf das Tablett. »Das kannst du gern mitnehmen.«

»Jederzeit zu Diensten.« Ella nahm das Tablett und ging hinaus.

Leonie und Silvy sahen sich in stummem Einvernehmen an und folgten Ella ins Esszimmer.

Der Abend endete erst weit nach Mitternacht mit Saschas Versprechen, sich bald wiederzusehen. Leonie schloss die Tür. Im Treppenhaus hallten Lachen und Gemurmel wider. »Was für ein Abend!« Sie ging mit Gedeon in die Küche, um dort aufzuräumen.

»Du hast großartig gekocht«, sagte Gedeon, als sie um kurz vor halb zwei endlich müde ins Bett fielen. Das Schlafzimmer war gedämpft beleuchtet – Schummerlicht. Seine Hand suchte unter der Decke nach Leonies, er ergriff sie und hielt sie locker fest. »Du lässt dir nichts anmerken. Danke dafür.« Er sah sie an.

»Auch wenn eine gewöhnliche Ehe oft als langweilig abgestempelt wird, wünsche ich mir im Moment nichts sehnlicher.« Leonie hörte, wie erschöpft sie klang, nicht von der Arbeit in der Küche oder den Gästen, sondern von ihren Gefühlen.

»Wenn ich nur nicht vom Pfad abgekommen wäre …« Gedeon seufzte. »Manchmal könnte ich mich lynchen, federn und teeren.«

»An der Seeuferstraße wird ein Abschnitt neu asphaltiert.«

»Danke für den Hinweis, ich werde morgen auf dem Weg in die Firma einen kurzen Zwischenstopp dort einlegen …«

Sie lachten müde.

»Dass du zu deinem Fehler stehst, bedeutet mir viel. Ich hoffe, das weißt du«, sagte Leonie und löschte das Licht.

Wenn es mit ihnen weitergehen sollte, musste sie eine Stelle zum Andocken finden, um Gedeon wieder zu vertrauen. Sie drehte sich zu ihm und küsste ihn. »Gute Nacht. Schlaf gut.«

»Du auch.« Er löste seine Hand aus Leonies, und sie drehte sich zur Seite.

Das Laken glitt über ihre Schulter, als sie die angenehm kalte Luft einatmete, die durch das offene Fenster kam. Ein geordnetes Leben war schneller dahin, als einem lieb war. Gedeon hatte einen Fehler begangen, und sie hatte zugelassen, dass Michael mit den Jahren zu einer schwelenden Wunde geworden war. Fehler waren ein Teil des Lebens, kein Leben war frei davon. Doch letztendlich kam es darauf an, ob man es schaffte, dem anderen, vor allem aber sich selbst zu verzeihen.

24.

»Nochmals danke, dass die Lieferung heute über die Bühne gegangen ist.«

»Aber gern doch. Bei einer Einweihungsparty können Möbel nicht schaden, vor allem Tische und Stühle.«

Michael stimmte in das Lachen der Männer ein und gab ihnen ein großzügiges Trinkgeld. Dann verabschiedete er sich von ihnen, schloss die Eingangstür und ging in Gedanken noch mal die wichtigsten Punkte durch. Die Leute vom Catering-Service waren für achtzehn Uhr bestellt. Getränke hatte er gestern bereits besorgt, und frische Blumen würde er nach seiner Joggingrunde kaufen.

Er blieb am Durchgang zum Wohnzimmer stehen und sah in den Raum, der inzwischen recht wohnlich wirkte. Der Tisch, der vorhin geliefert worden war, hatte eine beeindruckende Platte aus unpoliertem Holz, eine solide Handwerksarbeit, die dem Wohnzimmer Leben einhauchte. Um den Tisch hatte er Samtstühle in einem hellen Grün gruppiert. Außerdem gab es ein einladendes Sofa und einen Beistelltisch. Natürlich fehlte noch eine Menge, Vorhänge zum Beispiel und ein Bücherregal, außerdem dekorative Kleinigkeiten, aber man konnte bereits von einem Zuhause sprechen.

Michael ging zum Balkon, wo eine schwarz-weiß getupfte Katze auf der Balustrade saß. Er hatte noch nicht herausgefunden, zu wem sie gehörte, vermutlich einem Nachbarn. Sie schaute jeden Tag bei ihm vorbei, kam in seine Wohnung, wenn er die Balkontür öffnete, und sah sich um. Da er ihren richtigen Namen nicht kannte, hatte er sie kurzerhand Mimi getauft.

Auch heute drehte er am Griff und schob die Tür auf. »Hereinspaziert, Mimi. Schau mal, was sich bei mir getan hat.« Mimi sprang von der Brüstung und tapste mit eleganten Schritten auf Michael zu. Sie strich um seine Beine, miaute und ließ sich von ihm kraulen. Er ließ ihr Zeit, sich umzusehen, dann fasste er unter ihren Bauch und hob sie hoch. Ihr weiches Fell streichelte seine Wange.

»Du bist eine kleine Streunerin, weißt du das? Vermutlich fließt Abenteuerblut durch deinen Katzenkörper.« Mimi schmiegte sich an ihn und maunzte in sein Ohr.

Michael nahm sie mit in die Küche, setzte sie auf den Boden und stellte ihr eine Schale Katzenfutter hin. Inzwischen hatte er sich einen kleinen Vorrat angeschafft.

Mimi tapste zu der Schale, senkte die Schnauze und begann seelenruhig zu fressen. Michael nahm einen Apfel aus dem Obstkorb und biss hinein. Zum wiederholten Mal nahm er sich vor, herauszufinden, zu wem Mimi gehörte. Sicher würden die Besitzer wissen wollen, dass er ihre Katze fütterte.

Er sah zu, wie sie genüsslich fraß. Als sie fertig war, warf er das Apfelgehäuse in den Müll.

»Na komm. Sicher musst du wieder nach Hause, sonst wird dich jemand vermissen.« Mimi folgte ihm durch den Flur, und als er die Balkontür, die vom Wind zugefallen war, einen Spalt weit öffnete, sprang sie nach draußen.

»Bis morgen!«, rief Michael ihr nach. Er beobachtete, wie Mimi zum nächsten Balkon hüpfte, und schloss die Tür.

Im Vorraum schlüpfte er in seine Laufschuhe und die Sportjacke und verließ das Haus. Zwar hatte sich noch keine feste Laufstrecke herauskristallisiert, doch es gefiel Michael, dass jeder Tag Überraschendes für ihn bereithielt. Jedes Mal lief er los, neugierig, was er diesmal entdecken würde. Er würde München laufend wieder zu seiner Stadt machen.

Ein Vogelschwarm zog flatternd über ihn hinweg – ein dunkler, lebendiger Fleck. Das Gekrächze war Musik in Michaels Ohren, und die Verbundenheit der Vögel rührte ihn, sie flogen im Pulk, einer neben dem anderen – ein schönes Bild. Er folgte den Vögeln mit dem Blick, bis nur noch der perlgraue Himmel übrig blieb. Fasziniert stand er da und ließ den Moment auf sich wirken, dann lief er weiter.

Die letzten Wochen waren an ihm vorbeigerauscht. Sein Leben war mit Projekten angefüllt, zwischendurch hatte er nach Möbeln für die Wohnung Ausschau gehalten und viel mit Fred und Claudia unternommen. Die beiden waren inzwischen wieder ein Herz und eine Seele. Es war schön, seinen Freund so glücklich zu erleben. Doch irgendetwas war anders als sonst. Fred war in letzter Zeit ungewohnt zurückhaltend. Keine Hinweise mehr darauf, dass Michael endlich die Augen öffnen solle, um die Frauen wahrzunehmen, die nur auf Männer wie ihn warteten. Auch Claudias Freundin Berny wurde mit keinem Wort mehr erwähnt. Es war erleichternd, geradezu eine Wohltat, aber irgendwie sah es Fred gar nicht ähnlich, sich derart zu zügeln.

Michael bog an der Ecke links ab und sah die Schattenspur, die der heller werdende Himmel auf den Weg warf. Er ließ sich treiben und genoss die frische Luft und alle Sinneseindrücke: Menschen, die ihm entgegenkamen, andere, die er überholte, Häuser, unbelaubte Bäume, die auf Winter eingestellt waren. Jeden Morgen ging die Sonne auf, und abends stand der Mond am Himmel. Die Sterne zogen eine präzise Bahn, ein großartiger Himmelstanz, dessen Choreografie völlig mühelos erschien. Auf dem Rückweg betrat Michael mit leisem Glockenbimmeln den Blumenladen bei ihm um die Ecke.

»Hallo, Herr Jahn. Schön, dass Sie uns mal wieder beehren. Was darf's denn sein?«, grüßte die Besitzerin. Michael hatte hier schon einige Male eingekauft, und als er nun den freundlichen

Gruß erwiderte, fühlte es sich einmal mehr an, als falle sein Anker und treibe sich in den Meeresgrund.

»Ich suche nach Blumen für eine kleine Feier.« Michael sah sich um und hielt einen Plausch mit der Besitzerin, die ihm einen hübschen Strauß zusammenstellte. Er kaufte auch gleich eine passende Vase, da er noch keine hatte, und eine Orchidee im Topf. Wenig später schloss er die Tür zu seiner Wohnung auf. Er stellte die Blumen in die Vase und trug sie ins Wohnzimmer. Die Orchidee kam ins Schlafzimmer, wo die Gäste ihre Garderobe ablegen würden. Als die Blumen versorgt waren, duschte er, zog frische Kleidung an und setzte sich an den PC.

Michael arbeitete an einem Text für eine psychologische Einrichtung. Es war das erste Mal, dass er einen solchen Auftrag angenommen hatte. Er hatte die Zusage an dem Tag gegeben, als er seine Großeltern besucht hatte.

Als sie sich gegenübersaßen, hatte seine Großmutter auf die Altersflecken auf ihren Händen geblickt.

»Seit ich alt werde, sehe ich, dass es nicht auf Äußerlichkeiten ankommt, sondern auf das, was ich hier drin angesammelt habe.« Sie deutete auf ihren Kopf und fegte den Ernst, mit dem sie bisher gesprochen hatte, mit einem raschen Lächeln hinweg. »Als ich begriffen habe, dass mir nicht mehr viel Zeit bleibt, habe ich angefangen, jeden Tag darauf zu achten, dass ich glücklich bin.«

Mit diesen Worten war seine Großmutter in die Küche gegangen, um Kekse zu holen. Michael hatte sich umgesehen und eine Zeitschrift entdeckt, die auf der Seite aufgeschlagen war, auf der über eine Vernissage im Gedenken an Alexander Glanz berichtet wurde. Er hatte die Schwarz-Weiß-Fotos betrachtet, die ganz offensichtlich von Alexander stammten. Danach hatte er den Artikel überflogen und die Zeitschrift nach einem raschen Blick auf ein Foto von Alex und Leonie zur Seite gelegt, als seine Großmutter mit einem Teller Linzer Augen ins Zimmer kam.

Als er abends in sein kleines Büro trat, dachte er noch immer an das Foto von den Geschwistern, holte seine persönlichen Notizen hervor und schrieb:

Man kann weiterlieben, auch wenn der Mensch, den man liebt, sein Leben fern von einem selbst führt.

Michael riss sich aus seinen Gedanken und widmete sich wieder dem geöffneten Dokument auf dem Bildschirm. Er begann zu tippen und war so in die Arbeit vertieft, dass er erst aufmerkte, als es an der Tür klingelte. Überrascht, dass es schon so spät war, sprang er auf und eilte in den Flur. Als er die Wohnungstür öffnete, schoben sich die Leute vom Catering mit einem freundlichen Gruß an ihm vorbei und trugen Tabletts, mit Hauben abgedeckte Schüsseln, Platten und Töpfe herein.

Er hatte ein bayerisches Büfett in Auftrag gegeben: Münchner Leberknödelsuppe, Schweinsbraten mit Semmelknödeln, Weißwurst mit Breze und süßem Senf, außerdem Obazda, Kraut in Brätern, das nur darauf wartete, erhitzt zu werden, und als Dessert Germknödel mit Vanillesauce.

Ein junger Mann mit dunkler Schürze über der weißen Kluft versicherte ihm, dass es nicht viel Zeit in Anspruch nehme, das Büfett aufzubauen. Michael räumte den Tisch frei und sah in der Küche nach dem Rechten, dabei warf er einen Blick auf die Küchenuhr. Halb sieben. Er stahl sich ins Schlafzimmer, um sich umzuziehen. Die Getränke waren gekühlt, und die Musik – vorwiegend Songs aus den Achtzigern – wartete darauf, abgespielt zu werden.

In dunkelblauer Hose und gleichfarbigem Hemd trat er ins Wohnzimmer und kümmerte sich um Gläser und Servietten.

»Wenn das mal nicht nach perfekter Einweihungsfeier aussieht.« Fred erschien neben Claudia in der offenen Tür, durch die das Catering-Team ein und aus ging. In ausgelassener Stimmung fielen die beiden in die Wohnung ein. Claudia hatte es sich nicht nehmen lassen, einen großen Gugelhupf mitzubringen.

»Selbst gebacken«, erklärte sie stolz.

Fred balancierte Dauerwürste und einen Käselaib auf dem Arm. »Selbst gekauft«, sagte er und grinste.

»Ganz schön was los«, sagte Claudia, als sie in die Küche spähte.

»Das hier ist nur für den Fall, dass uns das Essen ausgeht«, sagte Fred zu einer Mitarbeiterin vom Catering, die ihn schmunzelnd ansah, und deutete auf die Würste.

»Tja, Wohnzimmer und Küche sind, wie ihr seht, bereits eingenommen. Ich lasse mich nur noch rasch instruieren, wie ich mit den Gerichten klarkomme. Dann bin ich ganz für euch da«, versprach Michael.

Nach letzten Anweisungen zog die Mannschaft bis auf eine Mitarbeiterin, die sich um die Weißwürste und das Dessert kümmern würde, ab. Michael erledigte letzte Handgriffe, dann trudelten die Gäste nacheinander ein. Jedes Mal, wenn es klingelte, wurden Geschenke und Mitbringsel überreicht. Fred half beim Annehmen der Garderobe, und Claudia bot Getränke an. Es herrschte eine ungezwungene Atmosphäre, ganz so, wie Michael es sich gewünscht hatte.

»Seht euch um. Nur keine Scheu«, forderte er jeden auf, der über die Schwelle trat. Die Gäste schlenderten neugierig durch die Wohnung, sahen in der Küche nach dem Büfett und fanden sich schließlich im Wohnzimmer in zwei größeren Gruppen zusammen. Schalen mit Leberknödelsuppe wurden gereicht. Besteckgeklapper erklang, Lachen ertönte, leise Musik untermalte die Stimmung.

»Seht euch diese Augen an«, rief plötzlich jemand und deutete auf den Balkon. Dort stand Mimi im Dunkeln.

»Darf ich vorstellen? Das ist Mimi. Ich führe sie regelmäßig zu einem Date aus. Meistens in der Küche«, witzelte Michael.

Fred tat, als wische er sich Schweiß von der Stirn. »Endlich brauche ich nicht mehr vom Thema Frauen anzufangen«, sagte er im Brustton der Überzeugung. Einige lachten, andere erkundigten sich, wie Michael an diese tolle Wohnung gekommen war.

Als der Braten serviert wurde, ging ein Raunen durch die Menge.

»Riecht das verführerisch!«

»Endlich wieder mal bayerische Kost anstatt ständig Sushi oder israelisches Essen«, sagte die Frau eines Kollegen von Fred, den Michael erst seit Kurzem kannte.

Im Flur klingelte es.

»Ich gehe schon«, erbot sich Fred.

Michael legte ihm die Hand auf die Schulter. »Lass mal. Das sind garantiert Nachbarn, die fragen, was hier los ist.« Er ging in den Flur, setzte ein entspanntes Lächeln auf und öffnete die Tür.

Vor ihm stand Leonie und sah ihn mit großen Augen an.

Michael blieb wie angewurzelt an der Tür stehen, unfähig, sich zu rühren.

»Entschuldige.« Leonie deutete nach drinnen. »Ich wusste nicht, dass du feierst.«

Im Hintergrund hörte man Schritte. Fred kam den Flur hinunter und blieb schlagartig stehen, als er Leonie sah, fing sich aber schnell wieder.

»Geh nur, ich kümmere mich um die Party. Leonie kommt ja nicht jeden Tag vorbei«, sprang er Michael bei und reichte ihm Mantel und Schal.

Michael griff überrumpelt nach seinem Dufflecoat, nahm seine Geldbörse und den Schlüssel, spürte, wie Fred ihn hinausschob, und hörte, wie die Tür hinter ihm zufiel.

25.

Gestern hatte der Mond silbrig vom Himmel geschienen, doch heute war alles wie in Watte gepackt. Dunkelheit presste sich gegen die Windschutzscheibe, als das Taxi durch den einsetzenden Nebel kroch. *Gut, dass ich ein Hotelzimmer gebucht habe und bei dem Wetter nicht zurück an den Tegernsee fahren muss*, dachte Leonie, während sie aus dem Fenster sah.

»Ich bin nicht hier geboren, aber diese Stadt fließt wie Blut durch meine Venen«, schwärmte der Taxifahrer. Seit sie zu ihm in den Mercedes gestiegen waren, sprach der Mann mit unerschöpflicher Energie über München, aus jedem seiner Argumente hörte sie heraus, wie gern er in der Stadt lebte.

Michael ging ganz selbstverständlich auf den Taxifahrer ein. »Und da sage noch mal einer, die Bürger scherten sich nicht um ihre Stadt«, erwiderte er. »Menschen wie Sie brauchen wir.«

Leonie beruhigte das Gerede des Mannes, denn es befreite sie von dem Zwang, etwas sagen zu müssen. Sie konnte einfach dasitzen und die Bilder draußen an sich vorbeiziehen lassen.

Wenige Meter vor ihr erhob sich ein Gebäude aus dem Dunst. Am Eingang standen Windlichter, in denen flackernde Kerzen leuchteten.

»Da vorn ist es.« Leonie deutete auf das Stadthaus, das durch die Lichter einladend und intim wirkte. »Dort müssen wir raus.«

Sie hatte erleichtert reagiert, als Michael einverstanden gewesen war, in ihrem Hotel miteinander zu sprechen, anstatt in ein Café in der Nähe seiner Wohnung zu gehen. So war es einfacher für sie, vor allem, da sie nicht wusste, wie emotional die Aussprache werden würde.

Der Fahrer hielt am Randstreifen, drehte sich zu ihnen um und nannte den Fahrpreis. »Brauchen Sie eine Quittung?«, fragte er, als er das Geld entgegennahm.

»Nicht nötig«, sagte Michael. »Schönen Abend noch.«

»Ihnen auch.«

Leonie sah Michael von der anderen Seite des Taxis an, trat einen Schritt zurück, damit der Wagen davonfahren konnte, und ging mit ihm auf den Hoteleingang zu.

Den Entschluss, auf gut Glück bei Michael vorbeizuschauen, hatte sie während einer Besprechung gefasst. Sie hatte das Ende des Meetings kaum abwarten können, hatte sich bei Henry wegen eines privaten Termins verabschiedet und war losgefahren. Niemand wusste, wohin sie wollte. So fühlte es sich richtig an – frei von irgendwelchen Beeinflussungen in letzter Minute.

Michael hielt ihr die Tür auf. Leonie schlüpfte an ihm vorbei in die Lobby. Dort wurden sie vom warmen Licht etlicher Stehlampen empfangen und gingen an der Rezeption vorbei. Ein Page schob einen Gepäckwagen, auf dem sich Koffer und Taschen türmten. Er grüßte freundlich und wich ihnen geschickt aus.

In der Halle warteten Sessel mit üppigen Kissen darauf, dass Hotelgäste es sich darin gemütlich machten, und über der Bar leuchtete in rotem Licht: *Die schönste Sehenswürdigkeit, die es gibt, ist die Welt.* Hinter den Sesseln und Tischen, an denen Gäste leise miteinander sprachen, prangte ein zweiter Spruch: *Zufällige Begegnungen sind oft die wundervollsten. Darauf lässt sich anstoßen!*

Leonie bemerkte das verwaiste Klavier und die Treppe, die in den ersten Stock führte, sah die Blumenbouquets auf den Sideboards und den Tisch mit den Zeitschriften.

»Wollen wir uns setzen?« Sie deutete auf eine Sitzecke hinter der Bar und steuerte darauf zu.

Michael half ihr aus dem Mantel, und sie ließen sich in die

tiefen Sessel sinken. Leonie schob die Hände unter die Oberschenkel und wartete, bis der Kellner zu ihnen kam.

»Was darf ich Ihnen bringen?«, fragte er mit professionellem Lächeln.

Sie bestellten Tee und Kaffee und eine Flasche Mineralwasser.

»Ich glaube, ich muss mich erst mal sammeln …« Michael standen Freude und Nervosität ins Gesicht geschrieben und noch etwas anderes, das Leonie erst auf den zweiten Blick deuten konnte. Ungläubigkeit. »Ich bin, gelinde gesagt, überrascht, dass du hergekommen bist. Ich hätte nicht gedacht, dass wir uns nach der Trauerfeier noch mal wiedersehen«, sagte er, als der Kellner zum nächsten Tisch gegangen war.

Leonie lauschte dem Klappern, das von der Bar kam. »So ist es mir auch gegangen, als ich dich in der Kapelle an der Tür stehen sah«, gestand sie. »Ich war nicht nur überrascht, ich war … außer mir …«

Michael wollte etwas erwidern, doch sie hob die Hand und hinderte ihn daran. »Du musst nichts erklären. Ich weiß, wie sehr du Alex mochtest.«

An der Bar steckte ein Paar die Köpfe zusammen und tuschelte miteinander, drei verwaiste Barhocker weiter waren zwei Männer offenbar in Verhandlungen verstrickt.

»Ich weiß nicht, wie du das siehst, aber ich möchte unsere Geschichte ein für alle Mal zum Abschluss bringen. Wenn du so willst, das Buch zuklappen.« Leonie sah Michael durchdringend an. Sie wollte aus seinem Mund hören, was ihn dazu gebracht hatte, Ella so nahe zu kommen, obwohl er mit ihr zusammen gewesen war. »Waren die Momente, die wir damals miteinander geteilt haben, nur eine Lüge … ein Schauspiel? Habe ich mir unsere Liebe nur eingebildet?« Die Direktheit, mit der sie vorging, fiel Leonie nicht leicht, aber Drumherumreden würde alles nur unnötig hinauszögern.

Von draußen erklang fröhliches Läuten. Irgendwo in der Nähe schlug eine Kirchturmuhr neun Uhr. Der Kellner brachte die Getränke und stellte ein Schälchen mit Nüssen auf den Tisch. Michael nickte dem Mann zu, und als er außer Sichtweite war, richtete er seinen Blick auf Leonie.

»Nichts, was ich je zu dir gesagt habe, war gelogen. Kein einziges Wort. Alles kam direkt von hier.« Er legte die Hand an seine Brust.

»Nach allem, was passiert ist, fällt es mir schwer, nicht jeden einzelnen Moment zu hinterfragen.« Leonie spürte, wie ihr das Blut in die Wangen schoss. Sie wollte offenbleiben, und langsam ließ ihre Anspannung ein wenig nach. Sie war hier, um Frieden mit der Vergangenheit zu schließen, um frei davon zu sein, und so verwunderlich es ihr auch erschien – Michaels Worte klangen ehrlich.

Er nickte und beugte sich vor. »Du kannst jede Frage stellen, die dir auf dem Herzen liegt, und ich werde ehrlich antworten. Versprochen.«

»Und woher weiß ich, dass du die Wahrheit sagst?« Der Satz war Leonie einfach so herausgerutscht.

»Ich will dich nicht von irgendetwas überzeugen, und ich kann dich nicht zwingen, mir zu glauben. Ich kann dich nur bitten, mich anzuhören.«

Leonie nickte. »Einverstanden.« Etwas Subtiles, schwer in Worte zu Fassendes, vermittelte ihr das Gefühl, Michael vertrauen zu können. War es seine inzwischen entspannte Körperhaltung? Oder sein sanftes Lächeln, das nichts von ihr erwartete?

Michael lehnte sich zurück. »Das mag jetzt womöglich merkwürdig klingen«, begann er, »aber ich war noch nie so froh, jemanden vor meiner Tür stehen zu sehen wie dich heute. Wie oft habe ich mir in den letzten Jahren vorgestellt, wie es wäre, wenn wir uns wiedersehen würden, wenn wir noch einmal die

Chance hätten, miteinander zu sprechen …« Sie sahen sich wie über einen Ozean hinweg an. Fern und doch nah. »Woher hast du eigentlich meine Adresse?«

Leonie schlug die Beine übereinander. »Kannst du dir das nicht denken?«

Michael nickte. »Verstehe«, sagte er. »Freds seltsames Verhalten in letzter Zeit ergibt nun endlich Sinn. Er hat mir kein Wort gesagt.«

»Ich hatte ihn darum gebeten. Ich wollte erst noch mal in Ruhe darüber nachdenken, ob ich dich tatsächlich treffen will.« Während sie Michael gegenübersaß, verstand Leonie, dass die Angst vor einer bestimmten Situation die wahre Hürde war, die es zu überwinden galt. »Ich war lange wie ein Vogel vor der geschlossenen Käfigtür, aber jetzt habe ich die Tür geöffnet. Kein Weglaufen, kein Verdrängen.« Sie hob kapitulierend die Hände. »Ich möchte von *dir* hören, wie es zu der Sache mit Ella gekommen ist. Auch nach all den Jahren verstehe ich nicht, wie du uns das antun konntest.«

Michael legte den Kopf in den Nacken, dann sah er Leonie direkt an. »Bevor ich darauf antworte, möchte ich, dass du Folgendes weißt: In den vergangenen Jahren ist mir klar geworden, dass enge Beziehungen nie wirklich enden.« Nachdem er einen Moment bewegungslos verharrt hatte, rutschte er auf dem Sessel nach vorn und blickte Leonie ernst an. »Selbst dann nicht, wenn man den Menschen, den man liebt, nie wiedersieht. Jemand, der einem wirklich nahesteht, lebt in einem weiter. Das Gefühl hört nie ganz auf zu existieren – etwas von jeder Liebe bleibt.«

Leonie wurde unruhig. Sie wollte diese Worte nicht hören, wollte sie nicht an sich heranlassen, denn sie trafen wie ein Pfeil mitten ins Ziel.

»Wenn du kannst, versuche das, was du gleich hörst, mit den Augen der Liebe zu betrachten.« Ein bedrückendes Schweigen entstand. Dann seufzte Michael, presste die Hände gegeneinander und sagte leise: »Ich wünschte, ich könnte dir die Wahrheit ersparen.«

Leonie sah ihn verblüfft an, als er in die Tasche seines Mantels griff, der auf dem Sessel gegenüber lag, seine Geldbörse herausholte und nach etwas suchte.

Er zog einen zusammengefalteten Zettel hervor, faltete ihn auf und strich den Knick glatt. »Normalerweise trage ich den nicht mit mir herum, aber während meines Umzugs habe ich ihn in meine Geldbörse gesteckt, und da ist er noch immer.« Seine Hand fuhr sorgsam über das Papier. Er hielt den Zettel fest, als sei er sich nicht sicher, ob er ihn loslassen solle, dann reichte er ihn Leonie. »Irgendwas hat mich immer davon abgehalten, das hier wegzuwerfen.«

Leonie sah auf den Zettel. »Das ist Ellas Schrift.« Sie sah überrascht auf, dann senkte sie den Kopf und las.

Michael, der Kuss, den Du nicht erwidert hast, lässt mir einfach keine Ruhe. Leonie darf nichts davon erfahren. Gib mir Dein Wort darauf. Meine Gefühle für Dich habe ich mir nicht ausgesucht. Gott behüte. Ich kann nichts dagegen tun, dass mein Herz für Dich schlägt. Aber jetzt bitte ich Dich zu vergessen, was geschehen ist. Ich mag nicht mal daran denken, was geschieht, wenn Leonie davon erfährt. Vernichte diese Nachricht, nachdem Du sie gelesen hast …

Leonies Hand fuhr an ihren Mund. »Sag, dass das nicht wahr ist!« Die Buchstaben verschwammen zu dunklem Gekritzel auf weißem Hintergrund. Tränen der Enttäuschung schimmerten in Leonies Augen. Sie sah auf und blickte in Michaels mitfühlende Augen. »Du hast Ella gar nicht geküsst, sie hat *dich* geküsst … weil sie in dich verliebt war?«

Michael nickte stumm. Er nahm Leonies Hand, die zu zittern begonnen hatte.

Erneut sah Leonie auf das Papier in ihrer Hand. Kein Wort aus Michaels Mund hätte so überzeugend wirken können wie die vier Worte ihrer Schwester am Ende der Nachricht:

Es tut mir leid!

»Mir ist es damals ähnlich ergangen wie dir jetzt. Zuerst war ich sprachlos, dann wütend, und anschließend bin ich ins Grübeln geraten. Die ganze Zeit habe ich mich gefragt, wie es sein konnte, dass ich nichts von Ellas Gefühlen mitbekommen habe. Wie ich so blind sein konnte.«

»Wenn, dann war ich diejenige, die blind war. Ich habe Ella damals ohne jeden Argwohn zu Picknicks, Bootsausflügen und Konzerten eingeladen, weil ich nicht wollte, dass sie ausgeschlossen wird. ›Wir sind Zwillinge. Zwei zum Preis von einer.‹ Erinnerst du dich?«

»Wie könnte ich das je vergessen.«

Wie von weit her hörte Leonie das Zischen einer Espressomaschine. »Wenn ich darüber nachdenke, fallen mir ein, zwei Situationen ein, in denen Ella dich länger angeschaut hat, als mir lieb war. Aber damals hab ich mir einfach nichts dabei gedacht.« Leonie kniff die Augen zusammen, um die Vorstellung dieses Stück Papiers in ihrer Hand auszulöschen, doch als sie sie wieder öffnete, war Ellas Nachricht zwischen ihren Fingern noch immer Realität. Sie deutete auf den Zettel. »Wieso hast du mir nicht gleich hiervon erzählt?«

»Ich wollte Ella nicht bloßstellen und auf keinen Fall einen Keil zwischen euch treiben. Ich dachte, ihre Schwärmerei ginge vorbei. Ich wollte nicht unnötig Staub aufwirbeln.« Michael rieb sich das Kinn. »Tja, und dann ging alles Schlag auf Schlag, und ich hatte keine Gelegenheit mehr zu reagieren. Gleich am nächsten Tag hat Alexander angerufen. Er ist regelrecht über mich hergefallen, von wegen, was ich mir dabei gedacht hätte, Ella gegen ihren Willen nahezukommen wie irgendein dahergelaufener Typ, der seine Hormone nicht unter Kontrolle hat … Ich war total perplex, weil ich im ersten Moment gar nicht wusste, wovon er spricht. Erst Minuten später wurde mir klar, was vermutlich geschehen war. Natürlich kann ich dir nicht sagen, was genau in Ellas Kopf vorgegangen ist. Meine Vermutung ist, dass sie Angst hatte, ich würde dir von dem Kuss erzählen, deshalb ist sie mir zuvorgekommen. Die Geschichte zu ihren Gunsten zu verdrehen war wahrscheinlich eine verzweifelte Kurzschlussreaktion.«

Die Bilder in Leonies Kopf wurden drängend. »Du hättest doch zu mir kommen können …« Ihre Augen bohrten sich in Michaels. Sie erinnerte sich an den letzten gemeinsamen Moment mit ihm, bevor alles wie ein Kartenhaus in sich zusammengefallen war.

»Das wollte ich. Und wie ich es wollte«, antwortete er. »Aber du hast meine Anrufe nicht angenommen, und als Alex anrief, um mir zu sagen, ich solle es nicht wagen, mich je wieder bei dir oder Ella zu melden …« Michael ließ den Satz im Raum stehen. »Das Telefonat mit deiner Mutter war der Tropfen, der das Fass zum Überlaufen brachte. Sie hat mir mit dem Anwalt gedroht. Da war mir klar, dass ich keine Chance hatte, mit dir zu reden … Und je mehr ich das begriff, umso klarer wurde mir, dass unsere Beziehung, sogar wenn du die Wahrheit erfahren würdest, nie mehr dieselbe wäre. Ich habe lange darüber nachgedacht, wie es sich für dich anfühlen würde, dich zwischen Ella und mir zu entscheiden. Ich wollte das, was ihr miteinander teilt, nicht zerstören … Ich habe weitergelebt, bin nach England gegangen und habe versucht, dort meinen Weg zu finden. Aber sogar in London warst du immer auf die ein oder andere Weise bei mir.

Obwohl ich das gar nicht wollte.« Michael schüttelte in Erinnerung an jene Zeit den Kopf. »Was hätte ich darum gegeben, dich vergessen zu können. Ein für alle Mal.« Er nahm die Menükarte, die auf dem Tisch lag, und drehte sie nervös in der Hand. »Inzwischen ist mir klar, wie sehr Ella gelitten haben muss. Auf einmal kommt irgend so ein Kerl wie ich daher und plötzlich steht euer Verhältnis auf dem Prüfstand.«

Leonie spürte, wie Wut und Unverständnis in ihr hochkrochen, während ihr Bild von Ella sich langsam, aber unaufhaltsam verschob. Was war nur in sie gefahren, sie derart zu hintergehen? »Warum hast du Ellas Nachricht all die Jahre aufbewahrt?«

»Weil dieser Zettel die letzte sichtbare Erinnerung an unsere Liebe ist.« In Michaels Augen schimmerte ein trauriges Lächeln. »Jedes Mal, wenn ich ihn in die Hand genommen habe, wusste ich, dass es nur die Umstände waren, die unsere Beziehung zerstört haben.«

Leonie sah ihn an, und er erwiderte ihren Blick. Es war, als wollten sie sich vorsichtig an das zurücktasten, was sie früher füreinander gewesen waren.

»Wir hätten einen Weg gefunden. Du hättest zu mir kommen müssen«, flüsterte Leonie.

»Wenn es nur möglich gewesen wäre …« Michael nahm einen Schluck Tee und stellte die Tasse vorsichtig auf die Untertasse. »Ich sehe die Situation inzwischen mit genügend Abstand und verurteile niemanden mehr aus deiner Familie. Das Erlebnis mit Ella hat mir geholfen, alles aus der Perspektive der Angst zu betrachten. Danach ist es nicht mehr schwer, Mitgefühl aufzubringen … und zu verzeihen.«

Leonie sah seinen Blick – offen, geradeheraus und traurig. Wie viele Möglichkeiten hatte es für Ella gegeben, alles aufzuklären. Ja, Leonie wäre geschockt gewesen, aber sie hätten diese schwierige Situation mit ein bisschen gutem Willen überwunden. Wenn Ella damals geredet hätte, wäre Michael wahrscheinlich noch heute ein Teil ihres Lebens, vielleicht sogar der wichtigste. Stattdessen hatte sie ihn aus ihrem Leben ausgeschlossen und all die Jahre grundlos verurteilt.

Leonie wusste nicht mehr, womit sie eigentlich gerechnet hatte. Da war immer ein leiser Zweifel gewesen, ob alles so gewesen war, wie Ella es geschildert hatte, doch diesen Zweifel hatte sie stets weggeschoben.

Ein junger Mann im Smoking setzte sich ans Klavier. Die Töne, die er anschlug, klangen melancholisch, als hielte der Winter nun endgültig Einzug.

»Ich würde dir so gern helfen, es dir leichter machen«, sagte Michael. »Wenn du kannst, verzeih Ella. Ich vermute, dass sie damals in einem echten Gefühlschaos steckte. Da macht man manchmal Fehler, die man sich später nicht zu revidieren traut.«

Leonie sah ihn an. »Weißt du, wie ich mich fühle?« Sie schüttelte gedankenverloren den Kopf. »Wie eine Fremde in meinem eigenen Leben. Nach unserer Trennung ist mein Leben sozusagen auf Normalmaß zurechtgestutzt worden. Es ist sehr langsam vonstattengegangen, und es ist noch gar nicht so lange her, dass ich das ganze Ausmaß begriffen habe.« Sie faltete die Hände und legte sie in den Schoß. »Einer meiner Professoren hat während des Studiums gesagt, früher oder später müsse jeder die scharfen Kanten glätten, um zu einem sozialen Wesen zu werden, das innerhalb der Gesellschaft seinen Beitrag leistet. Mag sein, dass die Situation für Ella damals nicht einfach war, aber was ist mit den Jahren danach? Sie hatte dreizehn Jahre Zeit, mit mir zu sprechen. Es muss doch schrecklich für sie gewesen sein, dich und mich auseinandergebracht zu haben. Da kann man doch nicht einfach für immer und ewig den Mund halten!« Leonie griff nach dem Zettel, der in ihren Schoß gerutscht war. »Darf ich den behalten?«

Michael seufzte, dann nickte er. »Ich brauche ihn nicht mehr. Mach damit, was immer du möchtest.« Er beugte sich vor. »Schau nach vorn, Leonie. Silvy hat Fred erzählt, du seiest glücklich. Das ist es, was zählt.«

»Wenn das so einfach wäre. Aber du hast recht. Ich werde es versuchen.«

Michael zahlte die Rechnung und bat den Kellner, ihm ein Taxi zu rufen.

»Ich bin froh, dass wir geredet haben. Danke, dass du heute vor meiner Tür gestanden hast.«

Sie durchquerten die Halle und hörten, wie das Stimmengemurmel und die Musik leiser wurden. Vor dem Eingang schlüpfte Leonie in ihren Mantel und trat mit Michael vors Hotel. Dort stand schon ein Taxi. Michael bedeutete dem Fahrer, er käme gleich.

»Also dann. Alles Gute, Leonie.«

»Für dich auch, Micha.«

Er drehte sich um und ging zu seinem Taxi. Leonie sah ihm hinterher, hörte seine Schritte auf dem Asphalt. Das hier war die Stunde null. Sie hatte immer alles im Griff gehabt, hatte immer gewusst, was sie als Nächstes tun würde, aber nun war es, als hätte ein Windstoß an ihr gerüttelt, sodass alles in ihr in Bewegung geraten war.

»Warte!«, rief sie.

Michael drehte sich zu ihr um, kam zurück und sah sie abwartend an.

Leonie setzte an, aber da war so viel, was in ihr feststeckte und hinauswollte.

»Ich weiß …«, Michaels Stimme vibrierte, klang so vertraut wie damals. »Es ist schwer …« Er zögerte, doch dann hob er die Arme und drückte sie an sich. Sein Körper fühlte sich noch immer an wie ein Fels in der Brandung.

Leonie schloss die Augen. Schweigend standen sie da, während der Verkehr brummend an ihnen vorbeirauschte. Schließlich löste Michael sich von ihr, strich ihr liebevoll über die Wange und stieg in das wartende Taxi.

Eine Gruppe junger Leute ging lachend an Leonie vorbei, als sie dem Taxi hinterherschaute. Sie schlang die Arme um sich, trat in die Wärme des Hotels und nahm die Treppe nach oben. Mit der Schlüsselkarte öffnete sie die Zimmertür und ließ sich drinnen aufs Bett fallen. Ellas Gesicht stand ihr deutlich vor Augen. Das Lächeln ihrer Schwester brachte jeden dazu, sie augenblicklich ins Herz zu schließen. »Du wärst nicht allein zurückgeblieben … Wie konntest du das nur denken?«, murmelte Leonie. Ella hatte alles getan, um den Status quo aufrechtzuerhalten, aber mit ihrer Lüge hatte sie letztlich das Gegenteil erreicht.

Über Leonie brannte grell das Deckenlicht, doch das Bild, das sie bisher von Ella gehabt hatte, verblasste wie ein Foto, das zu lange in der Sonne gelegen hat.

26.

»Vielen Dank, dass Sie mich schon in den Wellnessbereich lassen.« Leonie war froh, einen Badeanzug eingepackt zu haben und nun eine halbe Stunde schwimmen zu können. Das baute Frust ab.

»Kein Problem. Die nächste Stunde haben Sie den Pool für sich.« Die Hotelmitarbeiterin reichte Leonie ein Klemmbrett und einen Kugelschreiber.

Leonie trug sich in die Liste ein, nahm ein Frotteehandtuch und öffnete die Milchglastür. Meeresrauschen aus dem Lautsprecher drang an ihr Ohr.

Der Wellnessbereich war größer, als sie vermutet hatte: Der Pool war ungefähr fünfzehn Meter lang, es gab genügend Liegen und dekorative Grünpflanzen, sodass sie sich wie im Urlaub vorkam. Sie steuerte eine Liege an, ließ den Frotteebademantel vom Körper gleiten und steckte sich das Haar hoch.

Kleine Wellen drifteten von ihr weg, als sie mit kräftigen Zügen ihre erste Bahn durch das Becken zog. Der Pool gehörte ihr. Welch ein Luxus. Am Ende des Beckens stieß sie sich mit den Füßen ab und schwamm zurück. Eine Viertelstunde schwamm sie Brust, dann drehte sie sich auf den Rücken und sah, dass Sterne die Decke zierten – ein aufgemaltes Universum.

In der vergangenen Nacht hatte sie sich von einer Seite auf die andere gewälzt, und als sie irgendwann eingenickt und viel zu früh wieder aufgewacht war, war sie bei dem Versuch, das Licht anzuschalten, so ungeschickt gegen die Wasserflasche auf dem Nachttisch gestoßen, dass sie sie umgeworfen hatte. Mit einem Handtuch hatte sie gegen die nassen Flecken angekämpft und sich dabei an den unangenehmen Traum erinnert, in dem Ella die Hauptfigur gewesen war. Nun gab es einen subtilen Grenzbereich zwischen der Vertrautheit von früher und der Lüge, die seit wenigen Stunden zwischen ihnen stand. Als sie das nasse Handtuch in die Badewanne geworfen hatte, war ihr klar geworden, dass ihre Verbundenheit zu Ella wegzubrechen begann.

Leonie ließ sich treiben, stieg aus dem Wasser, trocknete sich ab und nahm den Aufzug nach oben. In ihrem Zimmer zog sie die schweren Vorhänge von den Fenstern und ging ins Bad. Auch nach stundenlangem Grübeln hatte sie noch immer keine Vorstellung davon, wie sie Ella gegenübertreten sollte. Sollte sie abwarten, bis ihre Emotionen abgeflaut waren, oder sollte sie Ella gleich beim nächsten Aufeinandertreffen gestehen, dass sie die Wahrheit kannte? Die Aussprache hinauszuzögern hätte vermutlich keinen Sinn, Ella sähe ihr die Betroffenheit ohnehin an. Leonie schaute in den Spiegel, der ihr Gesicht mit dem wässrigen Glanz in den Augen zurückwarf. Sie hielt die Hände unter das kalte Wasser, presste sie sich auf die Augen und schluckte die Tränen hinunter.

Das Frühstück wurde im Wintergarten serviert. Die blasse Sonne lugte wie ein lang erwarteter Besucher durch die Scheiben. Leonies Augen huschten über die Köstlichkeiten. Sie goss heißes Wasser in eine Kanne und überlegte, worauf sie Appetit hatte, dabei hörte sie das Gemurmel der Gäste wie leise Hintergrundmusik. Als sie ihren Teller gefüllt hatte, suchte sie nach einem freien Tisch, hängte den Teebeutel in die Kanne und bestrich das Brot mit Butter. Wie lange hatte sie gelitten, weil sie geglaubt hatte, sich in Bezug auf Michael nicht auf ihr Urteil verlassen zu können, aber sie hatte sich nicht in ihm geirrt.

Leonie ließ den Blick schweifen. Die meisten Gäste waren mit Frühstücken, Zeitunglesen und SMS-Schreiben beschäftigt. Sie biss in ihr Brot, doch ihr Magen war wie zugeschnürt. Die Wärme, die gestern in Michaels Stimme gelegen hatte, war für sie ein kurzzeitiger Schutz vor dem Gefühl der Ohnmacht gewesen, aber nun stand sie vor dem Scherbenhaufen, den Ellas Lüge hinterlassen hatte. Kein Zweifel, seit gestern Abend hatte sich der Bereich ihrer gewöhnlichen Gefühlsskala dramatisch verschoben. Und nun war die Frage, wie sie da wieder herauskam.

Sie schob den Teller zur Seite, steckte die Birne ein, die sie sich vom Büfett genommen hatte, und verließ den Wintergarten. Als sie an der Rezeption stand, klingelte ihr Handy.

»Guten Morgen, Frau Glanz. Ich wollte mich nur erkundigen, ob Sie schon Zeit hatten, die nächste Leseprobe zu überfliegen, und ob Sie noch Änderungswünsche haben? Jetzt fehlt nicht mehr viel, dann sind wir durch.«

Leonie kam die Ablenkung gerade recht. »Es trifft sich gut, dass Sie anrufen, Frau Marquart, ich bin nämlich gerade in München. Hätten Sie heute Vormittag eventuell Zeit für ein spontanes Treffen?«

Die Journalistin sagte zu, sodass Leonie nach dem Telefonat auscheckte und ihr Gepäck in den Wagen brachte. Bis zu ihrem Treffen hatte sie noch zwei Stunden Zeit, die würde sie nutzen, um durch den Englischen Garten zu spazieren.

Beim Gehen hörte sie, wie ihr Herzschlag dumpf in ihren Ohren pochte. Der Alltagsstress fiel von ihr ab. Früher hatte sie sich mit Gedeon gern im nördlichen Teil des Parks aufgehalten. Hier waren sie gemeinsam gejoggt, hatten Frisbeespieler und Amateurkicker umrundet. Als sie das letzte Mal hier gewesen waren, hatten sie den Ausblick vom Monopteros genossen. Der Panoramablick, den man von dem tempelartigen Rundbau auf dem Hügel über die Stadt hatte, war einzigartig.

Um kurz nach elf lief Leonie wieder in die Innenstadt zurück. In dem Café, in dem sie sich treffen wollten, war nicht viel los. Nicole Marquart war bereits da und unterhielt sich mit einer Kellnerin, die sie offenbar kannte.

»Oh, da sind Sie ja«, sagte sie, als Leonie auf sie zuging. Sie reichten sich die Hände und nahmen an einem Tisch Platz. Leonie legte den Manuskriptausdruck ab. Als sie gestern losgefahren war, hatte sie den Hefter geistesgegenwärtig in ihre Tasche gesteckt.

»Auch die letzten Kapitel sind wieder grandios geworden. Ich bin regelrecht durch die Seiten geflogen. Ihre Texte sind einfühlsam und gleichzeitig unglaublich eindringlich.« Leonie mochte es, wie die Journalistin die Facetten der Menschen herausarbeitete. Sie sprach von »versteckten Winkeln«, in denen die Personen, über die sie schrieb, ganz sie selbst sein durften.

»Danke für das Kompliment. Und sagen Sie doch bitte Nicole.«

»Dann bin ich Leonie«, erwiderte Leonie lächelnd.

Nicole strich über den Computerausdruck, den Leonie zwischen sie gelegt hatte. »Ihre Familie bietet ja auch eine Menge Stoff. Vor allem Ihre Großmutter.«

Leonies Hand rutschte an die Tischkante. Draußen wuchs Efeu an einer Wand hinauf. Sie wandte den Blick davon ab. »Anfangs hatte ich Bedenken, sie könnte sich gegen die Chronik aussprechen. Großmama ist zauberhaft, aber sie erzählt nicht gern von früher.«

»Trotzdem lief es gut zwischen uns. Wir haben uns erst vor Kurzem in Bad Wiessee getroffen und sozusagen zwischen den Zeilen miteinander gesprochen.« Nicole lächelte bei dem Gedanken daran. »Mir ist gleich von Anfang an aufgefallen, wie subtil Ihre Großmutter vorgeht, wenn sie von damals erzählt. Manchmal gibt sie kleine Hinweise, die darauf hindeuten, dass sie etwas zurückhält. Dann erwische ich mich dabei, wie ich darüber nachdenke, worüber sie nicht spricht …«

»Da geht es Ihnen wie mir. Ich zermartere mir schon lange den Kopf, was ihr auf der Seele liegt. Wie schwer muss es sein,

sein Leben lang über etwas zu schweigen, sich niemandem anzuvertrauen. Alles lässt sich doch irgendwie in Worte fassen …«
Nachdem Leonie den letzten Satz ausgesprochen hatte, erinnerte sie sich schlagartig daran, dass es durchaus Situationen gab, von denen man niemand etwas zu erzählen traute.

»Ich habe den Eindruck, Ihre Großmutter fühlt sich wegen irgendetwas schuldig. Sie scheint das Gefühl zu haben, an der Situation nichts mehr ändern zu können, deswegen fällt es ihr offenbar schwer, sich zu öffnen.«

Die Kellnerin kam zu ihnen und tippte die Bestellung in ihr Tablet.

»Sie sprechen mir aus der Seele«, sagte Leonie, als die Bedienung fort war. »Leider ist das, was meine Großmutter mit sich herumträgt, offenbar derart schwerwiegend, dass sie lieber den Kopf in den Sand steckt. Wenn Sie noch etwas erfahren, das wichtig sein könnte, wäre ich Ihnen sehr verbunden, wenn Sie es mir sagen.«

»Das würde ich sehr gern, aber mein Beruf basiert zuallererst auf Vertrauen. Deshalb bleibt alles, was jemand mir im Vertrauen erzählt, auch bei mir. Schweigepflicht. Sie verstehen das sicher.«

»Natürlich. Entschuldigen Sie.« Leonie respektierte das. Diese Frau war ein Profi. Heikle Gespräche waren ihr täglich Brot. Dass der Schutzpanzer ihrer Großmutter in ihrer Gegenwart Risse bekommen hatte, wunderte Leonie trotzdem. Vielleicht war Nicole derart sensibel, dass sie schon anhand eines Blicks, einer Geste, oder was auch immer etwas Verborgenes erspürte.

Die Kellnerin brachte Espresso und Wasser für Nicole und Karottensaft für Leonie.

Leonie nahm einen Schluck. »Darf ich Sie fragen, weshalb Sie sich für den Beruf der Ghostwriterin entschieden haben, anstatt unter Ihrem eigenen Namen zu veröffentlichen?« Sie suchte in Nicoles Augen nach einer Antwort.

»Jetzt haben Sie mich bei meinem Schwachpunkt erwischt.« Nicole ließ ihre Finger über den Rand der Tasse wandern. »Sagen wir mal so, ich bin mir meiner Möglichkeiten durchaus bewusst, aber es gibt da noch emotionale Gründe.« Sie ließ von der Tasse ab und begann, den Zuckerstreuer auf dem Tisch hin und her zu schieben. »Um es aufs Wesentliche herunterzubrechen, ich traue es mir noch nicht zu. Hinzu kommt, dass es mich berührt, wenn ich etwas Echtes aufdecke … keine erfundene Geschichte, sondern Situationen, die Menschen tatsächlich durchlebt und überwunden haben.«

Sie unterhielten sich angeregt, bis es Zeit war, das Café zu verlassen. Vor der Tür verabschiedeten sie sich.

Leonie blieb inmitten der Passanten zurück und sah, wie Nicole davoneilte. Mit den Interviews waren sie durch. Nicole musste nur noch das letzte Kapitel schreiben, den Text ein weiteres Mal überarbeiten. Danach ginge das Manuskript ins Lektorat.

Als sie Nicole nicht mehr sehen konnte, trat Leonie an ein Schaufenster, begutachtete Röcke, Hosen und Pullover, ohne den Wunsch zu verspüren, etwas zu kaufen. Dinge hinauszuzögern war normalerweise nicht ihre Art, doch heute hatte sie das Bedürfnis, Ella – und vor allem sich selbst – eine Schonfrist zu gewähren, deshalb rief sie Silvy an.

»Hast du Zeit für eine Mittagspause? Ich bin in der Stadt«, fragte sie nach der Begrüßung.

Silvy schlug ihren Lieblings-Maronistand in der Maffeistraße als Treffpunkt vor. »Und danach probieren wir das Mittagsmenü im Schumann's. Einverstanden?«

Sie trafen sich wenig später und kauften eine Tüte Esskastanien, die sie sich teilten.

»Du siehst aus, als hättest du eine anstrengende Nacht hinter dir. Ist Gedeon auch in der Stadt?« Silvy zog grinsend die Handschuhe aus, um die Kastanien zu schälen.

Leonie pustete auf eine Kastanie und sah Silvy dabei forschend an. »Nein, er ist zu Hause. Ich bin wegen Micha gekommen. Da würde Gedeon nur stören.«

»Was um Himmels willen …« Bevor Silvy den Satz beenden konnte, schossen die Worte nur so aus Leonie heraus.

»Micha hat Ella damals gar nicht geküsst.«

Einen Moment sagte niemand etwas. »Sag das noch mal!«, rief Silvy schließlich verdattert.

Leonie holte Ellas Nachricht hervor und reichte sie Silvy.

Silvys Augen huschten über die Zeilen. »Das darf doch nicht wahr sein!«

»Das dachte ich auch, als ich es gelesen habe. Ella hat *ihn* geküsst, nicht umgekehrt.«

Silvy rümpfte die Nase, als sie Leonie den Zettel zurückgab. »Ella verhält sich doch sonst nicht so. Wobei … Verliebtheit lässt so manche Grenzen verschwimmen.« Silvy hielt einer Frau, die an den Maronistand getreten war, ihre Tüte entgegen. »Entschuldigen Sie. Wollen Sie unsere Kastanien haben? Wir haben plötzlich keinen Hunger mehr.«

Als sie die Tüte los war, nahm sie Leonie in den Arm und drückte sie an sich. »Warum hast du mich nicht sofort angerufen, nachdem du dich mit Micha ausgesprochen hast?« Sie ließ Leonie los, hielt aber weiterhin ihre Hand.

Leonie standen Tränen in den Augen. »Ich war so unendlich traurig, Silvy. Ich wollte einfach nur allein sein.« Die glasigen Tropfen bahnten sich ihren Weg über Leonies Wangen. »Wie konnte Ella mir das all die Jahre verschweigen? Wir sind doch Schwestern …« Leonies Stimme brach, und sie schluchzte leise.

»Das weiß ich nicht. Was ich allerdings weiß ist, dass wir uns jetzt erst mal um dich kümmern, Leo. Lass uns zu mir fahren, ich koche was für uns. Dann sehen wir weiter.«

Als sie kurze Zeit später in Silvys Wohnung ankamen, verschwand Silvy in der Küche, während Leonie im Wohnzimmer zurückblieb. Eine Viertelstunde später kam Silvy mit zwei Tellern Spaghetti mit Tomatensauce und Mozzarella zurück und stellte sie auf den Esstisch. »Ich hole noch rasch Wasser und Gläser«, sagte sie, als Leonie Platz nahm.

»Dieses Jahr ist einfach unglaublich …« Leonie nippte lustlos am Mineralwasser. »Zuerst Alex' Unfall, dann Gedeons Seitensprung und jetzt die Wahrheit über Ella und Micha.«

Silvy drehte die Nudeln. Kauend deutete sie mit dem Löffel auf den Teller vor Leonie. »Iss wenigstens ein paar Bissen.« Sonnenlicht verfing sich in den Blumen auf dem Tisch. »Hast du schon einen Plan, wie du vorgehen willst? Mit Ella, meine ich.«

Leonie schüttelte den Kopf und lehnte sich mit dem Rücken gegen die Stuhllehne. »Ella ist plötzlich jemand, den ich nicht mehr kenne«, brachte sie schweren Herzens hervor. »Und wie es mit Gedeon weitergehen soll, weiß ich auch nicht.« Sie schob ihre Gabel in die Nudeln, um wenigstens einen Bissen zu probieren.

»Immerhin läuft beruflich bei dir alles glatt«, sagte Silvy.

Leonie schob den Teller zur Seite und stützte das Kinn auf die gefalteten Hände. »Ja, wenigstens das.«

»Daran hältst du dich jetzt erst mal fest. Und dann wartest du zwei, drei Tage, bis du dich wieder etwas beruhigt hast. Danach siehst du klarer, was Ella betrifft.«

»Wenn du es sagst.«

Silvy warf Leonie einen tröstlichen Blick zu, der besagen sollte, dass am Ende alles gut würde, doch Leonie war sich ganz und gar nicht sicher, dass die Strategie ihrer Freundin in diesem Fall aufginge.

Zwei Tage später stand Leonie vor Ellas Wohnungstür, aber als sie die Hand hob, um zu klingeln, war sie weniger entschlossen, als sie gehofft hatte. »Bring es endlich hinter dich«, hörte sie ihre Stimme im Treppenhaus widerhallen. Sie klingelte.

Ella öffnete die Tür mit dem Telefon am Ohr. Während sie sprach, gab sie Leonie zu verstehen, dass sie gleich Zeit für sie hätte.

»Selbstverständlich bestätige ich den Termin«, sagte Ella. »Fünfzehn Uhr, keine Änderungen. Wir gehen jedes Thema durch, das auf der Agenda steht. Darauf gebe ich Ihnen mein Wort. Bis nächste Woche. Wir sehen uns.« Mit einem Seufzen legte Ella das Handy beiseite und wandte sich Leonie zu. »Ich sag's dir, heute ist mir die Arbeit bis nach Hause gefolgt.« Sie ging auf Leonie zu und küsste sie auf beide Wangen. »Wo hast du eigentlich gesteckt?« Ella sah Leonie abwartend an. »Ist was mit Gedeon? Du wirkst bedrückt.«

Leonie holte Luft und sprach es endlich aus. »Diesmal hat es nichts mit Gedeon zu tun, sondern mit dir, Ella.«

»Mit mir?« Ella deutete auf die Sitzecke. »Geht es um das Meeting in London nächste Woche? Da läuft noch nicht alles rund, aber es gibt keinen Grund, sich zu sorgen.«

Leonie setzte sich ihrer Schwester gegenüber. »Ella«, begann sie und hörte selbst, wie belegt ihre Stimme klang. »Was ich jetzt tun muss, fällt mir unglaublich schwer …« Sie griff in die Tasche ihres Blazers und zog den Zettel hervor. »Das hat Michael mir gegeben, als wir uns in München getroffen haben.«

Ella sah erschrocken auf die zusammengefaltete Nachricht, die über dem Tisch in der Luft schwebte. »Du hast dich mit Micha getroffen?«

Leonie versuchte, jede noch so kleine Veränderung zu erfassen, die in Ellas Miene vorging. »Ja, das hätte ich schon viel früher hinter mich bringen müssen. Es war höchste Zeit. Du hast Micha damals diese Nachricht zukommen lassen. Sicher erinnerst du dich daran.«

Ella zuckte zurück, und ihr Arm fiel mit einem leisen Geräusch auf die Sessellehne.

Leonie beugte sich zu ihrer Schwester, die erstarrt dasaß. »Ella, warum hast du Micha damals beschuldigt, obwohl er nichts Falsches getan hat? Warum hast du behauptet, er hätte dich bedrängt und geküsst, obwohl *du* es warst, die ihn küssen wollte?« Eine bleierne Stille legte sich über den Raum. Ella hielt den Kopf gesenkt und saß reglos da. »Wir haben uns nie belogen, konnten uns immer vertrauen«, fuhr Leonie fort. »Du weißt doch, dass wir immer einen Weg gefunden haben, egal, worum es ging. Warum hast du gelogen?«

Auf dem Tisch läutete das Telefon. Als das Klingeln aufhörte, blickte Ella hoch. »Ich weiß es nicht.« Ihr Arm rutschte von der Lehne hinunter.

Leonie spürte, wie sie zitterte. Die Anspannung war förmlich greifbar. Es war kaum auszuhalten. »Du wusstest, wie wichtig Micha mir war, wie sehr ich ihn geliebt habe.«

Ella richtete sich mühsam auf und begann, nervös auf und ab zu gehen. Als sie schließlich stehen blieb, sah sie Leonie eindringlich an. »Ich wollte das nicht. Nichts davon.«

»Was wolltest du nicht? Etwas erzählen, das gar nicht passiert war?« Leonie barg ihr Gesicht in den Händen, sah aber rasch wieder auf. »Meine Liebe zu Micha ist wegen dieser Lüge zerbrochen, Ella. Natürlich wäre ich wütend und verletzt gewesen, wenn du mir die Wahrheit gesagt hättest, aber es macht doch einen Riesenunterschied, ob ich weiß, dass du einen Fehler eingestehst, oder ob ich nur durch Zufall davon erfahre.« Leonie stand ihrerseits auf und blieb vor Ella stehen. Sie konnte keine Sekunde länger ruhig sitzen bleiben.

»Ich hab mich so schlecht gefühlt, nachdem ich versucht hatte, ihn zu küssen … und er mich zurückgewiesen hat. Ich wollte mich doch nicht in ihn verlieben, aber irgendwie ist es doch passiert. Und als ich Alex meinen Fehler anvertrauen wollte, ist eins zum anderen gekommen. Ich war so durch den Wind, dass ich keinen geraden Satz hervorbringen konnte. Und auf einmal ging Alex davon aus, dass Micha *mich* geküsst hatte. Als er Mama davon erzählt hat, ist alles aus dem Ruder gelaufen. Sie hat mir jede Menge Fragen gestellt, und da ich vor lauter Weinen nicht antworten konnte, ist sie vom Schlimmsten ausgegangen.«

»Und da hast du dir gedacht, dass Schweigen die beste Option ist?«

Ella blickte zu Boden. »Ich hab ein paar Tage später versucht, Mama zu sagen, dass Micha mich nicht bedrängt hat, aber sie hat nur gesagt, dass ich nicht die Erste bin, der so was passiert, dass mich keine Schuld trifft und dass ich mich nicht dafür schämen müsse.«

»Das erklärt noch immer nicht, warum du all die Jahre geschwiegen hast.«

Ella sah auf. »Ich wollte dir die Wahrheit sagen … wirklich. Aber ich hatte Angst, dich zu verlieren. Ich kam mir so schlecht vor, so feige. Und irgendwann ging es dir besser, und dann kam Gedeon, und … Du warst doch glücklich mit ihm …«

Die Wut, die in Leonie aufwallte, war überwältigend. Sie stand Ella wie eine Fremde gegenüber – traurig und schockiert. »Du hast einfach so über mein Leben entschieden. Und über Michas. Du wusstest ganz genau, wie sehr ich unter der Situation gelitten habe. Trotzdem hast du keine Anstalten gemacht, mir – deiner Schwester, die dir angeblich so wichtig ist – die Wahrheit zu sagen.«

Das Klopfen an der Tür war geradezu erleichternd, obwohl die beiden Frauen kurz zusammenzuckten.

Ihre Mutter steckte den Kopf herein. »Hier seid ihr! Ich habe schon versucht, euch telefonisch zu erreichen.«

Leonie drehte sich zu Ella. »Jetzt kannst du Mama endlich die Wahrheit sagen.« Sie stand auf und griff nach ihrer Jacke. Sie musste hier weg, sonst würde sie sich nur noch mehr aufregen. Ohne noch einen Blick auf ihre Schwester zu werfen, zog sie die Eingangstür mit Nachdruck hinter sich zu. Sie war schon auf dem Weg zu ihrer Wohnung – Gedeon war sicher schon zu Hause –, aber dann entschied sie sich, noch mal in die Firma zu fahren. Sie musste jetzt allein sein.

Als sie den Flur hinunterging, hörte sie ein Rascheln aus Henry Stüves Büro. Sie lugte in das Zimmer, wo er dabei war zusammenzupacken.

»Sie sind spät dran. Höchste Zeit, sich auf den Heimweg zu machen.«

Henry drehte sich um, blickte auf die Uhr, dann auf Leonie. »Frau Glanz? Sie schauen noch mal vorbei … um diese Zeit? Kann ich irgendwie helfen?«

Leonie sah ihn an, ohne ihn richtig wahrzunehmen. Sie kam sich vor, als liefe sie auf der Stelle, ohne voranzukommen. Ihre Gefühle spülten einfach alles fort. »Manchmal lässt nichts etwas wieder zu dem werden, was es einmal war«, murmelte sie.

Der junge Mann zuckte die Schultern und lächelte aufmunternd. »Abwarten, was das Schicksal mit uns vorhat … sagt meine Mutter immer.«

Im Dadès-Tal

Der Duft der Damaszenerrose verwandle die Menschen, sagen die Frauen im Dadès-Tal. Er öffne ihr Herz, sodass sie sähen, dass eine tröstende Hand mehr bewirke, als Worte je ausdrücken können.

27.

München, 1963

Wie eine Verheißung schwebte das Plakat über den Köpfen der Frauen und Männer in Abendgarderobe.

17. Cidesco World Congress, Munich 1963. Leichtfüßig schwebte Hedi durch die Menge und ließ ihre Augen über die eleganten Buchstaben gleiten. Der Raum schien vor Energie zu vibrieren. Was für eine Stimmung.

Alfons war schon vor Jahren zu einem Cidesco-Kongress eingeladen worden – einer Organisation auf dem Gebiet der Kosmetik, die Mitglieder dieser Branche aus der ganzen Welt zusammenbrachte, um Wissen und Können auszutauschen, Kontakte mit Ärzten, Dermatologen, Chemikern und sonstigen Fachleuten zu knüpfen. Und diesmal, da das Treffen in München stattfand, nahmen sie endlich daran teil.

Hedi streckte die Hand aus und nahm sich eine Sektflöte vom Tablett des Kellners, der an ihr vorbeieilte. Sie hatte bereits ein Glas getrunken, aber es war nicht der Sekt, der sie so aufgekratzt sein ließ, auch nicht die Tänze zwischendurch, es waren die Gespräche, die ihr den Kopf verdrehten. Hier beglückwünschte man sie zu ihrer Werbeidee, ihrer Inspiration und Durchsetzungskraft. Sie wurde ernst genommen. Das tat unheimlich gut.

Dass sie einmal als Frau eines angesehenen Kosmetikunternehmers an einem Treffen im Hotel Bayerischer Hof teilnehmen würde, zu dem Menschen aus der ganzen Welt angereist waren, hätte sie noch vor wenigen Jahren nicht einmal zu träumen gewagt.

Die Band stimmte Glenn Millers *In the mood* an. Hedis Lippen öffneten sich, leise trällerte sie mit. »*In the mood, that's what he told me. In the mood, and when he told me. In the mood, my heart was skippin'. It didn't take me long to say' I'm in the mood now.*« Sie deutete einige Tanzschritte an, hielt inne und suchte über die Köpfe der Gäste hinweg nach ihrem Mann.

Dort hinten stand er mit Georges Dumont aus Belgien und Jacques Poirsons aus Frankreich. Dumont und Poirsons waren die Gründer von Cidesco. In Gesellschaft der beiden Männer war Alfons in seinem Element, hier traf er auf Mitstreiter, begegnete Kollegen, die wie er unermüdlich forschten und großes Interesse daran hatten, diese Forschungen zu verwerten und in die Welt hinauszutragen. Ein Netzwerk, das weltweit agierte, war auch für ihn etwas Besonderes.

Seit Alfons Kontakt zu den beiden Gründern aufgenommen hatte, kämpfte Hedi an seiner Seite für eine seriöse Ausbildung der Kosmetikerinnen. Ihr Engagement ging längst über die Direktwerbung hinaus. Im letzten Jahr hatte sie in München ein Forum gegründet. Frauen, die im Bereich der Kosmetik arbeiteten, konnten sich unter ihrem Vorsitz austauschen. Ihre monatlichen Treffen mit den Frauen, die weiterhin von Tür zu Tür gingen und längst einen perfekt ausgestatteten Koffer mit Proben bei sich trugen, hatten sie auf die Idee mit dem Forum gebracht. Die meisten ihrer Angestellten hatten inzwischen eine Ausbildung zur Kosmetikerin gemacht, die von Glanz Kosmetik finanziell unterstützt wurde. Nur so konnten ihre Kundinnen optimal beraten werden. Alfons war es wichtig, die Seriosität der Firma mit jedem neuen Produkt unter Beweis zu stellen, da durften Ausbildung und Werbung nicht hintanstehen. Und da sie jemand Verlässliches für Annalena gefunden hatten – eine Frau aus der Nachbarschaft kümmerte sich rührend um ihre Tochter –, stand ihrem Wirken nichts mehr im Wege. Zwar hatte es Kämpfe deswegen gegeben, doch am Ende hatte Alfons eingesehen, dass Hedi nicht nur bei Annalena sein konnte, sondern auch fernab der Kinderbetreuung etwas tun musste.

Eine Frau in einem bodenlangen schwarzen Kleid kam auf Hedi zu. »Frau Glanz?«

Hedi nickte überrascht. Sie roch den süßen Atem der Frau und nahm ihr Parfüm auf – orientalisch.

»Ich bin Magdalena Zischkowiz. Ich betreibe einige Kosmetikinstitute, inzwischen acht an der Zahl.« Mit mädchenhaft gekräuselter Nase sah die Frau sie an und sagte, dass sie bereits von ihr gehört habe, dabei hielt sie Hedi zum Anstoßen ihr Sektglas entgegen.

»In welchem Zusammenhang haben Sie von mir gehört, wenn ich fragen darf?« Hedi nahm einen großen Schluck Sekt und spürte das Kribbeln der Kohlensäure auf der Zunge.

»Sie sind längst keine Unbekannte mehr, nicht nur, weil Sie mit Alfons Glanz verheiratet sind. Sie sind die Frau, die Werbung von Tür zu Tür salonfähig gemacht hat. Was für eine naheliegende Idee. Warum ist *mir* das nicht eingefallen?« Magdalena Zischkowiz lachte perlend und stieß erneut mit Hedi an.

»Gratuliere zu Ihren Kosmetikinstituten«, sagte Hedi in munterem Ton. »Sie scheinen ebenfalls alles andere als untätig zu sein.«

»Das bin ich in der Tat nicht. Ich setze mich schon seit Jahren für die Vereinheitlichung des beruflichen Standards der Kosmetikerinnen ein. Ich nehme an, Sie kennen Rosel Heim?«

»Rosel Heim … Mein Mann hält seit Jahren losen Kontakt zu ihr. Leider hatte ich noch nicht das Vergnügen, sie persönlich kennenzulernen. Sie entwickelt wunderbare Produkte«, antwortete Hedi.

»Ihr Mann steht Frau Heim in nichts nach«, behauptete Magdalena Zischkowiz. »Er unterstützt eine einheitliche Ausbildung, und das sichert langfristig die Qualität.«

Hedi sah sich im Saal um. Das Augen-Make-up der meisten Frauen war schon von Weitem gut sichtbar. Schwarz betonte Lidfalten kontrastierten mit hellblauen oder silbrigen Lidschatten. Mehrere Lagen Mascara gehörten inzwischen zum Tages-Make-up, sogar falsche Wimpern galten als alltagstauglich. Auf dem Gebiet der dekorativen Kosmetik hatte sich eine Menge getan.

Doch die meisten Cremes waren noch immer einfach zusammengesetzt und begnügten sich damit, die Haut zu schützen und rückzufetten. Seit Alfons die Forschungsabteilung vergrößert hatte, kam er abends immer später nach Hause. Die meiste Zeit saß sie mit Annalena allein am Tisch, aß mit ihr gedünstete Karotten und Kartoffelbrei, weil das das Lieblingsessen ihrer Tochter war, danach las sie ihr im Bett Geschichten vor. Weder Hedi noch Alfons sprachen noch über eine Vergrößerung der Familie, weil das Thema in ihrer Beziehung nach wie vor ein wunder Punkt war.

Magdalena Zischkowiz erzählte weiter, und Hedi musste sich zwingen, ihr zuzuhören. Sie beobachtete, wie Alfons sich von Georges Dumont, Jacques Poirsons und zwei weiteren Männern verabschiedete – alle schienen bester Dinge. Die Männer öffneten den Kreis und entließen Alfons schulterklopfend.

Die Band spielte einen Foxtrott. Alfons kam zu Hedi und nickte Magdalena Zischkowiz zu.

»Entschuldigen Sie, gnädige Frau. Darf ich meine Frau kurz für diesen Tanz entführen?« Ohne auf eine Antwort zu warten, zog er Hedi auf die Tanzfläche, und sie schmiegte sich in seine Arme. Sie waren darin geübt, miteinander zu tanzen. Es war leicht, sie bewegten sich wie von selbst. Ein einziger schwebender Tanz eines perfekt aufeinander abgestimmten Paares. Alfons beugte sich hinab und gab Hedi einen Kuss auf die Stirn.

»Du warst lange verschwunden«, sagte er.

»Ich war in den Katakomben«, scherzte Hedi, »ein Stockwerk tiefer. Und dann wurde ich angesprochen, das hat gedauert.«

»Es wundert mich nicht, dass die Menschen mit dir plaudern wollen. Es spricht sich halt herum, dass du ein Werbegenie bist und etwas zu sagen hast.« Er führte Hedi routiniert durch den Saal, dabei nickte er ab und zu in jemandes Richtung. »Ist heute nicht ein herrlicher Abend? Arbeit und Vergnügen in idealer Weise miteinander verknüpft. Das sollte es öfter geben.«

Der Tanz ging zu Ende, doch Alfons hielt Hedi auf der Tanzfläche und glitt mit ihr in einen Walzer. Beschwingt drehten sie sich linksherum.

Hedi war ganz leicht zumute. Auf dem Gesicht ihres Mannes lag ein entspannter Ausdruck. Es kam viel zu selten vor, dass sie Stunden wie diese miteinander teilten – fernab von allem. Wäre jetzt nicht ein guter Moment für einen Vorstoß? Hedi wägte ihre Chancen ab und schalt sich sofort, wieder nur zu überlegen, anstatt endlich etwas zu tun. Sie schmiegte sich enger an Alfons, sah zu ihm hoch und gab sich einen Ruck.

»Würdest du mir einen Gefallen tun?«, fragte sie. Ihr Herz klopfte, als würde es bei der nächsten Drehung in lauter kleine Teile zerspringen.

»Immer, mein Herz.« Alfons führte sie weiter im Kreis. Sein Atem ging schnell, und seine Füße glitten wie von selbst übers Parkett. Tanzen war Fliegen, hoch über der Wirklichkeit.

Wie viele Jahre wartest du nun schon? Was soll besser werden, während die Zeit vergeht?

Die Band stimmte einen Tango an. Sie brachten sich in Position. Wenn auch der Rest so einfach wäre …

»Nenn mir den Namen der Frau.« Hedi hatte den Satz kaum ausgesprochen, als Alfons mit der Schrittfolge durcheinanderkam. Er fing sich wieder und fand in den Tanz zurück.

»Alles, was ich möchte, ist ihr Name. Ist das so schwer zu verstehen?« Hedis Stimme klang bittend, aber sie war längst keine Bittstellerin mehr, sondern eine Kämpferin.

»Wir haben das doch alles geklärt … Es ist gut so, wie es ist. Glaub mir, Hedi.«

»Mag sein, dass du so empfindest, aber ich sehe das anders. Ich muss es wissen. Bitte.«

Alfons schloss kurz die Augen, dann sah er Hedi eindringlich an. »Es wäre nicht gut, etwas zu ändern. Mach uns diesen Abend nicht kaputt. Ich weiß, was ich tue. Überlass dieses Thema mir.«

Hedi versteifte sich. »Ach, hör doch mit diesem Abend auf. Kommt es darauf an? Auf diese Stunden, diesen Tanz …« Hedi lehnte sich nach hinten, weg von ihrem Mann.

Alfons griff nach ihr und holte sie in den Tanz zurück. »Ich liebe dich, Hedi. Vom ersten Tag an, damals, im Café Wien, wusste ich, dass du die Richtige für mich bist. Ich würde alles für dich tun … Alles, was ich kann.«

Hedi lagen tausend Worte auf der Zunge, vor allem die Frage, ob das sein letztes Wort wäre, aber es hatte keinen Sinn, diese Frage zu stellen. Alfons dachte nach, bevor er handelte. Er würde bei seiner Meinung bleiben. Egal, wie es ihr ging, was sie dachte und fühlte. Er war sich so sicher, auch in diesem Fall die richtige Entscheidung getroffen zu haben.

»Mach es dir doch nicht so schwer.« Alfons versuchte, sie weiter übers Parkett zu führen, aber Hedi riss sich von ihm los.

»Lass mich.« Sie funkelte ihn an und lief durch die Menge davon.

»Hedi, wo willst du denn hin?«, rief er ihr nach, aber ein Tusch der Big Band übertönte seine Stimme.

Hedi rempelte einen Mann an und lief an einer Gruppe von Gästen vorbei. In ihrem Kopf herrschte blankes Chaos. Sie musste raus aus diesem Saal. Fort von der erzwungenen Fröhlichkeit, fort von Alfons. Brauchte Abstand von allem.

28.

»Nach dem Fotoshooting für die Chronik ist Ella sang- und klanglos verschwunden. Angeblich hatte sie einen Termin, dabei war fix ausgemacht, dass wir mit Jean-Luc essen gehen.«

Gedeon zog sich keuchend an der Metallstange hoch. »Sieht so aus, als müsstest du ihr mehr Zeit geben«, stieß er hervor.

»Mehr Zeit? Seit ich sie mit der Wahrheit konfrontiert habe, sind drei Wochen vergangen.« Leonie schnaubte. »Drei geschlagene Wochen, in denen sie ihr Ding durchzieht. Ich erkenne sie überhaupt nicht mehr wieder. Wie lange soll das denn noch so weitergehen?«

Gedeons Füße hoben und senkten sich, während ein Klimmzug auf den anderen folgte. Als er zu ihr in den Familienstammsitz gezogen war, hatte Leonie ihn nach der Arbeit beinahe täglich im Souterrain angetroffen. Ein Fitnesscenter im eigenen Haus empfand er als ultimativen Luxus. Seitdem bezeichnete sie ihn spaßeshalber als »beliebtestes Mitglied des Clubs«.

»Dann sprich sie noch mal darauf an. Was sagen denn Annalena und Hedi dazu? Und Claus? Wissen die schon Bescheid?«

»Vermutlich nicht. Als Mama in unser Gespräch geplatzt ist, habe ich Ella angehalten, ihr endlich die Wahrheit zu sagen. Mama hätte mich längst darauf angesprochen, wenn sie etwas wüsste. Großmama und Papa genauso.« Leonie setzte sich auf den Hometrainer, stellte Trainingszeit und gewünschten Widerstand ein und radelte los.

»Du willst Ella nicht zuvorkommen. Schon klar.«

»Natürlich will ich das nicht. Das wäre anmaßend. *Sie* muss in dieser Sache tätig werden. Der Ball liegt bei ihr. Aber sie steht völlig neben sich.« Leonie trat in die Pedale. Heute fühlte sie sich schon zu Beginn des Trainings ausgepowert.

Gedeon ließ sich von der Stange gleiten, griff nach einem Handtuch und wischte sich über die Stirn. Dann kam er zu Leonie und legte ihr kurz die Hand auf den Rücken.

»Warum lässt du diese alte Geschichte so nah an dich heran? Ist das alles nicht längst kalter Kaffee? Klar, Michael wurde zu Unrecht beschuldigt, das ist nicht in Ordnung. Eine Entschuldigung ist das Mindeste, was folgen muss. Aber davon abgesehen ändert sich doch nichts. Michael hat sein Leben, Ella hat ihres und du hast deins. Und vergiss nicht, Ella ist nicht so selbstsicher, wie sie manchmal tut. Sie ist anders als du, nicht so vernünftig.«

»Vernünftig … Na, vielen Dank für das Kompliment.« Leonie boxte Gedeon in gespieltem Ernst gegen den Oberarm. »Das will natürlich jede Frau über sich hören.«

»Du weißt, wie ich es meine. Du bist die Stärkere von euch beiden. Sieh ihr den Fehler nach.«

»Das will ich ja, bloß kann ich meine Gefühle nicht auf Knopfdruck abstellen. Ich bin maßlos enttäuscht, Gedeon. Dass Ella nicht zu mir gekommen ist, sagt doch etwas über unser Verhältnis aus … Hab ich mir die enge Bindung zwischen uns nur eingeredet?«

Gedeon zuckte die Schultern. »Reicht nicht eine normal gute Beziehung zu ihr? Muss es gleich so eng sein, dass kein Blatt zwischen euch passt?«

»Ella und ich sind nun mal auf besondere Weise verbunden – schon immer. Wie oft haben wir über Kleinigkeiten, die anderen gar nicht auffallen, gelacht und herumgeblödelt. Ein Blick hat gereicht, und wir wussten, wie es der anderen geht. Jetzt fühlt sich das an, als würde ich mir selbst im Weg stehen. Sie fehlt mir unendlich, und ich überlege die ganze Zeit, wie ich meine Enttäuschung und die Wut überwinden kann … Ich würde so gern etwas tun, damit wir uns wieder näherkommen. Nur was?«

»Ich glaube, ich kann mir nicht mal annähernd vorstellen, was es bedeutet, in solch einer Symbiose zu leben«, gab Gedeon zu. »Aber wenn ich dir etwas raten darf, dann nicht zu viel von dir und Ella zu erwarten. Das kannst du tun. Ihr seid beide auch nur Menschen mit Bedürfnissen, Vorstellungen, aber auch Grenzen.«

»Das vergesse ich schon nicht, keine Sorge. Aber die Grenzen, von denen du sprichst, hören für mich da auf, wo andere in Mitleidenschaft gezogen werden. Ella müsste die Dinge geraderücken. Mehr erwarte ich gar nicht.«

»Was für eine verfahrene Situation! Sie sitzt vermutlich in ihrer Wohnung und weiß selbst nicht weiter.«

»Sie könnte mit mir sprechen. Wahrhaftigkeit … darum geht es. Weder sie noch ich sollten Angst davor haben müssen, uns in schwierigen Situationen einander anzuvertrauen. Sogar, wenn es um egoistisches Verhalten geht.«

»Wahrhaftigkeit ist ein großes Wort.« Gedeon seufzte. »Nicht nur für Ella.«

Plötzlich begriff Leonie, wie schwer es für ihn war, mit dem Thema Wahrhaftigkeit konfrontiert zu werden. Sie kannte nicht mal den Namen der Frau, mit der Gedeon sie betrogen hatte. Bis heute verlor er kein Wort darüber, und sie fragte nicht nach, weil es zu schmerzhaft wäre. Konnte er sich überhaupt in sie einfühlen? Unter Umständen begriff er gar nicht, wie tief der Schmerz über Ellas Unehrlichkeit saß.

Manchmal, wenn Leonie nachts im Bett wach lag, wünschte sie sich, Gedeon hätte den Seitensprung aus freien Stücken gestanden. Vielleicht würde der Vertrauensbruch dann weniger schwer wiegen. Ähnlich erging es ihr nun mit Ella. Ihre Schwester hatte mitbekommen, wie zerstörerisch Lügen sein konnten.

Schließlich war sie diejenige gewesen, die sich liebevoll um sie gekümmert hatte, als sie nach Gedeons Seitensprung bei ihr Unterschlupf gefunden hatte. Trotzdem hatte sie es nicht geschafft, aus eigenen Stücken ehrlich zu sein.

Unwillkürlich dachte Leonie an das Treffen mit Michael zurück. Schon lange hatte sie mit niemandem in einer brisanten Situation auf so offene, unaufgeregte Weise gesprochen. Seitdem hatte sie nichts mehr von ihm gehört, und auch sie hatte sich nicht bei ihm gemeldet.

Gedeon schlüpfte in seine Sportschuhe und stieg auf das Laufband. »Weißt du was? Wir lassen das Thema.« Er begann, sich einzulaufen. »Jetzt bringen wir erst mal unser Sportprogramm zu Ende, und dann überlegen wir, was wir mit dem restlichen Abend anfangen. Sicher fällt uns was ein, das dich auf andere Gedanken bringt.«

Leonie nickte und trat verbissen in die Pedale. In einem hatte Gedeon recht: Sie musste Ella Zeit geben. Irgendwann würde sie ihren Fehler der Familie und auch Michael eingestehen. Etwas anderes traute sie sich nicht mal zu denken …

Sie radelte weiter, doch wenige Minuten später brach sie das Trainingsprogramm ab. »Ich geh rauf. Wenn du fertig bist, essen wir, und dann schauen wir, was wir machen.«

Gedeon schnaubte leise und hob die Hand. »Alles klar. Bis dann.«

Der Fehler lag nicht bei ihr, warum fühlte es sich dann so an, als müsse sie noch mehr einbringen, um wieder ein gutes Miteinander mit Ella herzustellen?

Leonie schloss die Eingangstür ihrer Wohnung auf und ging ins Bad. Nach dem Duschen legte sie ein leichtes Make-up auf, zog ein bequemes Wollkleid an und bereitete ein schnelles Nudelgericht vor.

Nach dem Abendessen, sie waren gerade mit dem Dessert

fertig, piepste Leonies Handy. »Es ist Jean-Luc«, sagte sie, als sie die Nachricht las. »Keine Ahnung, wie er das immer so schnell hinbekommt, aber er hat bereits Coverfotos für die Chronik für uns.«

»Geh schon mal vor, und schau dir die Fotos am PC an. Ich komme nach.«

Leonie erwiderte den schnellen Kuss, den Gedeon ihr gab, und ging ins Büro. Als sie die Tür hinter sich schloss, fuhr sie sich mit den Fingern über die Lippen. Früher waren Gedeons Küsse warm und vertraut gewesen, aber jetzt fühlten seine Lippen sich kalt und fremd an. *Irgendwie müssen wir unserer Ehe neues Leben einhauchen,* dachte Leonie zum wiederholten Mal. Sie ging zum PC, klickte auf Jean-Lucs Mail und startete den Ladevorgang. Als der Download beendet war, ging eine Mail von Michael ein. Hastig öffnete Leonie die Nachricht.

Hallo Leonie,
Silvy war so lieb und hat mir Deine Mailadresse gegeben. Sie meinte, Du würdest ihr deswegen schon nicht den Kopf abreißen.

Ich möchte Dir keinesfalls zu nahe treten, Leonie, aber es lässt mir einfach keine Ruhe, deshalb melde ich mich. Hoffentlich hat Ella das Gespräch mit Dir halbwegs gut aufgenommen. Auch für sie ist es sicher nicht leicht. Aber am schwersten ist es zweifellos für Dich.

Wie ruhig Du alles aufgenommen hast, als wir miteinander gesprochen haben! Klar hab ich bemerkt, wie sehr Dich das alles berührt. Und ich … ich hätte am liebsten zu Dir gesagt: Du musst nicht perfekt sein. Wenn Du die Nerven verlierst, versteh ich das. Manchmal muss einfach alles raus. Weil der Druck zu stark ist.

Was ich eigentlich sagen will, ist, dass ich da bin, falls Du mich brauchst. Du hast einen Familienclan hinter Dir und liebe Freunde, ich weiß. Kein Mangel an Menschen. Und doch … hier bin ich.

Pass auf Dich auf, Leonie, und halt den Kopf hoch, aber nicht um jeden Preis. Nochmals danke, dass Du nach Schwabing gekommen bist. Dass wir miteinander sprechen konnten, bedeutet mir mehr, als Du Dir vorstellen kannst.

Wenn ich darf, umarme ich Dich,

Micha

Leonie las die Nachricht mehrmals, und mit jedem Mal rückten die Worte näher an sie heran. Sie hörte in der Küche Wasser rauschen und dachte mit klopfendem Herzen darüber nach, was diese Mail bedeutete. Michaels Zeilen waren wie eine Wärmflasche in kalter Nacht, besonders nach dem Gespräch mit Gedeon. Aber wenn sie sich auf Michaels Angebot, für sie da zu sein, einließe, befänden sie sich im Handumdrehen in einem Austausch, der ihr viel zu nahe ginge. Das Risiko, sich ihm gefühlsmäßig wieder anzunähern, war ihr zu groß. Gedeon hatte recht. Michael hatte sein Leben, und sie hatte ihres. Und das war auch gut so. Schnell tippte Leonie eine kurze Antwort, bevor sie die Mail schloss, um sich den Fotos von Jean-Luc zu widmen. Sie war sich im Handumdrehen sicher, welche ihr am besten gefielen.

29.

Michael ließ den Blick über die malerischen Umrisse der Berge schweifen, über die Hänge und hinunter zum See. Es war ein kalter Wintertag. Die Luft war feucht und fühlte sich wie ein eisiges Tuch auf seinem Gesicht an. Das Wasser war aufgepeitscht. Böen stoben über die Bucht und trieben die Wellen zum Ufer. Michael schlug den Mantelkragen hoch und wich einer Pfütze aus, auf der sich eine dünne Eisschicht gebildet hatte. Er war mit Silvy verabredet und verspürte das Bedürfnis, ihr von seinem Gespräch mit Leonie zu erzählen.

Ganz gegen seinen Willen hatte die Umarmung, die er vor dem Hotel mit ihr getauscht hatte, in ihm die Hoffnung genährt, sie könnten in Zukunft zumindest losen Kontakt halten. Leonies Mail hatte nicht viel Aufschluss darüber gegeben, wie es um sie und Ella stand, aber er hoffte, dass die Beziehung der beiden intakt war. Ellas Fehler lag lange zurück, doch nach dem Gespräch mit Leonie war die Enttäuschung von damals wieder in ihm hochgekommen. Wäre Ellas Lüge publik geworden, hätte das sein ganzes Leben überschatten können. Fehler waren menschlich und manchmal sogar unumgänglich. Letztendlich zählte, was man am Ende daraus machte. Das rief er sich immer wieder ins Gedächtnis, und das half ihm auch, mit der Situation umzugehen.

Michael zog die Mütze tiefer in die Stirn und schritt forsch voran. Das Tegernseer Tal war eine Gegend für alle Lebenslagen. Für jede Stimmung gab es den passenden Wanderweg und hinterher die perfekte Einkehr. Er blieb kurz stehen und genoss die Landschaft. Die Berge und der See hatten etwas Erhabenes, und diese Erhabenheit durchdrang auch ihn.

Silvy hatte ihn vor drei Tagen am Telefon um ein Treffen gebeten. Sie hatten sich zu einem gemeinsamen Spaziergang verabredet, doch dann war Silvy ein beruflicher Termin dazwischengekommen.

»Meine Assistentin liegt mit Grippe im Bett. Jetzt bin ich ganz auf mich allein gestellt, deshalb wird mein Termin länger dauern als geplant. Wenn es dir nicht zu spät ist, können wir uns aber gern anschließend treffen.«

Michael hatte spontan vorgeschlagen, Silvy auszuhelfen und als Assistent einzuspringen. »Ich eigne mich hervorragend als unsichtbarer Schatten einer viel beschäftigten Innenarchitektin, helfe beim Ausmessen oder beim Möbelrücken oder bei was auch immer«, hatte er versprochen.

Zuerst hatte Silvy gelacht, aber dann hatte sie sein Angebot überdacht und es angenommen. »Ich könnte tatsächlich Hilfe gebrauchen. Und zu zweit geht ja bekanntlich alles schneller. Wenn du mir also ein paar Handgriffe abnehmen könntest, wäre das fantastisch. Ich habe Carte blanche und ein unbegrenztes Budget. Nur haben meine Auftraggeber es ziemlich eilig, was die Umsetzung anbelangt.«

Sie waren sich schnell einig geworden, sich vor der Villa zu treffen, deren Gästezimmern Silvy ein Facelift verpassen sollte.

Michael verließ den Uferweg und steuerte eine Wohnstraße an, in der sich eine Villa an die nächste reihte. Die Gegend gehörte zu den Top-Wohnlagen am See. Kein Wunder, dass Kunden hier Carte blanche erteilten. Er sah in den Himmel. Dünne weiße Flocken rieselten aus der Wolkendecke. Er fuhr sich übers Gesicht und sah in einiger Entfernung Silvy, die aus dem Wagen stieg. Sie holte einen Trolley aus dem Kofferraum und machte sich daran zu schaffen.

Er ging schneller und rief nach ihr, als er in Hörweite war. »Silvy! Hallo!«

Seine Schuhe hallten auf dem Asphalt, als er die letzten Meter bis zu ihr zurücklegte. Er blieb vor ihr stehen und hielt ihr die Hand entgegen, doch nach wenigen Sekunden, in denen sie nicht wussten, wie sie einander begrüßen sollten, zog Silvy ihn in eine versöhnliche Umarmung. »Mensch, Micha. Dass wir uns noch mal umarmen, wer hätte das gedacht.«

Sie standen einen Moment beieinander, dann löste er sich und hielt Silvy eine Armlänge von sich entfernt. »Meistens bin ich froh, dass das Leben voller Überraschungen steckt. Jetzt zum Beispiel. Gut siehst du aus.« Michael lächelte gelöst.

»Und manchmal schrumpft das Leben auf einige wenige Menschen, eine Aussprache und eine Entschuldigung zusammen … Leo und Ella sind meine Freundinnen, für mich stand außer Frage, dass ich ihnen glaube«, gab Silvy unumwunden zu. »Aber nachdem Leo mir erzählt hat, was damals wirklich passiert ist, kam ich mir ziemlich mies vor. Ich bin so froh, dass nun alles richtiggestellt ist.« Silvy legte die Stirn in Falten. »Ich hoffe, du kannst mir irgendwann verzeihen.«

»Das ist schon längst geschehen.« Er nickte. »Außerdem kann ich mir vorstellen, wie du dich gefühlt hast … zwischen den Stühlen.«

»Allerdings. Und da sitzt es sich schlecht.«

Silvy ließ sich von Michael in den Daunenmantel helfen, den sie vom Beifahrersitz genommen hatte. »Es war falsch, dich sofort zu verurteilen.« Sie seufzte. »Ehrlich gesagt, bin ich zum Biest mutiert, wenn ich deinen Namen nur gehört habe. Ich hoffe, Ella kommt bald mit einer Entschuldigung um die Ecke. Dann können wir das Ganze endlich hinter uns lassen. Ein für alle Mal.«

»Auch wenn Ella sich nicht entschuldigt, weiß ich, wie leid es ihr tut.«

Silvy warf Michael einen forschenden Blick zu. »Gehst du

wirklich so entspannt damit um?«, wollte sie wissen. »Das war schon eine heftige Sache. Keine Kleinigkeit.«

Michael wartete mit einer Antwort, versuchte, sich zu sammeln. »Wenn du mich so fragst ... Das Ganze geht mir auch jetzt noch näher, als mir lieb ist. Seit ich mit Leonie gesprochen habe, spüre ich wieder die Enttäuschung von damals. Am Anfang war ich so wütend und echt verzweifelt. Wenn man etwas nicht richtigstellen kann, fühlt man sich so ausgeliefert ...«

Silvy bedachte ihn mit einem verständnisvollen Blick. »Das tut mir so leid, Micha.«

Er fasste sich wieder und versuchte zu lächeln. »Danke für dein Mitgefühl. Das Einzige, was ich mir im Moment wünsche, ist, dass wir das alles hinter uns lassen und dass es Leonie und Ella nicht auseinanderbringt. Und ehrlich gesagt würde ich mir wünschen, dass Leonie und ich uns wieder näherkommen.«

»Das wünsche ich mir auch. Ihr habt es verdient, glücklich zu sein. Alle drei.«

Michael folgte Silvy zum Eingangsportal der Villa. Dort holte sie einen Schlüssel aus der Manteltasche und schloss auf. Sie traten in eine elegante Halle mit Marmorböden und wenigen, dezenten Möbeln.

»Meine Kunden wohnen hier im Winter nur sporadisch«, erzählte Silvy. »Deshalb ist es die ideale Zeit, um hier mein Unwesen zu treiben. Danke übrigens, dass du dich als Assistent zur Verfügung stellst.«

»Ist mir ein Vergnügen.« Michael sah sich um und entdeckte neben beeindruckenden Gemälden eine spektakuläre Vase auf einem Regal.

Sie steuerten das erste Gästezimmer an. Silvy öffnete die Tür zu einem großen Raum mit Blick auf den See und breitete die Pläne auf dem Tisch aus. Nachdem sie sich einen Überblick verschafft hatte, machte sie Fotos und hielt Stoffmuster an die

Wände oder legte sie auf den Boden. Michael ging ihr zur Hand, während sie die Originalmaße nahm.

»Könntest du bitte die Kommode wegschieben? Ich würde gern sehen, wie die Wand ohne dieses Ungetüm aussieht«, bat Silvy.

Michael krempelte die Hemdsärmel auf. »Wenigstens macht sich jetzt mal bezahlt, dass ich klettere.« Er griff nach Filzplättchen, legte sie unter die Füße der Kommode und schob das Möbel zur Seite.

Während er zu Werke ging, erzählte Silvy von ihren Ideen für die Gästezimmer. Michael sah sich die Skizzen an und das Moodboard, das Silvy mitgebracht hatte.

»Du bist ein Genie«, schwärmte er, als er alles betrachtet hatte. »Ich kann mir bildhaft vorstellen, wie die Räume hinterher aussehen werden. Die Gäste werden nie wieder wegwollen.«

Silvy brach in Lachen aus. »Hast du gerade Genie gesagt? Was für ein Pech, dass mein Mann nicht hier ist. Sascha ist nämlich felsenfest davon überzeugt, *er* sei das Genie in der Familie. Wir sind beide extrovertiert. Jeder auf seine Weise.«

»Gibt es etwas Schöneres, als wunderbare Eigenschaften miteinander zu teilen?«

»Das siehst du goldrichtig. Mit Sascha zusammen zu sein ist, als schiene die Sonne jeden Tag wunderbar warm auf mich hinab, selbst im Winter, im nebelgrauen München. Sag mal, wie ist es dir eigentlich in London ergangen? Warum bist du nicht dortgeblieben? Erzähl mir ein bisschen was von der großen weiten Welt.«

Michael ließ seine Zeit in Großbritannien wiederaufleben, erzählte von seinem Studium, von seiner Beziehung zu Mary und den Gepflogenheiten der Upperclass, der Mary entstammte.

»Und wie sieht es bei dir zurzeit liebestechnisch aus?«, hakte Silvy nach, als er geendet hatte.

Michael grinste. »Ich habe Mimi.«

»Warum habe ich das Gefühl, dass es einen Haken bei der Geschichte gibt?«

»Vielleicht, weil Mimi keine ernsten Absichten hat? Sie ist anschmiegsam und schaut gern bei mir vorbei, allerdings nur, um sich an dem exquisiten Katzenfutter satt zu fressen, das ich für sie besorge. Das vermute ich zumindest.«

Ein Grinsen zog über Silvys Gesicht. Sie lachte vergnügt. »Immerhin ist Mimi treu, das ist doch schon was. Gib mir ein Zeichen, wenn du über sie hinaus bist. Ich schaue mich gern in München um. Wir finden jemanden für dich, keine Sorge.«

»Danke vielmals für das Angebot, aber im Moment bin ich glücklich so, wie es ist. Ich lasse mich vom Leben überraschen, ohne groß Pläne zu schmieden. Fred meint, ich sei hoffnungslos romantisch, weil ich daran glaube, dass die Liebe mich von einem Moment auf den anderen ereilt.«

»So ist es mir mit Sascha ergangen. Wir haben uns sofort Hals über Kopf ineinander verliebt. Deshalb war für uns beide vom ersten Tag an klar, dass wir unser Leben miteinander teilen wollen. Manchmal traue ich mich kaum auszusprechen, wie glücklich ich bin, weil es so kostbar ist, so besonders.«

»Nach dieser Art Glück kann man nicht suchen, so etwas wird einem geschenkt.«

Silvy küsste Michael spontan auf die Wange. »Michael Jahn, wie ich ihn von früher kenne. Du hast dich nicht verändert. Kein bisschen.«

»Du dich auch nicht, Silvy.«

Michael hatte nicht damit gerechnet, dass seine Freundschaft zu Silvy in so kurzer Zeit wiederaufleben würde. Die lockere Atmosphäre, die zwischen ihnen herrschte, war dieselbe wie früher.

Sie gingen in die anderen Gästezimmer, nahmen auch dort Maß und sprachen über verschiedene Einrichtungsideen. Silvy nahm Michael die Wasserwaage und das Maßband ab. »War echt hilfreich, dass du mich begleitet hast. So ging es nicht nur schneller, sondern hat auch mehr Spaß gemacht. Wir sind ein super Team.«

»Wo du das gerade ansprichst, fällt mir ein ... Ich habe vor Kurzem von zwei Firmen, die mich engagieren wollen, eine Anfrage erhalten, ob ich Interesse hätte, mich auch der Gestaltung der Büroräumlichkeiten anzunehmen. Könntest du dir eventuell vorstellen, das Projekt mit mir gemeinsam zu betreuen?«

»Sicher wäre es ein kluger Schachzug, mit einem Profi wie mir zu kooperieren, da stimme ich dir absolut zu«, scherzte Silvy. »Nein, im Ernst. Weißt du was, das ist eine wunderbare Idee. Ich freue mich, dass du dabei an mich gedacht hast. Du kannst auf mich zählen.«

Michael half ihr beim Zusammensuchen ihrer Sachen, und sie gingen zurück in die Halle.

Bevor sie das Haus verließen, zögerte er einen Moment. »Sag mal, weißt du, wie es Leonie geht? Mir wäre wohler, wenn ich wüsste, dass bei ihr alles in Ordnung ist. Ich habe ihr eine Mail geschrieben, um zu sehen, wie die Dinge stehen. Aber ...«

»... Leo hat sich nur eine knappe Antwort entlocken lassen«, vervollständigte Silvy seinen Satz. »Das sieht ihr ähnlich. Nur niemanden belasten.«

Michael nickte. »Ehrlich gesagt, mache ich mir Sorgen. Wenn alles glattgegangen wäre, hätte sie mir das kurz mitteilen können. Aber so? Mir wäre leichter ums Herz, wenn ich mir Ella und Leonie nicht zerstritten vorstellen muss. Was hätte unser Gespräch in diesem Fall gebracht ... außer neuem Ärger?«

In Silvy arbeitete es. Irgendetwas ging ihr durch den Kopf, und es schien nichts Gutes zu sein.

»Ich will dir nichts vormachen, Michael, es gab bereits eine Aussprache ... wenn man das so nennen kann.« Silvys Seufzer sagte mehr als Worte. »Seitdem spricht Leo von einem Graben, der sich zwischen Ella und ihr aufgetan hat.« Silvy schüttelte traurig den Kopf und verschränkte ihre Finger ineinander.

»Ein Graben zwischen Leonie und Ella? Die beiden sind doch immer so eng miteinander gewesen.« Michael sah Silvy erschüttert an. »Wenn ich etwas tun kann, sag es bitte.« Sie standen schweigend da. »Und wegen der Gestaltung der Büros sollten wir uns in Ruhe zusammensetzen. Ich rufe dich an, dann machen wir etwas aus.«

»Ja, tu das. Ich freu mich drauf.«

Sie packten zusammen und verließen das Haus. Vor Silvys Wagen trennten sie sich und gingen ihrer Wege.

Auf der Rückfahrt nach München ging Michael alle Optionen durch. Wie sehr wünschte er sich, Leonie und Ella helfen zu können!

»Wenn alle Stricke reißen, musst du ungewöhnliche Wege gehen«, hatte seine Großmutter bei seinem letzten Besuch gesagt.

Aber wie sähe ein solcher Weg in diesem besonderen Fall aus? Als er in München ankam, hatte Michael noch keine Antwort auf diese Frage gefunden.

30.

Gedeon zog an jeder Hand einen Trolley hinter sich her. Der Großteil seiner persönlichen Sachen befand sich bereits in seinem Wagen, und für den Rest würde er noch einen Platz finden. Er rückte die Kisten mit dem Geschirr und den Gläsern zur Seite und hievte den ersten Trolley auf die Ladefläche des Kombis.

Leonie kam mit einer Reisetasche und stellte sie ab. Mai – diesen Monat liebte sie besonders. Normalerweise …

»Ich glaube, dann hätten wir's«, sagte sie, als Gedeon sich zu ihr umdrehte.

Gedeon sah auf den Rucksack zu seinen Füßen. »Ich mache das schon. Lass gut sein.«

Trotz seiner Worte reichte Leonie ihm die Tasche, dabei sah sie ihr Gesicht im Außenspiegel. Unter ihren Augen lagen Schatten – sie sah blass und fahl aus.

Einen Tag wie diesen konnte man unmöglich auf gute Weise hinter sich bringen. Sie hatten einfach nicht mehr in das alte Gleis zurückgefunden. So war es nun mal. Trotzdem war es weder für sie noch für Gedeon leicht, seinen Wagen mit seinen Habseligkeiten zu beladen. Seit sie die Trennung beschlossen hatten, lagen bei ihnen die Nerven blank. Dass Gedeon es gleich heute hinter sich bringen würde, damit hatte Leonie allerdings nicht gerechnet. Alles war sehr schnell gegangen, beinahe überstürzt, und so war es kein Wunder, dass das alles sie in Aufruhr versetzte.

Leonie zupfte an ihrem Pferdeschwanz, löste sich von ihrem Anblick, schob die Ärmel ihres Shirts hoch und sah dabei zu, wie Gedeon, der inzwischen neben der hinteren Tür stand, sich mit dem restlichen Gepäck abmühte. Er verbannte eine Schachtel vom Kofferraum auf den Rücksitz. Schnaufend verschwand sein Oberkörper in dem vollgeräumten Wagen.

Ein Radfahrer sauste den Hang hinunter. Auf und davon – heute wünschte Leonie sich genau das. Könnte sie doch nur in diesem Tempo ihr altes Leben hinter sich lassen. Während sie dem Mann nachsah, kämpfte sie gegen ihre Niedergeschlagenheit an und erinnerte sich daran, dass es im Leben immer einen Ausweg gab – nur manchmal eben viel später als gedacht, und auch auf andere Weise, als man vielleicht gehofft hatte.

»So, das wär's fürs Erste«, sagte Gedeon, als auch das letzte Gepäck seinen Platz gefunden hatte. Er tauchte aus dem Wagen auf. »Den Rest hole ich ein andermal.«

Leonie überging den nüchternen Unterton in seiner Stimme und versuchte, wie immer zu klingen. »Wenn du etwas vergessen hast, kann ich es dir gern vorbeibringen.«

»Mach dir deswegen keinen Kopf. Wenn ich etwas übersehen habe, hole ich es schon selbst. Wieso solltest du es mir bringen?«

Leonie war es wichtig, ein gutes Verhältnis mit Gedeon beizubehalten. Zum einen würde er weiter in der Firma arbeiten. Sowohl ihre Mutter als auch Ella unterstützten den Plan, Gedeon als Leiter der Forschungsabteilung zu halten. Zum anderen waren sie als Liebespaar vielleicht gescheitert, doch mit etwas Abstand hätten sie vielleicht als Freunde bessere Chancen.

»Es gibt ehemalige Liebespaare, die es als Freunde besser hinbekommen«, hatte Silvy gemeint, als Leonie ihr von dieser Hoffnung erzählt hatte. »Vielleicht gehört ihr dazu?«

Leonie sah Gedeon an. Was sie taten, fühlte sich wie ein Film an, nicht wie die Realität. Als hätte keine ihrer Handlungen eine Bedeutung. »Behalt den Schlüssel, dann kannst du jederzeit in die Wohnung. Auch, wenn ich nicht da bin.« Leonie lächelte tapfer.

»Wenn du meinst. Ich rufe trotzdem vorher an. Unangemeldet aufzutauchen ist nicht meine Art, aber das weißt du ja.«

Gedeon war zu einem erzwungen saloppen Ton übergegangen. Leonie wusste, dass er sich die Trauer nicht anmerken lassen wollte, er überspielte sie, so gut er konnte, aber trotz des lockeren Tons bohrten sich seine Worte in ihr Herz.

Nach Monaten des Bemühens, der nächtelangen Gespräche und stillen Hoffnungen hatten sie schließlich einsehen müssen, dass ihre Ehe gescheitert war. Leonie hatte es nicht geschafft, wieder Vertrauen zu ihm zu fassen, und ohne Vertrauen war jede Beziehung nur ein Abklatsch des Glücks, das jeder von ihnen verdiente. Diese schmerzhafte Tatsache ließ sich nicht ausblenden.

Leonie wischte sich die Hände an der Jeans ab und reichte Gedeon eine Papiertüte. »Für heute Abend. Damit du was zu essen hast. Du konntest doch noch nichts einkaufen.«

Gedeon hatte eine Wohnung wenige Straßen entfernt gemietet. Die Wohngegend war begehrt, deshalb hatte er sofort seine Zusage gegeben, als er von dem leer stehenden Appartement erfahren hatte.

»Danke.« Gedeon stellte die Tüte auf den Beifahrersitz und warf die Tür zu.

Normalerweise war sie nicht um Worte verlegen, aber jetzt stand Leonie stumm da. Sie hatten beide an ein *für immer* geglaubt, hatten angenommen, sich gut genug zu kennen, um es hinzukriegen, nun wusste sie nicht mehr, wie dieses *gut* sich anfühlte.

»Also dann …«, sagte Gedeon.

»Es tut mir schrecklich leid, dass es so gekommen ist.« Leonies Stimme war so leise, dass sie nicht sicher war, ob Gedeon sie überhaupt gehört hatte.

»Mir auch.« Gedeon blickte zu Boden. Als er aufsah, öffnete er instinktiv die Arme.

Leonie spürte, wie seine Hände sich auf ihren Rücken legten. So hielten sie sich und standen stumm neben dem Wagen. Gedeon sah sie ein letztes Mal an, dann öffnete er die Fahrertür und stieg ein.

Leonie hörte, wie die Zündung ansprang. Das Meer an orangegelber Pracht um sie herum wirkte so heiter, sah nach Leichtigkeit und Lebenslust aus, nicht nach Abschied und Trauer. Gedeon fuhr im Schritttempo. Bis er an der Ecke ankam und den Blinker setzte, dauerte es. Dann bog er ab, und der Wagen verschwand.

Eine sanfte Brise fuhr durch Leonies Haar. Mit langsamen Schritten ging sie auf das Haus zu.

In ihrer Wohnung schloss sie die Tür hinter sich und holte tief Luft. Eine eigentümliche Stille umfing sie. Wie leer die Zimmer mit einem Mal wirkten. Und wie wenig sie sich hier noch zu Hause fühlte. Sie ging durch jeden Raum, zum Schluss öffnete sie sogar die Tür zur Abstellkammer. Hier hatte Gedeons Tennistasche gestanden, doch nun zeugte das halb leere Regal von dem tiefen Einschnitt in ihrem Leben.

In der Küche bereitete sie sich einen Espresso zu und trank ihn im Stehen, danach ging sie ins Ankleidezimmer und zog sich um. Als sie im Bad ihr Haar ausbürstete, fiel ihr Blick auf den goldenen Ehering, den sie noch immer trug. Beziehungen scheiterten, das hatte sie schon bei ihren Eltern erlebt, und nun durchlebte sie es selbst. Mit sanftem Druck zog sie den Ring vom Finger. Ohne ihn noch einmal anzusehen, legte sie ihn in die Dose mit den Wattepads.

»Zeit für deine Ausweichtätigkeit«, redete Leonie sich gut zu. Gedeons Auszug brannte ihr auf der Seele, und so öffnete sie die Tür zur Waschküche und schloss sie leise hinter sich. Der Duft von Waschmittel und Sauberkeit umfing sie, als sie sich über die Bettwäsche beugte und sie in die Trommel steckte. Ihre Gedanken kamen zum Stillstand, während sie sich um die Wäsche kümmerte. Sie gab gerade Weichspüler in das Fach, als sie das melodiöse Bimmeln der Klingel hörte. Offenbar hatte Gedeon etwas vergessen.

Sie stellte noch rasch das Waschprogramm ein, die Maschine sprang an, dann war sie bei der Tür und drückte den Türöffner. Kaum hatte sie das getan, hörte sie leises Klopfen.

»Valerie? Was für eine Überraschung«, sagte sie, als sie die Eingangstür zu ihrer Wohnung öffnete. Sie trat zur Seite und gab den Weg für ihre Schwägerin frei.

»Hallo, Leonie. Ich war in der Wohnung, um ein paar Sachen zu holen, und da wollte ich zumindest bei euch läuten.« Valerie trug zwei große Taschen und stellte sie an der Garderobe ab.

Leonie verkniff sich die Frage nach dem Inhalt. »Möchtest du Kaffee?«, fragte sie stattdessen.

»Kaffee geht immer. Danke«, antwortete Valerie.

Sie gingen in die Küche, wo Leonie zwei Cappuccino zubereitete. »Kekse?«, fragte sie.

Valerie nickte zaghaft. »Hunger habe ich eigentlich keinen. Aber … warum nicht?«

Leonie gab Orangenkekse in eine Schale und trug alles ins Wohnzimmer. Valerie folgte ihr. »Setz dich doch.« Leonie deutete auf die Sitzecke am Fenster.

Valerie drehte sich Richtung Fenster. Als sie hinaussah, wirkte sie melancholisch. »Diesen Blick habe ich lange nicht mehr genossen.« Sie legte den Finger nachdenklich an die Lippe.

»Zucker?«, fragte Leonie.

Valerie drehte sich zu ihr um, nahm die Zuckerzange und ließ mit einem leisen Geräusch zwei Zuckerwürfel in die Tasse fallen.

»Du siehst gut aus«, fand Leonie. Valerie war in ihren Augen noch immer zu dünn, doch ihr Blick wirkte lebendiger als zuletzt. Davon abgesehen bemühte sie sich um einen umgänglichen

Tonfall, was ein gutes Zeichen war. Leonies Gesicht hellte sich bei Valeries Nicken auf. »Wie ist es dir in den letzten Wochen ergangen?«, fragte sie.

»Besser. Zwar hab ich weiterhin beinahe nonstop nachgedacht und gefühlt ganze Nächte mit meiner Freundin durchgesprochen. Sicher ist sie froh, wenn sie mich los ist. Aber es gab auch Momente, in denen ich zu mir gekommen bin. Das war erleichternd.« Zum ersten Mal seit Langem lachte Valerie. Es war ein bedrücktes, halbherziges Lachen, aber es war eine Reaktion, die Leonie nachvollziehen konnte.

»Ich habe mich oft gefragt, wie es dir geht. Deshalb freue ich mich umso mehr, dass wir jetzt gemeinsam hier sitzen.«

»Danke, dass du dich immer um mich bemüht hast.«

Leonie machte eine Handbewegung, als wolle sie etwas wegwischen. »Das habe ich gern getan. Du gehörst schließlich zur Familie.«

Valerie sah nach draußen, wo es grünte und blühte, dann holte sie laut Luft. »Ich habe mich entschlossen, nach Lissabon zu ziehen.«

Leonie wartete auf eine Erklärung, aber Valerie schwieg.

»Was hast du vor? Kennst du da jemanden?«, hakte sie nach.

»Eine meiner Freundinnen aus der Studienzeit hat dort vor einigen Jahren eine Eventagentur gegründet«, erzählte Valerie. »Um es kurz zu machen, bei ihr läuft es gut. Und nun hat sie mir ein Angebot gemacht. Vorerst bleibe ich ein paar Wochen oder auch Monate vor Ort, um mir das Ganze erst mal anzuschauen, und dann entscheide ich, ob ich wirklich bei ihr einsteige.«

»Lissabon …« Leonie ließ die Idee auf sich wirken. »Zu dieser Jahreszeit muss es dort herrlich sein. Der Atlantik. Das pulsierende Leben in den Straßen. Die Sonne.«

Valerie wartete einen Augenblick, dann sagte sie: »Ich will niemanden vor den Kopf stoßen, Leonie, das habe ich lange genug getan, aber egal, ob ich mich für Lissabon entscheide oder nicht, ich werde nicht zurückkommen … Hierher, in dieses Haus, meine ich. Ich möchte abschließen und irgendwo anders ganz neu beginnen.«

Valerie hatte den Sarkasmus der letzten Monate abgelegt und wirkte wesentlich gefasster als bei ihrem letzten Treffen. Sie war sicher noch nicht über den Berg, aber sie war auf einem guten Weg.

Valerie löste ihren Blick vom See. »Mich hält hier nichts mehr. Alles, was ich will, ist eine zweite Chance.«

Leonie reichte ihr eine Serviette, als sie Tränen in ihren Augen schimmern sah. »Du hast einen Neubeginn verdient.« Sie stellte die Kaffeetasse ab. »Und ich finde es gut, dass du eine Entscheidung getroffen hast.«

»Lieb, dass du das sagst. Ich möchte mich nämlich auch noch bei dir entschuldigen. Ich habe deinen guten Willen oft über Gebühr strapaziert.« Valerie warf ihr einen verunsicherten Blick zu. Bestürzt schüttelte Leonie den Kopf. »Du hast mir Tag um Tag Nachrichten geschickt, hast einfach nicht nachgelassen. Und egal, wie ich reagiert oder eben nicht reagiert habe, du hast weitergemacht. Vermutlich hast du gedacht, ich sei verrückt geworden. Aber ich fühlte mich nicht in der Lage, dir zu schreiben, und erst recht nicht, mit dir zu sprechen. Ich war weit weg … Irgendwo im Niemandsland … in einem Tunnel, an dessen Ende kein Ausgang auf mich wartete. Es war schrecklich. Tja, und so habe ich deine Nachrichten mit schöner Regelmäßigkeit gelöscht …« Gedankenverloren sah sie an Leonie vorbei.

»Irgendwann wird sich das Licht am Ende des Tunnels zeigen. Davon bin ich fest überzeugt. Und niemand nimmt dir irgendwas übel, ich schon gar nicht. Wir alle wissen, wie schwer diese Zeit für dich war.«

»Und noch ist«, konnte Valerie sich nicht verkneifen hinzuzufügen. »Diese Mitleidsbekundungen waren das Schlimmste.« Sie verdrehte genervt die Augen. »Ich wusste nicht mehr, wie ich es noch formulieren sollte … dass mein Mann von einem auf den anderen Tag nicht mehr da war. Und dann diese optimistischen Einschätzungen, dass mein Leben irgendwann wieder schön wäre. Ich konnte es nicht mehr hören!« Kaum war der Satz heraus, stand Bedauern in Valeries Augen. »Entschuldige. Ich habe mir fest vorgenommen, damit aufzuhören, und jetzt fange ich schon wieder mit der Vergangenheit an.« Sie fuhr sich mit der Hand über den Mund. »Die Gefühle gehen manchmal immer noch mit mir durch. Ich weiß nicht, was ich dagegen tun soll. Aber dieses Beharren auf dem schönen Schein, auf eine wie immer geartete Zukunft …« Valerie wirkte ehrlich betroffen.

»Ich glaube, dagegen kannst du nichts tun, und das musst du auch nicht. Gefühle kommen und gehen, so ist das nun mal. Es dauert eben, bis man über einen so tiefen Schmerz hinweg ist. Pläne zu schmieden und sich zu entscheiden, einen Schritt weiterzugehen, ist ein gutes Zeichen. Ich bin froh, dass du hier bist und mir all das erzählst.«

Der Klang von Leonies Stimme besänftigte Valerie offenbar. »Es war mir wichtig, dass du weißt, was ich vorhabe. Und es wäre schön, wenn wir Kontakt hielten.«

»Das tun wir auf jeden Fall. Schließlich bleiben wir durch Alex verbunden.«

Leonie senkte den Blick auf das brasilianische Wunscharmband, das Silvy ihr geschenkt hatte. Ihre Schwägerin war dabei, neu zu beginnen. Jetzt würde ihr die Information, dass Alex sich in Markus verliebt hatte, nur schaden.

»Was macht Gedeon? Und wie geht es Ella?«, erkundigte sich Valerie.

Leonie sah auf.

»Gedeon und du, ihr habt immer ein leuchtendes Beispiel der

perfekt funktionierenden Ehe abgegeben. Alex hat euch darum beneidet, jetzt kann ich es dir ja sagen. Wenn wir wieder mal um Kleinigkeiten gestritten haben, hat er hinterher davon angefangen, dass wir es so hinbekommen müssten wie ihr.«

Im ersten Moment wusste Leonie nicht, was sie sagen sollte. »Ich mache bestimmt nicht alles richtig«, sagte sie dann. »Davon bin ich weit entfernt. Und leuchtendes Beispiel … ich weiß nicht …« Mit wenigen Worten brachte sie ihre Schwägerin auf den neuesten Stand.

»Ihr trennt euch? Du und Gedeon?« Valeries helle Augen verstärkten die Blässe ihres Gesichts. »Das kann doch nicht dein Ernst sein!«

»Leider doch.« Leonie erzählte von dem Betrug und der nachfolgenden Achterbahn der Gefühle.

»Dass Gedeon ausgezogen ist, kann ich einfach nicht glauben. Das hier ist euer Zuhause.« Valerie deutete in die Wohnung, als wären diese vier Wände Gedeons und Leonies persönlicher Verdienst.

Leonie holte tief Luft. Es fiel ihr nicht leicht, über die frische Wunde zu sprechen. »Jetzt weißt du, wie sehr ich deine Sehnsucht nach einem neuen Leben nachempfinden kann. Noch einmal lieben und vertrauen … nichts wünsche auch ich mir mehr als das.«

31.

Silvy bog in den Gang mit den Wandfarben. »Na komm schon, Leo. Wir rennen nicht grundlos durch diesen Baumarkt. Der erste Schritt in dein neues Leben fällt dir leichter, wenn wir dein Umfeld neu gestalten. Darauf hast du mein Wort.« Sie griff nach Leonies Hand und zog sie hinter sich her. Es machte ihr sichtlich Spaß, durch den Baumarkt zu streifen und an Tapeten- und Teppichmustern, Pinseln und Kloschüsseln vorbei nach der perfekten Farbe für Leonies Wohnung zu suchen.

Wenn Silvy sich etwas in den Kopf gesetzt hatte, ließ sie nicht locker, deshalb hatte Leonie schließlich die Zustimmung für das »Unternehmen Neugestaltung« gegeben. Dabei wäre sie aus eigenem Antrieb nicht mal auf die Idee gekommen, auch nur einen neuen Mülleimer fürs Bad zu kaufen. Doch dann war Silvy heute früh in einer alten Latzhose und fleckigen Sneakers vor ihrer Tür erschienen. »Hat dieser Aufzug das zu bedeuten, was ich glaube?«, hatte Leonie mit bangem Gefühl gefragt. Silvy hatte grinsend genickt, und Leonie hatte nachgegeben.

Auf Silvys Geheiß hin hatte sie sich etwas Passendes angezogen, und auf der Fahrt zum Baumarkt hatte Silvy auf sie eingeredet, wie toll alles werden würde. Seit Gedeon ausgezogen war, stand sie mindestens zweimal wöchentlich bei ihr auf der Matte, brachte Kuchen vorbei, kochte Tee, der ihren Worten zufolge beruhigte, und sprach über Pläne für eine klitzekleine Umgestaltung ihrer Wohnung, und nun steuerte sie den Einkaufswagen mit einer Energie durch die Gänge, dass Leonie kaum hinterherkam.

Das letzte Mal, als ihre Freundin in einem ähnlichen Aufzug

bei ihr aufgetaucht war, hatte Silvy sie um Hilfe beim Streichen ihrer ersten Wohnung gebeten. Damals hatten sie aus Zeitungen Malerhüte gefaltet, hatten die Fenster von Silvys Studentenbude weit aufgerissen und losgelegt. Das Ergebnis war bestimmt nicht perfekt gewesen, doch sie hatten eine Menge Spaß gehabt, hatten am Abend zufrieden ihre Malerhüte abgenommen und waren stolz durch die Zimmer gegangen, die nach ihrem Malereinsatz in gebrochenem Weiß erstrahlten.

Silvy blieb vor einem Regal voller Farbeimer stehen. »So, da wären wir. Wie gesagt darf ein neuer Lebensabschnitt sich ruhig in einer neuen Wandfarbe oder in einer coolen Tapete widerspiegeln. Deine wichtigsten Räume werden bald Wohlfühloasen sein. Du musst mir das nicht glauben, du wirst es spüren. Mal sehen, welche Farbmischung zu deinem aktuellen Zustand passt …« Silvy sah sich um, fasste den Henkel eines Eimers und hielt ihn Leonie entgegen. »Schau mal.« Sie stieß die Freundin mit dem Ellbogen an. »Findest du nicht auch, dass das eine tolle Mischung aus Blau und Grün ist?«

Leonie sah auf den Eimer, auf dessen Deckel eine Farbprobe klebte. »Die Farbe geht ein bisschen ins Türkis«, merkte sie unsicher an.

»Aber mit einem warmen Touch. Na, was hältst du davon?«

»Nicht schlecht.« Leonie nickte halbherzig. »Aber darf ich dich daran erinnern, dass du meine Wohnung aus gutem Grund in Cremetönen gestaltet hast? Damals hast du gesagt, das bringe Weite in mein Leben … perfekt zum Durchatmen, wenn ich abends aus der Firma komme, weißt du noch?«

»Natürlich weiß ich das noch. So lange ist das auch wieder nicht her.« Silvy stellte den Farbeimer zurück und griff nach einer Farbkarte, die an der Wand hing. »Und für die Zeit mit Gedeon haben die Cremetöne durchaus ihren Zweck erfüllt. Aber jetzt passt diese Weite nicht mehr zu deinem Leben, jetzt brauchst du Schutz und Geborgenheit. Und glaub mir, dieses Gefühl bekommst du. Wenn wir mit deiner Wohnung fertig sind, wirst du dich von deinen eigenen vier Wänden umfangen fühlen. Das garantierte ich dir … Außerdem lenkt das Aussuchen dich ab und das Streichen erst recht.«

Silvy widmete sich ihrer Arbeit stets mit ganzem Herzen, aber an diesem Tag wuchs sie über sich hinaus. Sie versprühte beste Laune und ließ nicht davon ab, Leonie jede Farbnuance, die nur irgendwie infrage kam, schmackhaft zu machen.

Leonie ließ die Arme sinken. »Okay, ich gebe auf. Wir nehmen Grün.« Ein kleiner Junge, der an der Hand seiner Mutter quengelte, schob sich an ihnen vorbei.

Silvy tat, als sei sie entsetzt. »Das ist nicht einfach Grün, Leo. Das ist *Sage Green*, eine Mischung aus Tanne im Sonnenschein und Salbei früh am Morgen. Ein Hauch Grau ist auch dabei, das bringt die Eleganz in den Farbton. Mit dieser Farbe wirst du zu einem neuen Menschen. Die holt dich runter, fängt dich auf. Das ist *deine* Farbe, Leo. Jedenfalls im Augenblick. Später sehen wir weiter.«

»Später?«, wiederholte Leonie verwundert.

»Wenn du offen für Neues bist. Ich weiß, das klingt jetzt utopisch, aber irgendwann ist es Realität. Amor findet dich schon, wenn die Zeit reif dafür ist. Außerdem mische ich kräftig mit.« Silvy sah Leonie augenzwinkernd an und ließ von dem Thema ab. Sie nahm mehrere Farbeimer aus dem Regal und hievte sie in den Wagen. »So, und jetzt schauen wir uns bei den Tapeten um. Mir schwebt ein extravagantes Muster vor. Bei deinem Arbeitszimmer können wir ruhig etwas wagen, da bist du ja nur am Abend, und auch dann nur kurz.«

Sie blieben vor den Tapetenmustern stehen. Leonie griff nach einer Tapete mit dezentem Palmenmuster.

»Die hier«, sagte sie.

Silvy legte die dünnen Handschuhe, die sie beim Malen tragen würden, in den Einkaufswagen und nahm die Tapete in Augenschein. »Gar keine schlechte Wahl. Zumindest passt die Tapete perfekt zur neuen Wandfarbe. Außerdem vermittelt das Muster Urlaubsfeeling, Freizeit … du weißt schon … da schaltet man ab.«

Sie sahen weitere Tapeten durch, doch Leonie verteidigte ihre Wahl. Alles, was sie sich wünschte, war, mit Ella wieder auf gleich zu sein. Aber sie begegneten sich noch immer wie Fremde.

»Ella und ich und dann das Wort Fremde … lass dir das mal auf der Zunge zergehen«, sagte Leonie. »Ich weiß, jetzt sagst du bestimmt, immerhin funktionieren wir in der Firma.«

»Genau. Und ich bleibe dabei … das ist doch schon was.« Silvy versuchte, grundsätzlich das Positive herauszustreichen, so auch in diesem Fall – an Leonies gedrückter Stimmung änderte das jedoch nichts.

»Dass wir privat *gerade so* miteinander auskommen, ist auf Dauer nicht tragbar. Ella bemerkt gar nicht, wenn ich Gesprächsbereitschaft signalisiere. Sie ist so verdammt stur. Warum, weiß eigentlich niemand …«

»Sie weiß einfach nicht, wie sie mit der Situation umgehen soll«, erwiderte Silvy. »Das liegt doch auf der Hand.«

»Siehst du! Ich habe anscheinend keine Ahnung, was in ihr vorgeht. Und das will was heißen.«

Beim Thema Ella gingen Leonies Gefühle mit ihr durch. Ihre Schwester fehlte ihr mehr, als sie sagen konnte, aber leider schaffte Ella es auf geradezu perfekte Weise, ihr aus dem Weg zu gehen. Sogar im Haus traf sie sie kaum noch an. Es war, als wäre Ella unsichtbar geworden.

Silvy legte beide Hände auf Leonies Schultern. »Leo, mir ist das Ganze auch ein Rätsel. Aber du wolltest ja nicht, dass ich mit Ella spreche. Du weißt, dass sie sich in schwierigen Situationen manchmal verschließt. Sie schämt sich, und das ist der Knackpunkt. Ich glaube, sie verzeiht sich nicht, was sie dir angetan hat. Deshalb geht sie dir aus dem Weg. Sag mal, hast du eigentlich mal darüber nachgedacht, mit Timo über euer Problem zu sprechen?«

»Natürlich, allerdings habe ich mich dagegen entschieden. Und zwar aus gutem Grund. Ella würde es mir nie verzeihen, wenn ich ihn in die Sache hineinziehe. Außerdem habe ich ihn in letzter Zeit kaum zu Gesicht bekommen. Gefühlt ist er andauernd in Kopenhagen.« Leonie schüttelte resigniert den Kopf. »Nein … lass gut sein, Silvy. In diesem Fall müssen Ella und ich die Sache unter uns ausmachen.«

»Du hast wirklich eine Engelsgeduld, Leo. Dann warten wir eben ab. Aber zu eurem Geburtstag ist die Sache vom Tisch. Sonst spreche ich ein Machtwort.«

»Großmama nimmt dir das Machtwort gern ab. Meine Mutter und sie sind schon ganz verzweifelt wegen dieses Zwists.«

Silvy deutete auf die Rollen des Einkaufwagens und die Stange, die die Rollen miteinander verband, dann zeigte sie in einen Gang, in dem sich keine Menschenseele befand. »Kleine Rallye gefällig?«

Leonie überlegte nicht lange und stellte ihren linken Fuß auf die Stange. »Müssen wir uns an eine Geschwindigkeitsbeschränkung halten?«, witzelte sie.

»Ich glaube nicht.« Silvy rieb sich die Hände.

»Also dann. Auf die Plätze, fertig … los!«, gab Leonie das Kommando.

Sie und Silvy stießen sich mit den Füßen ab und sprangen auf den Wagen. Lachend schlitterten sie den Gang entlang, stießen sich erneut ab und schlingerten weiter.

»Achtung. Werkzeug von links!«, rief Silvy.

Leonie sprang kurz vom Wagen und steuerte lachend gegen. Mit Anlauf fuhren sie weiter, bis zum Ende des Ganges, wo ein

Angestellter des Baumarkts überraschend auftauchte. Wie ertappte Schülerinnen hüpften die beiden Freundinnen vom Einkaufswagen.

»Sie haben stabile Wagen, muss ich schon sagen«, bemerkte Silvy, wie immer nicht auf den Mund gefallen.

Der Mann musterte sie, sagte jedoch nichts. Leonie glaubte, einen Blick in ihre Richtung bemerkt zu haben, stieß Silvy lachend an und verschwand mit ihr in einen anderen Gang. Kichernd wie die Kinder kamen sie vor einer der Kassen an. Dort setzten sie eine ernste Miene auf, legten die Einkäufe aufs Band und zahlten.

Sie packten alles in Silvys Wagen und fuhren zurück zum See, trugen Farbeimer, verschiedene Rollen, Pinsel und Tapeten in Leonies Wohnung.

Im Flur sah Leonie auf die leeren Garderobenhaken. Dort hatten immer Gedeons Mäntel und Jacken gehangen.

Silvy bemerkte Leonies bekümmerte Miene. »Fünf Jahre Ehe verschwinden nicht einfach über Nacht. Du musst dir Zeit geben, um das alles zu verarbeiten.«

Auch ohne seine Sachen war Gedeon für Leonie immer noch allgegenwärtig. »Hab ich zu früh aufgegeben? Was meinst du?«

»Leo, zum Aufgeben gehören zwei. Du warst es nicht allein, die auf schmerzhafte Weise bemerkt hat, dass es so nicht weitergeht. Gedeon war genauso daran beteiligt, dass ihr keinen Weg mehr für euch gefunden habt. Er hätte viel mehr um dich kämpfen müssen. Aber da er es nicht getan hat, gibst jetzt du auf dich Acht … und deine Familie und ich helfen dir dabei. Und beim nächsten Mal achtest du auf Eins-a-Ware, die gibt es nämlich auch bei Männern. Den nächsten Kandidaten klopfst nicht nur du auf Herz und Nieren ab, sondern auch ich werde ihn mir genau anschauen. Und wer weiß, vielleicht begegnest du ja bald einem zweiten Sascha.«

Leonie wusste, dass Silvy Michaels Namen bewusst aus dem Gespräch heraushielt – aus gutem Grund. Sie waren keine neunzehn mehr. Jeder von ihnen hatte bereits ein Stück seines Lebens gelebt – ohne den anderen.

»Und wer rückt die Möbel zur Seite, damit wir streichen können?«, fragte Leonie, als sie in den Wohnraum traten, wo Schränke und Regale die Wände verstellten.

»Sascha und dein Vater greifen uns unter die Arme. Hab ich dir das nicht gesagt?« Silvy senkte vertraulich die Stimme. »Ohne die Unterstützung der männlichen Spezies geht in diesem Fall leider gar nichts.«

Eine Viertelstunde später erschienen die beiden Männer, brachten Abdeckfolie, Farbrollsets und weitere Utensilien mit und machten sich sogleich nach Silvys Anweisung an die Arbeit. Als alle Möbel in der Mitte des Raums standen, drückte Silvy allen einen kleinen Farbroller in die Hand.

»Was sollen wir mit dem Spielzeug?« Sascha ließ seine Arme in einer riesigen Einkaufstasche verschwinden, die er mitgebracht hatte. »Abrakadabra …«, sagte er und zauberte einen wesentlich größeren Farbroller aus seiner Tasche.

»Du bist ein Mann, der mitdenkt.« Silvy gab Sascha einen laut schmatzenden Kuss. »So, jetzt aber genug geturtelt«, sagte sie zu sich selbst, ging zur Musikanlage und legte eine CD ein. Die ersten Takte von *The winner takes it all* erklangen. »Abba … danach übernimmt Phil Collins. Gute-Laune-Musik hilft, wenn man eine Wohnung streichen möchte.«

Claus hatte sein Maleroutfit übergezogen und fasste Leonie unter. In der Küche war es ruhiger, sodass sie sprechen konnten. »Ich will dir nur sagen, dass ich für dich da bin, genauso wie Mama. Und damit ist nicht nur das Streichen gemeint. Wir sind eigentlich von Ella gewohnt, dass sie offensiv mit Herausforderungen umgeht, aber in diesem Fall scheint es ihr schwerzufallen.«

»Immerhin hat sie dich in die Geschehnisse eingeweiht«, stellte Leonie überrascht fest.

Ihr Vater nickte. »Ella hat mir versichert, dass die Sache eskaliert ist und es irgendwann zu spät für die Wahrheit war, weil der Schaden bereits angerichtet war. Sie wird auf dich zukommen und die Sache richtigstellen, da bin ich mir sicher.«

Vom Gang her erklang Silvys Stimme. »Arbeitsverweigerer bekommen später keine Pizza!«

»Das ist hoffentlich ein Scherz«, brummte Claus.

»Bei Pizza scherzt Silvy nie«, erwiderte Leonie im Brustton der Überzeugung.

32.

Niemand hatte auf Leonies Klopfen reagiert, und so hatte sie kurzerhand auf den Schlüssel für Notfälle zurückgegriffen und stand nun in der Tür zur Wohnküche ihrer Mutter. Annalena verstaute Vorräte und telefonierte gleichzeitig, während vor dem Fenster ein weiterer schöner Tag vorbeizog.

Leonie steuerte auf den Barhocker zu. An der Esstheke hatten sie über die Jahre unzählige Pläne geschmiedet und dabei schmackhafte Eintöpfe gelöffelt. Aber wenn ihre Mutter telefonierte, war sie meist so in das Gespräch vertieft, dass sie nichts um sich herum mitbekam. Auch jetzt schien sie nicht zu realisieren, dass sie nicht mehr allein war. Sie langte nach der Tasse auf der Arbeitsplatte und stürzte den Inhalt hinunter. Kaum hatte sie ausgetrunken, ging sie zum Kühlschrank und stellte zwei Milchflaschen hinein. Als die Tür zuschwang, sprach sie lauter.

»Zwei junge Frauen, die an einem Strang ziehen, das soll bei der Präsentation der Chronik vermittelt werden. Probleme zu überspielen ist heikel, unter den Journalisten ist immer jemand, der einen Riecher für Missstimmungen hat. Darauf sind die schließlich spezialisiert.« Annalena verhielt sich gewöhnlich neutral, wenn es um die Firma ging, diesmal allerdings hielt sie mit ihrer Meinung nicht hinterm Berg. Ellas passives Verhalten belastete sie offenbar mehr, als sie sich hatte eingestehen wollen.

Leonie räusperte sich, um sich bemerkbar zu machen. Annalena drehte sich um, für den Bruchteil einer Sekunde war ihr Gesicht wie hinter einem Schleier verborgen. Dann begegneten sich ihre Blicke, und sie entspannte sich sichtlich. »Ich bin gleich fertig«, deutete sie mit den Lippen an, dabei ließ sie die Pastille, die sie lutschte, von einer Wange zur anderen wandern.

Nachdem Annalena aufgelegt hatte, setzte sie sich neben Leonie. »Ich weiß, ich wiederhole mich, aber es tut mir so unglaublich leid, was ich Michael zugetraut habe. Manchmal wünschte ich, mein Beschützerinstinkt wäre damals weniger ausgeprägt gewesen.«

»Das weiß ich doch, Mama.«

»Ich kann die Zeit nicht zurückdrehen, aber ich hoffe, dass ich irgendwann die Möglichkeit haben werde, zumindest einen Teil wiedergutzumachen.«

»Du hast dir einfach Sorgen gemacht, und oft ist Vorsicht besser als Nachsicht. Ich weiß es sehr zu schätzen, dass du Michael angerufen hast. Er hat sich bestimmt gefreut, von dir zu hören. Er hat dich schon immer gern gemocht.«

Annalena legte die Hand auf Leonies Arm. »Aus ihm ist ein kluger und vor allem verständnisvoller Mann geworden. Ich hoffe, er kann Ella und mir eines Tages verzeihen.« Annalena warf einen Blick auf die Küchenuhr. »Oh, du meine Güte. Gleich kommt unser Besuch. Und ich vertrödle die Zeit, als gäbe es kein Morgen.«

Leonie wies auf den Kuchen neben der Teekanne. »Soll ich den raustragen?«

Annalena nickte prompt, und Leonie trug die Platte mit dem Marmorkuchen und dem Geschirr auf die Terrasse. Dass ihre Mutter Markus Goss zum Tee eingeladen hatte, war gelinde gesagt eine Überraschung für Leonie gewesen. Doch nun freute sie sich darauf, ihn wiederzusehen. Sie deckte den Tisch, und als sie fertig war, ging sie noch rasch in den Garten, um Blumen für die Tischdekoration abzuschneiden. Als sie die Vase in die Mitte des Teakholztisches stellte, klingelte es.

»Öffnest du bitte, Leonie?«, rief Annalena aus der Küche.

»Mach ich.« Leonie trocknete sich die Hände ab und lief zum Eingang in der Halle. Markus' Umrisse waren bereits durch die Tür mit den Glaselementen zu sehen. Als sie die Tür aufzog, deutete sie auf den eleganten dunkelblauen Anzug. »Meine Güte! Du hast dich ganz schön herausgeputzt.«

Markus sah an sich hinab. »Ich dachte, ich zeig mal, was ich stylingtechnisch so draufhabe.« Er trat in den Eingangsbereich und erwiderte Leonies vertrauliche Umarmung.

»Wie geht es dir?«, fragte sie, als sie sich voneinander lösten.

Markus hob die Schultern. »So lala. Jetzt sind es fast neun Monate ohne Alex …« In seiner Stimme lag ein überraschter Unterton, als könne er immer noch nicht glauben, dass Alex nicht mehr da war. Er ließ die Schultern sinken. Mit einem Mal wirkte er schüchtern, beinahe linkisch.

»Meine Ex-Frau sagt immer: ›Das Leben ist keine gedruckte Grußkarte. Den Text müssen wir schon selbst schreiben.‹ Wie recht sie damit hat.«

»Du hast eine kluge Ex-Frau. Ich würde sie gern kennenlernen. Und deine Kinder auch.«

»Das wirst du, keine Sorge, früher oder später. Zumindest meine Kinder.« Markus fuhr sich mit der Hand durchs Haar. »Wundere dich nicht über meine Mähne, ich bin mit dem Cabrio hergekommen.« Er drehte sich nach allen Seiten und sah sich interessiert um. »Hier wohnt ihr also. Alex hat oft von diesem Haus gesprochen.«

»Alle unter einem Dach.« Leonie nickte lachend. »Langeweile ausgeschlossen.«

Markus schien alles um sich herum einzufangen, und da er sich Zeit ließ, versuchte Leonie das Haus mit seinen Augen zu sehen: den gepflasterten Wendekreis, den man von der Eingangshalle aus sah, die hochgewachsenen Bäume und das imposante Portal, durch das Markus gerade ins Haus getreten war. Sicher hatte er den Blick über den See gleiten lassen, den man von der Vorderfront aus durch die Mauern und Bäume schimmern sah.

»Ehrlich gesagt, war ich verwundert über die Einladung deiner Mutter. Als sie am Apparat war, wusste ich erst mal nicht, was ich sagen sollte.«

»Wir schließen die Reihen nicht, sondern sind offen für neue Mitglieder der Familie. Und das bist du … ein neues Familienmitglied. Wenn du mich fragst, wird es höchste Zeit, dass du endlich den Rest von uns kennenlernst.«

Leonie wollte vorgehen, doch Markus legte seine Hand an ihre Schulter und hielt sie zurück. »Baker wartet im Wagen. Ich habe ihn mitgebracht, wollte euch aber nicht überrumpeln und erst fragen, ob es in Ordnung ist, wenn er mit reinkommt.«

»Na klar. Dann holen wir ihn mal aus dem Auto. Meine Mutter wird Augen machen. Sie liebt Hunde, erst recht, wenn sie im Tierheim ihr Dasein fristen mussten und endlich ein schönes Zuhause gefunden haben. Pass bloß auf, dass sie dir Baker nicht abspenstig macht.«

Sie gingen noch mal vors Haus. Sanfter Wind umwehte sie, als sie vor Markus' altem Saab Cabrio ankamen. Der Hund saß auf dem Beifahrersitz und sah sie durch die Scheibe hindurch mit großen Augen an. Auf den Fotos hatte er größer ausgesehen, als er in Wirklichkeit war. Sein zweifarbiges, struppig-wuscheliges Fell und die warmen dunklen Augen ließen ihn wie einen Hund aus einem Disney-Film aussehen.

Markus zückte den Autoschlüssel. »Eins noch. Baker zeigt seine Freude recht überschwänglich. Wenn dir seine Zuneigungsbekundungen zu viel werden, sag *Aus*. Und wenn das nicht funktioniert, greife ich ein.« Markus schloss die Beifahrertür auf. Baker hüpfte hinaus und sprang sofort an Leonie hoch. »Baker. Nicht springen«, mahnte Markus. Doch der Hund schien ihn nicht zu hören und genoss es sichtlich, von Leonie begrüßt zu werden.

»Hallo, Baker. Schön, dich kennenzulernen. Ich wollte früher auch immer einen Hund haben, und jetzt kommst du daher. Was für ein Glück.« Bakers dunkle Augen hatten, wenn man länger hinsah, etwas Melancholisches, als wolle er ihr mit diesem Blick etwas Vertrauliches sagen. Leonie mochte diesen Blick auf Anhieb.

Markus hantierte mit der Leine herum und versuchte, sie dem Hund anzulegen, während Leonie Baker weiter streichelte.

»Du wirst es sicher nicht glauben, aber Baker ist Alex aufs Wort gefolgt. Er sprach immer mit einer bestimmten Betonung mit ihm, die aus jedem Satz eine Feststellung machte.« Markus brach ab, holte tief Luft und lächelte in Gedanken. »Alex hat ihn meistens *Mr* Baker genannt und steif und fest behauptet, mit der richtigen Anrede wachse Bakers gutes Benehmen sozusagen von selbst.«

»Und? Hast du es ebenfalls mit *Mr* Baker versucht?«, fragte Leonie, während sie den Hund weiter hinter den Ohren kraulte und dieser verzückt die Augen schloss.

»Hab ich.« Markus' Miene gefror. »Allerdings mit mäßigem Erfolg. Es muss an meiner Stimme liegen oder daran, dass ich grundsätzlich nichts Autoritäres ausstrahle.« Er wandte sich Baker zu und sah ihn streng an, als er erneut an Leonie hochsprang. »Aus, *Mr* Baker! Du sollst nicht springen. Das weißt du doch.«

Es dauerte eine Weile, bis der Hund von Leonie abließ. Als er mit den Vorderpfoten am Boden aufkam, wedelte er übermütig mit dem Schwanz, ließ Leonie dabei aber nicht aus den Augen.

»Mal sehen, vielleicht folgt er mir«, sagte sie. Sie stellte sich vor ihn und sah ihn freundlich an. »Mr Baker. Platz!«, befahl sie mit fester Stimme.

Baker spitzte die Ohren und setzte sich sogleich brav auf das Kopfsteinpflaster. Leise schnaufend sah er sie an. Leonie warf Markus einen überraschten Blick zu. »Es scheint zu funktionieren.«

Markus gab resigniert auf. »Er nimmt deine angeborene Autorität wahr. Das muss es sein.« Er nahm die Hundedecke und schlenderte mit Leonie aufs Haus zu. Als sie an der halbhohen Mauer vorbeikamen, sprang Baker auf den Sockel. Schnüffelnd erkundete er das Areal vor dem Haus.

»Meine Güte, was für ein Ort, um hier zu leben! Wie ein mit leichter Hand gemaltes Bild.« Markus sah in die Ferne, und Leonie folgte seinem Blick. Bäume standen großzügig um das Haus verteilt und gaben dem Anwesen etwas Großzügiges, dazwischen sah man verschiedene niedrig wachsende Sträucher, Rasenflächen und Goldblumen. Alles zusammen wirkte, als würde das Haus den Rest der Welt fernhalten.

»Ja, es ist ein Privileg, hier zu wohnen. Mein Großvater hat das Grundstück vor dem Krieg erworben.«

Markus konnte sich nicht sattsehen. »Alex hat mir Fotos gezeigt, aber *tatsächlich* hier zu sein ist etwas völlig anderes.«

»So geht es jedem, der zum ersten Mal hierherkommt. Wenn ich abends auf das Haus zufahre, spüre ich noch immer dieses Flattern im Magen. Diese Freude herzukommen. Es ist magisch. Ein besonderer Ort.«

Sie betraten die Wohnung von Leonies Mutter im Erdgeschoss und gingen in die Küche, die inzwischen verwaist war. Durch deren Reich zu gehen, das nicht nur ihre Präsenz ausstrahlte, sondern auch die ihrer Kinder, war sicher nicht leicht für Markus. Die Schnappschüsse aus ihren Urlauben zeigten sie drei – Ella, Alex und Leonie – von Kindesbeinen an, außerdem gab es Schwarz-Weiß-Fotos, die Alex seiner Mutter geschenkt und die diese stolz aufgehängt hatte. Leonie sah durchs Fenster und entdeckte ihre Mutter und ihre Großmutter auf der Terrasse. Letztere war heruntergekommen, um Markus ebenfalls zu begrüßen.

Leonie griff vorsichtig nach Markus' Hand. »Sie warten auf dich. Gehen wir hinaus.«

Auf der Terrasse küsste Leonie ihre Großmutter auf beide Wangen, dann deutete sie auf Markus. »Darf ich dir Markus Goss vorstellen … und Baker, seinen vierbeinigen Freund. Alex hat Baker aus dem Tierheim geholt und ihn Markus zum Geburtstag geschenkt.«

Markus hielt Baker fest an der Leine und begrüßte die beiden Frauen. Leonie sah, dass der Hund seinen Kopf, ohne zu zögern, in die Hand ihrer Großmutter schmiegte, während diese ihn, leise auf ihn einsprechend, streichelte.

Markus deutete auf die Decke in seiner Hand. »Darf ich die irgendwo ablegen? Baker legt sich hoffentlich drauf.«

»Natürlich. Vielleicht dort?« Leonies Großmutter wies auf eine Ecke auf der Terrasse, die halb im Schatten lag. Um ihren Mund zog sich ein Kranz feiner Falten, als sie mit Markus Goss sprach.

Annalena deutete auf die Sitzgruppe unter dem Sonnenschirm. »Wir sollten uns setzen. Möchten Sie ein Glas Holunderlimonade, Herr Goss? Sicher sind Sie durstig.«

Markus bejahte, während er Baker versorgte und die Leine festmachte. Als er Platz nahm und die Beine übereinanderschlug, entblößte er seine Knöchel.

»Haben wir Wasser für den süßen Kerl?«, fragte Leonies Großmutter.

Baker hatte sich brav hingelegt, doch nun schlich er langsam auf Hedi zu, dabei rollte er die Leine so weit ab, dass er es bis zu ihr hin schaffte.

Sie lachte, als sie Bakers Annäherungsversuche mitbekam. »Er scheint Interesse an mir zu haben«, sagte sie lächelnd.

Leonie ging in die Küche und kam mit einer Schale Wasser zurück, gerade rechtzeitig, um mitzubekommen, dass ihre Großmutter sich Markus als *Fossil* der Familie Glanz vorstellte.

Markus lachte unbeschwert. »Alex hat schon gesagt, dass in

seiner Familie niemand je um einen Witz verlegen ist. Aber als Fossil hat sich mir gegenüber bisher niemand bezeichnet.«

»Nun, da hat mein Enkel ein wahres Wort gesprochen, Herr Goss. Wir lieben Witze, und zwar ausnahmslos alle.«

»Wunderbar. Ich liebe ebenfalls Witze, vor allem solche, in denen Tiere vorkommen.«

»Und? Hätten Sie einen Ihrer Lieblingswitze für uns?«, erkundigte sich Hedi.

»Sehr gern.« Mit lauter Stimme hob Markus an: »Treffen sich zwei Mäuse im Treppenhaus. Sagt die eine Maus: ›Ich habe mich bis über beide Ohren verliebt.‹ Fragt die andere Maus neugierig: ›Und in wen?‹ Woraufhin die verliebte Maus nach oben, in Richtung Dachboden, schaut: ›In den da oben.‹ ›Oh nein‹, ruft die andere Maus. ›Meinst du etwa die Fledermaus?‹ Woraufhin die verliebte Maus entsetzt dreinschaut und schimpft: ›Und zu mir sagt der Kerl, er sei Pilot.‹« Als alle lauthals lachten, sagte Markus: »Bitte sagen Sie Markus zu mir. Herr Goss kommt mir falsch vor. Viel zu distanziert.«

Markus war sichtlich froh, so herzlich willkommen geheißen zu werden.

Annalena servierte Kaffee und Kuchen, und Markus beantwortete Fragen, die Hedi ihm zu seiner Tätigkeit als Dozent und zu seinem Fachbereich stellte.

»Mein Mann hätte dich gelöchert, hätte er dich kennengelernt. Alles, was mit Natur und Forschung zu tun hatte, interessierte ihn brennend.«

»Mein Beruf kommt mir wie der Besuch auf einem großen Abenteuerspielplatz vor – es gibt so viel zu entdecken. Im Bereich der Kosmetik geht es ebenfalls spannend zu, nehme ich an.«

»Das tut es. In vielerlei Hinsicht«, bestätigte Leonies Großmutter. »Aber erzähl noch ein wenig von dir. Wann haben wir schon einen Professor der Geologie zu Gast?«

Markus berichtete von seiner Arbeit zum Thema Biosphäre. »Ich mag den Austausch mit den Studenten. Wissenschaft ist mein Leben. Darüber haben Alex und ich oft gesprochen.«

Sie ließen einen Moment verstreichen, widmeten sich Kuchen und Kaffee, dann bat Annalena: »Erzähl uns von Alex. Von euren Erlebnissen.«

Markus' Gesichtszüge sackten zusammen, doch er fing sich wieder und geriet bald darauf ins Schwärmen. Alle hörten aufmerksam zu, als er erzählte, wie er Alex über den Weg gelaufen war. Markus sprach von diesem einzigartigen Gefühl der Verbundenheit, das Alex und ihn die ganze Zeit über getragen hatte. Zum Schluss erzählte er vom Schock, als er aus der Zeitung von Alex' Tod erfahren hatte. »Ich dachte, es würde mit der Zeit leichter werden, aber der Schmerz kommt immer wieder. Zwischendurch bin ich die Trauer so leid, dass ich schreien könnte, und dann …«, Markus hob die Hände, »… geht es plötzlich wieder leichter. Es ist ein ewiges Auf und Ab.«

Sie alle fanden sich in Markus' Beschreibung wieder, spürten den Verlust ähnlich wie er, und für diesen einen Moment einte sie der Schmerz um Alexander. Ein Augenblick der Vertrautheit – trotz des Kummers.

Markus rieb sich über die Augen und sah zu Baker hinab, der bellte. »Was hast du denn?«, fragte er. »Niemand hat dich vergessen. Wir wissen, dass du da bist.«

Leonie schob den Stuhl zurück und stand auf. »Ich drehe eine Gartenrunde mit Baker. Sicher freut er sich, wenn er einen Blick auf die Enten werfen kann.« Sie sah zu Markus, der zustimmend nickte und kurz über Bakers Kopf streichelte. Der Hund sah ihn dabei so treu ergeben an, dass Leonie das Herz wehtat. Sicher dachte Markus an Alex, wenn er Baker sah – sein letztes Geschenk an ihn. Es konnte gar nicht anders sein.

Im Garten ging sie mit Baker zu den Vögeln, die er starr

dastehend ansah. Am Wasser stromerte er lange herum und schnupperte an allem, was ihm unterkam. Er bellte den Booten nach und sah, wie die Enten davonstoben, um sich in Sicherheit zu bringen. Leonie warf Stöckchen, bückte sich zu dem Hund hinunter und kraulte ihn ausgiebig hinter den Ohren.

»Mr Baker, ich glaube, es ist Zeit, dass wir ein kurzes Gespräch miteinander führen«, sagte sie. »Ich weiß nicht, ob du dir dessen bewusst bist, aber für Markus bist du sozusagen der verlängerte Arm von Alex. Wenn er dich ansieht, sieht er meinen Bruder vor sich. Ich weiß, das hört sich nach keiner kleinen Aufgabe ab, und ich hoffe, du empfindest es nicht als Anmaßung … Schließlich bin ich nicht dein Frauchen oder so was … Was ich sagen will, ist, bitte achte auf Markus. Du musst ja nicht gleich jedem seiner Kommandos folgen, aber wenn du es ab und zu tun würdest, würde ihm das viel bedeuten.«

Baker sah sie an, als verstünde er jedes Wort. Als Leonie sich wieder aufrichtete, fühlte sie sich seltsam erleichtert. Sie machten kehrt und liefen aufs Haus zu, das friedlich in der Sonne lag.

Als sie mit Baker auf die Terrasse trat, überreichte ihre Mutter Markus gerade eines von Alex' Schwarz-Weiß-Fotos im eleganten schwarzen Rahmen. »Dieses Foto spendet sicher keinen Trost, aber es erinnert dich an ihn«, sagte sie.

Markus sah auf das Bild und fiel Annalena schließlich in die Arme. Leonie rieb sich über die Augen.

Zwei Stunden später brach Markus auf. »Alex hat nicht übertrieben. Ihr seid toll. Offen und herzlich. Würde mich riesig freuen, wenn wir uns bald wiedersehen.«

»Mach dich schon mal auf allerhand gefasst«, sagte Leonie lächelnd. »Wir bleiben in Kontakt.« Sie kraulte Baker ein letztes Mal hinter den Ohren, dann sprang er auf den Sitz.

Als Markus anfuhr, winkte Leonie ihm nach, dann brachte sie ihre Großmutter hinauf in ihre Wohnung und setzte sich mit ihrer Mutter zu einem kurzen Moment zu zweit zusammen. Es war noch immer ungewöhnlich warm. Die Grillen zirpten.

»Das war ein ganz besonderes Treffen. Ich mag Markus und verstehe, was Alex an ihm gefallen hat. Er ist sehr geradeheraus. Und er ist klug.«

Leonie sah ihre Mutter an. »Ich fand es schön, wie du auf ihn zugegangen bist.« Sie schwiegen, dann sagte sie: »Wo wir schon beim Thema Aufeinander-Zugehen sind – wie steht es eigentlich zwischen Papa und dir? Ihr habt in den letzten Monaten auffällig viel Zeit miteinander verbracht.« Die Stille wurde dichter, drängender.

»Wir haben uns angesichts der besonderen Umstände öfter gesehen. Dein Vater war da, als ich ihn brauchte. Ich bin froh, dass Franziska das verstanden hat.«

»Ella sprach vom Blick ins verlorene Paradies.«

Annalena winkte ab. »Ihr wisst doch, wie es zwischen Papa und mir läuft. Das Beste, was wir hinbekommen, ist der Status geschiedene Freunde. Alles andere ist zu viel des Guten.«

»Und seine Neue? Franziska? Ist es Papa ernst mit ihr? Weißt du Näheres?«

»Ich kann nur meine Vermutungen mit dir teilen. Sicher wird es nicht mehr lange dauern, bis ihr sie kennenlernt. Franziska und ich haben miteinander telefoniert. Ich wünsche den beiden alles Gute.«

Leonie griff nach ihrem Glas und ließ den Portwein kreisen.

Sie redeten noch eine Weile miteinander, sprachen über Gedeon und die Trennung, nur das Thema Ella ließen sie aus.

»Ich fürchte, ich muss los«, sagte Leonie schließlich. »Mein Flug geht morgen ziemlich früh.«

»Gib Bescheid, wenn du angekommen bist. Und halte mich auf dem Laufenden, wie es vor Ort läuft, ja?«, bat Annalena.

»Natürlich. Wir skypen.« Leonie trug ihr Glas in die Küche,

schloss ihre Mutter zum Abschied in die Arme und verließ die Wohnung.

Als sie in ihr Wohnzimmer trat, kamen ihr die grünen Wände noch immer fremd vor, erst langsam gewöhnte sie sich an ihr neues Umfeld. Sie ging ins Bad, schlüpfte in ihren Morgenmantel und raffte ihn über ihren Hüften zusammen. Als entspannte Musik aus den Boxen drang, holte sie ihren Koffer vom Schrank und begann zu packen. Sie freute sich darauf, für ein paar Tage in eine andere Welt einzutauchen.

Während sie Hosen und Shirts in den Koffer legte, sah sie das rote Gestein der Gebirgsketten vor sich, sah, wie sie in Richtung Atlasgebirge fuhr, das am Horizont langsam größer wurde. Nach etwa einer Stunde Fahrt führte der Weg bergaufwärts über eine der schönsten Straßen Marokkos. Terrassen mit Weizen, Kakteen und Palmen wechselten sich ab. Die Aussichten waren traumhaft. Sie erinnerte sich an die kleinen Dörfer, wo alte Männer mit ihren Eseln bergauf zockelten. Angesichts der Umstände kam ihr die geschäftliche Reise ins Atlasgebirge wie ein Segen vor.

33.

Michael inspizierte den spärlichen Inhalt seines Kühlschranks. Es gab abgepackten Parmesan, saure Gurken und Naturjoghurt, außerdem zwei Flaschen Orangensaft und eine Packung abgelaufene Milch.

Mimi maunzte leise und strich um Michael herum. »Vielleicht sollte ich irgendwann einen Kochkurs belegen? Was meinst du, Mimi?« Michael öffnete das Gemüsefach. Da waren noch Tomaten und Karotten, die recht ansehnlich aussahen. Er überlegte, Nudeln mit Tomatensauce zuzubereiten. Das bekam er hin. Er schnappte sich das Gemüse und versetzte der Tür einen Stoß, sodass das leise Brummen des Kühlschranks erstarb.

Die prosaischen häuslichen Rituale gingen ihm recht gut von der Hand: Einmal wöchentlich bezog er das Bett frisch, wusch Wäsche, wischte Staub und saugte, nur das Kochen bereitete ihm Probleme. Meist gab er zu viel oder zu wenig Salz an die Speisen, von interessanten Gewürzkombinationen ganz zu schweigen.

Mimi leckte sich über die Pfoten, dabei schloss sie genüsslich die Augen. Als sie fertig war, sprang sie auf den Schemel, von dort auf die Arbeitsplatte und spazierte darauf entlang, als wäre die Küche ihr Reich.

Michael sah zu ihr hinüber, griff nach dem Holzbrett und dem Messer und schnitt die Karotte in kleine Stücke. Im Haus wohnte ein Koch, der ihn immer sehr freundlich grüßte. *Ich könnte ihn fragen, ob er mir ein paar einfache Küchentricks verrät*, überlegte er. Während er schnitt, schrieb er im Kopf eine Liste, was er beim nächsten Mal einkaufen musste. Wenn er morgen aus dem Büro käme, hätte er Zeit für einen Großeinkauf.

»*Teamwork makes the dream work*«, lautete Freds obligatorische Begrüßung, wenn Michael morgens zur Tür hereinkam. Sein provisorischer Schreibtisch war längst zu seinem festen Arbeitsplatz geworden. Ein Kollege von Fred – inzwischen kannte Michael alle Anwälte recht gut – nannte ihn den Papagei unter lauter Meisen, weil sein Tätigkeitsfeld angeblich ungemein spannender sei als das jedes Juristen.

Mimi hatte es sich auf dem Küchenschemel gemütlich gemacht und leckte sich die zweite Pfote. Michael suchte nach einer Zwiebel zum Anbraten. Dabei streifte sein Blick das Foto an der Wand.

Fred und er überquerten den Zebrastreifen, den John, George, Paul und Ringo berühmt gemacht hatten. Als Fred ihn das letzte Mal in London besucht hatte und sie sich auf den Weg zur Abbey Road in St John's Wood machten, hatten sie einen Passanten gebeten, sie zu fotografieren.

»Wie zwei vergessene Mitglieder der Beatles«, hatte Fred getönt.

Michael sah auf die Lederjacke, die Fred trug, und auf die Gesten, die er damals gemacht hatte. Mit seinem Gehabe wirkte der Freund tatsächlich wie ein Rockstar. Michael hingegen blickte einfach nur freundlich in die Kamera. »Der stille Beatle« hatte Fred ihn genannt. Was hatten sie Spaß an diesem Tag gehabt.

Er ging ins Wohnzimmer, rief YouTube auf und suchte seinen Lieblingssong. Wenige Augenblicke später erklang *Here comes the sun* von dem Album Abbey Road von 1969. Michael liebte dieses Album, besonders diesen Song. Wenn er ihn hörte, war es, als schöbe eine imaginäre Sonne die Wolken zur Seite. Und nicht nur das … als schienen die Strahlen direkt in ihn hinein.

Michael drehte lauter und ging wieder in die Küche, holte eine Pfanne aus dem Schrank, stellte sie auf die Herdplatte und gab einen Schuss Olivenöl hinein. Dann begann er die Zwiebel in kleine Stücke zu schneiden. Er wischte sich gerade die Zwiebeltränen aus den Augenwinkeln, als sein Handy summte. Hastig tupfte er sich über die Augen – er sah nur noch verschwommen – und hob ab.

»Micha? Ich bin's, Ella.«

Er kniff die Augen zusammen und drehte sich von den Zwiebeln weg.

»Ella«, sagte er. Er war so überrascht, dass es ihm die Sprache verschlug. Am anderen Ende blieb es still. Sie sagten beide nichts, bis Ella weitersprach.

»Ich weiß, das klingt jetzt nach einer total abwegigen Bitte, aber kannst du vorbeikommen? Noch heute? Wenn ich hier wegkönnte, würde ich zu dir nach München fahren, aber Leonie ist in Marokko, deshalb bin ich in der Firma noch eingespannter als sonst.«

Eine Viertelstunde später stieg Michael in den Audi. Obwohl es bereits kurz vor sieben am Abend war, war es noch taghell. Er hatte nicht eine Sekunde gezögert und sofort zugesagt. Noch nie war er so erleichtert über eine Bitte gewesen wie über diese.

Als er auf dem Besucherparkplatz des Goldblütenhauses seinen Wagen zum Stehen brachte, stand die Sonne bereits tief. Er stieg aus, hielt einen Moment inne und ging auf die Villa zu. Im Hintergrund zwitscherten die Vögel. Alex' Voliere. Daran hatte er lange nicht mehr gedacht.

Er fand Ellas Namensschild und klingelte. Leise ertönte der Summer. Er stieß die Tür auf und stieg in die Kabine. Während der Aufzug nach oben schwebte, überlegte er, wie er Ella begrüßen sollte. Nur mit einem knappen Nicken? Per Handschlag? Egal. Hauptsache, sie näherten sich dem blinden Fleck in ihrer Biografie an und radierten ihn aus.

Der Aufzug hielt. Er stieg aus und sah Ella wartend in der offen stehenden Tür. Sie strich nervös ihre Bluse glatt, und kaum hatte sie die Hände von der Bluse gelöst, fuhr sie sich durchs Haar.

»Ella.« Er ging auf sie zu und reichte ihr die Hand.

Sie presste die Lippen zu einem Strich zusammen, dann besann sie sich und schüttelte seine Hand.

Michael fühlte ihre feuchte Haut. Rasch zog Ella ihre Finger aus seinen. Es würde nicht leicht werden, miteinander zu reden, weder für sie noch für ihn.

Sie deutete hinter sich. »Rein in die Höhle der Löwin«, sagte sie. Immerhin hatte sie ihren Wortwitz nicht verloren.

Er trat ein und folgte Ella an den Essplatz, von dem aus man auf den See sah. Sie hatte einen italienischen Imbiss mit Grissini, Käse, Schinken, Oliven, Wasser und Wein vorbereitet.

»Setz dich. Möchtest du Kaffee? Oder Wasser? Oder ein Glas Wein?«

»Nein, danke. Ich möchte nichts.«

Ella hatte ihr glattes kastanienfarbenes Haar in der Mitte gescheitelt. Wie ein Seidenvorhang fiel es ihr auf die Schultern, als sie sich setzte. Michael betrachtete die Sommersprossen, die ihre Nase und die Wangen bedeckten. Sie gaben ihr etwas Kindlich-Naives, das ihn zum Lächeln brachte. Sein Blick wanderte höher, zu der verletzten Hilflosigkeit, die in ihren Augen schimmerte – Augen, durchscheinend wie Quellwasser. Er wartete, ob sie etwas sagte, doch sie griff nur nach einem Taschentuch und tupfte sich die aufsteigenden Tränen weg, die sich in ihren Augenwinkeln sammelten.

»Entschuldige.« Sie schnäuzte sich verstohlen.

»Mach dir keinen Kopf. Mir ist durchaus klar, wie schwierig dieses Treffen für dich ist.«

»Es ist noch viel schwieriger, als ich dachte«, presste Ella hervor und schniefte.

Michael goss Wasser in ein Glas und schob es über den Tisch.

»Hier.«

Ella trank, und als sie das Glas zurückstellte, entfuhr ihr ein tiefer Seufzer. »Gib mir fünf Minuten, in denen du nur zuhörst, danach bist du mit Sprechen dran. Können wir uns darauf einigen?«

Durch das Fenster hörte Michael die Vögel und das Zirpen der Grillen. »In Ordnung. Wie lange auch immer du brauchst.« Er ließ sich nach hinten fallen.

Ella fuhr sich wieder und wieder mit der Hand über den Unterarm. »Ich war damals so in meine Gefühle verstrickt, dass ich glaubte, Leonie und du müsstet mir von der Stirn ablesen, was ich für dich empfinde. Es gab keinen Tag, an dem du nicht durch meinen Kopf gegeistert bist. Wenn ich dich mit Leonie Hand in Hand sah, habe ich oft kurz die Augen geschlossen und in meiner Vorstellung ihre Hand durch meine ersetzt. Ja, das ist krass, ich weiß«, Ella atmete tief ein und aus, »aber so war es nun mal. Ich habe nicht nur von dir geträumt, ich habe auch oft mit mir gerungen und überlegt, ob ich dir meine Gefühle gestehen soll. Aber wenn ich länger darüber nachdachte, war ich erst recht verzweifelt, weil ich wusste, dass du Leonie liebst und nicht mich. Tja, und dann kam jener Unglückstag. Ich bin morgens aufgewacht und wusste, dass ich den Druck nicht mehr aushalte. Irgendetwas musste geschehen, so hätte ich nicht weitermachen können. Und dann habe ich gedacht, dass du vielleicht doch etwas für mich empfinden könntest … Also habe ich meinen ganzen Mut zusammengenommen und mir gut zugeredet, dass ein Kuss gewiss alle meine Fragen beantworten würde …« Ella versagte die Stimme. Es dauerte, bis sie weitersprechen konnte. »Rückblickend weiß ich, dass der Versuch, dich zu küssen, falsch und rücksichtslos war. Ich habe nur an mich gedacht. Nachdem du mich weggeschoben hattest, bekam ich Angstattacken. Und als ich dir die Nachricht zugespielt hatte, wurde es schlimmer anstatt besser. Insgeheim habe ich damit gerechnet, dass du Leonie sagen würdest, was passiert war. Ich bekam vor Sorge und Scham nachts kaum noch ein Auge zu. Ich dachte ununterbrochen daran, was geschehen würde, wenn Leonie Wind von der Sache bekäme. Wegen dieser lähmenden Angst habe ich die Flucht nach vorn angetreten und behauptet, du hättest mich bedrängt und geküsst. Ich dachte, wenn eure Beziehung scheitert, kannst du Leonie nicht mehr sagen, was ich getan habe.« Ella schüttelte den Kopf und tupfte sich über die Wangen. »Danach wurde es erst richtig schlimm. Mama mischte sich ein, und meine Angst, diesen Fehler geradezurücken, wurde immer größer, mein Mut hingegen immer weniger … Jedes Mal, wenn ich mich Leonie anvertrauen wollte, habe ich doch wieder einen Rückzieher gemacht und alles in mir vergraben, anstatt zu reden. So ging das monatelang. Ich war feige, ich weiß. Feige und unfähig, ehrlich zu sein … Und dann hab ich mir eingeredet, dass man mit neunzehn niemals den Mann fürs Leben findet, und mir gesagt, dass Leonie auch ohne dich glücklich wird. Ganz sicher sogar.«

Ella sah aus, als würde sie ihre Traurigkeit wie eine Last tragen, die sie kaum schultern konnte. Sie holte tief Luft und sprach weiter: »Wie es letztendlich ausgegangen ist, weißt du. Plötzlich stand Leonie nach Jahren mit diesem zerknitterten Stück Papier vor mir, an das ich kaum noch gedacht habe. Es war, als liefe ich auf Treibsand. Einfach grauenhaft. Nicht nur für mich, auch für Leonie.«

Michael hielt sich mit einer Reaktion zurück. Es war wichtig, Ella Zeit zu geben.

»Ich hoffe, du weißt, wie unfassbar leid es mir tut, dass du wegen mir so etwas durchmachen musstest. Dafür gibt es keine Entschuldigung.« Ella spielte am Griff ihrer Tasse herum. Erschöpft schwieg sie.

»Ich bin froh, dass du so offen bist. Ich gebe zu, es war nicht leicht für mich. Die Zeit danach war die schwierigste meines Lebens. Mir ging es damals wirklich schlecht. Ich war am Boden zerstört. Und ich hatte Angst, dass irgendjemand von den Anschuldigungen erfahren würde und es Konsequenzen für mich hätte. Ich war lange unfassbar wütend auf dich. Aber inzwischen bin ich darüber hinweg. Und jetzt verstehe ich besser, warum du so gehandelt hast. Was mich betrifft, so ist alles vergeben und vergessen.«

Ellas Gesicht hellte sich auf. »Es macht mich so traurig, dass ich euch beiden so viel Leid zugefügt habe. Und ich bin so froh, dass du mir verzeihst. Was Leonie angeht, weiß ich schon eine ganze Weile nicht mehr, wie ich ihr unter die Augen treten soll. Glaubst du, sie wird mir je verzeihen?«

»Ich denke, das hat sie bereits getan. Ich bin mir fast sicher, sie würde sagen, dass das alles längst hinter euch liegt … Zwei zum Preis von einer. Weißt du noch? Daran hat sich doch nie wirklich etwas geändert. Nicht im Kern.«

Michaels versöhnliche Worte entlockten Ella ein bedrücktes Lächeln. Er wartete einen Moment und entschloss sich dann weiterzureden. »Niemand von uns ist ohne Fehler, Ella. Alles, worauf Leonie hofft, ist, dass du auf sie zugehst und ihr sagst, dass es dir leidtut. Gib uns allen die Chance, uns wieder gut miteinander zu fühlen. Gib diese Chance vor allem dir selbst.« Er streckte seine Hand über den Tisch. Verloren schwebte sie in der Luft, bis Ella ihm ihre reichte und sie einander hielten.

Sie saßen lange schweigend da, und mit jeder Minute löste sich Michaels Anspannung. Zum Schluss weinte Ella aus Erleichterung.

»Länger hätte ich diesen inneren Druck nicht mehr ausgehalten. Und dieses verfluchte Selbstmitleid auch nicht. Ich bin so froh, dass wir miteinander sprechen. So froh, dass du mich nicht verurteilst.«

»Weißt du, was gegen inneren Druck hilft?«

Ella schüttelte den Kopf und sah ihn abwartend an.

»Fluchen …« Michael lachte leise. »Behauptet jedenfalls Fred. Einfach alles loswerden, was einem auf der Seele liegt. Ohne Einschränkung, ohne Limit.«

Ella löste die Finger, und als Michael mit einem schelmischen Grinsen zu einem Fluch ansetzte, brachte sie den nächsten aus.

Michael lachte, als er Ella schimpfen hörte, und stieß seinerseits einen weiteren Fluch aus. Eine Weile fluchten sie wild durcheinander. Schließlich brachen sie in Gelächter aus.

»Meine Güte. Tut das gut. *Verdammt* gut«, prustete Ella.

»Ich hab schon lange nicht mehr so genussvoll geflucht. Das sollte ich öfter tun«, fand auch Michael.

Nun, wo die Stimmung entspannter war, redeten sie offen miteinander, erzählten, wie es ihnen in den Jahren ergangen war, und stürzten sich auf die italienischen Köstlichkeiten, die Ella vorbereitet hatte. Michael merkte, wie hungrig er war, und nahm sich eins von den Grissini. Er war erleichtert, dass Ella ihn ins Vertrauen gezogen hatte, und je länger sie zusammensaßen, umso mehr verschwammen die Jahre und ließen die Ella zum Vorschein kommen, die er einstmals so gemocht hatte.

Plötzlich schob Ella den Stuhl zurück. »Warte mal«, sagte sie und lief davon. Kurz darauf kam sie mit einem Buch zurück.

»Hier.« Sie schob Michael das Buch zu.

Auf dem Cover waren die Glanz-Frauen zu sehen, Ella und Leonie Arm in Arm nebeneinander mit ihrer Mutter und Großmutter.

»Das ist eins der ersten Exemplare unserer Chronik.« Ella sah Michael nachdenklich an. »Ich weiß, jetzt werde ich vermutlich langsam unverschämt, aber kannst du mir einen Gefallen tun?«

Michael musste über ihre Ernsthaftigkeit lachen. »Aber nur, weil du es bist.«

»Leonie ist, wie gesagt, geschäftlich in Marokko. Und jetzt stehe ich vor folgendem Problem: Ich kann hier nicht weg, dabei wäre es dringend, dass sie die Chronik zu sehen bekommt.«

Michael schob sich eine Olive in den Mund. Ein ungläubiges Lächeln umspielte seine Mundwinkel, als er begriff, worauf Ella hinauswollte.

»Um ehrlich zu sein, würde sie sich bestimmt riesig freuen, dich zu sehen ... Und wie hast du so schön in einem Interview gesagt? ›Irgendwann entwächst man der Vergangenheit, dann dreht sich das Leben manchmal um 360 Grad.‹ Ich denke, da stehen wir gerade ... An einem Punkt, wie viel Grad auch immer entfernt, von dort, wo wir einmal waren ...« Ellas Euphorie war kaum zu übersehen. Ihre durchscheinende Haut hatte einen rosigen Ton angenommen. Und ihre Stimme wurde immer lebendiger.

»Ich weiß nicht, ob das eine gute Idee ist ...«, wandte Michael ein.

»Leonie kann gerade einen guten Freund gebrauchen, jemanden, der ihr das Gefühl gibt, nicht allein zu sein. Gedeon und sie haben sich getrennt. Ist eine längere Geschichte. Aber du warst immer diese Art Freund für sie«, erinnerte Ella ihn.

Verwundert sah er sie an, dabei dachte er wieder an den Mann, den er in das Café in Schwabing gehen sehen hatte, und an die Frau mit den schwarzen Haaren.

Wenn alle Stricke reißen, gehe ungewöhnliche Wege. Der Satz seiner Großmutter ging Michael wieder durch den Kopf. »Du hast recht. Jemand sollte für Leonie da sein«, sprach er seine Gedanken aus.

»Ich weiß, dass Marokko nicht um die Ecke liegt, aber viele Dinge, die es wert sind, getan zu werden, verlangen nach ein bisschen ...« Ella überlegte.

»Mühe, Aufwand, Tatkraft«, sprang Michael ihr helfend bei.

Eine spontane Reise wäre ungewöhnlich, aber manchmal verlangte das Leben eben nach genau dieser Spontaneität.

»So ungefähr, ja.« Ella lächelte verhalten. »Also fliegst du?«

Michael registrierte, wie sehr sie um dieses kleine Stückchen Hoffnung kämpfte, die einzig mögliche Art, Leonie zu helfen, die sie sich im Moment zutraute. Eine Art Abbitte, um zu der unverbrüchlichen Einheit zurückzukehren, die ihre Schwester und sie seit jeher gebildet hatten.

»Lass mich mal kurz nachsehen.« Michael zückte sein Mobiltelefon und überflog die Termine der kommenden Woche. Er würde einige Telefonate führen müssen, um den ein oder anderen Termin zu verschieben, doch mit ein bisschen gutem Willen würde es vermutlich klappen.

»Und? Schaffst du es?«, fragte Ella ungeduldig.

»Hab ich denn eine Wahl?« Michael hielt ihrem Blick stand, bis er schmunzeln musste. »Du lässt doch ohnehin nicht locker. Da bist du noch ganz die Alte.«

34.

Seit etlichen Nächten lenkte der Reviergesang des Männchens Hedi nun schon von ihren Schlafstörungen ab. Auch in dieser Nacht lag sie horchend da und lauschte dem leisen *Gu-kuh* des Uhus. Nacht für Nacht versuchte sie, die Geräusche der Tiere zu identifizieren, oder sie las, bis sie endlich müde wurde. Doch wenn sie dann einschlief, dauerte es meist nicht lange, bis irgendetwas sie erneut weckte und um den wohlverdienten Schlaf brachte. Draußen raschelte es. Vermutlich strich eine Katze zwischen den Sträuchern umher.

Hedi streckte den Arm, um das Licht auf dem Nachttisch anzuknipsen. Erneut erklang der Ruf des Uhus. Alexander hatte als Junge alles über Uhus in Erfahrung bringen wollen, und es war an ihr gewesen, ihm beizubringen, dass Uhus, die sich während der Balz fanden, ein Leben lang zusammenblieben. Für ihren Enkel war sie seitdem Spezialistin für Vögel gewesen, woraufhin Leonie und Ella zu ihr gekommen waren, um alles über »romantische Tiere« in Erfahrung zu bringen. Die Mädchen hatten ihr Löcher in den Bauch gefragt und waren vom Hölzchen aufs Stöckchen gekommen, bis sie alles wussten, was Hedi über Graugänse, Biber und Weißstörche zu berichten hatte. Diese Zeit mit den Enkelkindern gehörte zu ihren kostbarsten Erinnerungen – Momente, die sie nie vergessen würde.

Hedi setzte sich auf, ihr Blick huschte über das Foto auf dem Nachttisch, das die Kinder in eben jenem Alter zeigte. Sie lächelte, schob die Füße in die Pantoffeln und hob das Nachtjäckchen auf, das vom Stuhl gerutscht war. Sie schlüpfte hinein und trat hinaus auf den Gang.

In der Küche schien der Mond durchs Fenster und nahm einem Teil des Raums die Dunkelheit. Draußen lagen die Blumenrabatten im Mondschein. Hedis Hand fand den Lichtschalter und drückte ihn.

Das zerbombte Berlin, durch das sie im Traum gestreift war, stand ihr noch intensiv vor Augen. In manchen Nächten sprach sie mit Alfons, immer ging es um die Monate nach ihrer Hochzeit. In ihrem Langzeitgedächtnis war alles abgespeichert und im Traum erschienen ihr diese Erinnerungen so lebendig, als erlebe sie sie zum ersten Mal.

Hedi blickte auf die Küchenuhr. »Noch nicht mal halb drei«, sagte sie leise. Das Licht tat gut, denn es verdrängte den letzten Rest der Träume. Sie schlang sich das Nachtjäckchen fester um den Körper, nahm die Gießkanne von der Fensterbank und begann die Pflanzen zu umsorgen. Sie pflückte verwelkte Blätter von der Birkenfeige, richtete die Rosen in der Vase und goss die Zimmertanne. Pflanzen gaben ihr ein Gefühl von Lebendigkeit, daran hatte sich bis heute nichts geändert.

»Ja, ihr Lieben, es geht mir gut. Euch auch, nicht wahr?«, murmelte sie, während sie die letzten Tropfen Wasser in die Erde des Ficus benjamina goss. Mit der leeren Gießkanne verschwand sie in die Küche, warf die welken Blätter in den Abfall und stellte die Kanne an ihren Platz, dann öffnete sie das Fenster. Draußen war es ungewöhnlich mild, der Sommer nahte mit großen Schritten. Sie kippte das Fenster, holte einen Topf hervor und schüttete Milch hinein.

Vielleicht half eine Tasse heiße Milch mit Honig ihr dabei, wieder einzuschlafen. Sie ließ die Milch aufwallen, gab Honig hinein und goss die sämige Flüssigkeit in eine Tasse. Mit der Milch steuerte sie das Wohnzimmer an und ließ sich in ihren Lieblingssessel sinken. Sie breitete das dünne Kaschmirtuch, das über der Sessellehne lag, über ihre Füße und trank. Mit jedem Schluck wartete sie darauf, dass ihre Augenlider schwer wurden, doch anstatt einzudösen, wurde sie immer wacher, und ihre Gedanken wurden immer klarer. Notgedrungen fand sie sich damit ab, dass an Schlaf nicht mehr zu denken war, brachte die Tasse in die Küche und öffnete die Tür zum Vorratsraum. Hinter dem Zucker befand sich ihre geheime kleine Welt, dort lagerten die Briefe.

Sie hatte das Versteck damals aus der Not heraus gewählt. Alfons war früher heimgekommen, und da sie nicht auf frischer Tat ertappt werden wollte, hatte sie die Briefe, ohne groß darüber nachzudenken, rasch hinter den Vorräten verschwinden lassen. Als Alfons hereintrat, um sie zu begrüßen, hatte sie so getan, als sei sie gerade dabei, die Einmachgläser und Dosen durchzusehen. Ihm war nicht aufgefallen, wie aufgeregt sie war. Später hatte sie erleichtert durchgeatmet und sich vorgenommen, ein besseres Versteck zu finden, doch nach langem Herumgrübeln war ihr die Vorratskammer geradezu perfekt erschienen. Alfons kam praktisch nie dorthin, und so blieben die Briefe, wo sie waren.

»Hinter dem Zucker«, murmelte sie, während sie auf die Vorräte starrte. Das war *ihr* Platz für ihre Sorgen und Nöte. Anfangs hatte sie diese Nöte in kurzen Sätzen festgehalten, später waren Briefe daraus geworden, und zum Schluss kreisten diese um jenes Geheimnis, das sie um jeden Preis vor der Welt bewahren wollte – sogar vor Gerda und später vor Annalena und ihren Enkelinnen. Nach und nach hatte sie ein wenig mehr davon erzählt, wie schwer es ihr fiel, keinen Kontakt zu dem Menschen zu haben, der ihrem Herzen genauso nahe stand wie Annalena und ihre Enkelinnen.

Lass dich nicht hinreißen, summte es in ihrem Kopf, doch sie griff bereits nach der Schachtel, in der die Briefe fein säuberlich geordnet lagen, und ging damit ins Wohnzimmer.

»Das Leben nimmt keine Abkürzungen. Es ist an der Zeit,

Leonie und Ella endlich einen Einblick in deine Vergangenheit zu geben«, redete sie sich gut zu.

Sie konnte schlecht über Offenheit sprechen und kluge Ratschläge geben, ohne diesen Rat selbst zu beherzigen. Ihre Enkeltöchter hatten es verdient, das ganze Bild ihres Lebens zu betrachten und hinter ihren Schutzwall zu sehen. Sie würden sie nicht verurteilen, selbst, nachdem sie alles gelesen hätten. Hedi verdrängte den Gedanken, dass dieser Wunsch nichts mehr als eine stille Hoffnung war. Wenn sie ihr Geheimnis preisgäbe, musste sie mit den Konsequenzen leben. Das eine gab es nicht ohne das andere.

Mit einem leisen Geräusch hob sie den Deckel. Sie sah auf die mit Samtbändern zusammengebundenen Briefe, sie waren nach Jahren geordnet. Es war lange her, seit sie das letzte Mal in Ruhe einen der Umschläge zur Hand genommen hatte. Hedi legte den Deckel beiseite, öffnete das Band des ersten Päckchens und nahm den Brief, der zuoberst lag. Vorsichtig hob sie die Lasche, zog das Büttenpapier heraus, faltete es auseinander und begann zu lesen.

Woran sie nicht mehr hatte denken wollen, war nach wenigen Sätzen wieder höchst lebendig. Mit feuchten Augen widmete sie sich den Zeilen, zwischendurch wischte sie sich die Tränen von den Wangen und steckte das gefaltete Papier, als sie geendet hatte, zurück in den Umschlag. Die Intensität ihrer Gefühle war eine Herausforderung. Wie immer brauchte sie einige Minuten, um sich zu fangen, dann nahm sie ihr Mobiltelefon und begann mit einer Nachricht an Leonie.

Ich würde gern in den nächsten Tagen etwas Persönliches mit Dir und Ella besprechen. Etwas, das mir sehr am Herzen liegt …

Sie war gerade dabei, die letzten Worte zu tippen, als ihr wieder einfiel, dass Leonie auf Geschäftsreise war. Ihre Finger ließen enttäuscht von dem Mobiltelefon ab. Vielleicht war dies nicht der richtige Zeitpunkt …

»Unsinn«, ermahnte sie sich. »Jetzt, wo du all deinen Mut zusammengenommen hast, gibst du nicht auf …«

Hedi reckte das Kinn vor und ließ ihre Gedanken wandern. Vielleicht wäre es vernünftig, zuerst mit Nicole über die Briefe zu sprechen, sich sozusagen langsam vorzutasten, anstatt gleich ins kalte Wasser zu springen. Zumindest wäre es ein Anfang. Kosmetikprodukte durchliefen schließlich auch eine Testphase, es würde also durchaus Sinn ergeben, dieses Wissen auch in diesem speziellen Fall anzuwenden. Außerdem wäre Nicole verpflichtet zu schweigen, ihre Vergangenheit käme also nicht an die Öffentlichkeit.

Hedi legte den Brief zu den anderen, verknotete das Bündel mit dem Samtband und stülpte den Deckel über die Schachtel. Dann ging sie zum Sideboard, legte eine Schallplatte auf den Plattenteller und ließ behutsam die Nadel auf die Scheibe sinken. Das leise Knistern, als der Tonabnehmer über die Rillen der Vinylplatte glitt, war ein herrliches Geräusch. Glenn Miller. *Moonlight Serenade*. Sie öffnete die Schiebetür des Sideboards. Irgendwo mussten noch Zigaretten und Streichhölzer sein. Sie fand beides, zog eine Zigarette aus der Schachtel und zündete sie an. Als sie den ersten Zug tat, war sie gedanklich wieder in Berlin. Kurz nach Kriegsende hatte sie zum ersten Mal geraucht. Zwar hatte sie sofort husten müssen, doch das hatte sie nicht davon abgehalten, es wieder zu probieren. Sie sah die Hand des Mannes vor sich, der ihr damals Feuer gegeben hatte. Seine Hand um die kleine Flamme und dieses Lächeln, das wie das Aufgehen der Sonne war. Ihr Herz hatte so laut geklopft, dass sie Angst gehabt hatte, er könnte es hören …

Es schellte. Rasch vergewisserte Hedi sich, dass ihre Pflegerin die Nachricht gelesen hatte, in der sie geschrieben hatte, dass sie sie heute nicht brauche. Dann betätigte sie den Summer und ging zur Tür, um zu öffnen.

»Guten Morgen, Frau Glanz.« Nicoles Worte waren wie Musik in Hedis Ohren. Sie hatte es früher hierhergeschafft, als Hedi sich erhofft hatte.

»Ich hoffe, ich überfalle Sie nicht so früh am Morgen. Als ich Ihre Nachricht gelesen habe, war ich ganz in der Nähe und habe mir gedacht, ich versuche einfach mal mein Glück.«

Nicole stand in einem dunkelroten Kleid mit hellen Tupfen vor Hedi und sah sie mit einem Lächeln an, als wären sie Freundinnen anstatt Geschäftspartnerinnen.

»Ich freue mich, dass Sie sich die Mühe gemacht haben, herzukommen. Ich hoffe, Sie empfinden mich nicht als anmaßend, weil ich Sie um ein persönliches Gespräch gebeten habe«, sagte Hedi. »Sie sehen übrigens reizend aus. Ich kann nur hoffen, dass Sie nach unserem Termin noch ein Date haben.«

Nicole trat über die Schwelle. »Kein Date. Leider. Aber allein für dieses süße Kompliment hat es sich gelohnt, dieses Kleid anzuziehen.«

Sie sahen sich an und mussten lachen. »Kommen Sie weiter. Ich brühe rasch Tee auf. Frische Backwaren bekomme ich jeden Morgen geliefert. Sie haben ein gutes Frühstück verdient. Ich weiß es sehr zu schätzen, dass Sie sich heute Zeit für mich nehmen.«

Nicole stellte ihre Tasche auf die Kommode. »Wenn Sie von Briefen erzählen, die Sie seit ewigen Zeiten zwischen Vorräten verstecken, flimmert bei mir eine gewisse Neugier auf. Ich hoffe, Sie sehen es mir nach.«

»Warten Sie's ab. Noch habe ich keinen einzigen Brief rausgerückt«, bemerkte Hedi, fest entschlossen, es sich entgegen ihren Worten nicht noch mal anders zu überlegen.

Sie kümmerte sich um den Tee, dann gingen sie ins Esszimmer, wo der Tisch für ein ausgiebiges Frühstück gedeckt war. Hedi deutete auf die Schachtel, die wie eine Trophäe auf einem Sessel darauf wartete, in Augenschein genommen zu werden.

»Das sind sie also?« Nicole sah zu dem Sessel.

»Ja, darin befindet sich der Teil meines Lebens, über den ich bisher geschwiegen habe …« *Meine totgeschwiegene Lücke*, ergänzte Hedi im Stillen. »Aber jetzt soll Schluss mit der Geheimniskrämerei sein. Aus diesem Grund habe ich mich an Sie gewandt. Sie verfügen über das nötige Fingerspitzengefühl, um sich der Briefe anzunehmen, sind weder sensationslüstern, noch bedrängen Sie Menschen. Und Sie sind ehrlich und werden mir sagen, was Sie von der Idee halten, die Briefe meinen Enkelinnen und natürlich auch meiner Tochter zu zeigen.« Hedi schob einen Stuhl zurück. »Aber jetzt frühstücken wir erst mal.« Sie setzte sich und ließ sich von Nicole helfen, die Tee in ihre Tasse goss und sich schließlich neben ihr niederließ.

»Haben Sie schon einen Blick in die Chronik geworfen?«, wollte Nicole wissen, während sie an ihrem Tee nippte.

»Noch nicht. Ich warte damit, bis meine Enkeltochter aus Marokko zurück ist.«

Nicole strich Aprikosenmarmelade auf ihr Brot. »Ich bin zufrieden mit dem Ergebnis. Sogar mehr als das.« Sie nahm einen Bissen. »Und ich kann die offizielle Präsentation kaum erwarten.«

Hedi sah ihr die Aufregung an und teilte ihre Freude. Als sie mit dem Frühstück fertig waren, nahm Hedi die Schachtel an sich. Sie war gerade im Begriff, den Deckel anzuheben, als Nicole ihr die Hand auf den Unterarm legte.

»Sind Sie sicher, dass Sie das wollen, Frau Glanz? Niemand zwingt Sie zu diesem Schritt.«

Hedi schluckte den Kloß im Hals hinunter. »Ja. Ich glaube,

es ist an der Zeit, mich nicht länger zu verstecken. Lesen Sie die Briefe, dann reden wir über das, wovor ich mich ein Leben lang gefürchtet habe.« Sie setzte sich noch einmal und trank einen Schluck Tee. Als sie die Tasse zurückstellte, vibrierte das Porzellan. »Wissen Sie, ich empfinde es als meine Pflicht, meinen Enkeltöchtern zumindest jetzt vorzuleben, dass Angst ein schlechter Ratgeber ist. Allerdings möchte ich sie nicht überfordern. Deshalb würde ich zuerst gern mit jemandem außerhalb der Familie über die Briefe sprechen, jemandem, dem ich vertraue, der aber einen gewissen Abstand hat. Da musste ich an Sie denken.«

Nicole hatte Hedi ruhig zugehört. »Sobald ich sie gelesen habe, reden wir darüber«, entgegnete sie. »Ich werde Ihnen meine ehrliche Meinung sagen. Denn das erwarten Sie doch von mir, nicht wahr?«

»Ja.« Hedi atmete erleichtert auf. »Danke, dass Sie das für mich tun.«

»Ich schätze Sie, Frau Glanz. Und ich fühle mich geehrt, dass Sie mir diese Aufgabe anvertrauen.«

Hedis Herz geriet für einen kurzen Augenblick aus dem Takt, als sie Nicoles Blick erwiderte. Sie wusste, dass sie mit den Briefen eine Lawine lostrӓte. Aber sie wusste nicht, was diese Lawine mit ihnen allen machen würde.

35.

El-Kelâa M'Gouna, die Rosenstadt von Marokko, lag an der Straße der Kasbahs am Assif M'Goun, einem Fluss, der in den Dadès mündete. Von dort zogen die Hecken sich das Flussbett entlang. Im Herzen des Dadès-Tals, einer Gebirgslandschaft, reich an farblichen Kontrasten, wuchsen die Rosen wild. Sogar an Steinmauern sah man geöffnete Blütenköpfe, sattes Grün und romantisches Rosa inmitten ockerfarbener Trockenheit.

Leonie rief sich den Geschmack von *M'hanncha*, einer mit Rosenwasser parfümierten Mandelpaste in Teigblättern, ins Gedächtnis. Sie hatte diese während ihrer ersten Reise nach Marokko kennengelernt, nachdem sie den Mittwochsmarkt in El-Kelâa M'Gouna besucht hatten.

Das wüstenartige Klima hatte sie damals in eine andere Welt katapultiert. Inmitten der fremd anmutenden Landschaft und umgeben von Menschen, die eine ungezwungene Fröhlichkeit ausstrahlten, fühlte sie sich auch jetzt befreit von allem. Der Konflikt mit Ella und Gedeons Auszug erschienen ihr weit weg.

Der Wagen rumpelte über die Straße. Leonie sah das terrakottafarbene Gebäude der Rosenölproduktion in der Ferne auftauchen. Die Eingangstür, in den Farben Rot, Blau und Grün gestrichen, und die Fensterscheiben mit dem farbigen Muster hoben die Schlichtheit des Gebäudes auf eigentümliche Weise hervor. Sie wurden langsamer. Der Fahrer bremste und brachte das Auto in einer Staubwolke zum Stehen.

»Was für ein unnachahmlicher Geruch«, rief Leonie, als sie ausstieg. Der Geruch nach Rosen zog durch das ganze Tal.

Sie hörte Schritte. Youssef Hamid war schon von Weitem zu

sehen. Die Djellaba aus einfacher Schurwolle flatterte fröhlich um seine Beine, als er mit eiligen Schritten auf sie zukam.

»*Assalam alaikum*«, begrüßte er sie, danach wechselte er ins Französische. »Wie schön, Sie bei uns begrüßen zu dürfen.« Mit den Mitarbeitern verständigte sich Youssef auf Darija – dem marokkanischen Arabisch –, außerdem sprach er noch Französisch, das im gesamten Land als Handelssprache benutzt wurde.

Leonie blieb rücksichtsvoll etwas entfernt von ihm stehen.

»*Waleikum assalaam*«, antwortete sie, während sie einander zunickten. Sie zog an ihrem aprikosenfarbenen Kopftuch, das ein eingewebtes Muster zierte. Ihre Mutter hatte es bei ihrem letzten Besuch von Naima, Youssefs Frau, geschenkt bekommen, und nun trug Leonie es Naima zu Ehren.

»Meine Frau freut sich auf Ihren Besuch bei uns. Ich soll Ihnen ausrichten, dass wir Sie gern zum Tee bei uns begrüßen würden. *Kaab el Ghazal* gibt es natürlich auch.«

Leonie liebte das halbmondförmige Gebäck, das nach Orangenblütenwasser und Zimt duftete.

»Ich danke Ihnen für die freundliche Einladung. Wer könnte *Kaab el Ghazal* widerstehen?«, antwortete Leonie voller Vorfreude.

Sie erkundigte sich nach Youssefs Familie. Seine beiden Töchter Zohra und Layla besuchten mittlerweile die Schule und liebten es, zu lesen und zu malen.

»Ist Naima heute auf dem Feld?«, wollte Leonie wissen.

»*Na'am.*« Youssef nickte. »Sie ist seit den frühen Morgenstunden auf den Beinen, um die Blüten zu pflücken.«

Es war wichtig, mit der Ernte noch vor dem Sonnenaufgang zu beginnen, da sich der Ölgehalt der Blüten durch den Temperaturanstieg im Laufe des Tages rasch verringerte. Die Erntezeit – deren Höhepunkt die dreitägige Fête des Roses war – war kurz und erstreckte sich nur über wenige Wochen im Frühsommer.

»Wenn Sie dem Weg folgen«, Youssef deutete auf einen schmalen Pfad, der zu den Feldern führte, »können Sie Naima nicht verfehlen.«

Leonie verabschiedete sich von ihm und machte sich auf den Weg. Im letzten Jahr war das Anbaugebiet vergrößert worden. Sie hatte Fotos gesehen, doch sich vor Ort einen Eindruck zu verschaffen war wesentlich spannender.

Sie folgte den Obstbäumen, die mit Feigen und Datteln beladen waren, und betrachtete die Granatäpfel an den überhängenden Ästen.

Aus der Ferne entdeckte sie die Umrisse der Frauen. Sie trugen dünne Tücher quer über dem Körper, in die sie die gepflückten Rosen so behutsam legten, als handle es sich um Kostbarkeiten. Die Arbeit auf den Feldern war für die Frauen von großer Bedeutung. Sie ermöglichte es ihnen, ihr eigenes Geld zu verdienen. Damit halfen sie, ihre Familien zu ernähren, und konnten die Kinder in die Schule schicken.

Leonie suchte mit den Augen nach Naima. Sie war sehr groß und stach zwischen den anderen Frauen heraus. Langsam ging Leonie auf sie zu. Auch Naima hatte sie inzwischen entdeckt. Ihre Lippen formten sich zu einem warmen Lächeln. »*Marhaba.*«

»*Marhaba*«, entgegnete Leonie. Beide Frauen führten ihre rechte Hand zum Herzen, eine marokkanische Geste, die Respekt und Herzlichkeit ausdrückte.

»Wie schön, dass Sie gekommen sind, um mit uns das Rosenfest zu feiern«, sagte Naima auf Französisch. Die umliegenden Dörfer bereiteten sich schon seit Tagen auf den besonderen Tag vor. Es wurden herzförmige Girlanden gebunden, Etiketten auf Rosenwasserflaschen geklebt und Blütenblätter getrocknet. Jedes Dorf bekam eine Aufgabe zugeteilt und war ein Teil des großen Ganzen.

»Die Freude ist ganz auf meiner Seite«, antwortete Leonie. Naima zog einen Zweig zu sich hinunter, der bis zur Spitze mit Blüten in einem satten Rosa bedeckt war. Die Rosen bildeten einen faszinierenden Kontrast zu den tiefgrünen Blättern. Sie schnitt eine der kostbaren Blüten ab und reichte sie Leonie. »Wir sind stolz, dass der liebliche Duft der Rosen des Asif M'Goun-Flusses Ihre Produkte veredelt.«

Leonie nahm die Blume entgegen, beugte den Kopf und atmete tief ein. Was für ein himmlisches Gefühl es war, von dem Duft, der sich durch die Landschaft zog, umgeben zu sein. Es hieß, wer den Duft der Damaszenerrose in sein Herz lasse, wäre für immer verwandelt.

Nachdem Naima die letzten geöffneten Blüten von den Büschen gepflückt hatte, gingen sie gemeinsam zur Produktionsstätte. Auf dem Weg teilten sie sich eine Tüte Datteln. Bei der Produktionsstätte verteilte Naima die gesammelten Rosenblüten auf einer eigens dafür vorgesehenen Fläche, damit sie frisch blieben.

Leonie trat in den Raum mit den Kupferkesseln. Hier wurden die Körbe in die Kessel geleert, damit die Blüten im Wasser einweichten. Der nach oben steigende Wasserdampf, der den Duft der Rosenblüten an sich band, wurde in eine Kühlanlage geleitet. Wenn das erste Destillat abgeschöpft war – das hochkonzentrierte, reine Öl wurde von den Bauern als »grünes Öl« bezeichnet –, wurde der Vorgang noch einmal durchgeführt. Dieses zweite Öl war weniger konzentriert und wurde »gelbes Öl« genannt. Erst danach wurden die Öle dekantiert und filtriert. Und während einer zwei- bis dreiwöchigen Reifezeit entwickelte das hergestellte Öl dieses unglaublich feine und intensive Rosenaroma. Das Besondere an der Wasserdampfdestillation war, dass ausschließlich Rosenblüten und von Mineralien befreites Wasser eingesetzt wurden. Rosenwasser entstand bei der arbeitsaufwendigen Gewinnung des Öls als Nebenprodukt und wurde ebenfalls von ihnen verwendet.

Nach und nach kamen die Frauen von den Feldern zurück, versammelten sich um Leonie, und diese überreichte ihnen eine Schachtel voller Cremeproben. »Es ist mir eine große Freude, Ihnen allen die Creme mitzubringen, für die Sie die Rosen ernten«, sagte sie.

Die Frauen nahmen die kleinen Dosen entgegen und bedankten sich überschwänglich. Ihre Lebensumstände konnten nicht unterschiedlicher sein, doch Leonie empfand eine tiefe Verbundenheit, die die Frauen erwiderten. Das Leben in den ländlichen Regionen Marokkos war für diese noch immer eine Herausforderung, aber im Tal der Rosen zeigte sich eine leichte Veränderung in ihrer Rolle. Die Frauen kümmerten sich um Wachstum und Ernte, wussten, wie man die Blüten behutsam trocknete und destillierte, um wertvolle Produkte daraus herzustellen. Die erlernten Fähigkeiten schenkten ihnen Selbstbewusstsein und eine Vision für die Zukunft. Leonie empfand es als Privileg, im Rahmen ihrer Möglichkeiten unterstützend einzugreifen.

Sie erzählte, dass die Rosenlinie sehr gut ankomme und sie über eine Erweiterung der Produkte nachdenken würden. Bei diesen Worten hellten sich die Gesichter der Frauen auf.

Am nächsten Tag war Leonie mit Naima und deren Töchtern in der Stadt verabredet. Ein Leinwandzelt reihte sich an das nächste, und die Straßen rochen noch intensiver nach Rosen als die Felder, denn hier wurde die Rosenernte präsentiert. Überall sah man Menschen, die etwas verkauften oder kauften, und an jeder Ecke drängten sich Schaulustige. Dazwischen versuchten Polizisten mit Pfeifen, den stockenden Verkehr zu leiten.

»Es zaubert das schönste Haar und die schönste Haut! Und es ist gut für das Herz!«, rief ein Mann in die Menge. Käufer handelten und besiegelten Geschäfte. Ein Berber schwenkte eine Flasche Rosenwasser und sprühte in die Menge. Ein anderer pries

Teppiche an, während der Straßenhändler wenige Schritte weiter lautstark über die Menge hinweg rief. Alles war in Bewegung, nichts stand still.

Leonie roch den betörenden Duft eines Parfüms und wehrte den Händler ab, der es feilbot. Gleichzeitig vernahm sie eine Kinderstimme hinter sich. Als sie sich umdrehte, sah sie in die freudigen Augen von Layla.

Die Kleine hielt ihr eine aus Rosen geschnürte Halskette entgegen, und während das Mädchen stolz ihr Geschenk präsentierte, sah Leonie die Grübchen, die sich in ihren Wangen bildeten.

»Die Kette ist für dich. Ich hab sie heute Morgen gemacht.« Die kindliche Stimme spiegelte die Aufregung wider, die das Mädchen empfand.

»Layla, das ist die schönste Kette, die ich jemals von jemandem bekommen habe«, sagte Leonie erfreut.

Die Sechsjährige zupfte sie am Arm. »Wirklich?«, vergewisserte sie sich. »Gefallen dir die Rosen? Und magst du die Farbe?«

»Ich liebe diese Farbe. Aber am schönsten finde ich, dass du die Kette nur für mich gemacht hast.« Leonie beugte sich zu der Kleinen hinunter, damit diese ihr das Gebinde um den Hals legen konnte.

Layla ging behutsam zu Werk, ihre zarten Finger richteten die Blüten an Leonies Hals. Leonie sah an sich hinab und neigte den Kopf, um das Geschenk mit der gebührenden Aufmerksamkeit zu bewundern.

»Wie schön deine Kette ist«, sagte sie voller Bewunderung.

Layla nickte und hüpfte von einem Bein aufs andere. »Mama hat mir beigebracht, wie man Ketten schnürt. Jetzt kann ich es so gut wie die älteren Mädchen.« Sie legte ihre Finger auf Leonies Handgelenk und zeigte darauf. »Das ist schön. Was ist das?«

Leonie musste lächeln, als Laylas Finger an Silvys Armband

herumspielten. »Das ist ein Wunscharmband aus Brasilien. Eine Freundin hat es mir geschenkt, damit meine Wünsche in Erfüllung gehen.«

»Ich hab auch Wünsche. Sogar ganz viele.« Layla wurde immer aufgeregter. »Aber wo ist Brasilien?«

»Brasilien ist das größte Land Südamerikas. Man muss einmal den Atlantik überqueren, dann ist man da.«

Laylas Gesicht verdunkelte sich. »Muss ich dort hinfahren, um ein Wunscharmband zu bekommen?«, fragte sie enttäuscht.

Leonie lächelte gerührt. »Nein, Layla, das musst du nicht. Vielleicht kommt das Wunscharmband ja zu dir …«

Layla riss die Augen auf. »Aber wie kann das Armband denn zu mir kommen? Etwa mit dem Flugzeug? Fällt es vom Himmel?« Laylas Fantasie kannte offenbar keine Grenzen, doch gleichzeitig wurde sie immer bedrückter, weil sie sich wohl nicht vorstellen konnte, wie sie zu einem Wunscharmband kommen sollte.

»Nein, nein. Hör mir zu«, sagte Leonie. Layla wurde augenblicklich still. »Du weißt ja, dass ich einige Tage hierbleibe, aber wenn ich zurück in Deutschland bin, werde ich zwei Wunscharmbänder besorgen. Eins für dich und eins für deine Schwester. Na, was sagst du dazu?«

Layla schnappte nach Luft und sprang vor Leonie auf und ab. »Stimmt das auch?«, wollte sie wissen. »Darf ich mir jetzt schon was wünschen?«

»Ich gebe dir mein Wort, bald trägst du dein eigenes Wunscharmband. Aber mit dem Wünschen musst du noch ein wenig Geduld haben. Warte, bis deine Schwester dir das Armband anlegt, dann sprichst du, natürlich im Stillen, deine Wünsche aus.« Leonie fuhr mit der Hand über das zarte Handgelenk des Mädchens, und plötzlich schlang Layla ihre Arme um sie und legte den Kopf gegen ihren Körper.

Youssef, Zohra und Naima tauchten in der Menge auf und steuerten auf sie zu. »Layla. Hier bist du. Du konntest es wohl nicht abwarten, deine Kette zu überreichen.« Naima lachte und nahm ihre Tochter, die sich zaghaft von Leonie löste, an die Hand.

»Mama, ich bekomme ein Wunscharmband«, flüsterte Layla. »Zohra bekommt auch eins … Aber sag ihr nichts. Es soll eine Überraschung sein.« Layla kriegte sich gar nicht mehr ein. Erst nachdem Naima mehrmals bestätigt hatte, Zohra nichts zu verraten, wurde sie ruhiger.

Zohra stand neben ihrem Vater und blickte gespannt auf das bunte Treiben. Auf den Bürgersteigen drängten sich immer mehr Besucher. Eine Gruppe Frauen zog tanzend durch die Straßen, sie bewegten geschmeidig die Arme und ließen die bunten Gewänder, die sie trugen, hin und her schwingen. Hinter ihnen schlugen Männer in hellen Gewändern auf kleinen Trommeln und folgten den Frauen.

Heute würde die Wahl der Rosenkönigin stattfinden, die über die duftende Ernte des Jahres herrschte. Dies bildete jedes Jahr den Höhepunkt der Rosenernte.

Naima erzählte, dass Zohra seit dem frühen Morgen ununterbrochen über das Fest redete. »Es gibt keine größere Ehre, als zur Rosenkönigin gewählt zu werden, findet Zohra«, schloss sie. »Sie hofft, sie wird irgendwann selbst einmal eine.«

Naima strich ihrer Ältesten liebevoll übers Haar, als sie zu ihnen trat. »Dein Lächeln ist bezaubernd, das weißt du doch«, sagte sie, als sie Zohras sehnsuchtsvollen Blick auffing. »Es kann durchaus sein, dass du eines Tages die nächste Rosenkönigin wirst. Lassen wir uns überraschen.«

Die Rosenkönigin war die Attraktion der Parade, die später stattfinden würde. Auf einem mit Papierrosen bedeckten Wagen, begleitet von Musik und Tanz, würde sie den Besuchern zuwinken. Und Zohra würde zurückwinken und von später träumen. Leonie hörte zu, während Zohra mit Händen und Füßen den Ablauf schilderte und dabei immer zappeliger wurde.

»Sollen wir zu den Ständen rübergehen?«, mischte Naima sich ein. »Dahinten gibt es die besten Äpfel, Datteln und Mandeln.«

»Und Safran und Zimt«, ergänzte Zohra.

»Naima, Sie können Gedanken lesen. Auf einen Besuch bei den Ständen habe ich mich schon seit meiner Ankunft gefreut«, sagte Leonie.

»Ich hole mir inzwischen etwas zu essen«, meinte Youssef. »Wenn ihr mich sucht, ich bin da drüben.« Er deutete auf einen Stand, an dem marokkanische Spezialitäten angeboten wurden, und ging davon.

Leonie folgte Naima durch die Menschenmenge. Layla und Zohra liefen Hand in Hand vor ihnen her und steuerten den Gewürzstand an, wo sie Datteln und Mandeln kauften. Während die Mädchen sich genüsslich eine Mandel nach der anderen in den Mund schoben, unterhielten Naima und Leonie sich über den Trocknungsprozess der Rosenblüten.

Die Blütenblätter wurden auf dem Dach wie ein Teppich ausgebreitet und zwei Wochen lang getrocknet. Anschließend wurden sie in kleine Stoffsäckchen gefüllt, die mit einem Band verschlossen wurden. Leonie freute sich über den Austausch. Sie konnte Naima jederzeit Fragen stellen und bekam immer eine zufriedenstellende Antwort. Heute sprachen sie jedoch nicht nur über die Arbeit, sondern auch über die Region, in der schon Naimas Vorfahren gelebt hatten. Leonie interessierte sich für die Bräuche und Traditionen und für die Zukunft, von der Naima sich vor allem für die Frauen viel erhoffte.

»Ich soll Ihnen von meinen Kolleginnen übrigens noch einmal ein herzliches Dankeschön ausrichten. Alle haben sich über die Cremes gefreut, die Sie mitgebracht haben. Zu sehen, welchen entscheidenden Beitrag wir für das fertige Produkt leisten, ist das größte Kompliment und die größte Wertschätzung. Das bestärkt uns in unserem Tun, weil wir sehen, wie wichtig unsere Arbeit ist. Bitte richten Sie auch Ihrer Mutter und Ihrer Schwester unseren Dank aus. Das Vertrauen, das Sie uns entgegenbringen, und die Möglichkeit, Neues zu lernen und bestehende Fähigkeiten auszubauen, sind ein großes Geschenk.«

Leonie nahm Naimas Hände in ihre. »Es ist eine Ehre und ein Vergnügen, mit Frauen wie Ihnen arbeiten zu dürfen. Ohne Sie wäre unsere neue Rosenlinie nicht das, was sie ist. Deshalb habe *ich* zu danken.«

Nachdem alle Einkäufe getätigt waren, blieben sie vor einem Stand stehen, an dem Rosentee angeboten wurde. Sie wollten gerade bestellen, als Youssef in einem Pulk von Menschen auftauchte. Unter Einsatz seiner Schultern bahnte er sich geschickt einen Weg durch das Gewimmel, rief nach ihnen, und als er näher kam, sah Leonie, dass ein Mann im hellen Leinenanzug neben ihm herlief.

»Sehen Sie, wen ich mitbringe?« Youssef deutete auf den Mann neben sich. »Besuch aus der Heimat.« Er strahlte übers ganze Gesicht, als wüsste er, wie besonders der Besuch für Leonie war.

36.

Leonie öffnete die Augen und blinzelte verschlafen. Durch die Lamellen drangen Sonnenstrahlen in den sanddornfarbenen Raum und hüllten ihn in warmes Morgenlicht. Gähnend schlug sie die gemusterte Bettdecke zur Seite und stand auf.

Als Michael gestern inmitten des Trubels neben Youssef aufgetaucht war, hatte sie ihren Augen nicht getraut, und auch jetzt konnte sie kaum glauben, dass er hier war.

Im Bad benetzte sie ihr Gesicht mit kaltem Wasser, und als sie leises Klopfen vernahm, trocknete sie sich rasch ab, ging auf die hölzerne Tür zu und öffnete sie. Zu ihren Füßen entdeckte sie eine Schachtel. Sie bückte sich, nahm sie an sich und schloss die Tür mit einem raschen Blick nach links und rechts.

Neugierig setzte sie sich auf den Hocker neben dem Fenster und hob den Deckel an. In der Schachtel befanden sich ein Kuvert und eine Polaroid-Kamera. Sie zog den Brief aus dem Umschlag und begann zu lesen.

Liebe Leonie,
ich hoffe, Du hast gut geschlafen. Ich muss noch mal kurz los, um etwas zu erledigen. Lass Dir also ruhig Zeit und genieße die Morgenstunden in vollen Zügen.

Bis gleich,
Micha

PS: Dein Geburtstag steht ja fast vor der Tür, da konnte ich es mir nicht nehmen lassen, Dir eine Kleinigkeit zu besorgen. Ich hoffe, die Sofortbildkamera gefällt Dir. Sie ist der perfekte Reisebegleiter, hab ich mir sagen lassen.

Leonie lächelte. Behutsam schob sie den Brief ins Kuvert, dann griff sie nach der Kamera, stellte sich ans geöffnete Fenster und machte ein Foto von der Landschaft draußen. Als das Foto ausgeworfen wurde, legte sie es auf den Tisch und ging zurück ins Badezimmer. Als sie fertig war, machte sie sich auf den Weg zur Terrasse des Hotels, um zu frühstücken.

Der Blickfang der großzügigen Terrasse, auf der sie Töpfe mit Palmen, Hibiskus und Zitrusbäumen sah, war ein Brunnen, der leise vor sich hin plätscherte. Den Boden zierten grün-blaue Mosaike mit rostroten Akzenten, von dem sich die Tische und Sonnenschirme in gebrochenem Weiß abhoben. Leonie ging zum Büfett und setzte sich mit einem Teller mit Obst, Fladenbrot mit Oliven und Schafskäse und einem Glas Granatapfelsaft an einen Tisch. Sie trank einen Schluck Saft und nahm den Moment mit allen Sinnen in sich auf.

Als sie das Glas zurückstellte, sah sie, wie Michael unter dem kupferfarbenen Torbogen, der mit verschiedenen Mustern verziert war, auf sie zukam.

»Guten Morgen. Hast du gut geschlafen?« Er setzte sich zu ihr und legte seine Brille und eine Landkarte auf den Tisch.

»Ich bin mir wie ein Baby vorgekommen, das in den Schlaf gelullt wird. Du hoffentlich auch. Danke übrigens für die Nachricht und die Sofortbildkamera.«

Michael nickte. »Gern geschehen. Die Betten sind fantastisch. Wer würde da nicht ausgeruht aufwachen?« Er deutete auf die Landkarte, dann auf sich. »Übrigens meldet sich dein Reiseführer zum Dienst.«

Leonie lachte. »Du als Reiseführer? Braucht man dazu nicht ein ausgeprägtes Orientierungsvermögen?«

Michael ging auf den Scherz ein. »Damit liegst du richtig. Ich kann dir versichern, mit mir an deiner Seite gehst du bestimmt nicht verloren.«

»Na, wenn das so ist … Was hast du denn für den heutigen Tag geplant?« Leonie riss ein Stück Fladenbrot ab und steckte es sich in den Mund.

Michael bestellte Kaffee und holte einen Zettel aus seiner Jackentasche, faltete ihn auseinander und schob ihn Leonie zu.

»Erstens. Den Grand Canyon durchqueren«, las sie vor. »Zweitens. Island und die magischen Nordlichter entdecken. Drittens. Die unglaubliche Naturgewalt der Niagarafälle bestaunen …« Über ihr Gesicht huschte ein überraschtes Lächeln. »Ist das etwa meine Bucket List?«

Michael nickte. »Die Liste mit den Dingen, die du in deinem Leben gern noch tun oder erreichen willst und die du damals am See nach unserem Abi-Fest geschrieben hast. Wir haben unsere Listen ausgetauscht, weißt du noch?«

Leonie nickte gerührt. »Klar weiß ich das noch.«

»Umso besser, denn jetzt wäre es an der Zeit, endlich ein paar Punkte abzuhaken, falls du das nicht schon getan hast. Was meinst du?«

»Das ist eine wunderbare Idee!«

»Bevor ich es vergesse …«, fuhr Michael fort. Er holte etwas hinter seinem Rücken hervor. »Ella hat mir das für dich mitgegeben.« Er reichte Leonie eine Ausgabe der Firmenchronik.

Leonie betrachtete das Coverfoto, das Jean-Luc damals von ihrer Großmutter, ihrer Mutter, Ella und ihr geschossen hatte, und blätterte durch das Buch. Sie las ein paar Zeilen, schließlich hielt sie bei einem Foto inne, das ihren Großvater in seinem früheren Labor zeigte. Als sie das Buch zuklappen wollte, fielen ihr einige handgeschriebene Worte auf dem Vorsatzblatt ins Auge.

Leonie, es ist an der Zeit, dass Ihr, Michael und Du, endlich Eure Geschichte weiterschreibt. XOXO, Ella.

Eure Geschichte. Zwei unscheinbare Worte, die Leonie fassungslos dasitzen ließen.

Michael legte seine Hand auf ihren Unterarm. »Alles in Ordnung?«

Sie nickte und schluckte ihre Rührung hinunter.

»Und die Chronik? Ist sie so geworden, wie du sie dir vorgestellt hast?«

Leonie hörte seine Worte wie von fern, ihr gingen so viele Dinge durch den Kopf. Als er seine Frage wiederholte, wandte sie sich ihm endlich zu. Sie fuhr mit der Hand über das Buch in ihrem Schoß. »Die Chronik ist wunderbar. Ich schicke dir ein Exemplar nach München, wenn du magst.«

»Gern. Ich freu mich drauf.«

Als sie nach dem Frühstück vor das Hotel traten, wartete ein Jeep auf sie. Michael regelte die Übergabe, sprach mit Händen und Füßen. »Steig ein«, sagte er, als alles geklärt war, und schloss die Tür hinter Leonie. Er startete den Wagen, sie verließen das Hotelareal und bogen auf die Straße.

»Verrätst du mir, welchen Punkt meiner Bucket List wir uns heute vornehmen?«, erkundigte sich Leonie neugierig.

Michael zuckte die Schultern. *Wird nicht verraten*, sagte die Geste.

Doch Leonie gab nicht auf. »Mach's nicht so spannend. Sag schon«, bohrte sie nach. »Vorfreude macht Spaß, und Spaß kann ich gerade gut gebrauchen.«

»Na gut, wenn du es unbedingt wissen willst … Wir fahren zum Grand Canyon.«

Leonie lachte amüsiert.

»Okay, der Grand Canyon befindet sich in Nordamerika, Arizona, um genau zu sein«, fuhr Michael fort. »Aber zum Glück gibt es hier den Grand Canyon Marokkos. Mit seinem roten Gestein steht er dem Original, wie man hört, in nichts nach.« Er holte Luft und setzte zu einem Vortrag an: »Die Todra-Schlucht im Atlasgebirge ist mit ihren meterhohen, beinahe senkrecht abfallenden Felswänden eine der landschaftlichen Höhepunkte Marokkos. Sie nimmt ihren Anfang in der Oasenstadt Tinghir, die mit ihren beeindruckenden Palmen und Oasengärten die Pforte zur Schlucht bildet.«

»Du bist ja wirklich der geborene Reiseführer«, bemerkte Leonie.

»Sag ich doch.« Michael richtete den Rückspiegel. »Bis zur Schlucht sind es etwa eineinhalb Stunden. Mach es dir also ruhig gemütlich und genieße die Aussicht.«

Eine Weile fuhren sie schweigend. Leonie sah aus dem Fenster, um die Landschaft und alle Eindrücke in sich aufzunehmen.

»Sag mal, wieso hast du die Liste eigentlich all die Jahre aufbewahrt?«, fragte sie plötzlich.

Michael wich einem Mann aus, der auf der Straße seinen mit trockenen Zweigen beladenen Esel vor sich hertrieb. »Das ist nicht schwer zu beantworten. Du warst nicht nur meine erste Liebe, sondern auch der Mensch, der mir am nächsten stand. Der eine Mensch, der mich in- und auswendig kannte und mich so akzeptiert hat, wie ich bin. An dieser Verbundenheit haben auch die damaligen Ereignisse nichts geändert, zumindest nicht für mich. Deshalb wollte ich unsere gemeinsame Zeit nicht einfach ausradieren und habe ein paar Erinnerungsstücke aufbewahrt, unter anderem die Liste.«

Leonie schwieg kleinlaut. Sie hatte Michaels Liste nach der Trennung mit großer Geste in den Müll geworfen. »Zeigst du mir die Sachen mal bei Gelegenheit?«, sagte sie schließlich.

»Jederzeit. Du bist herzlich in Schwabing willkommen.«

Sie passierten alte Lehmburgen und kamen an einem Berberdorf vorbei.

»Schau mal.« Michael deutete hinaus. In einiger Entfernung

grasten am Straßenrand zwei schwarze Dromedare. Unbeeindruckt von den Autos trabten sie Richtung Fahrbahn. Michael bremste, um die Tiere die Straße überqueren zu lassen. Mitten auf der Fahrbahn legten sie eine kurze Pause ein und drehten die Köpfe in ihre Richtung, sodass sie einander ansahen.

»Von den beiden können wir lernen, dass Hetzen keinen Sinn macht«, sagte Leonie, auf die die Ruhe der Tiere überzugehen schien.

Als die Fahrbahn wieder frei war, fuhren sie weiter. »Sollen wir einen Stopp in Tinghir einlegen, bevor wir uns die Schlucht vornehmen? Wir könnten einen Abstecher zu den Oasengärten machen. Pfefferminztee trinken und ein bisschen relaxen«, schlug Michael vor.

»Ich habe mir sagen lassen, dass es in Marokko als unhöflich gilt, eine Tasse Tee abzulehnen. Also ja. Lass uns Tee trinken.«

»Du kennst dich ja schon recht gut mit den hiesigen Gebräuchen aus. Mach mir bloß nicht meinen Job als Reiseführer abspenstig.«

Leonie genoss Michaels gute Laune und hob die Hände. »Das würde ich nie wagen.« Wie leicht plötzlich alles war. Geradezu schwerelos.

Sie kamen an mehrgeschossigen Lehmbauten vorbei, die auf unfruchtbaren Böden errichtet worden waren und die Grenze zwischen den Feldern der Palmenoase und der Neustadt bildeten. Wie überall im Süden Marokkos blieben auch in Tinghir die fruchtbaren Oasen von menschlicher Bebauung verschont.

Michael parkte den Jeep und öffnete die Beifahrertür. Der Tag war wolkenlos und von einer ganz besonderen Klarheit. Eine junge Frau trug einen Sack Getreide auf dem Kopf die Gasse entlang, und eine Gruppe Kinder lief lachend hintereinanderher.

»Wo kommt all das Glück her?«, murmelte Leonie, die alles um sich herum wie ein Schwamm aufsog.

Ein Mädchen löste sich aus der Gruppe, drehte eine Pirouette und winkte ihnen. Die Freundlichkeit und Lebendigkeit der Menschen war beeindruckend.

Das idyllische Restaurant, dessen mit Bougainvilleen überwucherte Terrasse aus einem großzügigen Zelt mit Sitzbänken und Kissen bestand, bot eine herrliche Aussicht auf die grüne Uferlandschaft der Oase. Leonie ging zu der Mauer, die das Restaurant von der Oase abgrenzte, und blickte in die Ferne, während Michael bestellte. Nach einer Weile drehte sie sich zu ihm um.

»Die Vielseitigkeit Marokkos macht mich sprachlos. Bizarre Felsgruppen, fruchtbare Palmentäler, wilde Berge in allen Formen und Farben.«

»Spektakuläre Aussichten, Feigen- und Olivenbäume, bunte Blumen …«, ergänzte Michael.

»Nicht zu vergessen die beeindruckenden farblichen Kontraste. Und erst die Menschen …« Leonie zückte ihre Sofortbildkamera und machte ein Foto, das mit einem Summen aus dem unteren Schlitz ausgeworfen wurde.

»Komm, setzen wir uns«, schlug Michael vor.

Sie nahmen unter dem Zelt Platz. Von fern hörten sie die leisen Klänge der Musik, die vom Haus zur Terrasse geweht wurden. Leonie lächelte in sich hinein, während sie der zauberhaften Musik lauschte. Sie liebte die Berbermusik des Maghreb, die die verschiedenen marokkanischen Musiktraditionen mit Jazz vereinte – traditionelle Gesänge und Harmonien, um eine reiche Textur in der Musik zu schaffen.

»Es ist schön, dass ich diesen Moment mit dir teilen kann«, sagte Michael.

»Geht mir genauso«, erwiderte Leonie. Michael hatte noch immer diese unbedarfte Fröhlichkeit, die sie früher so gemocht hatte.

Hinter ihnen klapperte etwas. Ein Mann in grauer Djellaba

stellte ein Tablett mit Glastassen und einer birnenförmigen Teekanne mit orientalischer Verzierung auf den Tisch und goss den Tee in hohem Bogen in die Tassen, bevor er ihn erneut in die Kanne leerte. Den Vorgang wiederholte er einige Male, bis eine schöne Schaumschicht auf ihren Tassen zu sehen war.

Naima hatte erzählt, dass die Grundlage der meisten Teezubereitungen grüner Tee war, zu dem marokkanische Minze – Nanaminze – gemischt wurde. Die wichtigste Zutat eines Original-Berbertees war jedoch weißer Zucker in Würfelform.

»Tee ist immer nur so gut wie die Gesellschaft, in der man sich befindet. Beim Teetrinken geht es nicht nur um den Tee, sondern auch um die Geselligkeit und das Miteinander«, flüsterte Michael Leonie zu.

»Wenn ich Ihnen noch etwas bringen kann, rufen Sie mich«, sagte der graubärtige Mann. So schnell er gekommen war, verschwand er in dem Haus, dessen Fassade kunstvoll bemalt war.

Leonie sah ihm nach und wandte sich dann Michael zu. »Heute steht also die Todra-Schlucht auf dem Programm. Und was hast du sonst noch geplant?«

»Natürlich sehen wir uns die Wasserfälle von Ouzoud an. Sie stürzen über hundert Meter in die Tiefe, inklusive Regenbögen, wenn die Sonne auf das staubfeine Wasser in der Luft trifft. Außerdem sind sie das Zuhause von Berberaffen, die sich immer über Besucher freuen.«

»Was für ein Zufall. Ich liebe Wasserfälle … und Affen.« Leonie dachte an die Zoobesuche in ihrer Kindheit zurück und strahlte.

»Ich weiß.«

Ihre Blicke trafen sich.

Leonie griff nach dem Tee und trank einen Schluck. »Hast du dich eigentlich gut in München eingelebt?«, erkundigte sie sich, als sie sich bequem zurücklehnte.

»Als ich am Flughafen ankam, stand da Fred mit einem T-Shirt mit meinem Gesicht drauf«, erzählte Michael voll Freude über die Erinnerung. »Die Shirts haben wir uns in London drucken lassen. Du kennst Fred, für Spaß ist er immer zu haben. Schon da fing das Einleben an.«

»Auf Fred ist Verlass, wenn es um extravagante Auftritte geht. Daran erinnere ich mich noch gut.«

»Dabei hab ich dir noch nichts von dem Morgenmantel Schrägstrich Kimono erzählt, in dem er eines Morgens zum Frühstück erschienen ist.« Michael lachte, als das Bild in seinem Gedächtnis auftauchte. »Fred hat mich bei sich aufgenommen, bevor ich überhaupt danach fragen konnte. Er hat mir das Gefühl gegeben, bei ihm zu Hause zu sein. Das werde ich ihm nie vergessen.«

»Wie schön, dass ihr immer noch so eng befreundet seid. Mir geht es mit Silvy genauso.«

Sie tranken ihren Tee und machten sich wieder auf den Weg. Kurz vor der Stelle, wo der Jeep geparkt war, kamen sie an einem kleinen Geschäft vorbei, dessen Auslage handgemachte Teppiche zierte. Leonie blieb stehen. »Das ist er.« Die Hand über den Augen, um die Sonne abzuschirmen, starrte sie in die Auslage, in dessen Scheibe sich Michaels verdutzter Blick spiegelte. »Silvy und ich haben meiner Wohnung einen neuen Anstrich verpasst. Und dieses Schmuckstück«, sie deutete auf einen Teppich mit auffälligem Muster, »passt perfekt dazu.« Sie zückte ihr Handy und zeigte Michael ein Foto ihres Wohnzimmers, schließlich deutete sie an, dass es weitere Fotos ihrer Wohnung gäbe, und sah, wie Michael weiterscrollte. »Ich habe gehört, dass du dich seit Kurzem den Geschäftsräumlichkeiten deiner Kunden annimmst, du bist also quasi auch Einrichtungsprofi. Was meinst du? Passt der Teppich nicht zur grünen Wandfarbe?«

Michael gab Leonie das Handy zurück. »Alles, was dir ein

Lächeln auf die Lippen zaubert, ist die richtige Wahl. Und der Teppich passt sicher wunderbar.«

Nach dem Kauf trug Michael den Teppich zum Jeep und verstaute ihn im Kofferraum, dann machten sie sich auf den Weg zur Todra-Schlucht.

Aus der Ferne waren bereits die beeindruckenden Felswände aus Kalkstein zu sehen. Die Flüsse Oued Todra und Oued Dadès hatten im Lauf der Jahre die hohen Felswände, die links und rechts vom Qued Todra emporragten, herausgearbeitet.

Michael steuerte den Jeep durch die Schlucht. Die Steilwände wirkten wie ein scharfer Riss durch die Bergkette, die den Hohen Atlas im Süden begrenzte.

Am Straßenrand warteten Souvenirhändler auf Touristen. Vor einem felsigen Hang standen zwei Hirtenjungen, die eine grau-braun gestreifte Djellaba trugen, hinter ihnen kletterte ein Dutzend schwarzer Zicklein in den Felsen. Die Landschaft um die Schlucht schien sich jede Minute zu verändern. Von kargen Mondlandschaften und bizarren Felsformationen zu plötzlich auftauchenden Palmen und blühenden Oleandersträuchern.

Michael schlug sich mit den Händen auf die Schenkel und zog den Schlüssel aus der Zündung. »Bereit für eine unvergessliche Aussicht über die Berge des Hohen Atlas?«

»Bereit«, sagte Leonie und öffnete die Autotür. In unmittelbarer Nähe zum Parkplatz setzte ein Treppenweg mit perlweißen Stufen an und schlängelte sich durch die Landschaft. Sie folgten dem gut erkennbaren Steig und gingen noch nicht lange, als der Weg sich in einen steinigen Bergpfad verwandelte. Schon jetzt erlaubte die Lage eindrucksvolle Ausblicke auf die gewaltige Bergszenerie.

Leonie sah auf die Gräser und die rötlichen Berge. Die Landschaft hatte etwas Entrücktes, als befänden sie sich in einem anderen Universum. »Liebst du noch immer alles, was mit Höhe und Tiefe zu tun hat? Von Tischtennis mal abgesehen«, fragte sie.

»Daran hat sich nichts geändert.« Nach einer kurzen Pause sprach Michael weiter. »Mein Favorit ist eine Fahrt mit einem Heißluftballon, dicht gefolgt von Fallschirmspringen und einem Abstecher nach Palau zum Tauchen im Ongeim'l Tketau, auch Quallensee genannt. Die goldbraune Färbung der Quallen soll einen unglaublichen Kontrast zum blaugrünen Wasser bilden.«

»Das ist ja mal ein interessanter Kontrast.«

»Kontraste machen das Leben spannend. Findest du nicht auch?«

Leonie fing Michaels Blick auf, voller Wärme und ehrlichem Interesse. »Da kann ich dir nicht widersprechen.«

Sie folgten den Kehren, bis der Weg abflachte. Ein schmaler Pfad führte sie durch ein mit Felsen durchsetztes Gelände, bis sie sich der Kammlinie näherten. Ein Habichtsadler tauchte über ihnen auf und zog seine Kreise über ihren Köpfen. Sie beobachteten den Vogel, bis er aus ihrem Blickfeld verschwand, dann gingen sie weiter und erreichten bald darauf den Aussichtspunkt. Dort blieben sie stehen und sahen in die Ferne.

»Was für ein gewaltiger Ausblick!«, entfuhr es Michael. Im Südosten war Tinghir zu sehen, während sich hinter einer Ebene der Jbel Saghro erhob, eine zum Atlasgebirge gehörende Gebirgskette vulkanischen Ursprungs. Michael deutete in Richtung Norden. Die offen an der Oberfläche der Berghänge verlaufenden geschwungenen Schichtfolgen waren beeindruckend.

Leonie durchströmte Euphorie. Sie fühlte eine Unbeschwertheit, wie sie sie schon lange nicht mehr erlebt hatte. Plötzlich lachte sie gelöst auf. »Es ist weg!«, rief sie. Mehrmals wiederholte sie den Satz, als könne sie es nicht glauben.

Michael sah sie fragend an. Er hatte keine Ahnung, wovon Leonie sprach. »Was ist weg?«

»Na, das Wunscharmband. Drei Knoten für drei Wünsche. Nur wenn es von selbst abfällt, gehen sie in Erfüllung.« Leonie deutete auf ihr Handgelenk. Sie spürte, wie der Wind durch ihr offenes Haar fuhr, und während sie hier stand, fühlte sie sich ohne jeden Ballast.

»Darf ich?«, fragte Michael. Mit einer sanften Bewegung strich er eine Haarsträhne von ihrer Wange. Den Bruchteil einer Sekunde standen sie Schulter an Schulter. Dann nahm er Leonies Hand in seine. »Du hast mir gefehlt«, sagte er.

»Du mir auch«, antwortete sie leise.

Sie sahen in die Ferne und spürten die Vertrautheit ihrer Berührung. Hier zu stehen und sich an den Händen zu halten war so selbstverständlich, als hätten sie die vergangenen Jahre nichts anderes getan.

Epilog

Die Tage in Marokko waren wie Puzzleteile ihres lange verloren geglaubten Glücks gewesen. Gemeinsam hatten sie die schönsten Ecken erkundet, hatten neue Eindrücke gesammelt und waren schließlich zum Flughafen gefahren, um zurück nach München zu fliegen.

»Schon wegen des Teppichs muss ich darauf bestehen, dich nach Hause zu bringen«, hatte Michael schmunzelnd gemeint, als sie am Terminal in Marrakesch den Gepäckwagen durch die Halle schoben. Da ihr Vater sie zum Flughafen gebracht hatte, war Leonie gern auf das Angebot eingegangen. Und bevor Michael sich am Tegernsee von ihr verabschieden konnte, hatte sie ihn gebeten zu bleiben. Und nun lag er neben ihr …

Leonie fuhr mit dem Zeigefinger seine Augenbraue entlang, ohne diese zu berühren. Die Wärme, die diese Geste in ihr auslöste, stieg von ihren Füßen nach oben. Ihre wiederentdeckte Liebe tauchte alles in ein neues Licht, jeder Moment wirkte wie zum ersten Mal erlebt.

Sie drehte sich zum Fenster. Die Sonnenstrahlen tanzten über die samtige Oberfläche der Vorhänge. Bald würde die Sonne auf Michaels Füße scheinen, die unter der Bettdecke hervorlugten. Sie hörte ein leises Brummen und wandte sich ihm zu. Langsam kam Leben in seinen Körper. Seine Hände bewegten sich, dann seine Beine, schließlich schlug er blinzelnd die Augen auf.

»Guten Morgen im Goldblütenhaus«, sagte Leonie und strich Michael über die Wange.

Sein Gesicht verzog sich zu einem liebevollen Strahlen, als er ihren Blick erwiderte. »Leonie … guten Morgen«, flüsterte er.

Für einen Moment sahen sie sich schweigend an. Dann sagte sie: »Es warst immer du. Von Anfang an.«

Michael streckte den Arm nach Leonie aus, zog sie an sich und küsste sie. Sie verweilten im Augenblick, der nur ihnen gehörte.

Als Leonies Magen sich unüberhörbar bemerkbar machte, grinste Michael und lachte leise. »Scheint höchste Zeit zu sein, dass wir uns dem Frühstück widmen. Meinst du nicht auch?«

»Gegen ein ausgiebiges Frühstück hätte ich nichts einzuwenden. Mama hat sicher den Kühlschrank gefüllt, damit ich nicht verhungere. Mal sehen, was ich dahabe.« Leonie schwang die Beine über die Bettkante, verschwand ins Badezimmer und kam wenige Augenblicke später mit einem beigen Seidenbademantel über dem Arm zurück. »Was Fred kann, kannst du schon lange«, sagte sie und warf Michael den Bademantel zu.

Er fing ihn geschickt auf, stieg aus dem Bett, schlüpfte in die Ärmel, verknotete den Bindegürtel und betrachtete sich mit amüsierter Miene im Spiegel. »Steht mir! Ich glaube, ich kann alles tragen.« Er ließ die Hände in den Vordertaschen verschwinden.

Leonie trat zu ihm und schlang die Arme um ihn. Es waren die kleinen, unscheinbaren Momente, die sich kostbarer denn je anfühlten. »Jetzt aber an den Herd mit uns.« Sie fasste nach seiner Hand und zog ihn mit sich.

Wenige Augenblicke später standen sie nebeneinander in der Küche. Leonie stellte eine Packung Eier und eine Flasche Milch auf die Arbeitsfläche. »Was hältst du von Pfannkuchen mit Marmelade zur Feier des Tages? Oder lieber Omelette?«

»Pfannkuchen. Definitiv!« Michael hob die Augenbrauen, nahm Leonies Hand in seine und sagte mit ernstem Unterton: »Ich muss dir etwas gestehen. Du musst jetzt ganz stark sein. Ich kann nicht kochen.«

Leonie trat einen Schritt zurück und sah ihn mit gespielt enttäuschtem Gesicht an. »Also bist du nicht der Traummann, für den ich dich gehalten habe?«

»Doch, doch«, versicherte Michael. »Ich gehöre einfach nur zu der Sorte Traummann, die nicht kochen kann.«

Leonie griff nach einem Ei. »Dann bringe ich dir jetzt mal bei, wie man Pfannkuchen macht. Das sollte jeder Traummann im Repertoire haben.«

Sie erklärte ihm, was zu tun war, und er schlug das Ei am Schüsselrand auf.

»Und jetzt?« Michael schielte zu ihr herüber.

Leonie drückte ihm den Schneebesen in die Hand. »Jetzt musst du die Eier verquirlen. Danach schüttest du ein bisschen Milch in die zweite Schüssel und rührst sie mit dem Mehl glatt. Hier«, sie reichte ihm ein Glas mit Schraubverschluss, »ich laufe rasch ins Bad und hole mir ein Haargummi.«

Nachdem sie ein paar Schritte Richtung Bad gemacht hatte, drehte sie sich um. Michael in ihrer Küche zu sehen, ließ ihr vor Freude fast das Herz übergehen. Es sah ganz danach aus, als bekämen sie die Chance, noch mal von vorn anzufangen, sich vielleicht sogar ein gemeinsames Leben aufzubauen …

Im Bad griff sie nach dem Haargummi und band sich das Haar zu einem lockeren Dutt zusammen, als sie ein leises Klirren aus der Küche vernahm, gefolgt von einem verärgerten: »Verdammt!«

Sie lief zurück und blieb in der Tür stehen. Als sie Michael sah, brach sie in lautes Gelächter aus. Er war umgeben von einer weißen Staubwolke und stand völlig verdattert da. »Vielleicht hätte ich dir sagen sollen, dass es verheerende Folgen haben kann, wenn man das Mehl aus dem Handgelenk in die Schüssel leert? Dabei kann schon mal die ganze Menge, die in ein Glas passt, in der Schüssel landen.«

Michael beugte sich über das Spülbecken und versuchte, die Überreste des Mehls aus seinen Haaren zu schütteln. »Wie du siehst, habe ich nicht untertrieben, was meine Qualitäten in der Küche anbelangt.«

Leonie griff nach der Polaroid-Kamera und drückte auf den Auslöser.

»Halte dieses Missgeschick bloß nicht fest.« Michael versuchte, ihr die Kamera wegzunehmen, doch Leonie wehrte ihn geschickt ab.

»Das sind doch die besten Fotos«, sagte sie, als das Bild ausgeworfen wurde. »Das hängen wir gleich mal an den Kühlschrank.« Sie öffnete die Schublade, griff nach einem Magnet und platzierte den Schnappschuss mitten auf der Kühlschranktür.

Michael sah zu ihr herüber. »Stell dich schon mal auf weitere lustige Fotos ein. Ich glaube, das kann ich guten Gewissens versprechen.«

»Fein. Dann haben wir all unsere Erinnerungen an einem Fleck.« Leonie lachte. Sie ging hinaus und kam mit weiteren Schnappschüssen zurück, die sie in Marokko gemacht hatte. Foto für Foto befestigte sie sie an der Kühlschranktür, glücklich über die gemeinsamen Erinnerungen.

Michael kam zu ihr, legte seinen Arm um ihre Schulter und deutete auf ein Foto, das Leonie vor dem Teppichgeschäft zeigte. »Nach dem Frühstück suchen wir den perfekten Platz für den Teppich.«

Leonie gab ihm einen schnellen Kuss und widmete sich wieder dem Pfannkuchenteig.

Sie ließen sich Zeit mit dem Frühstück, küssten sich zwischendurch und genossen die Sonne, die den Raum mit Wärme und Helligkeit flutete.

Als sie fertig waren, deutete Michael auf den leeren, blitzblanken Teller vor sich. »Ich weiß nicht, wann ich zuletzt ein Frühstück so genossen habe. Hier mit dir zu sitzen … Es gibt nichts Schöneres.«

Leonie liebte die kleinen Fältchen um seine strahlenden Augen, wenn er sie mit diesem sanften Lächeln ansah. Aber vor allem liebte sie die Art und Weise, wie er sie liebte, völlig ungezwungen und selbstverständlich. Sie stand auf und begann den Tisch abzuräumen.

»Warte, ich helfe dir. Nachdem du dich mehr oder weniger allein ums Frühstück gekümmert hast, übernehme ich den Rest. Aufräumen gehört zu meinen geheimen Superkräften.«

»Gut zu wissen. Dann mache ich mich mal fertig.«

Kurz darauf schlüpfte Leonie in ein leichtes Sommerkleid. Im Wohnzimmer hatte Michael den Teppich ausgerollt und ihn probehalber in der Mitte des Raums platziert.

»Passt wie angegossen«, meinte er. Gemeinsam schoben sie den Teppich hin und her, schließlich nickte Leonie, als das gute Stück zwischen Schrank und Sitzlandschaft im Wohnzimmer zu liegen kam.

»Da liegt er hervorragend«, fand Michael.

Leonie stimmte ihm zu und ließ den Blick ein letztes Mal durch das Zimmer schweifen. Der Teppich brachte noch mehr Geborgenheit in den Raum. Silvy hatte recht. Sie fühlte sich so wohl in ihren vier Wänden wie schon lange nicht mehr.

Michael deutete auf seine Bartstoppeln. »Wenn ich kurz duschen und mich rasieren könnte, wäre ich wunschlos glücklich«, sagte er. »Entschuldigst du mich kurz?«

Im Bad legte Leonie ein Handtuch für ihn bereit, dann ließ sie ihn allein. Ein Gefühl tiefer innerer Behaglichkeit überkam sie, als sie im Wohnzimmer die Tür zum Balkon öffnete und nach draußen trat. Der Himmel war bis auf wenige Schleierwolken tiefblau, und die Vögel zwitscherten. Ihr Blick wanderte über die Wiese und hinunter zum Steg. Mit diesem Ausblick war sie aufgewachsen, doch heute sah sie alles mit neuen Augen. Ihr Leben fühlte sich erfüllter an als je zuvor.

Das melodische Klingeln der Türglocke, dem ein leises Klopfen folgte, riss Leonie aus dem Moment. Sie warf die Balkontür hinter sich zu und eilte in den Flur. Als sie die Eingangstür öffnete, stand Ella in einem ähnlich gemusterten Sommerkleid wie Leonies vor ihr.

Ella sah auf Leonies Kleid und grinste. »Als hätten wir uns abgesprochen«, sagte sie zur Begrüßung.

»Allerdings.« Leonie deutete hinein. »Möchtest du ein Glas frisch gepressten Orangensaft?«

Ella kam in den Vorraum. Obwohl sie vor ein paar Tagen telefoniert hatten, wirkte sie nervös. »Ich hab nur kurz Zeit. Aber einen Saft lasse ich mir nicht entgehen.« Sie wickelte sich eine Haarsträhne um den Zeigefinger, und als sie ansetzte, etwas zu sagen, kam Leonie ihr zuvor.

»Du bist meine zweite Hälfte, Ella, daran wird sich nie etwas ändern. Ich bin so froh, dass wir uns ausgesprochen haben.« Sie drückte ihre Schwester an sich, erleichtert, dass zwischen ihnen alles wieder gut war.

Als sie sich aus der Umarmung lösten, erschien Michael in der Tür. Die beiden Schwestern einträchtig nebeneinander zu sehen, ließ ihn lächeln. »Ella«, stieß er hervor.

Ella hörte ihren Namen, fuhr herum. Sie sah die Blicke, die Leonie und Michael tauschten, und stieß einen Freudenschrei aus. »Sagt bloß, mein Plan ist aufgegangen? Ich kann's nichts glauben. Leonie, kneif mich mal!«

Leonie kniff ihre Schwester sanft in den Oberarm und lächelte zur Bestätigung.

»Dann seid ihr also wieder zusammen?«, sprudelte es aus Ella heraus. Ohne auf eine Antwort zu warten, redete sie weiter. »Ich freu mich so für euch! Darf ich bei der Hochzeitsplanung helfen, wenn es so weit ist? Ich wollte übrigens schon immer Tante werden, Micha.«

Leonie legte ihr beschwichtigend die Hand auf die Schulter. »Vergiss nicht, Luft zu holen, Ella. Und eins nach dem anderen. Wir haben keine Eile.«

»Luft? Wer braucht schon Luft, wenn er Liebe haben kann? Timo wird sich riesig freuen, dich kennenzulernen, Micha. Wenn er wieder in Deutschland ist, müssen wir unbedingt etwas zu viert unternehmen.«

»Jederzeit gern. Leonie hat mir schon von ihm erzählt. Muss ein toller Typ sein.«

»Das ist er.« Ella sah auf die Uhr. »Ui, ich muss los. Wir sehen uns. Ich ruf später an, dann sprechen wir über die Präsentation der Chronik.« Sie umarmte Leonie, dann Michael und eilte davon.

Leonie schloss die Tür und sah Michael erleichtert an. »Sieht ganz danach aus, als würde Ella sich für uns freuen.«

Er lehnte sich gegen den Türrahmen und zog sie zu sich heran. »Welche von Ellas Zukunftsvisionen wohl in Erfüllung geht? Du weißt ja, lass nie eine Möglichkeit, glücklich zu sein, an dir vorüberziehen.«

»Und was heißt das genau?«, fragte Leonie mit unschuldigem Blick.

»Dass ich endlich das Glück habe, mein Versprechen von damals, dich keinen weiteren Tag allein zu lassen, einlösen kann.«

Manchmal kam die Liebe auf Umwegen. Und manchmal musste man einfach nur warten, bis sie zu einem zurückfand. Leonie fühlte, wie eine kribbelnde Wärme durch ihren Körper strömte. Es war, als befänden sich unzählige Schmetterlinge in ihrem Inneren, die nur darauf warteten, freigelassen zu werden. Sie holte tief Luft und ließ sie fliegen …

ENDE

DANKSAGUNG

Wenn wir uns mit anderen Menschen über Gelesenes austauschen, stoßen wir in uns selbst und in unserem Gegenüber etwas an. Plötzlich sind wir wie das Spielzeug aus meiner Kindheit, dessen Teile hin und her schwingen und sich an einem gewissen Punkt berühren. Wenn das leise Klacken erklingt, ist aus zwei Teilen – für den Bruchteil einer Sekunde – einer geworden. Wegen dieser *Berührung* und der Fantasie, die Geschichten beim Lesen erzeugen, liebe ich Romane.

Wenn ich an Bücher denke, dann immer mit einer unbezähmbaren Neugier: Was erwartet mich zwischen den Seiten des nächsten Buchs? Auch wenn ich selbst an einem Roman schreibe, treibt mich dieses nie nachlassende Interesse an.

Während Sie nun diese Zeilen lesen, berühren wir uns – Sie und ich. Lassen Sie mich Ihnen sagen, welch große Freude es mir bereitet, Sie mit dem *Goldblütenhaus* unterhalten zu dürfen. Herzlichen Dank, dass Sie nach diesem Roman gegriffen haben, weil Ihnen das Cover gefallen hat, der Titel oder die Leseprobe oder alles zusammen.

Ich steckte gerade mitten in einem anderen Roman, als Leonie und Ella wie aus dem Nichts vor meinem geistigen Auge auftauchten. Kurz danach sah ich Alfons in Grasse im Labor tüfteln, und es dauerte nicht lange, bis ich Hedi in Berlin mit Gerda Freundschaft schließen sah. Das war die Geburtsstunde des *Goldblütenhauses*. Ab da gab es kein Halten mehr …

Mein herzlicher Dank gilt allen Lesern, die ohne Bücher nicht sein wollen, und den Menschen, die dafür sorgen, dass Bücher in die Welt kommen – den Buchhändlerinnen und Buchhändlern, den Vertretern und allen, die an dem Prozess der Herstellung und Verbreitung beteiligt sind.

Danke, Martina Wielenberg bei Lübbe – dies ist unser erster Streich, und es folgen zwei weitere – und Rosi Kern, meiner geschätzten Agentin in der Agence Hoffman. Es macht Spaß, zu dritt im Boot zu sitzen und zu sehen, wohin diese Trilogie uns führt.

Besonderer Dank gilt meiner Tochter Arina, die mich auf so vieles hinweist, damit die Protagonisten die sind, die sie nun sind – lebendige Wesen, zumindest für mich. Ohne dich, Arina, wäre dieses Buch nicht das geworden, was es ist.

Was gibt es Schöneres, als zu wissen, dass es Bücher gibt? Dass die Geschichten uns nie ausgehen, weil wir jederzeit für Nachschub sorgen können.

Wenn Sie Fragen haben oder mir etwas zu diesem Roman mitteilen möchten, wenden Sie sich gern an den Lübbe Verlag. Es wäre mir eine Freude, Ihnen antworten zu dürfen. Oder besuchen Sie mich auf Facebook oder Instagram.

Und nun wünsche ich Ihnen eine wunderbare Zeit und viele weitere spannende, berührende Geschichten. Es wäre schön, wenn wir uns beim zweiten Teil des *Goldblütenhauses* wiedersehen würden.

Bis dahin bleiben Sie gesund und gönnen Sie sich hin und wieder eine kleine Auszeit mit einem Buch.

Ganz herzlich … und hoffentlich bis bald,
Ihre Gabriela Groß